Weitere Titel der Autorin

Colours of Love – Entfesselt

Titel auch als E-Book erhältlich

Über die Autorin:

Kathryn Taylor begann schon als Kind zu schreiben – ihre erste Geschichte veröffentlichte sie bereits mit elf. Von da an wusste sie, dass sie irgendwann als Schriftstellerin ihr Geld verdienen wollte. Nach einigen beruflichen Umwegen und einem privaten Happy End erfüllte sich mit dem Überraschungserfolg von COLOURS OF LOVE – ENTFESSELT ihr Traum.

Kathryn Taylor

COLOURS OF LOVE – ENTBLÖSST

Roman

BASTEI LÜBBE TASCHENBUCH
Band 16865

1. + 2. Auflage: April 2013

Dieser Titel ist auch als E-Book erschienen

Originalausgabe

Copyright © 2013 by Bastei Lübbe GmbH & Co. KG, Köln
Titelillustration: Sandra Taufer, München unter Verwendung
eines Fotos von fuyu liu/shutterstock
Umschlaggestaltung: Sandra Taufer, München
Satz: Urban SatzKonzept, Düsseldorf
Gesetzt aus der Garamond
Druck und Verarbeitung: CPI – Ebner & Spiegel, Ulm
Printed in Germany
ISBN 978-3-404-16865-1

Sie finden uns im Internet unter
www.luebbe.de
Bitte beachten Sie auch:
www.lesejury.de

Der Preis dieses Bandes versteht sich einschließlich
der gesetzlichen Mehrwertsteuer.

Für B.,
ohne die es diese Geschichte niemals gegeben hätte

1

Der Regen läuft kalt über mein Gesicht, aber ich spüre ihn kaum. Alles in mir ist auf den Mann konzentriert, der dicht vor mir steht.

Jonathan.

Er ist mir durch den Regen hinterhergelaufen, so wie er war, ohne Hemd und barfuß, und ist genauso nass wie ich. Seine schwarzen Haare schimmern im Licht der Laterne, unter der wir stehen, und weil sein Oberkörper nackt ist, kann ich sehen, wie sein Brustkorb sich hebt und senkt, während die Tropfen unablässig über seine Haut rinnen. Ich möchte die Hand darauf legen und ihn berühren, aber ich wage es nicht.

»Ich will nicht, dass du gehst, Grace.« Seine tiefe Stimme klingt angespannt, und da ist etwas in seinen blauen Augen, das ich darin noch nie gesehen habe. Ein Funkeln, das mir fast Angst macht in seiner Intensität. »Bleib.«

Tränen steigen mir in die Augen, weil es genau die Worte sind, die ich hören wollte. Und trotzdem habe ich Angst nachzugeben.

»Es geht nicht, Jonathan.« Mit einem traurigen Kopfschütteln blicke ich zurück auf die weiße Villa mit dem schmiedeeisernen Zaun, vor der wir stehen. Der Club. Sehr exklusiv und eigentlich sehr aufregend. Wieder sehe ich vor mir, was gerade dort passiert ist. Wir hatten Sex – unglaublich heißen Sex, den ich niemals vergessen werde. Aber ich bin auch ganz klar an meine Grenzen gestoßen. Denn wir waren dort nicht allein, ich sollte ihn teilen, und das ging nicht. Die Art von unverbindlicher Affäre, die Jonathan erwartet, will ich nicht führen. Ich kann einfach nicht so tun, als hätte ich keinerlei Gefühle für ihn. »Du hattest die ganze Zeit recht. Ich kann nicht nach deinen Regeln spielen.«

Ein Zittern läuft durch meinen Körper, während wir uns weiter ansehen. Ich will ihn nicht verlassen, allein der Gedanke zerreißt mich. Aber welche Zukunftsperspektive habe ich mit einem Mann wie ihm, wenn mein Herz vor Liebe für ihn überquillt – und er vor jeder Art von echter Nähe zurückschreckt? Wenn ich für ihn austauschbar bin, einfach zu ersetzen? So weh es mir auch tut, dann muss ich gehen. Zurück nach Amerika. Dann muss ich Jonathan verlassen und versuchen, ihn zu vergessen.

Einen langen Moment steht er da, die Hände zu Fäusten geballt, und ich kann sehen, wie seine Kinnmuskeln arbeiten.

»Dann ändern wir die Regeln eben«, sagt er und geht einen Schritt auf mich zu, kommt noch näher. »Dann spielen wir nach deinen.«

»Was?« Fassungslos starre ich ihn an. Ich muss mich verhört haben. Das hat er nicht gesagt. »Aber ...« Meine Stimme ist so dünn und zittrig, dass ich mich erst räuspern muss, bevor ich weiterreden kann. »Aber ich will, dass wir eine Beziehung führen, Jonathan. Eine richtige. Nur du und ich. Und du hast gesagt, dass du dazu nicht bereit bist.«

Er stößt die Luft aus. »Aber ich bin erst recht nicht dazu bereit, dich gehen zu lassen.« Er umfasst meine Oberarme und für einen Moment glaube ich, dass er mich vielleicht schütteln wird. Doch seine Hände liegen nur wie Eisenklammern darum, halten mich fest. »Du musst bleiben, Grace. Bitte.«

Mein Herz schlägt schneller. Ich kann mich nicht erinnern, wann Jonathan mich je um etwas gebeten hätte – jedenfalls nicht so. Er kann unglaublich arrogant sein, weil er es gewohnt ist, dass seine Anweisungen ausgeführt werden. Aber jetzt bittet er mich tatsächlich um etwas, ist bereit, Zugeständnisse zu machen – und die Erleichterung, dass ich ihn dann vielleicht doch nicht verlassen muss, ist so groß, dass meine Tränen sich auf meinen Wangen mit dem Regen vermischen, während ich ihn weiter ansehe, in seinen unglaublich blauen Augen versinke.

»Mr. Huntington?«

»Jonathan!«

Er lässt meine Schultern wieder los und wir fahren herum, als wir die Stimmen hören, die fast gleichzeitig von beiden Seiten ertönen. Die hinter mir, die zuerst gerufen hat, gehört Steven, Jonathans Chauffeur. Der große blonde Mann ist aus der langen Limousine ausgestiegen, die am Straßenrand parkt, und sieht uns fragend an. Offenbar ist es ihm nicht geheuer, dass sein Chef nur halb bekleidet und mit nackten Füßen im Regen auf dem Gehsteig mitten im noblen Primrose Hill steht und mich anstarrt. Doch er schweigt, will offenbar nicht aufdringlich sein, weil von der anderen Seite noch jemand kommt.

Yuuto Nagako, Jonathans japanischer Geschäftsfreund, ist uns aus dem Club nach draußen gefolgt und nähert sich mit schnellen Schritten. Er ist im Gegensatz zu Jonathan angezogen – das war er vorhin auch noch, weil er erst nach uns gekommen ist. Sein Gesicht ist wie eine ernste Maske, seltsam unbewegt, aber das heißt nichts, so sieht er immer aus.

»Wieso steht ihr hier im Regen«, sagt er in diesem kühlen perfekt gelernten Englisch, das ich so genauso gruselig finde wie den Mann selbst. »Kommt wieder rein.«

Es klingt eigentlich nett, so als würde er sich Sorgen machen, dass wir uns verkühlen könnten, obwohl das jetzt, Anfang Juni, nicht wirklich zu befürchten steht. Aber ich weiß es besser, denn ich kann dieses Glitzern in seinen Augen sehen, das mir schon von Anfang an unheimlich war.

Er ist fast genauso groß wie Jonathan, aber älter – wie alt genau, kann ich schwer schätzen – und er war ganz klar einer der Hauptgründe, warum ich es im Club nicht mehr ausgehalten habe.

Ich wünschte, er wäre uns nicht gefolgt, denn ich will mit Jonathan allein sein. Und Jonathan scheint es ähnlich zu gehen, denn der Ausdruck auf seinem Gesicht ist feindselig, als er den Japaner jetzt anblickt.

»Wir gehen nicht mehr zurück«, erkläre ich mit fester Stimme und möchte am liebsten sofort zu Steven hinüberlaufen, ins Auto steigen und wegfahren.

Irritiert sieht Yuuto jetzt Jonathan an. Offenbar kann er nicht glauben, was er da hört. Doch Jonathan nickt.

»Wir fahren.«

Yuuto sagt mit immer noch unbewegter Miene etwas auf Japanisch, das ich nicht verstehen kann. Es klingt verärgert, und Jonathan, der im Gegensatz zu mir Yuutos Muttersprache fließend spricht, antwortet in einem auch nicht besonders freundlichen Ton.

»Komm«, sagt er dann zu mir und wendet sich abrupt zur Limousine um. Froh darüber, von dem Japaner wegzukommen, will ich ihm folgen, doch es geht nicht. Denn Yuuto ist auf einmal bei mir, greift nach meinem Arm und hält mich fest.

»Aber wir hatten noch gar keine Gelegenheit, uns näher kennenzulernen.« Er versucht ein Lächeln, das ihm nicht gelingt. »Der Spaß hat doch gerade erst angefangen.«

Ich schüttele den Kopf. Auf gar keinen Fall gehe ich wieder

zurück in den Club, und schon gar nicht mit ihm. Die Vorstellung, mit dem gruseligen Japaner das Gleiche zu tun wie mit Jonathan, widert mich einfach nur an.

»Nein. Für mich nicht«, sage ich und versuche, mich aus seinem Griff zu befreien, doch er hält mich weiter fest. Jetzt lächelt er endgültig nicht mehr.

»Was wird das hier, Jonathan?« Sein Gesicht ist verzerrt, seine Stimme noch aggressiver. »Sie war doch einverstanden. Sie ist mitgekommen.«

»Lass sie los«, sagt Jonathan, und die Warnung in seinem Tonfall ist nicht zu überhören. »Sie ist mit mir hergekommen und sie geht mit mir.«

Bloß denkt Yuuto gar nicht dran, mich freizugeben. Er sagt noch einmal etwas in seiner Muttersprache, und es scheint etwas nicht sehr Nettes gewesen zu sein, denn Jonathans ohnehin schon kalter Blick wird richtig eisig.

»Das geht dich nichts an«, herrscht er den Japaner mit unverhohlener Wut an. »Und jetzt lass sie los.«

Wieder reagiert Yuuto nicht. Im Gegenteil: Sein Griff wird noch fester, und er zieht mich näher zu sich heran. Von nahem wirkt sein Gesicht verhärmter, die Falten tiefer. Er muss älter sein, als ich dachte, eher Ende als Anfang vierzig. Und sein Blick ist immer noch stechend. Kalt. Wütend.

»Sie bringt dich durcheinander, Jonathan. Wenn ich gewusst hätte, dass sie so einen Ärger macht, dann hätte ich nicht darauf bestanden, dass du sie mitbringst.« Seine Worte sind an Jonathan gerichtet, obwohl er mich dabei ansieht.

»Sie ist nicht deinetwegen hier«, erwidert Jonathan. Ein Muskel zuckt auf seiner Wange.

Yuuto lacht, doch es klingt nicht fröhlich. »Aber ohne mich wäre sie nicht mal in deine Nähe gekommen, vergiss das nicht. Dann wäre sie *gar* nicht hier.«

Diese Bemerkung macht mich wütend. Als ich Jonathan damals bei meiner Ankunft am Flughafen das erste Mal – zufällig – traf, war Yuuto dabei, und es war sein Interesse an mir, das auch Jonathans Neugier geweckt hat, das stimmt. Aber ich glaube Jonathan, dass das, was danach passiert ist, nichts mehr mit dem Japaner zu tun hatte. Und deshalb ist es eine verdammte Unverschämtheit, dass Yuuto sich einbildet, er wäre der Dreh- und Angelpunkt für mein Verhältnis zu Jonathan.

»Ich bin aber hier«, sage ich, weil ich es leid bin, dass die beiden über mich reden, so als wäre ich Luft. Erneut versuche ich, mich dem Japaner zu entwinden, doch es geht nicht, und das treibt mir die Tränen in die Augen. Sein Griff setzt mir wirklich zu. »Sie tun mir weh.«

»Bilde dir ja nichts ein«, herrscht Yuuto mich an und packt jetzt so fest zu, dass ich aufstöhne. »Du konntest Jonathan nur so nahe kommen, weil ich das wollte. Aber du bist nichts Besonderes, auch wenn du das jetzt vielleicht glaubst – nur eine von vielen. Er hat dich morgen wieder vergessen, egal, was für ein Theater du jetzt veranstaltest. Dann gibt es ein neues Flittchen, das es nicht erwarten kann, von ihm . . .«

Weiter kommt er nicht, denn Jonathan reißt seine Hand von meinem Arm. Er zieht mich hinter sich, holt mit der geballten Faust aus und versetzt dem Japaner einen heftigen Schlag ins Gesicht.

2

Völlig überrascht von dem Angriff taumelt Yuuto zurück, doch er fängt sich wieder, bevor er hinfällt. Mit einem schwer zu deutenden Gesichtsausdruck betastet er seine Lippe, wo Jonathans Schlag ihn getroffen hat. Die Unterlippe ist aufgeplatzt, und Blut tropft auf sein weißes Hemd. Als er das sieht, werden seine Augen schmal.

»Du schlägst mich? Wegen dieser kleinen Schlampe?«

»Du lässt sie jetzt in Ruhe«, herrscht Jonathan ihn an. Sein Gesicht ist wutverzerrt – so habe ich ihn noch nie gesehen. Er dreht sich um und greift nach meiner Hand, will mit mir zum Auto gehen, doch Yuuto stürzt sich unvermittelt von hinten auf ihn, schlägt Jonathan so fest gegen die Rippen, dass er keuchend nach vorn einknickt.

»Glaubst du, ich lasse mich von dir einfach so demütigen?« Yuutos Gesicht ist weiß, und mit seiner blutenden Lippe und den Flecken auf seinem Hemd sieht er richtig Furcht erregend aus, als käme er direkt aus einem Horrorfilm. Er schlägt noch mal zu, trifft erneut Jonathans Rippen.

»Aufhören!«, rufe ich und ziehe am Arm des Japaners, weil ich plötzlich Angst um Jonathan habe. Und ich habe Erfolg, denn Yuuto lässt von ihm ab, richtet seine Aufmerksamkeit wieder auf mich. Gut, denke ich. Doch als ich den Ausdruck auf seinem Gesicht sehe, überlege ich es mir anders. Nein, nicht gut. Gar nicht gut. Der Typ ist total außer sich.

Er zischt etwas Bitterböses auf Japanisch, und ehe ich reagieren kann, hat sein Handrücken meine Wange getroffen. Mein Kopf fliegt zur Seite, so fest hat er zugeschlagen, und für einen Moment sehe ich Sterne. Der Schmerz ist so stechend, so unvermittelt, dass mir die Luft wegbleibt und Tränen in meine Augen schießen.

Yuuto holt noch mal aus, aber diesmal ist Jonathan schneller. Er fällt dem Japaner in den Arm und stößt ihn von mir weg, dann stürzt er sich auf ihn. Beide fallen zu Boden und ringen heftig miteinander, schlagen aufeinander ein.

Jetzt kommt auch Steven dazu, der vom Wagen herübergeeilt ist, doch wir stehen nur hilflos da und starren auf die beiden kämpfenden Männer, die sich so schnell bewegen und so abrupt ihre Position ändern, dass es unmöglich scheint, sie zu trennen. Steven zögert außerdem – offenbar hat er das Gefühl, sich da nicht einmischen zu dürfen.

Plötzlich höre ich rasche Schritte, und als ich mich umwende, sehe ich, dass Leute aus dem Club kommen. Zwei der livrierten Bediensteten, die dort arbeiten, rennen eilig über die Einfahrt auf uns zu, gefolgt von der blonden Frau vom Empfang.

»Was ist denn hier los?«, ruft sie aufgeregt, als sie uns erreicht. Jetzt wirkt sie gar nicht mehr so kühl und unnahbar wie vorhin, als sie uns hereingelassen hat, sondern extrem ungehalten. »Los, trennt die beiden«, weist sie die Männer an, die mit ihr zusammen gekommen sind.

Im Gegensatz zu Steven greifen die Club-Diener ohne zu zögern ein, und nach kurzer Zeit schaffen sie es tatsächlich, Jonathan und Yuuto auseinanderzuziehen, die zwar nur widerwillig voneinander ablassen, sich dann jedoch beruhigen. Beide atmen heftig und sind sichtlich mitgenommen.

Wenn ich mich entscheiden müsste, wer diesen Kampf

gewonnen hat, dann wäre es eindeutig Jonathan. Auf seinem rechten Wangenknochen hat sich eine Schwellung gebildet, seine Unterlippe blutet leicht und offenbar stimmt etwas nicht mit seinen Rippen, doch er sieht noch gut aus im Vergleich zu dem Japaner, der jetzt auch noch stark aus der Nase blutet und sich kaum noch auf den Beinen halten kann. Er schwankt, und die blonde Frau muss mithelfen, ihn zu stützen, damit er nicht wieder umfällt.

Jonathan macht sich mit einer verärgerten Geste von dem anderen livrierten Bediensteten und Steven los, die ihn gehalten haben. Auch er ist noch wackelig auf den Beinen und lehnt sich nach vorn, legt mit schmerzverzerrtem Gesicht die Hand an die Rippen. Besorgt laufe ich zu ihm und stütze ihn, damit er sich wieder aufrichten kann, und als er sieht, dass ich es bin, lässt er es zu.

Der Mann aus dem Club nickt Steven zu, dann geht er wieder zurück zu seinem Kollegen und der Frau, die sich beide um Yuuto kümmern.

Der Japaner sieht wirklich schlimm aus, weil der ganze untere Teil seines Gesichts jetzt von Blut bedeckt ist. Aber obwohl er klar ziemlich lädiert ist, scheint ihm die Demütigung mehr auszumachen als alles andere. Seine kalten Augen blicken jetzt jedenfalls so richtig hasserfüllt.

»Das wirst du bereuen, Huntington«, sagt er mit vor Wut zitternder Stimme. »Dafür bezahlst du.«

»Schick mir die Rechnung«, erwidert Jonathan schwer atmend, aber voller Verachtung.

»Im Namen des Clubs muss ich Ihnen dringend nahelegen, vorläufig auf weitere Besuche zu verzichten«, erklärt die Blondine Jonathan mit nun wieder total kühler Stimme. »Über den Fortbestand Ihrer Mitgliedschaft wird noch zu entscheiden sein.«

»Sie können mich aus Ihrer Kartei streichen«, sagt Jonathan, und ich starre ihn überrascht an. Er tritt aus dem Club aus? Meinetwegen? Oder ist er nur wütend darüber, dass man ihm einen Rauswurf angedroht hat, und will dem zuvorkommen?

Die Frau ist jedenfalls sichtlich irritiert über seine Reaktion, doch sie nickt knapp. Dann wendet sie sich um und die Männer folgen ihr, mit Yuuto in der Mitte, zurück zu dem schmiedeeisernen Tor, das noch geöffnet ist, sich aber direkt nach ihnen wieder schließt. Keiner der vier blickt zu uns zurück.

»Es tut mir leid. Das wollte ich nicht«, stammele ich, immer noch zutiefst verwirrt über das, was gerade passiert ist.

Jonathan, der sich schwer auf meine Schulter stützt, schüttelt den Kopf. »Das war nicht deine Schuld.« Prüfend sieht er mich an. »Ist mit dir alles in Ordnung?«

Ich nicke, obwohl meine Wange höllisch brennt. Aber das ist gar nichts im Vergleich zu dem, was er abbekommen hat.

Wieder sehe ich die Bilder der Prügelei vor mir, und mir wird erst jetzt wirklich klar, wie sehr mich diese Explosion der Gewalt schockiert hat. Und dabei war nicht nur Yuutos Verhalten erschreckend, sondern auch Jonathans. So habe ich ihn noch nie erlebt, so außer Kontrolle, und meine Gefühle sind es gerade auch, denn obwohl es mir Angst gemacht hat, freue ich mich gleichzeitig total, dass er mich so vehement verteidigt hat.

»Kannst du laufen?«, frage ich, und als er nickt, gehen wir vorsichtig zur Limousine zurück. Steven ist jetzt ebenfalls da, stützt Jonathan von der anderen Seite, und gemeinsam helfen wir ihm in den Wagen.

»Gibt es einen Verbandskasten im Auto?«, frage ich.

Steven nickt und geht zum Kofferraum. Ich setze mich zu Jonathan nach hinten und nehme den Erste-Hilfe-Kasten entgegen, den er mir einen Augenblick später reicht.

Jonathan hat den Kopf zurückgelehnt und die Augen geschlossen. Erst, als ich ihm mit einem mit Desinfektionsmittel getränkten Tuch vorsichtig die Unterlippe betupfe, schreckt er wieder hoch und sieht mich an.

Ich will etwas sagen, doch Steven, der inzwischen vorne eingestiegen ist, lässt die Trennscheibe zwischen der Fahrerkabine und dem Innenraum herunter und kommt mir zuvor.

»Wohin, Sir?«

»Nach Hause«, erklärt Jonathan knapp und lässt zu, dass ich ihm weiter die Lippen betupfe, während der lange Wagen anfährt und sich in den Verkehr einfädelt.

Die Wunde an der Lippe ist nur klein, nicht zu vergleichen mit der von Yuuto, aber trotzdem ist die Stelle leicht geschwollen, genau wie Jonathans Wange, wo Yuutos Faust ihn getroffen hat. Ein bisschen höher, und er hätte jetzt ein hübsches blaues Auge.

Ich hole Eis aus der kleinen Minibar des Wagens – kann wirklich nützlich sein, so eine Nobelkarosse zu fahren – und lege einige Würfel in ein Tuch, das ich ihm dann gebe, damit er die verletzten Stellen kühlen kann.

»Danke.« Mit seiner freien Hand berührt er meine gerötete Wange. »Dieses miese Schwein. Tut es sehr weh?«

Ich schüttele stumm den Kopf, denn seine ungewöhnlich zärtliche Geste lässt mich den Schmerz, den ich bis gerade noch gespürt habe, glatt vergessen. Außerdem will ich nicht, dass er sich Sorgen macht. Er hat genug mit sich selbst zu tun.

Jonathan lässt die Hand sinken und lehnt den Kopf erneut

gegen die Polster, während ich ihn weiter untersuche. Als ich vorsichtig die gerötete Stelle an seinen Rippen betaste, zuckt er zusammen und stöhnt auf.

»Da hat er dich ganz schön erwischt.« Ich kenne so was. Auf der Farm meiner Großeltern in Illinois sind meine Schwester und ich früher viel geritten – und oft runtergefallen, bis wir es konnten. Meine halbe Kindheit lang hatte ich irgendwo Prellungen, deshalb weiß ich, wie weh ihm das jetzt tut – und wie wenig man dagegen tun kann außer abwarten. Es sei denn, eine der Rippen ist gebrochen, denke ich erschrocken. »Das sollte sich vielleicht ein Arzt ansehen.«

»Nein, so schlimm ist es nicht. Und so gehe ich ganz bestimmt nicht in irgendein Krankenhaus«, erklärt er mir und deutet an sich herunter. Erst jetzt wird mir wieder klar, dass er nur eine Hose trägt und sonst nichts.

»Okay«, räume ich ein. Es wäre wohl in der Tat keine gute Idee, wenn er nur halb bekleidet und mit zermatschtem Gesicht in einer Notaufnahme auftaucht. Dafür ist er zu bekannt.

Ich seufze tief. »Na, wenigstens hat das diesmal kein Papparrazzo fotografiert.« Wenn ich an die Folgen des letzten Fotos von ihm und mir in einem englischen Klatschblatt denke, dann mag ich mir nämlich gar nicht ausmalen, was los wäre, wenn die Presse Wind davon bekommt, dass Jonathan sich im noblen Primrose Hill auf offener Straße geprügelt hat. Das wäre erst recht ein gefundenes Fressen für die Medien.

»Nein, das wohl nicht.« Jonathan lächelt zum ersten Mal, seit wir den Club verlassen haben. Und wie immer, wenn er das so unvermittelt tut, setzt mein Herz kurz aus, um dann mit neuem Tempo weiterzuschlagen. Er ist einfach so atemberaubend attraktiv mit den dunklen, etwas längeren Haaren, die jetzt nass glänzen, und den blauen Augen, die einen Kontrast zu dem olivfarbenen Ton seiner Haut bilden, dass die Schmetterlinge in meinem Bauch nie Ruhe geben. Wenn er lächelt, sieht man außerdem die kleine fehlende Ecke an seinem Schneidezahn – seinen einzigen kleinen Makel, den ich gerade deshalb so sehr liebe. Doch das Lächeln hält diesmal nur kurz, und der ernste Ausdruck in seinen wunderschönen Augen bleibt.

»Kann Yuuto dir wirklich schaden?« Die Frage brennt mir auf der Seele, seit der Japaner seine Drohung ausgestoßen hat.

»Er könnte schon, und wie ich ihn einschätze, wird er das auch versuchen. Aber du brauchst dir keine Sorgen zu machen. Ich kann mich und vor allem die Firma verteidigen, wenn es sein muss.« Jonathan klingt so selbstsicher, dass ich ein bisschen beruhigt bin.

Ich nehme seine Hand in meine, halte sie fest, weil ich seine Nähe brauche, und er entzieht sie mir nicht, sondern sieht mich weiter auf diese intensive Weise an, die mein Herz auf eine ganz neue Art schneller schlagen lässt.

»Wieso war Yuuto so?« Das verstört mich immer noch. »Er wirkte fast wie besessen.«

»Ich glaube, was dich angeht, ist er das auch«, erwidert Jonathan. »Er hatte sich von Anfang an in den Kopf gesetzt, dass du mit in den Club kommen solltest – schon als er dich das erste Mal sah.«

Ich denke an unsere Begegnung damals am Flughafen und schlucke. »Macht ihr das immer so? Frauen, die ihr irgendwo trefft, in den Club abschleppen, meine ich.«

»Nein. Nie. Das ist es ja.« Sein Mundwinkel hebt sich. »Du bist eine Ausnahme, Grace. Das habe ich dir doch schon gesagt.«

Freudig registriere ich sein Kompliment, doch ich bin gleichzeitig immer noch mit Yuuto beschäftigt. »Denkst du, er hätte mich gezwungen, wieder mit reinzugehen, wenn du nicht dabei gewesen wärst?«

Jonathan schüttelt den Kopf. »Ich weiß nicht, ob er so weit gegangen wäre. Er hatte dich im Club gesehen und konnte wohl einfach nicht akzeptieren, dass du mir gehörst und nicht ihm.«

Ich streiche sanft über die Innenseite seiner langen Finger und wage nicht aufzusehen. Die Formulierung ist gewöhnungsbedürftig, aber sie lässt mein Herz schneller schlagen. Das klingt nämlich ziemlich besitzergreifend und ganz anders als sonst: Bisher hat er immer wieder darauf bestanden, dass er nicht exklusiv zu haben ist – und auch keine Exklusivrechte auf eine Frau erhebt.

»Wenn ich dir gehöre – gehörst du dann auch mir?«, frage ich leise.

Jonathan schließt seine Hand über meinen Fingern, die seine noch immer streicheln, und ich sehe abrupt auf – direkt in seine blauen Augen.

»Ist das nicht die Bedingung?«, fragt er. »Keine anderen mehr – kein Club. Nur wir beide?«

Ich nicke atemlos, fassungslos, aber glücklich über seinen Sinneswandel. Den er jedoch gleich wieder einschränkt.

»Es ist nur ein Versuch, Grace. Ich kann dir nichts versprechen, aber ...« Er spricht den Satz nicht zu Ende.

»Aber was?«, frage ich nervös.

Das tiefe Seufzen, das er ausstößt, klingt ein bisschen wie ein Stöhnen. »Aber tatsächlich will ich dich im Moment auch nicht teilen.«

»Gut.« Ich wollte das nicht laut sagen, aber es rutscht mir raus.

»Nein, gar nicht gut.« Jonathan lässt mich los und fährt sich mit der Hand durchs Haar – eine Geste, die ich inzwischen deuten kann. Das macht er immer, wenn er unsicher ist. »Seit du da bist, tue ich eine Menge Dinge, die ich sonst nie tue, Grace. Noch nie getan habe. Das ist alles neu für mich und ich weiß nicht ... ob es mir gefällt.«

Er sieht mich skeptisch an, unglücklich fast, und plötzlich muss ich ihm nah sein. Deshalb schiebe ich den Rock meines Kleides hoch und setze mich rittlings auf seinen Schoß. Der nasse Stoff seiner Hose liegt kalt an meinen Schenkeln.

Mit beiden Händen umfasse ich sein Gesicht und küsse sanft seine unverletzte Wange, die unversehrte Seite seines Mundes. Vor ein paar Minuten wollte ich ihn noch verlassen, weil ich dachte, dass er sich nichts aus mir macht – dass ich ihm egal bin, genau wie Yuuto Nagako gesagt hat: eine von vielen. Aber jetzt kann ich bleiben. Weil er mich nicht teilen will. Und weil er für mich Dinge tut, die er noch nie getan hat. Das ist zumindest ein Anfang.

Ich lächle, als ich ihn wieder freigebe, fühle, wie mich ein ganz neues Glücksgefühl durchströmt, das mich übermütig werden lässt. Ich kann einfach nicht anders.

»Weißt du, wenn ich es recht bedenke, dann weiß ich eigentlich auch nicht, ob mir das alles gefällt«, sage ich und sehe Jonathan streng an.

Fragend erwidert er meinen Blick, doch nervös wirkt er nicht. Offenbar ist er sehr sicher, dass ich nicht dabei bin, ihm doch noch eine Abfuhr zu erteilen. Liegt wahrscheinlich daran, dass ich auf seinem Schoß sitze und mit den Händen über seine nackte Brust streiche.

»Ich meine, ernsthaft – du bist ein versnobter Engländer, du bist acht Jahre älter als ich, und dein Vermögen dürfte meins um ungefähr das Fünfhunderttausendfache übersteigen. Hast du eine Ahnung, welche Auswirkungen das auf mein Selbstbewusstsein hat?«

»Ich hatte nicht den Eindruck, dass du in meiner Gegenwart unter Schüchternheit leidest«, sagt er grinsend.

»Und als wäre das noch nicht genug«, fahre ich fort, ohne auf seine Bemerkung einzugehen, »bist du auch noch ein verdammter Earl!«

Er lacht. »Ich bin ein Viscount, Grace. Ich werde erst noch ein Earl – worauf ich, wie du weißt, sehr gut verzichten könnte.« Sein Lachen droht zu schwinden, und ich rede schnell weiter, weil ich nicht möchte, dass er jetzt an sein schwieriges Verhältnis zu seinem Vater denkt.

»Und außerdem«, sage ich mit gespieltem Ernst, »war ich noch Jungfrau, als ich dich kennenlernte – und jetzt sieh mich an.« Ich bewege mich ein bisschen auf seinem Schoß. So eine eindeutig erotische Aufforderung hätte ich mich noch vor vier Wochen auf gar keinen Fall getraut. Aber seitdem ist ja auch verdammt viel passiert. »Ich tue inzwischen auch ganz viele Dinge, die ich noch nie getan habe.« Zuckersüß lächle ich ihn an. »Wir sind also quitt – Mylord.«

»Du kleine Hexe...«, knurrt er und schließt die Arme um mich, zieht mich zu sich, bis mein Gesicht dicht vor seinem steht und ich das Verlangen in seinen Augen aufflackern sehe. Dann liegen seine Lippen auf meinen, und seine Zunge fordert Einlass in meinen Mund, den ich willig öffne, berauscht von seinem vertrauten Geschmack. Allein die Vorstellung, dass ich ihn, wenn er mich hätte gehen lassen, vielleicht wirklich nie mehr geküsst hätte, ist plötzlich so furchtbar, dass ich mich an ihn klammere und seinen Kuss verzweifelt erwidere.

Ich fühle seine Hände auf mir, die über mein nasses Kleid streichen, fordernder jetzt. Er findet meine Brüste und umschließt sie warm, streicht über die aufgerichteten Nippel, was heiße Blitze in meinen Unterleib schießen lässt. Mein

Atem geht schneller, mein Puls rast. Erregung durchströmt mich in einem ganz neuen Ausmaß und ich stöhne in seinen Mund, will mehr. Ich kann einfach nicht genug bekommen von diesem Mann, und ich verdränge den Gedanken, was das für Konsequenzen haben könnte.

Auch Jonathan atmet rauer. Doch als er den Oberkörper von den Polstern löst und sich vorbeugen will, stöhnt er plötzlich auf und sinkt wieder zurück.

»Verdammt.« Mit verzerrtem Gesicht hält er sich die Seite.

»Tut mir leid, deine Rippen hatte ich total vergessen.« Ich bin richtig erschrocken und habe sofort ein schlechtes Gewissen, doch er lächelt nur selbstironisch.

»Ich auch – was ziemlich viel darüber aussagt, wie verrückt du mich machst«, erwidert er.

Als ich von seinem Schoß steige, hält er mich nicht auf, doch er hebt seinen Arm und legt ihn um meine Schultern, zieht mich an sich, als ich wieder neben ihm sitze. Begeistert lehne ich den Kopf an seine Schulter, kuschle mich an ihn. So viel Nähe hat er sonst nicht zugelassen, und jetzt muss ich es glauben: ich bin offensichtlich wirklich einen Schritt weiter mit Jonathan Huntington.

Ein paar Minuten fahren wir schweigend durch das nächtliche London und ich denke noch einmal über alles nach, bleibe wieder bei dem Japaner hängen.

»Was hat Yuuto eigentlich vorhin zu dir gesagt, als er Japanisch gesprochen hat?«, will ich wissen.

Jonathan lächelt. »Er hat gesagt, dass du auch nicht anders bist als die anderen Frauen, und ich habe ihm gesagt, dass er sich nicht in meine Angelegenheit mischen soll. Und dann wollte er wissen, was für einen Trick du drauf hast, dass ich dir plötzlich so verfallen bin, und ich habe ihm erklärt, dass ihn das nichts angeht.«

»Und was hat er zu mir gesagt, bevor er mich geschlagen hat?«

Jetzt wird Jonathans Lächeln ein bisschen schief. »Das sage ich dir besser nicht.«

Okay, denke ich. Dann war's so schlimm, wie ich es mir schon gedacht habe.

»Wieso waren die vom Club eigentlich so besorgt um ihn?« Das fand ich komisch. »Er hat die Prügelei doch provoziert. Warum droht man dir dafür mit einem Ausschluss, aber ihm nicht?«

»Weil Yuuto schon viel länger dort ist als ich«, erklärt Jonathan. »Er gehört zu denjenigen, die den Club gegründet haben.«

Diese Information ist völlig neu für mich, und das lässt den Japaner in einem ganz anderen Licht erscheinen. Seine Verbindungen nach England und vor allem nach London müssen sehr gut sein, wenn er einen Club gründen kann. Und um ihn oft nutzen zu können, muss er sehr regelmäßig hier sein. Er ist also viel einflussreicher, als ich dachte, und das lässt meine Angst zurückkommen, dass die Prügelei vielleicht doch Folgen für Jonathan haben könnte, selbst wenn er das leugnet. Und dann fällt mir noch etwas ein.

»Aber was ist mit deinen Sachen?« Er hat alles im Club gelassen, als er mir gefolgt ist. »Die können die doch nicht einfach behalten.«

Jonathan lacht. »Meine Sachen?« Der Gedanke, dass ich mich darum sorge, scheint ihn sehr zu amüsieren. »Die kriege ich schon wieder. Darüber brauchst du dir nicht den Kopf zu zerbrechen.«

Er lehnt sich zurück gegen die Polster und seufzt tief. Erst jetzt erkenne ich, wie müde und angeschlagen er tatsächlich ist. Deshalb frage ich nichts mehr, sondern schmiege mich an ihn, während wir weiter durch die Nacht fahren – einer Zukunft entgegen, die immer noch total ungewiss ist. Aber nicht mehr schwarz. Sie ist jetzt eher grau, denke ich glücklich. Vielleicht sogar hellgrau. Ja, definitiv hellgrau.

3

Als ich am nächsten Morgen aufwache, brauche ich einen Moment, um mich zu orientieren. Aber dann weiß ich, wo ich bin: in Jonathans Schlafzimmer, in seiner Stadtvilla in Knightsbridge.

Die Vorhänge sind nicht richtig zugezogen, deshalb fällt Licht herein und ich kann alles sehen – das große Bett mit den vier Pfosten, den passgenau eingebauten Kleiderschrank aus dem gleichen edlen, dunklen Holz, die zwei Designersessel vor dem Fenster.

Jonathan liegt hinter mir, ich kann seine Wärme spüren. Vorsichtig, um ihn nicht zu wecken, drehe ich mich um. Er schläft noch, auf der Seite, den Kopf auf einen Arm gelegt. Der andere Arm liegt dicht neben mir, und die gebräunte Haut hebt sich deutlich von den weißen Laken ab. Sein Oberkörper ist nackt, und ich lasse den Blick über seine muskulöse Brust und die breiten Schultern gleiten und dann weiter rauf in sein Gesicht. Das Haar ist ihm in die Stirn gefallen, und ich streiche es zärtlich zurück.

Im Schlaf sieht er friedlich aus, und ich betrachte ihn, kann den Blick nicht von ihm lösen. Die Spuren der gestrigen Nacht sind in seinem Gesicht noch deutlich zu erkennen. Die Stelle an seiner Wange, wo ihn Yuutos Faust getroffen hat, ist rot und geschwollen, aber zum Glück nicht blau, und auch unter der verschorften Wunde an seiner Lippe wölbt sich die Haut leicht. Doch für mich tut das seiner Attraktivität keinen Abbruch, im Gegenteil. Es lässt ihn irgendwie verwegen wirken. Außerdem hat er sich diese Blessuren eingefangen, als er mich verteidigt hat, und das macht ihn in meinen Augen nur noch schöner.

Eigentlich kann ich es immer noch nicht fassen, dass dieser unglaublich aufregende Mann mich begehrt, und allein der Gedanke, was er mit mir vielleicht noch tun wird, schickt eine Gänsehaut über meinen Rücken. Ich kann nicht genug von ihm bekommen und es kostet mich alle Selbstbeherrschung, die ich besitze, ihn nicht zu berühren.

Ich will ihn nicht wecken. Ein Blick auf den Wecker auf dem Nachttisch bestätigt mir, was ich schon geahnt habe. Es ist schon kurz nach neun Uhr, und da heute Freitag ist, müssten wir längst auf dem Weg ins Büro sein. Aber Jonathan hat gestern beschlossen, den Vormittag zu Hause zu bleiben. Was wahrscheinlich auch ganz gut ist, denn so wie er aussieht, sollte er sich in der Firma heute besser gar nicht blicken lassen. Sonst setzt er die Gerüchteküche nur unnötig in Gang. Ich wollte eigentlich früher aufstehen und bei seiner Sekretärin anrufen, um ihr das mitzuteilen, aber weil ich die halbe Nacht wachgelegen und über alles nachgedacht habe, war ich selbst zu müde. Das werde ich gleich noch erledigen.

So leise wie ich kann hole ich mir frische Sachen aus dem Schrank – Wäsche, meine schwarze Bluse und den passenden Rock. Einiges habe ich inzwischen hier, weil ich in letzter Zeit kaum noch in meinem WG-Zimmer in Islington war. Jonathans Haushälterin Mrs Matthews, die sich auch um die Wäsche kümmert, hat einen Teil davon zu Jonathans Hemden gehängt und mir außerdem ein Fach freigeräumt. Erst jetzt fällt mir auf, dass das eigentlich – für Jonathans Verhältnisse – ein echtes Zugeständnis war. Die Frage ist, ob es dabei bleiben wird. Oder kann er sich nach gestern durchringen, mir noch mehr Platz in seinem Leben einzuräumen?

Ich nehme die Sachen und gehe ins Bad, ziehe mich an und betrachte mich dann kritisch im Spiegel. Mein rotblondes Haar ist zerzaust, aber das ist schnell gerichtet, und meine Wange ist nicht mehr gerötet von Yuutos Schlag, so wie gestern Abend. Mit ein bisschen Makeup verschwinden auch die Schatten unter meinen grünen Augen, und ich sehe nach kurzer Zeit ganz passabel aus.

Leise kehre ich ins Schlafzimmer zurück und setze mich auf den Rand des Bettes. Eigentlich will ich nur noch mal nach Jonathan sehen, bevor ich runtergehe und Frühstück mache – oder besser versuche, Frühstück zu machen; ob mir die Omeletts so gut gelingen werden wie ihm ist nämlich sehr fraglich, weil ich im Gegensatz zu ihm eine totale Koch-Versagerin bin –, aber zu meinem Erstaunen öffnet er die Augen. Und bevor ich eine Chance habe zu reagieren, hat er seine Hände um meine Handgelenke geschlossen und mich zu sich ins Bett gezogen, sodass ich über ihm liege.

Die Wärme seines Körpers durchdringt den Stoff meiner Bluse, aber ich wehre mich nicht, füge mich willig.

»Wo willst du hin?«, fragt er an meinen Lippen, ohne meine Hände loszulassen, und ein Prickeln durchläuft mich, weil ich ihm ausgeliefert bin – mein neuer Lieblingszustand.

»Ich wollte Frühstück machen«, hauche ich und versinke in dem hypnotisierenden Blick seiner blauen Augen.

»Ich will jetzt aber nichts essen«, sagt er rau. »Sondern lieber nachholen, was wir gestern verpasst haben.«

Ja, ja, ja, will ich sagen, denn wie immer, wenn wir uns so nah sind, kann er mit mir machen, was er will. Aber ich komme nicht dazu, denn er wartet meine Antwort nicht ab und fängt an mich zu küssen, erobert meinen Mund mit seiner Zunge, langsam, genüsslich, ohne Hast. Ich möchte sein Gesicht umfassen, aber er hält mich weiter fest, so als wüsste er genau, was ich vorhabe. Ich versuche, seinen Kuss zu erwidern, ihn zu vertiefen, doch er lässt auch das nicht zu, bestimmt weiter das Tempo. Frustriert stöhne ich auf, weil ich mehr will, und ich spüre das Rumpeln in seiner Brust, als er leise lacht.

»Gierige kleine Grace«, sagt er an meinem Mund. »Du kriegst nie genug, oder?«

Von dir nicht, nein, denke ich und fühle, wie schutzlos ich ihm gegenüber bin. Wenn er es sich anders überlegt, dann kann er mir verdammt wehtun. Aber darüber will ich mir jetzt keine Sorgen machen. Nicht heute.

»Und wie steht es mit dir?«, sage ich und sauge seine Unterlippe in meinen Mund, beiße leicht drauf. »Kriegst du genug?«

Für einen langen Moment sehen wir uns in die Augen und ich beobachte mit angehaltenem Atem, wie der Ausdruck in seinen wechselt. Doch bevor er etwas sagen oder tun kann, schallt plötzlich ein lauter, harmonischer Gong durchs Haus. Die Türklingel.

»Verdammt.« Jonathan lässt mich los und rollt mich in einer fließenden Bewegung von sich runter. Es gongt wieder, mehrmals hintereinander. Jemand klingelt unten an der Haustür Sturm. »Kannst du nachsehen, wer das ist?«

Ich nicke und erhebe mich, laufe zur Tür. Was für ein mieses Timing, denke ich, während ich die Treppe hinuntergehe. Warum muss ausgerechnet jetzt jemand kommen?

Als ich im Esszimmer bin, hört das Läuten auf, dafür klingelt jetzt Jonathans Handy, das auf dem Esstisch liegt. Kurzentschlossen gehe ich dran, denn ich kenne den Anrufer, dessen Foto im Display aufleuchtet.

»Ja?«

»Grace, bist du das?« Es ist Alexander Norton, Jonathans

Kompagnon. Er lässt mich jedoch nicht antworten, redet schon weiter. »Wo zur Hölle steckt Jonathan? Das ist jetzt schon mein zehnter Anruf auf seinem Handy. Hört ihr das denn nicht? Wo seid ihr, verdammt?«

»Zuhause. Äh, ich meine, in Knightsbridge«, verbessere ich mich.

Er stutzt. »Und warum macht mir dann keiner auf? Ich stehe jetzt schon seit fünf Minuten vor der ...«

Alex beendet den Satz nicht, weil ich ihm in diesem Moment die Haustür öffne. Überrascht sieht er mich an.

Er trägt Anzug und Schlips, sein normales Büro-Outfit – da ist er viel korrekter als Jonathan, der seinen ganz eigenen Dresscode hat – und sein blondes Haar schimmert in der Juni-Sonne, die heute wieder scheint und gegen die ich anblinzele.

Für einen Moment stehen wir nur da, dann räuspert er sich. »Komme ich ungelegen?«, fragt er und klingt auf einmal so britisch, so korrekt, dass ich lächeln muss.

»Irgendwie schon«, erwidere ich. »Jonathan ist noch nicht angezogen. Er ist etwas ...« Wie soll ich das ausdrücken? »... neben der Spur.«

»Neben der Spur?« Alex schnaubt, jetzt wieder wütend, und geht an mir vorbei ins Haus, ohne darauf zu warten, dass ich ihn reinbitte.

»Wisst ihr eigentlich, wie spät es ist?«, fragte er, während wir die Treppe rauf in die Etage gehen, in der sich das Esszimmer und die Küche befinden. »Habt ihr wenigstens schon gefrühstückt?«

Als ich den Kopf schüttele, geht er auf direktem Weg in die Küche, füllt den Wasserkocher und stellt ihn an. Mit sicheren Griffen holt er dann Tassen, eine Kanne und die Teedose aus dem Schrank. Er kennt sich hier offensichtlich gut aus. Dankbar dafür, dass er so voller Tatendrang ist und sich berufen fühlt, Tee für uns zu kochen, lasse ich mich auf einen der Küchenstühle sinken.

»Es geht Jonathan nicht so gut. Ich glaube, er kann heute nicht ins Büro gehen«, sage ich.

Alex hält inne und dreht sich zu mir um. Dann überlässt er den Wasserkocher sich selbst und kommt zum Tisch zurück, setzt sich mir gegenüber.

»Ich würde sehr gerne glauben, dass er so fertig ist, weil ihr letzte Nacht hemmungslosen Sex hattet.« Er hebt vielsagend die Augenbrauen.

Noch vor wenigen Tagen wäre ich vermutlich rot geworden bei seinen Worten, doch jetzt lächle ich nur. Es geht ihn nichts an, deshalb antworte ich nicht darauf, aber tatsächlich war die letzte Nacht die erste, die Jonathan und ich gemeinsam in einem Bett verbracht haben, ohne miteinander zu schlafen – eben weil er so fertig war.

»Aber ich befürchte eher, dass sein Zustand etwas mit Yuuto Nagako zu tun haben könnte«, fährt Alexander fort und sieht mich jetzt durchdringend an. »Stimmt das?«

Ich schlucke und spüre, wie ich blass werde. »Woher weißt du das? Steht das etwa doch schon in der Zeitung?«

»Was, Grace?«

Verunsichert sehe ich ihn an. »Ich dachte, das weißt du.«

»Nein.« Er erhebt sich wieder und geht zurück zur Arbeitsplatte, weil das Wasser kocht, gießt es in die vorbereitete Teekanne. »Ich weiß nur, dass ich vor einer Stunde einen Anruf von Yuutos Büro bekommen habe. Er kündigt uns jede Form der Zusammenarbeit und wird uns nicht länger beratend bei unseren Asien-Geschäften zur Seite stehen. Ohne Begründung, einfach so.«

»Ach du Scheiße«, entfährt es mir, bevor ich mich zurückhalten kann. Ich weiß, dass Jonathan und Alex gerade versuchen, die Geschäfte von Huntington Ventures auf den asiatischen Raum auszudehnen, deshalb kommt das jetzt vermutlich zu einem ziemlich ungünstigen Zeitpunkt.

Das scheint Alex genauso zu sehen, denn er nickt mit sehr ernstem Gesicht. »Kann man durchaus so ausdrücken, ja. Darüber wollte ich mit Jonathan sprechen, der jedoch nicht im Büro war und auch nicht an sein Handy gegangen ist – was ich ziemlich irritierend fand. Er ist immer zu erreichen, und wenn nicht, dann weiß ich zumindest, wo er ist. Deshalb bin ich hergefahren, um zu sehen, was los ist.« Er stellt eine Tasse dampfenden Tee vor mir auf den Tisch und setzt sich wieder. »Also, raus mit der Sprache: Was ist gestern passiert?«

Zögernd berichte ich ihm von der Prügelei vor dem Club, zumindest in groben Zügen. Was genau wir dort gemacht haben und wieso wir vor dem Club standen, lasse ich weg, das ist zu persönlich, aber ich merke an Alex' Reaktionen, dass er weiß, um was für einen Club es sich handelt. Als Jonathans bester Freund ist das für ihn vermutlich kein Geheimnis. Für einen Moment frage ich mich, ob er vielleicht selbst schon mal dort war, aber irgendwie glaube ich das nicht. Dafür ist er nicht der Typ.

Als ich fertig bin, stößt Alex die Luft aus und lehnt sich auf dem Stuhl zurück. »Das erklärt einiges«, sagt er und verschränkt die Arme vor der Brust. Und dann lächelt er zu meiner Verwunderung plötzlich. »Jonathan hat sich wirklich deinetwegen geprügelt und ist aus dem Club ausgetreten? Das ist – bemerkenswert.« Er beugt sich vor. »Ich kann mich nicht erinnern, dass er sich schon mal so für eine Frau eingesetzt hat – abgesehen von Sarah natürlich.«

Unsicher erwidere ich sein Lächeln. Zu gerne würde ich ihn fragen, ob er glaubt, dass ich Jonathan wirklich so viel bedeute wie seine Schwester, an der er sehr hängt. Ob ich eine Chance habe, dass meine Liebe nicht nur einseitig ist. Denn bisher hat Jonathan ja nur gesagt, dass ich bei ihm bleiben soll und dass er versuchen will, eine Beziehung mit mir zu führen – nicht, dass er mich liebt. Aber dann traue ich mich doch nicht. Ich mag Alexander, er ist sehr nett und in vielerlei Hinsicht zugänglicher und freundlicher als Jonathan. Trotzdem sind das sehr private Dinge – und er ist nun mal Jonathans Freund und nicht meiner.

Alex lehnt sich wieder zurück. »Wie sehen eigentlich deine Zukunftspläne aus, Grace? Hast du vor, in London zu bleiben?«

Das ist eine gute Frage, über die ich gestern Nacht noch viel nachgedacht habe, als Jonathan schon schlief. Und die Antwort, auf die es immer wieder hinausgelaufen ist, hat mir viel von der Euphorie, mit der ich in der Limousine hergefahren war, wieder genommen.

Ich würde nämlich gerne bleiben, sehr gerne sogar. Aber meine Zeit hier ist begrenzt – nur noch knapp zwei Monate, und mein Praktikum bei Huntington Ventures ist vorbei. Dann muss ich nach Chicago zurück, um dort mein Studium der Wirtschaftswissenschaften zu beenden. Es geht nicht anders, denn es hat mich verdammt viel Zeit, Mühe und Geld gekostet, so weit zu kommen, dass ich jetzt kurz vor dem Abschluss stehe. Das bedeutet aber auch, dass ich für mehrere Wochen, wenn nicht sogar Monate von Jonathan getrennt sein werde, und das macht mir Angst. Ich kenne ihn noch so wenig und unsere Beziehung hat gerade erst begonnen, Ende völlig offen. Was, wenn er es sich in dieser Zeit anders überlegt? Wenn er merkt, dass er ohne mich doch besser dran ist, und wieder zu seinen alten Gewohnheiten zurückkehrt? Ich will so nicht denken, ich möchte das alles positiv sehen. Aber so hoffnungsvoll ich gestern Abend war – der Gedanke, dass es schief gehen könnte zwischen Jonathan und mir – bald sogar –, lässt sich nur schwer abschütteln.

»Selbst wenn ich wollte, ich kann nicht bleiben«, erkläre ich unglücklich. »Ich studiere schließlich noch.«

Alexander runzelt die Stirn. »Stimmt, daran hatte ich gar nicht gedacht.«

Er will noch mehr sagen, doch in diesem Moment betritt Jonathan die Küche. Er trägt jetzt ein schwarzes T-Shirt zu der Pyjamahose, die er vorhin schon anhatte, und hat sich seinen Morgenmantel übergezogen, aber nicht geschlossen. Sein eher legerer Aufzug scheint ihm vor Alex jedoch nichts auszumachen, denn er bewegt sich entspannt und ohne jegliches Zögern durch die große Designerküche.

»Was machst du denn hier?«, fragt er seinen Freund, der ihn mit unverhohlenem Entsetzen ansieht.

»Die Frage ist doch wohl eher, was *du* noch hier machst«, erwidert Alex. »Aber Grace hat mich schon aufgeklärt.« Er betrachtet Jonathan noch mal genauer. »Ich dachte, aus dem Alter, in dem wir Konflikte mit körperlicher Gewalt lösen, wären wir raus, Hunter.« Jetzt hat seine Stimme einen eindeutig ironisch-amüsierten Unterton.

»Das dachte ich auch.« Mit einem grimmigen Gesichtsausdruck geht Jonathan zur Arbeitsfläche, wo die Teekanne steht, und gießt sich eine Tasse ein. Es ist ziemlich deutlich, dass er keine Lust hat, mit seinem Freund über seinen angeschlagenen Zustand zu diskutieren. Doch seine schlechte Laune scheint Alexander nicht zu beeindrucken.

»Du siehst furchtbar aus«, erklärt er Jonathan, und – objektiv gesehen – hat er recht. Es könnte zwar schlimmer sein, aber man erkennt deutlich, dass er sich geprügelt hat.

»Mir ging's auch schon mal besser«, erwidert Jonathan

knurrend. »Was ist denn im Büro schon wieder passiert, dass ich nicht mal einen Vormittag lang fehlen kann?«

Alex und ich wechseln Blicke. »Wir haben ein Problem mit Yuuto«, sagt er und berichtet Jonathan, der sich mit seinem Tee neben mich setzt, von dem beunruhigenden Anruf.

Jonathan schweigt einen Moment, hat an der Neuigkeit sichtlich zu kauen. »Wir schaffen das auch allein«, meint er dann. »Wir brauchen ihn nicht.«

»Das sagt sich so leicht«, widerspricht sein Kompagnon. »Er hat wichtige Kontakte, das weißt du, und es ist schlimm genug, wenn die uns nicht mehr zur Verfügung stehen. Aber wenn Yuuto aktiv gegen uns arbeitet, kann er uns ernsthaft schaden.«

»Da findet sich schon eine Lösung«, beharrt Jonathan, und seine Stimme klingt jetzt so endgültig, dass sogar Alex das Thema fallen lässt.

»Gut, wir werden sehen. Womit wir bei dem zweiten Problem wären, das wir haben. Ganz ehrlich: so wie du aussiehst, solltest du dich heute lieber nicht mehr im Büro blicken lassen. Sonst landet die Sache mit der Prügelei am Ende doch irgendwie in der Presse. Aber wenn du nicht da bist, kannst du auch leider nicht an dem Meeting zum Hackney-Projekt teilnehmen, das in«, er sieht auf seine Rolex, »nicht mal einer Stunde beginnt und das du offenbar vergessen hast.«

»Verdammt«, flucht Jonathan, und auch ich rucke den Kopf erschrocken hoch. Das Hackney-Projekt, der Umbau einer alten Industrieanlage in ein riesiges Einkaufszentrum, liegt ihm besonders am Herzen, daran haben wir in den letzten Wochen viel gearbeitet. Diese Termine waren ihm immer wichtig, und es zeugt davon, wie durcheinander er wegen des Vorfalls gestern ist, dass er einen davon tatsächlich ausgeblendet hat.

»Catherine wollte das Gespräch schon absagen, aber ich habe ihr gesagt, dass sie noch warten soll«, erklärt Alexander. Jonathan wirkt sichtlich erleichtert.

»Das ist gut. Das Treffen muss stattfinden. Zu diesem Zeitpunkt darf es keine Missverständnisse geben, sonst kippt am Ende der gesamte Bau.« Er sucht meinen Blick, und ich nicke stumm. Er hat recht: Die Investoren sind wegen einiger Verzögerungen ohnehin schon skeptisch. Wenn man sie jetzt durch einen abgesagten Termin verunsichert, steigen sie vielleicht ganz aus.

»Und weil ich das weiß, bin ich hier«, erwidert Alex. »Aber ohne dich ist das Meeting ziemlich müßig, oder? Und ich kann dich nicht vertreten, das weißt du. Ich habe keine Ahnung von dem Projekt.«

Jonathan überlegt für einen Moment.

»Du nicht, aber Grace. Sie kann das übernehmen.«

Dieser Vorschlag überrascht mich derart, dass mir der Mund offen stehenbleibt. Es stimmt zwar, ich bin gerade bei diesem Projekt im Stoff, weil ich es quasi von Anfang an begleitet habe, aber dass Jonathan mir zutraut, dass ich das auch allein hinkriege, hätte ich niemals gedacht.

Noch verwunderlicher ist, dass Alex das überhaupt nicht zu hinterfragen scheint. »Dann los, Grace. Die Zeit ist knapp.«

»Okay«, sage ich gedehnt und erhebe mich, immer noch in der Erwartung, dass es sich einer von beiden noch anders überlegt. Doch das tun sie nicht. »Ich hole schnell meine Tasche«, füge ich hinzu und laufe nach oben.

Als ich wieder herunterkomme, sitzen Jonathan und Alex noch am Küchentisch und reden. Ich kriege nur Wortfetzen mit, aber es scheint immer noch um mich zu gehen, denn ich höre meinen Namen. Leider schweigen sie, sobald sie mich bemerken, und Alex erhebt sich. Doch bevor er etwas sagen kann, klingelt sein Handy. Er holt es raus und sieht auf das Display.

»Das ist Sarah«, sagt er mit einem Lächeln und verschwindet in das angrenzende Esszimmer, um den Anruf entgegenzunehmen. Man sieht ihn nicht mehr, aber man hört ihn sprechen. Seine Stimme klingt jetzt viel leichter und fröhlicher als gerade.

»Vielleicht sollte ich meiner Schwester einen Pager kaufen – dann kann sie Alex direkt anfunken und zu sich bestellen und sie sparen Zeit.« Jonathans Stimme trieft vor Sarkasmus.

Es stimmt. Seit Sarah mit einem gebrochenen Bein im King Edward VII Hospital in Marylebone liegt, besucht Alex sie dort mindestens so regelmäßig wie Jonathan und ich, vielleicht sogar öfter.

»Spricht da der eifersüchtige große Bruder?« necke ich ihn. Er schnaubt, gar nicht amüsiert.

»Ich wundere mich nur, das ist alles«, sagt er. »Dass Alex eine Schwäche für meine kleine Schwester hat, wusste ich – aber nicht, dass das jetzt offenbar auf Gegenseitigkeit beruht.«

Das tut es. Ich weiß das, weil ich mit Sarah über Alex gesprochen habe. Aber da Jonathan sich offenbar noch an den Gedanken gewöhnen muss, dass seine Schwester mit seinem besten Freund zusammenkommen könnte, wechsle ich lieber das Thema.

»Wie lange dauert es eigentlich noch, bis sie entlassen wird?«

Er zuckt mit den Schultern. »Noch eine Weile. Auf jeden Fall zu lange.« Dann erhebt er sich und sieht er mich an. »Ich weiß nicht, ob ich dich wirklich gehen lassen kann, Grace.«

Ich schlucke. Wusste ich es doch – er hat Zweifel, ob ich die

Verhandlungen allein führen kann, denke ich, während er langsam auf mich zugeht. Und je näher er kommt, desto schneller klopft mein Herz – es kann einfach nicht anders.
»Aber ...«
Dicht vor mir bleibt er stehen.
»Du solltest lieber hierbleiben und mich pflegen«, sagt er, und erst jetzt erkenne ich das Glitzern in seinen Augen, das ein Kribbeln in meinem Magen auslöst. Er hat keine Krankenpflege im Sinn, so viel steht fest. Aber ich muss die Gelegenheit nutzen, um ihm die Frage zu stellen, die mir tatsächlich auf der Seele brennt.
»Denkst du wirklich, dass ich das schaffe mit dem Meeting?«
Er nickt. »Wenn ich das nicht tun würde, dann hätte ich nicht vorgeschlagen, dass du das übernimmst«, erklärt er mir, und für einen Moment flackert der kompromisslose Geschäftsmann in seinen Augen auf. Er will mir keinen Gefallen tun, es ist eine rein pragmatische Entscheidung, was mich erleichtert. Er traut es mir wirklich zu. Aber der Erwartungsdruck bleibt und nimmt mir ein bisschen den Atem. Andererseits ist es das, wofür ich studiere – das, was ich immer tun wollte. Deshalb schiebe ich die Bedenken beiseite. Es wird schon klappen.
»Schwarz steht dir verdammt gut«, sagt Jonathan jetzt, und sein Kompliment lässt mich strahlen. Die Bluse und der Rock gehören zu meinen Lieblingsstücken, ich hatte sie nämlich an, als ich ihm zum ersten Mal begegnet bin. Da wusste ich noch nicht, dass Jonathan ein besonderes Faible für diese Farbe hat. Ich mochte Schwarz schon immer, aber seitdem ziehe ich es umso lieber an.
Jetzt bedauere ich es ein bisschen, dass Alexander gleich nebenan ist und jederzeit wiederkommen kann, doch Jona-

than scheint dieser Umstand nicht zu stören, denn er legt die Arme um mich und zieht mich eng an sich, küsst mich verlangend.

»Jonathan, das geht doch nicht«, ermahne ich ihn nach einem Moment atemlos, obwohl ich gar nicht will, dass er aufhört. Was er auch nicht vorzuhaben scheint.

»Das hier ist mein Haus, also wüsste ich nicht, wer uns das verbieten sollte«, sagt er und lässt eine Hand unter meinen Rock gleiten.

»Aber ... ich muss doch jetzt mit Alexander ins Büro«, erinnere ich ihn und schiebe ihn ein Stück weg. »Das war deine Idee.«

»Ja, ich weiß«, knurrt er. »Aber wenn das Meeting vorbei ist, rufst du mich an, dann lasse ich dich von Steven wieder abholen.«

»Was hast du denn vor?«

Er grinst. »Wir werden herausfinden, wer von uns beiden gieriger ist«, sagt er und der Ausdruck in seinen Augen lässt einen prickelnden Schauer durch meinen Körper laufen.

Doch bevor ich nachfragen kann, wie genau er das meint, kehrt Alexander in die Küche zurück. Er lächelt zufrieden, als er uns sieht. »Kommst du dann, Grace?«

Er geht in Richtung Treppe, und ich will ihm folgen, aber Jonathan hält mich auf und holt einen Teller von der Arbeitsfläche. Darauf liegt ein sehr lecker aussehendes Sandwich mit Käse und Gurken.

»Hier, nimm«, sagt er auffordernd, und ich greife gerne zu, erstaunt darüber, dass er daran gedacht hat, dass ich noch nicht gefrühstückt habe. Das war sehr aufmerksam von ihm. Aber es ist wahrscheinlich dieser beeindruckende Blick fürs Detail, der ihn so erfolgreich gemacht hat.

»Danke.«

Er nickt, und als er lächelt, möchte ich nicht gehen, sondern lieber bleiben. Mit einem Seufzen will ich mich umwenden, doch wieder hält er mich auf. Er beugt sich vor und legt den Mund an mein Ohr, sodass ich seinen warmen Atem spüre.

»Bleib nicht zu lange«, sagt er, und der Klang seiner tiefen Stimme lässt Gefühle in mir aufsteigen, die so gar nicht zu dem Business-Meeting passen, zu dem ich auf dem Weg bin. Mit klopfendem Herzen laufe ich hinter Alexander her zur Haustür, in Gedanken nur mit dem beschäftigt, was Jonathan wohl mit mir tun wird, wenn ich zurück bin.

4

»Gut, dann sind wir uns ja einig«, sagt Jason Leibowitz von der neuen Baufirma, die für die alte, unzuverlässige eingesprungen ist, und zu meiner Erleichterung nicken die meisten.

Nur Frank Howard, der dickliche Anwalt, der den Hauptankermieter in dem neuen Einkaufszentrum in Hackney vertritt, sieht nicht zufrieden aus. »Aber was, wenn der Zeitplan nicht einzuhalten ist?«, fragt er mich nörgelig.

»Er wird eingehalten«, versichere ich ihm und lächele ihn auf eine hoffentlich professionell-freundliche Weise an. Das tue ich schon seit über einer Stunde bei allen seinen Einwänden – und er hat viele davon. Seit er mitbekommen hat, dass ich dieses Meeting leiten werde und nicht Jonathan, verhält er sich mir gegenüber extrem feindselig. Offenbar hat er nicht nur ein Problem mit der Tatsache, dass ich eine Frau bin, sondern auch mit meiner Jugend.

»Und was wenn nicht? Wird Huntington Ventures dann für die finanziellen Risiken haften?« Diesmal sieht er bewusst Alexander an, wohl weil er mir keine Entscheidungskompetenz zutraut, wenn es um die Gelder der Firma geht.

Doch Alexander reagiert nicht direkt auf den Anwalt, sondern hält den Blick auf mich gerichtet. Er nickt mir zu, was wohl bedeutet, dass er will, dass ich diese Frage beantworte. So macht er das schon die ganze Zeit, deshalb weiß ich echt nicht, wieso er sich überhaupt dazugesetzt hat. Ich bin zwar froh darüber, nicht ganz allein zu sein, aber eine tatkräftige Hilfe ist er mir definitiv nicht.

Ich hole tief Luft und überlege, was Jonathan in diesem Fall wohl gesagt hätte. Und plötzlich fällt mir die Antwort gar nicht schwer.

»Ich denke, wie gesagt, nicht, dass es zu irgendwelchen Verzögerungen kommen wird«, erwidere ich mit möglichst ruhiger Stimme. »Aber falls doch, regelt der Vertrag sehr genau, wie die Kosten aufzuteilen sind. Huntington Ventures wird selbstverständlich seinen Anteil tragen, und der ist, wie Sie wissen, nicht gering. Vor diesem Hintergrund dürfte es für alle Beteiligten ein überschaubares Risiko sein.« Ich sehe nicht mehr länger nur Frank Howard an, sondern lasse den Blick durch die große Runde streifen. »Vergessen Sie nicht, wie wichtig dieses Projekt für Hackney und die angrenzenden Stadtteile ist. Wir leisten damit nicht nur einen wichtigen wirtschaftlichen, sondern auch einen gesellschaftlichen Beitrag, dessen langfristige Wirkung nicht zu unterschätzen ist – eine Tatsache, die sich zudem noch sehr vorteilhaft in der Öffentlichkeit kommunizieren lässt. Es wird am Ende also nur Gewinner geben.«

Alexander lächelt fast unmerklich, während die anderen Vertreter der an dem Projekt beteiligten Parteien einmütig nicken. Und tatsächlich tut das jetzt auch Frank Howard.

»Dann hoffen wir, dass Sie recht behalten«, sagt er, immer noch skeptisch. Aber offenbar fällt ihm kein Gegenargument mehr ein. Endlich!

Alexander scheint das ähnlich zu sehen, denn er nutzt die Gunst des Augenblicks.

»Ich denke, wir können das Treffen jetzt beenden. Über den Termin für eine erneute Zusammenkunft werden wir Sie rechtzeitig informieren«, erklärt er, und die ersten erheben sich, fangen an, mit ihren Nebenleuten zu reden.

»Wird Mr Huntington dann wieder dabei sein?«, fragt

Sophie Reardon von der Bezirksverwaltung mich über das einsetzende Gemurmel hinweg und sieht mich hoffnungsvoll an. Anders als Frank Howard will die hübsche Blondine das wissen, weil sie ganz klar zu den zahlreichen Frauen gehört, die Jonathan ziemlich toll finden und deshalb seine Nähe suchen. Das kann ich zwar durchaus verstehen, aber meine Eifersucht verbietet es mir trotzdem, zu freundlich zu ihr zu sein.

»Ja, ich denke schon«, antworte ich knapp und schaffe es gerade noch, meine Papiere zusammenzuschieben, bevor sich die ersten von mir verabschieden.

Nachdem schließlich alle gegangen sind, verlassen auch Alexander und ich den großen Konferenzraum. Wir wollen wieder rauf in die Chefetage, doch als wir vor dem Fahrstuhl stehen, bekommt er einen Anruf.

»Fahr schon vor«, sagt er und geht durch den Flur zurück. Offensichtlich will er bei dem Gespräch keine Mithörer, und wenn ich seine Miene richtig deute, dann könnte erneut Sarah die Anruferin sein.

Also fahre ich allein ganz nach oben, wo Jonathan und Alexander ihre Büros haben. Catherine Shepard, die schöne schwarzhaarige Sekretärin, sieht mir von ihrem Schreibtisch im Foyer aus entgegen. Ihr Lächeln wirkt maskenhaft und aufgesetzt, und der Ausdruck in ihren Augen ist kalt.

Ich bin noch nicht dahinter gekommen, ob sie mich nicht leiden kann, weil sie auch zu den Jonathan-Fans gehört, oder ob es ihr nur einfach nicht passt, dass er mich sozusagen an ihr vorbei zu seiner Assistentin gemacht hat. Wahrscheinlich ist es eine Mischung aus beidem. Auf jedem Fall schafft sie es, mich nur durch ihren Blick zu verunsichern und das Hochgefühl zu verscheuchen, das mich nach oben begleitet hat.

»Na, wie ist es gelaufen?«, fragt sie mich auf eine plump

freundschaftliche Weise, aber ich bin fast sicher, dass in ihrer Stimme ein gewisser Hohn mitschwingt.

»Gut soweit«, gebe ich knapp zurück. »Wenn Mr Norton kommt, sagen Sie ihm bitte, dass ich auf ihn warte.« Ohne sie weiter zu beachten, gehe ich an ihr vorbei in mein Büro, das direkt neben Jonathans liegt.

Der Raum ist ähnlich eingerichtet wie Jonathans, hell und mit schlichten Designermöbeln, aber er ist deutlich kleiner. Genau wie fast alle anderen Räume hat es eine verglaste Außenwand, durch die man – zumindest von hier ganz oben – einen tollen Ausblick auf die Skyline von London hat. Um genau den zu genießen, trete ich an die Glasfront und sehe hinaus auf die Stadt.

Ein Seufzen entfährt mir, bevor ich es zurückhalten kann. Einerseits bin ich sehr froh, dass das Meeting vorbei ist und alles soweit gut geklappt hat – von Frank Howards ständigen Nachfragen mal abgesehen –, andererseits ist es auch ein absolut erhebendes Gefühl, hier zu stehen und zu wissen, dass ich es wirklich geschafft habe. Es war anstrengend – aber es hat mir auch gezeigt, dass das, was ich hier ausprobieren darf, etwas ist, was mir wirklich Spaß macht. Genau das möchte ich machen: Projekte wie das Bauvorhaben in Hackney betreuen und sehen, wie Teile ineinandergreifen, wie Rechnungen aufgehen und am Ende etwas Neues entsteht, etwas, zu dem man einen entscheidenden Beitrag geleistet hat ...

Ein Klopfen an der Tür reißt mich aus meinen Gedanken, und ich gehe davon aus, dass es Alexander ist, als ich »Herein«, rufe. Doch als ich mich umdrehe, steckt meine Freundin Annie ihren Kopf durch die Tür.

Sie hat ein buntes Vintagekleid an, das sich eigentlich gar nicht für die Arbeit eignet, doch mit den hohen schwarzen Stiefeln geht es als Büro-Outfit durch, zumindest bei Annie.

Wie sie das macht, weiß ich nicht, aber sie hat ihren ganz eigenen Stil, um den ich sie heiß beneide.

»Darf ich reinkommen?«

»Blöde Frage, natürlich«, sage ich ungehalten, weil sie so ungewohnt zaghaft klingt, und laufe ihr entgegen, umarme sie fest.

»Was machst du hier?« Eigentlich arbeitet Annie unten in der Investmentabteilung, wo ich ganz zu Anfang ebenfalls war, und ist nur selten hier oben.

Sie grinst, und ihre Augen funkeln. »Offiziell oder inoffiziell?«

»Es gibt zwei Versionen?«, frage ich amüsiert.

»Na klar. Offiziell bringe ich dir diese wichtigen Papiere hier«, sagt sie und deutet auf die Mappe in ihrer Hand. »Hatte ich mir als Ausrede überlegt, damit ich an dem Eisdrachen da draußen vorbeikomme.« Die Beschreibung passt so gut zu Catherine Shepard, dass ich grinsen muss. »Denn eigentlich wollte ich nur mal kurz vorbeischauen, weil ich gehört habe, dass du im Haus bist. Man kriegt dich ja sonst kaum noch zu Gesicht.«

Es klingt ein kleines bisschen vorwurfsvoll, und ich muss mir mit schlechtem Gewissen eingestehen, dass es stimmt. Seitdem das Pressefoto erschienen ist, dass Jonathan dazu veranlasst hat, öffentlich zu seiner Affäre mit mir zu stehen, wohne ich quasi bei ihm und bin fast gar nicht mehr bei Annie und den anderen in der WG in Islington gewesen, wo ich immer noch ein Zimmer habe.

»Wo ist denn der große Boss eigentlich?«, will Annie wissen. »Es heißt, er ist heute gar nicht da?«

»Nein, ist er nicht«, antworte ich wahrheitsgemäß und überlege kurz, ob ich ihr von dem Vorfall gestern Abend und der Tatsache, dass Jonathan bereit ist, einen Schritt weiter zu gehen, erzählen soll. Doch ich entscheide mich dagegen. Annie ist mir zwar in der kurzen Zeit, die wir uns kennen, zu einer wirklich guten Freundin geworden, aber sie hat meiner Beziehung zu Jonathan immer ablehnend gegenübergestanden. Sie hält ihn für bindungsunfähig und befürchtet, dass er mir wehtun wird. Deshalb würde sie das alles wahrscheinlich wieder kritisch sehen und anders interpretieren als ich, und ich möchte den Glückszustand, in dem ich mich gerade befinde, einfach noch ein bisschen länger genießen.

Aber so genau will sie es offenbar gar nicht wissen.

»Marcus hat übrigens nach dir gefragt«, sagt sie. »Ich glaube, er ist immer noch nicht drüber weg, dass Jonathan Huntington dich ihm weggeschnappt hat.«

»Hat er doch gar nicht«, protestiere ich. »Das war schließlich kein Entweder oder zwischen den beiden.« Ich mag unseren amerikanischen Mitbewohner, aber gegen Jonathan hätte Marcus bei mir niemals eine Chance gehabt. Und das weiß Annie auch, denn sie grinst.

»Du könntest dich aber zumindest mal wieder bei uns blicken lassen, da hat er schon recht. Wie sieht es denn am Wochenende aus? Ian kocht am Samstag eins seiner berühmten Currys und hat ein paar Freunde eingeladen. Komm doch auch – das wird lustig!«

Ian, der ein Tattoo-Studio in Islington besitzt und nicht nur unser anderer Mitbewohner, sondern auch Annies Freund ist, kocht in der Tat legendäre Currys, deshalb tut es mir wirklich leid, dass ich absagen muss. Aber ich muss dieses Wochenende einfach bei Jonathan sein.

»Ich kann nicht«, sage ich, unglücklich darüber, sie schon wieder enttäuschen zu müssen. Und das ist sie, das sehe ich ihr an. Doch bevor ich es begründen oder Annie protestieren kann, kommt Alexander herein.

»Oh, tut mir leid. Ich dachte, du wärst allein, Grace«, entschuldigt er sich.

»Ich wollte sowieso gerade gehen«, erklärt Annie und zwinkert mir zu. An der Tür dreht sie sich noch mal um. »Aber nächste Woche treffen wir uns mal wieder, okay?« Ihr Blick ist eindringlich.

»Versprochen«, sage ich und hoffe, dass ich es halten kann. Ich will sie als Freundin wirklich nicht verlieren.

Als sie weg ist, grinst Alexander mich an. Er wirkt jungenhafter als Jonathan, wenn er das tut, denke ich plötzlich. Entspannter. Unbelasteter ...

»Und – zufrieden mit deinem ersten Meeting?«, will er wissen. Ich zögere mit der Antwort. Ist das eine Fangfrage?

»Ich denke, es ist ganz gut gelaufen«, sage ich schließlich. Amüsiert betrachtet er mich.

»Gut? Grace, das war großes Kino, was du da abgeliefert hast. Jonathan wird sehr zufrieden sein. Du hast ihn würdig vertreten.«

Sein Lob geht mir runter wie Öl, und ich lächle ihn strahlend an. »Ich habe in den letzten Wochen ja auch viel von ihm gelernt«, sage ich, und in der Sekunde, in der ich es ausspreche, wird mir klar, dass es stimmt: Jonathan Huntington war nicht nur im Bett ein sehr guter Lehrmeister. Der Gedanke vertieft mein Lächeln. Offensichtlich ist es also nicht nur schlecht für mich, mit ihm zusammen zu sein. Das muss ich Annie unbedingt sagen, wenn wir uns das nächste Mal sehen.

»Und er von dir«, meint Alexander.

Überrascht sehe ich ihn an, ohne meine Frage auszusprechen, und er lächelt.

»Du hast ihn verändert, Grace. Und der neue Jonathan gefällt mir besser als der alte«, sagt er.

Gerade als ich überlege, ob ich ihn doch um Rat fragen soll, klingelt sein Handy, fast gleichzeitig mit dem Telefon auf meinem Schreibtisch, das eine halbe Sekunde später anfängt. Er nimmt seinen Anruf entgegen und macht mir ein Zeichen, dass er wieder rüber in sein Büro geht, und ich nicke und laufe zu meinem Apparat.

Es ist Jonathan.

»Fertig?« Seine tiefe Stimme ist wie ein Streicheln, und ich habe sofort alles andere vergessen, möchte nur noch möglichst schnell wieder bei ihm sein.

»Ja, fertig«, hauche ich. »Steven kann mich jetzt abholen.«

»Wir stehen schon vor der Tür und warten«, sagt er.

Freude durchzuckt mich. »Du bist mitgekommen? Aber ich dachte...«

»Komm einfach her, Grace.« In seiner Stimme schwingt der vertraute Befehlston, aber auch Verlangen mit, und ich lege sofort auf, packe meine Sachen zusammen und laufe zum Fahrstuhl. Catherine rufe ich noch zu, dass sie Alexander ausrichten soll, dass ich gegangen bin – er weiß ja, dass ich nur für das Meeting gekommen bin, also wird das schon in Ordnung sein. Und außerdem befolge ich nur die Anweisung des Geschäftsführers, denke ich mit einem Lächeln.

Die schwarze Limousine mit den verdunkelten Fenstern steht tatsächlich am Straßenrand, und als ich die Glastür des Gebäudes aufstoße, steigt Steven aus und kommt um den Wagen herum. Er öffnet mir die hintere Autotür, und ich strahle ihn an, während ich einsteige.

Jonathan wartet im Fond, was mein Herz einen Sprung machen und meinen Magen Achterbahn fahren lässt. Ich muss ihn kurz küssen, bevor ich mich neben ihn setze, ich kann nicht anders.

»Das war rekordverdächtig«, sagt er amüsiert. »Ich dachte, du brauchst viel länger.«

»Das Erste, was ich bei Huntington Ventures gelernt habe, ist, dass der Chef es überhaupt nicht mag, wenn man ihn warten lässt«, erkläre ich ihm, und er lacht.

»Sehr brav.«

Ich betrachte ihn genauer, während der Wagen sich in Bewegung setzt. Seine Hose, sein Jackett und seine Schuhe sind schwarz wie immer, doch diesmal trägt er dazu kein schwarzes Hemd, so wie sonst, sondern eins in einem sehr dunklen Lilaton. Fast farbenfroh für seine Verhältnisse, denke ich. Die Schwellungen an der Wange und der Lippe sind noch zu sehen, aber ansonsten wirkt er wie immer.

»Wie geht's deinen Rippen?«, frage ich ihn, weil mir der Kampf von gestern Abend noch so deutlich vor Augen steht. So schnell werde ich das nicht vergessen.

»Deutlich besser. Yuuto ist wohl doch nicht so schlagkräftig, wie ich dachte«, meint Jonathan. Na, hoffentlich stimmt das auch im übertragenen Sinne, denke ich voller Sorge. So ganz kann ich das nämlich noch nicht glauben.

»Wie war das Meeting?«, will er wissen, und ich berichte ihm davon, während wir durch London fahren.

Eigentlich gehe ich davon aus, dass wir auf dem Weg zurück nach Knightsbridge sind, doch irgendwann merke ich, dass mir die Gegend total unbekannt vorkommt.

»Wo fahren wir hin?«, frage ich irritiert.

»Nach Biggin Hill.« Als ich ihn verständnislos ansehe, fügt er hinzu: »Das ist ein privater Flughafen.«

Mein Gehirn rattert. »Okay. Und was wollen wir da?«

Jonathan lehnt sich in die Polster zurück. »Ich habe beschlossen, Alexanders Rat anzunehmen. Es ist besser, wenn ich keinem Papparrazzo vor die Linse laufe, solange man mir die Prügelei noch ansieht. Deshalb fliegen wir übers Wochenende weg.«

»Jetzt gleich?« Ich bin vollkommen überrumpelt. Und auch ziemlich entsetzt. »Aber ... ich habe doch gar keine Sachen dabei!«

»Ich habe dir von Mrs Matthews was einpacken lassen«, erklärt Jonathan mir ungerührt. »Und alles, was du sonst noch brauchst, besorgen wir dir.«

Natürlich, denke ich. Geld spielt ja keine Rolle, nicht in Jonathans Welt. Manchmal fällt es mir immer noch schwer, in seinen Kategorien zu denken. Aber dass er so etwas einfach so bestimmt, ohne mich vorher davon in Kenntnis zu setzen, macht mich wütend.

»Und du hattest es nicht nötig, mir deine Pläne mitzuteilen?« Ich hoffe, dass mein Blick streng genug ist, um ihm ein schlechtes Gewissen zu machen. Aber es sieht nicht so aus, denn er zuckt nur mit den Schultern. »Jonathan, du kannst so etwas nicht einfach über meinen Kopf hinweg entscheiden.«

Er legt den Arm um meine Schulter und lächelt wieder dieses Lächeln, dem ich so unglaublich schwer widerstehen kann. Was er vermutlich sehr genau weiß.

»Magst du keine Überraschungen?«

Das ist eine verdammt unfaire Frage. Es ist überhaupt schrecklich unfair. Denn wie soll ich wütend auf ihn sein, wenn ich jetzt, nachdem ich einen Moment Zeit zum Nachdenken hatte, ganz aufgeregt bin bei dem Gedanken, ein Wochenende mit ihm wegzufahren?

»Doch, schon. Aber ... das kommt so plötzlich. Und außerdem hätte ich gerne selbst gepackt.«

»Dafür war keine Zeit«, erklärt er mir. »Wir haben in einer halben Stunde einen Slot für den Abflug bekommen. Normalerweise melde ich das einen Tag vorher an, aber es ging zum Glück so kurzfristig.«

Da wir in diesem Moment auf das Gelände des Flughafens abbiegen und ich ein kleines silbergraues Flugzeug von der Startbahn abheben sehe, wird mir klar, dass er offenbar nicht von einer Linienmaschine spricht. Gegen meinen Willen bin ich beeindruckt und sage nichts mehr, beobachte nur staunend, wie Steven die Limousine an dem Flughafengebäude vorbei zu einem der Hangars fährt.

Davor steht eine etwas größere Maschine als die, die eben gestartet ist. Sie ist weiß und schlank, mit fünf kleinen Fenstern hinter dem Cockpit und zwei großen Turbinen oberhalb der Flügel. Die Flügel selbst sind an den Enden nach oben gebogen, und auf dem Heckruder, über das eine Querstrebe verläuft, steht in Weiß auf blauem Grund das, was ich mir schon gedacht habe – das Ding ist ein Learjet.

»Ist das deiner?«, frage ich, als wir neben dem Wagen darauf warten, dass Steven unser Gepäck auslädt. Ich kann meinen Blick gar nicht von dieser Luxus-Maschine losreißen, die förmlich auszustrahlen scheint, dass mit ihr nur fliegen darf, wer richtig viel Geld hat.

»Er gehört der Firma«, erklärt Jonathan und legt mir die Hand in den Rücken, schiebt mich vorwärts, auf die beiden Männer in blauer Uniform zu, die uns entgegenkommen.

Jonathan stellt mir die beiden vor, es sind unsere Piloten, und während wir auf den Jet zugehen, spricht er ein paar Worte mit ihnen, denen ich jedoch nicht entnehmen kann, wohin wir fliegen werden. Schließlich stehen wir vor der ausgeklappten Treppe des Jets, die eigentlich die Rückseite der Kabinentür ist, und Jonathan hält mir die Hand hin, um mir beim Einsteigen zu helfen. Drinnen ist alles vom Feinsten –

edle Hölzer, butterweiches helles Leder und ein dicker Teppich auf dem Boden.

Die beiden Piloten gehen ins Cockpit, und kurze Zeit später rollt die Maschine bereits in Richtung Startbahn. Ich lasse mich zaghaft auf einen der bequemen Ledersitze nieder und sehe mich staunend um.

»Wow«, entfährt es mir. »Wenn du mich beeindrucken wolltest, dann ist dir das gerade ziemlich effektiv gelungen.«

Jonathan ist zu dem kleinen Kühlschrank gegangen, der in eine der Wände eingelassen ist. Als er zurückkommt, hat er zwei Gläser Champagner in der Hand.

»Ich wollte dich nicht beeindrucken. Ich wollte nur schnell am Ziel sein, damit wir möglichst viel von unserem Wochenende haben«, erklärt er und reicht mir eins der Gläser, setzt sich dann neben mich.

Ich seufze innerlich. Das glaube ich ihm sogar. So ist Jonathan – er holt sich, was er braucht, um zu bekommen, was er will. Das ist ein Grund dafür, warum er so erfolgreich ist. Warum er auch Hunter genannt wird – der Jäger ...

Plötzlich fällt mir wieder ein, was Jonathan zu mir gesagt hat, bevor er mich das erste Mal geküsst hat.

Wie funktioniert es dann, Grace? Was muss ich tun, damit du machst, was ich will?

Ich schlucke. Würde er so weit gehen, mir Dinge zu versprechen, von denen er nicht vorhat, sie zu halten, nur um seinen Willen durchzusetzen? Vielleicht meint er das alles gar nicht wirklich ernst und es ist nur sein Weg, dafür zu sorgen, dass ich bleibe, solange er noch Spaß mit mir haben will?

»Auf dein erstes erfolgreich geleitetes Meeting.« Jonathan hebt sein Glas, stößt mit mir an. Mit dem ersten Schluck Champagner spüle ich den Kloß herunter, den ich plötzlich im Hals habe, und beschließe, ihm zu glauben. Alles andere ist so schwer zu ertragen, dass ich es lieber verdränge.

»Und wohin fliegen wir nun?«, will ich wissen, um mich abzulenken. Als Jonathan schweigt, versetze ich ihm einen spielerischen Stoß gegen den Arm. »Komm schon, mach's nicht so spannend.«

Er nimmt noch einen großen Schluck Champagner, und als er das Glas wieder senkt, haben seine Augen plötzlich einen anderen Ausdruck, schimmern weicher als sonst. Gedankenverloren blickt er aus dem kleinen Fenster neben uns.

»Wir fliegen nach Irland.«

5

Es ist später Nachmittag, als Jonathan den Mietwagen durch die Tore von Ballybeg House lenkt. Das große Herrenhaus aus grauem Stein, vor dem er hält, hat zahlreiche Erker und Schornsteine und hebt sich malerisch vor der Kulisse der sanften grünen Hügel ab, die uns umgibt. In den wunderschön angelegten, weitläufigen Gärten um das Haus herum blühen Büsche in verschiedenen, wunderbar komponierten Farben, und einzelne Bäume stehen neben den Wegen, die hinter das Haus führen. Auch der mit hellem Kies bedeckte Parkplatz, auf dem außer unserem noch einige andere – allesamt teuer aussehende – Sportwagen und Limousinen stehen, wirkt sehr gepflegt.

Schon irre, denke ich, während ich das alles fasziniert betrachte. In den zweiundzwanzig Jahren meines Lebens bin ich – abgesehen von einem einwöchigen Familienurlaub kurz hinter der kanadischen Grenze – immer nur in Illinois gewesen, und die meiste Zeit davon in meiner Heimatstadt Lester. Und jetzt kenne ich nicht nur England, sondern auch Irland, in das ich mal eben mit einem Learjet geflogen bin. Wenn das keine Horizonterweiterung ist, dann weiß ich es auch nicht.

»Das ist aber wirklich schön«, sage ich und strecke mich nach der langen Fahrt. Vom Flughafen in Kerry, wo wir mit dem Jet gelandet sind, haben wir noch eine gute Stunde bis hierher auf die Halbinsel Dingle gebraucht. »Ich wusste gar nicht, dass Huntington Ventures auch Hotels besitzt.«

Ich musste auf dem Flug lange betteln, aber schließlich hat Jonathan sich erweichen lassen und mir verraten, dass wir in ein Hotel fahren, das ihm genauso gehört wie der unglaublich teure Jet, der uns hergebracht hat. Vielleicht gewöhne ich mich eines Tages an die Tatsache, dass der Mann, den ich liebe, so reich ist, dass er wahrscheinlich ganz Lester samt der umliegenden Ländereien einfach so kaufen könnte. Aber noch beeindruckt mich das alles sehr.

»Das Hotel gehört nicht Huntington Ventures«, widerspricht mir Jonathan und nickt dem Pagen zu, der zum Auto geeilt kommt – einem schicken silbernen Austin, den wir in Kerry gemietet haben – und unser Gepäck auslädt: Jonathans kleinen Schalenkoffer und die Tasche, die Mrs. Matthews für mich gepackt hat.

Irritiert sehe ich ihn an. »Aber du hast doch gesagt...«

»Es ist mein Hotel, Grace. Es ist kein Firmeneigentum, es gehört mir als Privatmann.«

Das erstaunt mich zuerst, aber dann denke ich, dass es wahrscheinlich gar nicht so komisch ist. Wenn man so viel Geld hat wie er, dann muss man es gewinnbringend anlegen, wofür Immobilien sich perfekt eignen. Und Jonathan ist halber Ire, seine Mutter stammte aus Irland, also liegt es wahrscheinlich nahe, dass er hier auf der Insel nach Investitionsmöglichkeiten sucht.

Als wir über den Kies auf die Eingangstür zugehen, erscheint eine Frau um die fünfzig oben auf den Stufen. Ihr Haar ist blond mit einem Hauch von Silber darin, und sie trägt ein grünes Kostüm mit einer goldenen Brosche am Revers. Als sie uns entdeckt, stößt sie einen entzückten Schrei aus.

»Mr Huntington, wie schön, Sie zu sehen!«, ruft sie und eilt die Treppe hinunter auf uns zu. »Hatten Sie eine angenehme Reise?« Ihr Akzent ist ausgeprägt irisch und sie wirkt sehr freundlich.

»Ja, danke, Mrs O'Leary«, erwidert Jonathan lächelnd. Er trägt jetzt eine dunkle Sonnenbrille, die die Schwellung an seiner Wange teilweise überdeckt, aber sie ist trotzdem noch zu sehen. Wenn der Frau das auffällt, lässt sie es sich zumindest nicht anmerken.

Im Moment ist sie ohnehin mit mir beschäftigt und sieht mich neugierig an. Genau wie ich wartet sie darauf, dass Jonathan mich ihr vorstellt. Aber aus irgendeinem Grund tut er das nicht. Er schweigt – was ich extrem ungewöhnlich und irritierend finde, denn sonst ist er stets auf gutes Benehmen bedacht, und dazu würde eine Vorstellung jetzt eindeutig gehören. Als das Schweigen zwischen uns unangenehm zu werden droht, strecke ich kurzentschlossen die Hand aus.

»Ich bin Grace Lawson«, erkläre ich, und die Frau stellt sich mir, obwohl ich ihren Namen ja gerade schon gehört habe, noch mal als Beth O'Leary vor und erklärt mir, dass sie die Hausdame ist.

»Herzlich Willkommen in Ballybeg House«, sagt sie und schüttelt mir mit einem Lächeln die Hand, das fast noch strahlender ist als das, mit dem sie Jonathan begrüßt hat. Ich kann es nur nicht deuten. Ist es professionelle Freundlichkeit oder will sie damit Jonathans Fauxpas ausgleichen?

Wir folgen ihr hinein ins Haus, und ich werfe ihm von der Seite Blicke zu, die er jedoch ignoriert. Wieso hat er mich nicht vorgestellt? Vermeidet er das, weil er nicht weiß, als was er mich bezeichnen soll? Das fängt ja gut an mit unserem Beziehungsexperiment, denke ich.

»Wir haben uns so gefreut, als Sie anriefen. Sie waren so lange nicht mehr da!«, sagt Mrs O'Leary und strahlt weiter, während sie uns in die Eingangshalle führt und kurz hinter dem Empfangstresen verschwindet.

Anders als ich es erwartet hatte, ist das Innere des Hauses modern eingerichtet, ohne dabei den alten Charakter des Hauses zu überdecken. Die geschwungene Treppe, die in die oberen Etagen führt, ist eindeutig alt, genau wie das Haus selbst, aber die Möbel sind es nicht. Statt überladener Antiquitäten und schweren Vorhängen wirkt alles leicht und frisch, verbindet Tradition mit neuem Design.

»Wow«, flüstere ich beeindruckt.

»Ich habe es nach dem Kauf komplett sanieren und renovieren lassen«, erklärt Jonathan mir, dann ist Mrs O'Leary wieder bei uns und hält ihm einen Schlüssel hin, den er entgegen nimmt.

»Sie haben die Ballybeg Suite, wie immer«, erklärt sie.

»Es war hoffentlich kein Problem, dass ich so kurzfristig angerufen habe?«, erkundigt er sich.

»Nein, nein«, wehrt sie ab. »Es ist uns eine Ehre, Sir.«

Ein livrierter Page nimmt unsere Koffer und geht über die Treppe voran in die obere Etage. Er führt uns in eine wunderschöne Suite, die durch die freigelegten alten Deckenbalken, die in das Design des Zimmers integriert sind, besonders großzügig und trotzdem gemütlich wirkt. Während Jonathan dem Pagen ein Trinkgeld gibt und ihn wegschickt, sehe ich mich um.

Die Einrichtung unterscheidet sich nicht vom Rest des Hauses, auch hier sind die Möbel modern und geschmackvoll und geben dem Raum ein zeitgemäßes Flair. Der Wohnbereich wird von einer mit grünem Stoff bezogenen Sitzgruppe dominiert, von der aus man durch das große Panorama-Fenster einen herrlichen Ausblick auf die Landschaft hat, und das breite Pfosten-Bett im Schlafbereich sieht einladend aus. Sehr einladend.

Doch Jonathan beachtet das alles gar nicht, sondern wirkt abwesend. Mit nachdenklichem Gesicht steht er mitten im Raum und blickt nach draußen. Erst, als ich zu ihm trete, scheint er mich wieder zu registrieren.

»Wieso hast du mich nicht vorgestellt?«, will ich wissen, weil ich immer noch ein bisschen sauer darüber bin.

»Habe ich das nicht? Tut mir leid.«

Sein Blick geht wieder zum Fenster, und ich stehe unschlüssig neben ihm und kaue auf meiner Unterlippe. Dieser verdammte Kerl sieht tatsächlich so zerstreut und gedankenverloren – so abgelenkt – aus, dass ich ihm glauben könnte, dass er es vergessen hat. Wenn ich das wollte.

Er sieht mich an. »Wie findest du es?«

»Was – Irland oder das Hotel?« Ich bin nicht sicher, was er meint.

»Das Haus.«

»Extrem schön.« Die Unterscheidung leuchtet mir zwar nicht ganz ein – das Hotel ist doch das Haus, oder nicht? –, aber es ist in jedem Fall eine echte Perle.

Jonathan nickt schweigend und geht weg von mir weg, zum Fenster hinüber, starrt dort mit vor der Brust verschränkten Armen weiter in die Ferne.

Unsicher betrachte ich seinen Rücken, die angespannte Linie seiner Schultern. Bis gerade eben war noch alles gut – und plötzlich ist er so komisch. Total verschlossen und fast abweisend. Ich verstehe das einfach nicht, und es führt mir vor Augen, wie wenig ich ihn kenne und einschätzen kann.

Aber du wolltest ihn ja kennenlernen, erinnere ich mich, und hole tief Luft. Dann gehe ich zu ihm, schlinge die Arme seitlich um ihn und schmiege den Kopf an seine Schulter. Eindeutig überrascht von meiner plötzlichen Nähe löst er seine vor der Brust verschränkten Arme, was ich ausnutze, um mich weiter vor ihn zu schieben. Ihm bleibt gar nichts anderes übrig, als die Arme um mich zu legen, sodass wir eng umschlungen voreinander stehen.

»Was ist los mit dir?«, frage ich. »Wieso bist du auf einmal so ... anders?«

Mit klopfendem Herzen warte ich auf seine Antwort.

»Ich war lange nicht mehr hier«, murmelt er, so als wäre das eine Erklärung, und bevor ich eine Chance habe nachzufragen, presst er mich plötzlich dicht an sich und verschließt meinen Mund mit einem Kuss, der mir den Atem nimmt.

Es hat etwas Heftiges, fast Verzweifeltes, wie er mich jetzt hält, und die Leidenschaft, mit der er mich küsst, überrollt mich und lässt mich untergehen. Aber ich gehe gerne unter, glücklich darüber, dass ich ihn wieder erreichen kann, dass er sich nicht mehr vor mir zurückzieht.

Plötzlich habe ich keinen Boden mehr unter den Füßen und schlinge instinktiv die Arme um Jonathans Hals. Er hat mich hochgehoben und trägt mich zum Bett, küsst mich weiter, und noch während er geht, fange ich an, sein Hemd aufzuknöpfen, begierig darauf, seine warme Haut zu spüren.

Doch als wir nur noch zwei Schritte vom Bett entfernt sind, klopft es plötzlich.

»Verdammt!« Außer Atem unterbricht Jonathan unseren Kuss, verharrt jedoch mit seinem Mund dicht vor meinem. »Wenn das so weiter geht mit den Störungen, dann entführe ich dich auf eine einsame Insel.«

Sein Blick ist verhangen, und ich kann sehen, wie schwer es ihm fällt, mich freizugeben. Doch er tut es, weil es noch mal klopft, lässt mich runter. Hastig richte ich meine Sachen, und Jonathan schließt sein Hemd wieder, bevor er mit ziemlich viel Frust in der Stimme »Herein«, ruft.

Mrs O'Leary öffnet die Tür und sieht – wieder lächelnd – ins Zimmer.

»Entschuldigen Sie die Störung, Sir. Ich wollte mich nur erkundigen, ob Sie nach der Reise vielleicht Hunger haben?«

Fragend sieht Jonathan mich an. »Willst du was essen?«

Ich zögere mit der Antwort. Eigentlich will ich vor allem Jonathan. Ich möchte da weitermachen, wo wir gerade aufgehört haben. Aber da ich heute nur das Sandwich hatte, das er mir gemacht hat, bevor ich zu dem Hackney-Meeting musste, meldet sich mein Magen bei dem Gedanken an Essen sehr vehement und teilt mir durch Grummeln unmissverständlich ist, dass er Nahrungsaufnahme für eine gute Idee hält. »Ein bisschen was essen könnte ich schon«, gestehe ich deshalb.

Mrs O'Leary scheint diese Aussage glücklich zu machen, denn sie strahlt. »Wir decken Ihnen gerne den Tisch im Gartenhaus, wenn Ihnen das recht ist. Oder möchten Sie lieber unten im Salon speisen?«

Unschlüssig sehen Jonathan und ich uns an, und er scheint dasselbe zu denken wie ich. Nein. Keine anderen Leute. Nicht jetzt.

»Ich kann Ihnen auch etwas raufbringen lassen, wenn Sie möchten«, sagt Mrs O'Leary, der die Atmosphäre im Zimmer offenbar nicht entgangen ist.

Fast gleichzeitig nicken Jonathan und ich. Er räuspert sich. »Ja, das wäre schön.«

»Vielleicht etwas aus unserem Roomservice-Angebot? Sie können natürlich auch alles von der normalen Karte bekommen, wenn Ihnen das lieber ist. Oder soll ich ...«

»Wir nehmen, was immer der Küchenchef heute empfiehlt«, fällt Jonathan ihr ins Wort. »Und eine Flasche Champagner. Vielen Dank, Mrs O'Leary.«

»Sehr gerne, Sir«, sagt sie und schließt die Tür schnell wieder. Offenbar hat sie den nicht gerade subtilen Wink, dass sie uns stört, verstanden.

Ich warte, bis sie weg ist, dann greife ich nach Jonathan und ziehe ihn die letzten zwei Schritte zum Bett, lasse mich mit ihm darauf fallen, küsse ihn weiter. Er riecht so vertraut, und mein Herz klopft wild, weil ich ihn so sehr begehre. Weil er mich mitgenommen hat an diesen wunderschönen Ort und weil ich bei ihm sein kann. Vielleicht wird mir jetzt, wo ich bleiben kann, erst wirklich klar, was es für mich bedeutet hätte, ihn zu verlassen.

Wie von selbst finden meine Finger seinen Hemdkragen, und ich fange erneut an, die Knöpfe zu öffnen. Doch als ich gerade mit dem dritten beschäftigt bin, hält Jonathan mich auf.

»Ich fürchte, wir müssen mit dem Nachtisch bis nach dem Essen warten.«

Es dauert einen Moment, bis ich wieder klar denken kann, dann lasse ich mich mit einem enttäuschten Stöhnen in die Kissen zurücksinken. Ich weiß, dass er recht hat. Wenn gleich der Zimmerkellner kommt, können wir ihn ja schlecht nackt empfangen. Aber ich kann nicht mehr warten, ich ...

Meine Lippen formen ein stummes »Oh«, als ich spüre, wie Jonathans Hand sich zwischen meine Beine schiebt. Als ich ihn ansehe, grinst er und seine blauen Augen funkeln. »Was aber nicht heißt, dass wir auf einen Aperitif verzichten müssen.«

6

Er beugt den Kopf vor und legt die Lippen auf meine rechte Brust, haucht warme Luft durch den schwarzen Stoff. Mein Nippel wird sofort hart und drückt sich ihm entgegen, deutlich sichtbar durch den dünnen BH und die Bluse, und Jonathan umfasst ihn mit dem Mund, zieht sanft daran. Gleichzeitig wandert seine Hand über die empfindliche Haut auf der Innenseite meiner Schenkel weiter nach oben.

Ich habe keine Ahnung, wie er das macht, aber es braucht nur diese wenigen Berührungen, und ich stehe lichterloh in Flammen, wünsche mir seine Hände überall auf meinem Körper. Er hebt den Kopf wieder und sieht mir in die Augen, beobachtet jede Regung in meinem Gesicht, als er sein Ziel erreicht und mit den Fingern über den feuchten Stoff meines Slips reibt.

Ich lasse die Beine auffallen, bereit, ihm freien Zugang zu geben. Es ist schamlos, das weiß ich, aber ich will von ihm berührt werden. Ich brauche es. Es ist, als wüsste mein Körper, dass nur er mich auf die Höhen tragen kann, nach denen ich inzwischen süchtig bin, und ich kann es kaum abwarten, das wieder zu erleben.

Jonathan lächelt. »Gierig«, murmelt er und sieht zufrieden aus, doch das nehme ich nur noch durch einen Schleier wahr, denn sein Daumen zieht Kreise über meiner Klit. Der Stoff meines Slips verhindert zwar eine direkte Berührung, doch mich durchrieseln trotzdem Schauer der Lust.

Stöhnend wölbe ich mich seiner Hand entgegen, will, dass

er den Druck verstärkt, doch er tut noch etwas viel Besseres – er hakt die Finger seitlich in meinen Slip und zieht ihn mir aus, wirft ihn achtlos zur Seite. Dann senkt er erneut den Kopf und umschließt noch einmal heiß meine Brustwarze. Mein Unterleib krampft sich zusammen und ich spüre, wie sich neue Nässe zwischen meinen Beinen sammelt.

Voller Ungeduld greife ich nach seiner Hand und will sie wieder zwischen meine Beine führen, damit er weitermacht, doch Jonathan lässt mich nicht, entzieht sie mir wieder. Für einen Moment befürchte ich schon, dass er es sich anders überlegt hat, aber dann legt er sich mit einem Funkeln in den Augen zwischen meine Beine und schiebt den Rock ganz nach oben. Er drückt meine Schenkel noch weiter auseinander, sodass ich völlig entblößt vor ihm liege.

Weil ich die Anspannung kaum noch aushalte, schiebe ich mich auf die Ellbogen hoch, blicke an mir herunter. Der Anblick macht mich ganz schwach vor Lust. Ich bin Jonathan ausgeliefert, denn er hat die Arme unter meinen Po geschoben und hält meine Oberschenkel umklammert, sodass ich mich nicht bewegen kann. Sein Mund ist nur noch Zentimeter von meinen Venushügel entfernt, so nah, dass ich seinen Atem auf meiner Haut spüren kann. Vor Erregung zitternd beiße ich auf meine Unterlippe und warte darauf, dass er mich berührt. Doch er sieht mir nur in die Augen, zieht den Moment in die Länge, steigert die Spannung.

Dann beugt er sich endlich vor und berührt mit der Zungenspitze meine erregt pulsierende Klit, streicht sanft darüber.

»Ooohhh!« Mit einem langgezogenen Stöhnen lasse ich mich in die Kissen zurückfallen, überwältigt von der wilden Lust, die meinen Körper erfasst.

Jonathan steigert es langsam, leckt fester über meine Perle

und saugt schließlich daran, was mich fast in den Wahnsinn treibt. Ich will mich aufbäumen, doch seine Hände halten mich auf dem Bett, lassen nicht zu, dass ich mich bewege, liefern mich seiner Zunge hilflos aus, die jetzt in einem regelmäßigen Rhythmus in meinen Spalt eindringt und mir weiteren Nektar entlockt.

Ich spüre, wie mich die ersten Beben meines Orgasmus erfassen und kralle die Hände in das Laken, werfe den Kopf hin und her, weil das Gefühl so intensiv ist, dass ich die Beine schließen, ihm ausweichen will. Aber er lässt mich nicht, steigert stattdessen das Tempo, in dem seine Zunge mich nimmt.

»Oh Gott, ich ... ich ... kann nicht ...« Ich spüre, wie meine inneren Muskeln sich zusammenkrampfen. »Bitte, Jonathan.«

Ich will Gnade, weil seine Zunge mich so unausweichlich auf meinen Höhepunkt zutreibt. Doch meine Worte scheinen ihn nur noch weiter anzustacheln. Als ich den Gipfel fast erreicht habe, hört er plötzlich auf, lässt mich einen Moment lang zu Atem kommen. Dann drückt er die Zunge flach gegen meine sehnsüchtig pochende Klit und schiebt gleichzeitig zwei Finger in meinen heißen, feuchten Spalt.

Ich komme sofort und heftig, werde von der Explosion mitgerissen, die meinen Körper in tausend kleine Teile sprengt und mich in die Erlösung katapultiert. Haltlos erschauere ich und klammere die Beine um Jonathans Kopf, reite stöhnend die Wellen, die mich unkontrolliert durchlaufen, während seine Zunge weiter meinen empfindlichsten Punkt reizt, bis ich nicht mehr kann. Völlig erschöpft sinke ich auf die Matratze zurück, zu schwach, um den Kopf zu heben oder meine Beine zu schließen.

Erst jetzt gibt Jonathan mich wieder frei, schiebt sich zu

mir hoch und legt sich neben mich. Er zieht mich an sich und küsst mich. Ich schmecke mich selbst auf seinen Lippen, und ein letzter Schauer erfasst mich, lässt mich tief seufzen.

»Das war...«

»...nur der Aperitif«, ergänzt er mit einem zufriedenen Glitzern in den Augen und steht auf, verschwindet im Bad, während ich weiter auf dem Bett ausgestreckt liege und den trägen, entspannten Zustand genieße, in dem ich mich befinde.

Erst, als es an der Tür klopft, schrecke ich hoch. Es dauert einen Moment, bis mir klar wird, was das bedeutet: Unser Essen ist da.

Jonathan kommt aus dem Bad und ist schon auf dem Weg zur Tür, deshalb stehe ich schnell auf und schiebe meinen Rock wieder über meine Beine. Hektisch suche ich den Boden nach meinem Slip ab und entdecke ihn neben dem Nachttisch. Aber die Zeit reicht nicht, ihn wieder anzuziehen, denn der Zimmerkellner rollt den Servierwagen mit unseren Tellern bereits in die Suite.

Hektisch schiebe ich das verräterische Kleidungsstück mit dem Fuß ganz unter den Nachttisch und ziehe meinen Rock noch ein bisschen weiter runter. Ich spüre, wie ich rot werde, und blicke Jonathan strafend an, der an der Tür steht und grinst. Das hat er hundertprozentig absichtlich gemacht – er wollte, dass ich keine Zeit mehr habe, mich anzuziehen. Natürlich weiß ich, dass der Kellner nicht weiß, was wir gerade gemacht haben, und er ahnt auch nicht, dass ich unter meinem Rock nichts trage, aber mir ist die Tatsache dafür umso bewusster. Was meine Wangen noch ein bisschen heißer macht. Und Jonathans Grinsen noch ein bisschen breiter.

Dafür wird er mir büßen, schwöre ich mir, während ich zusehe, wie der Kellner – ein junger Mann mit roten Haaren –

den Tisch für uns deckt. Er öffnet auch die Flasche Champagner, die Jonathan bestellt hat, und füllt zwei hohe, leicht bauchige Gläser, die er ebenfalls auf den Tisch stellt, zusammen mit einer Schüssel frischer Erdbeeren, die offensichtlich als Nachtisch gedacht sind. Kunstvoll gefaltete Servietten folgen als Letztes. Dann zieht er den Stuhl für mich heraus und sieht mich erwartungsvoll an, sodass mir gar nichts anderes übrig bleibt, als zu ihm zu gehen und mir von ihm auf meinen Platz helfen zu lassen.

Jonathan steckt dem Kellner ein großzügiges Trinkgeld zu, bevor er sich ebenfalls setzt, und der Kellner hebt die beiden Silberhauben von unseren Tellern. Der Duft von gebratenem Fleisch und Kräutern, der vorher schon leicht wahrzunehmen war, erfüllt jetzt den Raum und lässt mir das Wasser im Mund zusammenlaufen.

»Lammkaree mit Lavendel auf einem grünen Bohnenbett mit gerösteten Kartoffeln«, erklärt der Kellner auf Jonathans fragenden Blick hin. »Mit Empfehlungen des Küchenchefs.«

»Sehr schön.« Jonathan nickt zufrieden. Offenbar trifft das sehr genau seinen Geschmack – und meinen auch, denn das goldbraun gebratene Fleisch duftet so himmlisch, dass ich es kaum erwarten kann, davon zu probieren.

»Guten Appetit«, wünscht uns der Kellner noch, dann lässt er uns allein.

Jonathan hebt die Brauen und schüttelt den Kopf. Um seine Lippen spielt ein sehr aufregendes Lächeln. »Ohne Slip am Esstisch. Über Ihre Umgangsformen müssen wir uns wirklich noch mal unterhalten, Miss Lawson.«

Eigentlich will ich ihm böse sein, doch inzwischen gefällt es mir fast, dass ich unter dem Rock nichts trage. Es hat etwas sehr Verruchtes und erinnert mich daran, dass wir noch nicht fertig sind. Deshalb lächele ich nur und strecke das Bein aus, lege meinen Fuß in Jonathans Schoß und streiche an seinem Oberschenkel entlang bis zu der harten Wölbung, die mir zeigt, dass ihn das alles ganz und gar nicht kalt lässt.

»Ich komme vom Land, Mylord«, erwidere ich mit einem unschuldigen Augenaufschlag. »Da legen wir nicht so viel Wert auf Etikette.«

Jonathans Blick wird dunkler. »Wenn du nicht willst, dass das Lamm kalt ist, bevor du dazu kommst, es zu essen, dann lässt du das besser, Grace.«

Zufrieden darüber, wie er ganz offenbar um Selbstbeherrschung ringen muss, ziehe ich meinen Fuß zurück und widme mich meinem Fleisch, schneide mir das erste Stück ab, das so zart ist, wie es aussieht, und mir auf der Zunge zergeht. Auch Jonathan schmeckt es sichtlich.

»Wie lange hast du das Hotel eigentlich schon?«, erkundige ich mich, während wir essen.

»Fünf Jahre«, antwortet Jonathan und erzählt mir auf meine Nachfrage von der Renovierung, bei der die Handwerker ein ganzes Jahr lang fast alles im Haus nach seinen Plänen umgebaut haben. Auf das Ergebnis ist er – zu Recht – sehr stolz.

»Ich wollte eine Mischung aus Altem und Neuem, Ballybeg House sollte in der Moderne ankommen, ohne seinen alten Charakter zu verlieren«, erklärt er mir und lehnt sich zurück. Er ist schon fertig mit seinem Lamm und trinkt einen Schluck Champagner.

»Das ist dir gelungen«, bestätige ich ihm lächelnd.

Während ich die letzten Bissen von meinem Teller esse, blicke ich durch das Fenster raus in den Garten. Weil das Gebäude u-förmig ist, sieht man von hier einen Teil des Seitenflügels mit seinen Erkern und den wunderschön angelegten Garten.

»Ist das hier eigentlich irgendwie mit Lockwood Manor zu vergleichen?«, will ich wissen. Ich habe keine Ahnung von Herrenhäusern und ich bin auf einmal neugierig, wie Jonathans Familiensitz in Südengland wohl aussieht.

Aber es war eindeutig die falsche Frage, denn Jonathans gerade noch gute Laune kühlt sich schlagartig um ein paar Grad ab.

»Nein«, antwortet er mit eisiger Stimme. »Lockwood Manor ist ein muffiges altes Haus. Und da mein Vater sich ganz der Tradition verschrieben hat, wird es das wohl auch immer bleiben.«

»Aber es wird dir doch eines Tages gehören. Dann kannst du frischen Wind reinbringen«, widerspreche ich ihm.

Er schüttelt den Kopf. »Ich werde dort niemals leben. Es ist schlimm genug, dass ich immer wieder hinmuss, solange mein Vater lebt. Aber das Haus kann Sarah haben. Oder es kann von mir aus verrotten. Ich will es nicht.«

Er sagt das mit einer Leidenschaft, die mich überrascht.

»Das meinst du nicht ernst, oder?« Ich kann mir das nicht vorstellen. So schlimm zerrüttet kann das Verhältnis zwischen ihm und seinem Vater nicht sein, dass Jonathan den Familiensitz absichtlich verfallen lassen würde.

»Oh doch«, beharrt er. »Ich will mit dem Lockwood-Erbe nichts zu tun haben.«

Erschrocken sehe ich ihn an. Bisher war ich immer davon ausgegangen, dass die beiden Meinungsverschiedenheiten haben. Doch dieser Zwist geht offenbar viel, viel tiefer.

Mir fällt wieder ein, dass Jonathan nicht mal seinen Adelstitel führt, wenn es sich vermeiden lässt, und langsam dämmert mir, dass er das nicht aus Koketterie oder aus Bescheidenheit oder aus einem Unabhängigkeitsstreben heraus tut. Er will das alles wirklich nicht, scheint schon den Gedanken zu hassen, dass er eines Tages der Earl of Lockwood sein wird.

»Geht das denn? Ich meine, könntest du auch kein Earl werden?«

Jonathan seufzt tief. »Es geht theoretisch, ja. Ich habe das Recht, auf den Titel zu verzichten, und ich habe schon oft darüber nachgedacht. Aber Sarah rastet total aus, wenn ich es nur erwähne. Sie hat mir angedroht, nie wieder ein Wort mit mir zu sprechen, wenn ich wagen sollte, das zu tun, und ich traue ihr zu, dass sie das durchzieht.« Er zuckt mit den Schultern. »Allerdings werde ich nur den Titel führen, mehr nicht – auch nicht ihr zuliebe.«

Ich schlucke. Zerrüttet ist also doch definitiv das richtige Wort für Jonathans Beziehung zu seinem Vater.

Dabei kam es mir bei meiner bisher einzigen Begegnung mit dem alten Earl so vor, als würde der die deutlich unterkühlte Beziehung zu seinem Sohn bedauern. Er war zwar genauso stur und arrogant, wie Jonathan es manchmal sein kann, und er hat es ganz sicher nicht besonders geschickt angefangen – aber er schien mir den Kontakt zu Jonathan zu suchen.

»Denkst du nicht, dass es deinem Vater das Herz bricht, wenn du alles, was ihm wichtig ist, so ablehnst?«

»Ich glaube nicht, dass er ein Herz hat, das man ihm brechen kann«, sagt Jonathan grimmig. »Und jetzt lass uns nicht mehr über ihn reden, okay?«

Ich will die Stimmung zwischen uns nicht ruinieren, deshalb gehe ich nicht weiter darauf ein. Aber es ist ein Punkt, über den ich unbedingt noch mehr herausfinden muss, wenn ich eine Chance haben will, Jonathan zu verstehen.

»Bist du eigentlich oft hier?«, frage ich, nachdem ich uns Champagner nachgegossen habe.

Jonathan überlegt. »Während der Renovierungsphase war ich sehr viel hier und habe alles überwacht«, sagt er. »Aber danach nur noch ein paar Mal. Das letzte Mal muss schon zwei Jahre her sein.«

Komisch, denke ich. Wozu kauft er ein Hotel und renoviert es total aufwendig, wenn er dann fast nie hinzufährt?

»Und wie bist du ausgerechnet auf Ballybeg House gekommen?« Mir fällt eigentlich nur ein Grund ein. »Kam deine Mutter aus der Gegend hier?«

Lady Orla Lockwood war Irin, eine sehr schöne sogar, wie ich auf einem Bild im Internet gesehen habe. Von ihr hat Jonathan die schwarzen Haare und die blauen Augen geerbt, aber abgesehen davon weiß ich wenig über sie – außer, dass sie vor über zwanzig Jahren bei einem Unfall auf Lockwood Manor starb.

Jonathan schüttelt den Kopf. »Sie kam aus einem Ort in der Nähe von Dublin. Aber sie liebte die Grafschaft Kerry und vor allem diese Halbinsel hier. Als sie noch lebte, haben wir hier ein paar Mal Ferien gemacht.«

Ich rechne im Stillen nach. Er war neun, als seine Mutter verunglückte, also muss er bei diesen Aufenthalten wirklich noch klein gewesen sein. Komisch, denke ich – ihn mir als Jungen vorzustellen, fällt mir schwer. Doch er ist einer gewesen – und er musste mit einem schlimmen Verlust fertig werden.

Ich kann das nachfühlen. Mein Vater hat unsere Familie verlassen, als ich sechs war, deshalb weiß ich, wie es ist, so früh jemanden zu verlieren, den man liebt. Wie hilflos es einen macht, weil man es einfach nicht versteht, warum derjenige nicht mehr da ist. Aber für Jonathan muss es noch viel härter gewesen sein. Denn Dad lebt noch. Ich habe zwar keinen Kontakt zu ihm, aber ich könnte ihn sehen, wenn ich das will.

»Und ihr habt hier in diesem Hotel gewohnt?«

»Nein, damals war das Haus noch in Privatbesitz. Aber es gefiel Mum. Wir wohnten ganz in der Nähe, und sie hat das oft gesagt, wenn wir bei Spaziergängen hier vorbeigekommen sind. Ich glaube, sie hat den Weg, den wir gegangen sind, extra danach ausgesucht.«

Ein trauriges Lächeln spielt um seine Lippen, und ich spüre, wie mein Herz sich zusammenzieht. Mein Gott, denke ich. Dieses Haus ist keine Investition – es ist sein Versuch, eine Erinnerung festzuhalten, die für ihn kostbar ist. Plötzlich wird mir auch klar, warum er gerade so komisch war. Natürlich. Wieder hier zu sein, muss all die Gefühle in ihm geweckt haben, die er damit verbindet. Vielleicht tut es ihm zu weh, um sich das regelmäßig anzutun, überlege ich, und er kommt deshalb nur selten her. Was wiederum der Tatsache, dass er mit mir ausgerechnet hierhergekommen ist, um mir das alles zu zeigen, eine ganz andere, besondere Bedeutung gibt.

»Es hätte deiner Mutter ganz bestimmt gefallen, was du daraus gemacht hast«, sage ich leise.

Jonathan nickt und atmet tief ein, dann sieht er mich an, und für einen kurzen Moment enthüllt er mir, was er sonst verbirgt, lässt mich den Schmerz erkennen, der sich viel tiefer in seine Seele gegraben hat, als ich ahnen konnte. Atemlos halte ich seinem Blick stand, versuche zu begreifen, was genau es ist, dass ihn so quält. Doch der Augenblick ist so schnell wieder vorbei, wie er gekommen ist, und Jonathan verschließt sich wieder, zieht das alles an den für mich und alle anderen unerreichbaren Ort zurück, den er so gut hütet. Dafür tritt ein anderer Ausdruck zurück in seine Augen, einen, den ich gut kenne – und bei dem mein Unterleib sich erwartungsvoll zusammenzieht.

»Möchtest du jetzt den Nachtisch?« Seine Stimme ist rau, und alles in mir strebt zu ihm. Doch er muss noch für die Nummer mit dem Slip gerade eben zahlen.

»Oh ja, Nachtisch«, hauche ich und hole mit unschuldigem Gesicht eine Erdbeere aus der Schüssel, die auf dem Tisch zwischen uns steht. Dann halte ich sie an meinen Mund, lege betont langsam und aufreizend meine Lippen darum und beiße mit einem lustvollen Stöhnen hinein. »Köstlich«, schwärme ich und strecke unter dem Tisch meinen Fuß wieder aus, streiche damit über seinen Oberschenkel, lege ihn auf die harte Stelle zwischen seinen Beinen. »Ich wünschte, ich wäre nicht immer so gierig. Aber ich kriege einfach nie genug – Nachtisch.«

Jonathans Augen sind jetzt gefährlich dunkel, was mir ein zufriedenes Lächeln entlockt, während ich die Erdbeere ganz in meinem Mund verschwinden lasse und mir kurz über die Lippen lecke. Ich will nach einer neuen greifen, doch seine Stimme hält mich auf.

»Komm her, Grace«, befiehlt er mir in diesem Tonfall, der keinen Widerspruch duldet und mich sonst oft gerade deshalb dazu herausfordert. Aber jetzt gehorche ich gerne und gehe zu ihm, setze mich auf seinen Schoß. Sofort wandert seine Hand unter meinen Rock, schiebt sich zwischen meine Schenkel, und ich öffne meine Beine, heiße ihn willkommen.

»Du kriegst nie genug?«, flüstert er an meinen Lippen.

»Nein«, hauche ich und schüttele den Kopf. »Nie.«

Mein Kopf sinkt zurück, als ich spüre, wie sein Finger in mich eindringt, und ich schlinge die Arme um seinen Hals. Ich gehöre ihm, genau wie er gesagt hat. Mit Haut und Haar. Und ich will, dass er mir auch gehört – zumindest jetzt. Hier.

»Wehe, es stört uns noch mal jemand«, sagt er mit einem

besitzergreifenden Beben in der Stimme und lässt seine Lippen über meinen Hals gleiten, zieht eine heiße Linie bis hinter mein Ohr, während er den Finger in mir leicht krümmt, was eine Explosion von Gefühlen in mir auslöst, die mich aufstöhnen lässt. Dann liegt sein Mund auf meinem, und sein Kuss nimmt mir den Atem.

Nur durch einen Schleier nehme ich wahr, dass er sich aus mir zurückzieht und mich hochhebt, zum Bett trägt. Dann fühle ich die kühlen Laken unter mir, spüre Jonathans Körper an meinem.

Wir sind beide wie berauscht, nicht mehr in der Lage, uns zurückzuhalten. Mir zittern die Finger, als ich endlich tun darf, was ich schon die ganze Zeit tun wollte und sein Hemd öffne, daran reiße und es aus Jonathans Hose ziehe. Die Kleidung stört mich, ich will seine Haut unter meinen Händen spüren, und Jonathan scheint es mit mir genauso zu gehen. Mit fast fieberhafter Eile ziehen wir uns gegenseitig aus, werfen die Sachen achtlos zur Seite, bis wir nackt nebeneinander liegen.

Gierig lasse ich den Blick über Jonathans Körper gleiten. Er ist so schön, dass mir jedes Mal der Atem stockt. Alles an ihm. Die breite, durchtrainierte Brust, die muskulösen Arme, die kräftigen Beine, sein Po und der flache Bauch, seine Hände, der dunkle Ton seiner Haut. Und sein harter Schaft, der mir so viel Lust bereiten kann.

Ich spüre, wie erregt er ist. Er will mich genauso, wie ich ihn, kann es kaum noch abwarten. Und ich stehe ihm in nichts nach, berühre mit Händen und Lippen so viel von ihm, wie ich kann, winde mich unter ihm, als er den Mund auf meine schon sehnsüchtig wartenden Brüste senkt und mit der Zunge die hart aufgerichteten Nippel umkreist, daran saugt, bis ich aufstöhne.

»Grace«, keucht Jonathan und schiebt sich über mich, will mich mit der Dringlichkeit nehmen, die ich auch empfinde.

Aber ich stemme die Hände gegen seine Brust.

»Warte!«

Er hat die Arme rechts und links von meinem Kopf aufgestützt und verharrt über mir. Ich kann die Anspannung in seinem Gesicht sehen, die Lust, die er nur mühsam im Zaum hält – und die Verwunderung darüber, dass ich ihn aufhalte.

»Hast du das ernst gemeint, dass wir ab jetzt nach meinen Regeln spielen?«, frage ich.

Er runzelt die Stirn. »Worauf willst du hinaus?«

»Ja oder nein?«, dränge ich ihn.

»Kommt drauf an, was das für Regeln sind.« Er hebt die Augenbrauen. »Beim Sex bin ich keine Regeln gewohnt, Grace.«

Mir wird klar, dass er glaubt, dass ich ihm irgendetwas verbieten will. Aber das habe ich gar nicht vor, deshalb lächle ich und verstärke den Druck auf seine Brust, bis er nachgibt und sich zur Seite fallen lässt, sodass ich ihn herumrollen kann. Jetzt liegt er unter mir und ich sitze auf ihm.

»Es gibt auch keine«, erkläre ich ihm. »Gar keine mehr. Ab jetzt darf ich alles.«

Es ist das erste Mal, das wir miteinander schlafen, seit wir den Club verlassen haben. Das erste Mal, seit Jonathan sich entschieden hat, der Sache zwischen uns eine Chance zu geben. Und deshalb will ich diesmal mehr.

Jonathan sieht mich verständnislos an. »Du durftest die ganze Zeit schon alles«, erklärt er mir, doch ich schüttele den Kopf.

»Nein, durfte ich nicht.« Bisher war nur reiner Sex erlaubt, ohne Gefühle, ohne echte Nähe. Aber wenn wir jetzt nach meinen Regeln spielen, dann ist das ab sofort anders.

Ich beuge mich vor und küsse ihn, schiebe dabei seine Arme nach oben über seinen Kopf. »Vertraust du mir?«

Der unsichere Ausdruck in seinen Augen bleibt, aber er nickt. »Was hast du vor?«

»Lass dich überraschen.« Ich gleite von ihm herunter. »Bleib so«, weise ich ihn an. »Nicht bewegen.«

Schnell verlasse ich das Bett und gehe zu meiner Tasche, wühle kurz darin, bis ich gefunden habe, was ich suche. Dann kehre ich damit zu Jonathan zurück und knie mich neben ihn.

Er hat sich tatsächlich nicht bewegt, sieht aber immer noch sehr skeptisch aus. Erst, als er die großen Seidentücher in meiner Hand sieht, entspannt er sich wieder etwas.

»Du willst mich fesseln?« Den Gedanken scheint er zwar irritierend zu finden, aber auch ziemlich spannend.

»Du hast mich auch schon gefesselt«, erinnere ich ihn und binde eins meiner Halstücher um sein Handgelenk. »Gleiches Recht für alle.«

Doch meine Idee ist ein bisschen schwieriger umzusetzen als gedacht, denn ich kann das andere Ende nur an den Bettpfosten festbinden, was bedeutet, dass Jonathan sich ein bisschen aufrichten und die Arme weit strecken muss. Er lässt es sich trotzdem gefallen, und ich stopfe die Kopfkissen in seinen Rücken, damit er es so bequem wie möglich hat.

Als ich fertig bin, zieht Jonathan an seinen Fesseln, die zu halten scheinen.

»Und jetzt?« Sein Lächeln ist immer noch eine Spur unsicher. Er ist es klar nicht gewohnt, die Kontrolle abzugeben – aber da muss er durch.

Zufrieden betrachte ich mein Werk. Es ist ein unglaublich

erregender Anblick, ihn gefesselt auf dem Bett zu sehen. Die Sonne, die draußen hinter den grünen Hügeln sinkt, taucht das Zimmer und das Bett in ein wunderbar warmes Licht und lässt Jonathans nackte Haut golden glänzen.

»Jetzt ...«, ich streiche mit der Hand über seine Brust und dann weiter über seinen Bauch, »mache ich mit dir, was ich schon die ganze Zeit tun wollte.«

7

Jonathan zieht scharf die Luft ein, als meine Hand sich seinem harten, hoch aufgerichteten Schaft nähert, doch ich berühre ihn nicht, sondern halte vorher inne, lasse meine Hände wieder über seinen Bauch zurückwandern zu seiner Brust.

Denn genau das habe ich vor. Ich will tun, was er mir die ganze Zeit über verwehrt hat – ihn spüren, seinen Körper erkunden, Haut an Haut mit ihm sein, ohne dass er meinen Zärtlichkeiten ausweichen kann. Bisher hat er das nämlich immer getan, fast so, als hätte er Angst vor dieser Nähe. Aber jetzt ist er mir ausgeliefert – und das werde ich bis zur Neige auskosten.

Ich lege mich neben ihn, sodass unsere Körper sich auf ganzer Länge berühren und streiche mit den Fingern federleicht über seine Haut, folge ihnen mit den Lippen, schmecke ihn. Überall, wo ich ihn berühre, kann ich seine Anspannung fühlen, die harten Muskeln, die nicht nachgeben. Er weiß, dass ich ihm nicht wehtun werde, aber er scheint trotzdem mit etwas zu rechnen, was ihm unangenehm sein wird.

»Schließ die Augen«, weise ich ihn an, und er tut es, aber erst nach einem Moment des Zögerns.

Ich mache weiter, erkunde seinen Oberkörper Zentimeter für Zentimeter, knabbere an seinem Hals, küsse seinen Bizeps, die Wölbung seiner Schultern und seinen Hals, kratze mit den Fingernägeln sanft über seine breite Brust und umrunde mit der Zunge seine harten kleinen Brustwarzen. Und langsam, ganz langsam entspannt er sich, lässt los. Ich fühle, wie seine Muskeln weicher werden. Er stößt die Luft aus, die er zwischendurch immer wieder angehalten hat, und atmet ruhiger, legt den Kopf zur Seite, die Augen immer noch geschlossen.

Erst jetzt wandere ich mit Händen und Lippen weiter nach unten. Doch auch das tue ich ohne Eile. Ich durfte das noch nie tun, jedenfalls nicht so in Ruhe, so ausgiebig, und ich will es genießen. Wieder spare ich sein Glied aus, küsse nur seinen Bauch und dann an der empfindlichen Linie zwischen Becken und Oberschenkeln entlang, fahre mit der Hand an der Innenseite seiner Schenkel hinauf, streichle seinen Hodensack und ziehe ganz leicht daran, was Jonathan aufkeuchen lässt.

Er hat den Oberkörper jetzt wieder angespannt und die Augen geöffnet. Seine Brust ist schweißbedeckt, und die Sehnen auf seinen Unterarmen treten deutlich hervor, als er an seinen Fesseln reißt.

Ein ungewohntes Gefühl der Macht durchströmt mich, und ich spüre, wie ich feucht werde. Das alles macht mich genauso an wie ihn, und ich weiß nicht, wie lange ich es noch aushalte. Aber ein bisschen will ich es noch auskosten, deshalb mache ich weiter, reize ihn und steigere seine Erregung, bis er sichtlich frustriert und gequält den Rücken durchdrückt.

»Grace!«, knurrt er mit zusammengebissenen Zähnen. Seine Stimme klingt scharf, geht jedoch in ein langgezogenes Stöhnen über, als ich die Lippen über seinen heißen Schaft schiebe und ihn in den Mund nehme. Ich lasse die Zunge um ihn gleiten, koste genüsslich die ersten, klaren Sehnsuchtstropfen.

Er hat mir viel beigebracht in der Zeit, die wir zusammen sind, und ich weiß genau, was ihm gefällt. Bald spüre ich, wie er noch härter wird. Er keucht und kämpft ganz klar gegen den Höhepunkt an, den ich ihm zu entlocken drohe. Als ich merke, dass er kurz davor ist, lasse ich ihn aus meinem Mund gleiten.

Jonathan stöhnt enttäuscht auf, doch ich versöhne ihn gleich wieder, denn ich setze mich rittlings auf ihn und führe seinen Schwanz an meine Öffnung. Langsam lasse ich mich auf ihn sinken, spüre, wie er in mich eindringt, meine enge Passage weitet. Meine inneren Muskeln umschließen ihn eng und heiß, und ich gewöhne mich zitternd an das Gefühl, so ausgefüllt zu sein. Dann erst fange ich an, mich zu bewegen.

Ich brauche es jetzt genauso wie er, aber ich habe immer noch nicht genug von seiner Nähe, deshalb lehne ich mich vor, schlinge die Arme um seinen Hals, suche den Hautkontakt. Meine harten Nippel streichen über seine Brust und schicken Blitze in meinen Unterleib, lassen mich aufstöhnen.

»Oh Gott, Grace, mach mich los«, stöhnt Jonathan. »Bitte.« Er reißt jetzt ernsthaft an den Fesseln, und für einen Moment will ich es tun. Wenn ich ihn befreie, dann entfessele ich damit auch die Lust, die in seinen Augen brennt. Dann wird er mich ficken, haltlos und wild, wird mich umdrehen und mich nehmen, mich dominieren. Bei der Vorstellung zucken meine inneren Muskeln erwartungsvoll. Aber ich schüttele den Kopf.

»Nein.« Diesmal bin ich dran. Diesmal diktiere ich die Spielregeln.

Ich lege die Hände auf seine Brust und lasse mein Becken kreisen, langsam zuerst und dann immer schneller. Er kommt mir entgegen, und bald finden wir einen Rhythmus, der uns höher und höher trägt, sehen uns in die Augen, können jede Steigerung der Begierde im Gesicht des anderen erkennen.

Es ist fast zu viel. Ich zittere und atme flach, spüre, wie mich die Beben erfassen, die mich zum Orgasmus tragen werden. Doch sie sind stärker als sonst, intensiver, ziehen meinen Unterleib so heftig zusammen, dass ich aufschluchze.

Er gehört mir, denke ich, und presse mich gegen ihn, will ihn so tief in mich aufnehmen, wie ich nur kann. Meine Hände krallen sich in seine Brust, während ich ihn immer wilder reite, suchen hilflos nach Halt in dem Strudel der Lust, in den es mich reißt. Jetzt will ich seine Hände auf mir spüren, von ihm gehalten werden, weil mir die Gewalt der Explosion Angst macht, auf die ich unaufhaltsam zutreibe. Aber es ist zu spät.

Mein Höhepunkt erfasst mich mit aller Macht. Ich werfe den Kopf nach hinten und schreie auf, verliere völlig die Kontrolle.

»Grace«, ruft Jonathan und folgt mir, reißt an seinen Fesseln, während er sich aufbäumt und stöhnend in mich pumpt. Ich spüre das Zucken seines Glieds in mir stärker als sonst, und das Gefühl, in diesem Moment der Erlösung mit ihm vereint zu sein, verlängert meinen Orgasmus, lässt die Beben in mir nicht abnehmen. Total erschöpft und befriedigt sinke ich schließlich gegen ihn und atme aus, lausche seinem Herzschlag, der sich nur langsam beruhigt.

»Mach mich los«, sagt Jonathan heiser und erinnert mich daran, dass die Position, in der er sich befindet, nicht bequem für ihn ist. Sofort schrecke ich hoch und steige von ihm runter, löse mit einem schlechten Gewissen seine Fesseln. An seinen Handgelenken sind deutliche rote Striemen zu sehen, da wo die Tücher in seine Haut geschnitten haben.

»Tut mir leid«, sage ich und erwarte fast, dass er böse auf

mich ist. Er hatte mich schließlich schon vorher gebeten, ihn loszumachen, und ich habe es nicht getan. Doch zu meinem Erstaunen zieht er mich wieder an sich, streckt sich mit mir auf dem Bett aus. Ich weiß nicht, ob es ihm überhaupt bewusst ist, dass er das tut – dass er mich nach dem Sex im Arm hält. Das war bis vor kurzem noch undenkbar, und es macht mich sehr glücklich, dass es jetzt geht.

»Es braucht dir nicht leid zu tun«, sagt er und lächelt träge. »Es war ... besser, als ich dachte.«

Ich strahle und lege den Kopf auf seine Brust. »Es hat dir gefallen?«

»Was könnte mir daran nicht gefallen, dass jetzt alles erlaubt ist?«, sagt er, und seine Hand streicht über meinen Rücken bis hinunter zu meinem Po, verweilt dort. Dann spüre ich, wie er den Finger in meinen Pospalt gleiten lässt, ganz leicht mit der Fingerspitze meinen Anus berührt und umkreist. »Mir würden da noch einige andere Dinge einfallen, die wir noch nicht ausprobiert haben.«

Ich spüre, wie mein Herz schneller schlägt. Der Gedanke, dass er mich dort nimmt, dass er neue sexuelle Grenzen mit mir austestet, ist ein bisschen beängstigend. Aber es erregt mich auch. Sehr sogar. Im Grunde weiß ich, dass ich Jonathan nichts verweigern werde. Dafür bin ich ihm viel zu sehr verfallen, dafür ist das, was ich mit ihm erlebe, zu schön.

Mit einem Seufzen drehe ich mich zu ihm, will mich noch enger an ihn schmiegen. Ich muss es einfach ausnutzen, dass er das zulässt, dass er sich nicht zurückzieht so wie sonst.

Doch als ich mein Bein um seins schlingen will, spüre ich plötzlich eine ungewohnte Nässe im Schritt. Verwundert setze ich mich auf und berühre meine Schamlippen. Und dann – mit einiger Verspätung – wird mir klar, dass es Jonathans Sperma ist, das ich da fühle. Er ist in mir gekommen, weil wir zum ersten Mal, seit wir miteinander schlafen, kein Kondom benutzt haben.

Es dauert einen Moment, bis der Schock in mir abebbt und mir voller Erleichterung einfällt, dass es kein Problem ist. Aber es wundert mich trotzdem.

»Wir haben's vergessen«, sage ich und sehe Jonathan an, der sich auf den Ellbogen aufgestützt hat. Für einen Moment schweigt er, und sein Gesichtsausdruck ist nicht zu deuten. Dann zuckt er mit den Schultern und lässt sich wieder auf das Bett zurücksinken.

»Es kann ja zum Glück nichts passieren.«

Er hat darauf bestanden, dass ich anfange, die Pille zu nehmen, als wir unser Verhältnis nach diesem Papparrazzo-Bild in der Presse öffentlich gemacht haben. Doch obwohl ich danach so viel Zeit mit ihm verbracht und unglaublich oft mit ihm geschlafen habe, hat er bisher trotzdem immer an ein Kondom gedacht. Ich habe das nicht hinterfragt, schließlich ist er derjenige mit den Erfahrungen, und es hat mich nicht gestört. Ich kannte es bis jetzt nicht anders.

Mit einem Seufzen kuschele ich mich zurück in seine Arme. Doch die Zufriedenheit, die mich gerade noch erfüllt hat, ist verschwunden, hat einem nagenden Gefühl des Unbehagens Platz gemacht, das mich einfach nicht mehr loslässt. Deshalb hebe ich den Kopf wieder und stütze ihn auf den Ellbogen.

»Wieso zum Glück?«, frage ich ihn. »Wäre es denn so ein Unglück, wenn ich schwanger würde?«

»Du kannst nicht schwanger werden«, widerspricht Jonathan mir. »Du nimmst die Pille.«

»Ich meine ja auch nur, rein theoretisch«, beharre ich. »Was würde passieren, wenn ich es wäre?«

»Dann hätten wir ein Problem.« Sein Gesicht wird ernst. Sehr ernst. »Ich will keine Kinder, Grace.«

»Du meinst jetzt nicht?« Ich schlucke. »Oder mit mir nicht?«

»Ich meine gar nicht. Mit niemandem«, stellt er klar, und die Vehemenz in seiner Stimme erschreckt mich.

Nicht, dass ich unbedingt welche will. Über dieses Thema habe ich mir noch nie Gedanken gemacht. Wieso auch? Ich bin jung und bis vor kurzem habe ich überhaupt nichts getan, von dem ich hätte schwanger werden können, deshalb stellte sich die Frage gar nicht.

Aber jetzt, wo ich zum ersten Mal Jonathans Sperma in mir spüre, hat es etwas Konkretes, und ich stelle fest, dass ich die Aussicht, von ihm schwanger zu sein, tatsächlich gar nicht schlimm finde. Ich könnte ihn mir als Vater meiner Kinder vorstellen, auch wenn das nicht sofort passieren müsste – was vermutlich ein Zeichen dafür ist, wie hoffnungslos verliebt ich in ihn bin.

»Musst du denn nicht irgendwann welche bekommen?«, frage ich. »Wegen der Erbfolge und so?«

Jonathan seufzt tief. »Ich muss gar nichts. Das mit den zu produzierenden Erben kann von mir aus auch Sarah übernehmen, genau wie das Herrenhaus und alles andere.«

Nachdenklich sehe ich ihn an. »Was ist denn so furchtbar daran, Kinder zu haben?«

»Kinder sind Monster – oder können welche sein. Das haben mir meine Mitschüler auf dem Winchester College sehr eindrucksvoll bewiesen.« Jonathans Stimme klingt bitter, und ich ahne, dass es nicht leicht für ihn gewesen sein kann, so kurz nach dem Tod seiner Mutter aufs Internat zu gehen. Kein Wunder, dass seine Freundschaft zu Alexander, den er damals kennenlernte, so eng ist.

Er seufzt. »Und selbst wenn sie keine Monster sind – ich will keine. Meine Kindheit war nichts, was ich irgendjemandem wünschen würde, und ich wäre auch definitiv kein guter Vater.«

»Das weißt du doch gar nicht«, widerspreche ich ihm, aber er macht eine abwehrende Handbewegung.

»Doch.« Er stößt die Luft aus, sichtlich aufgewühlt. »Außerdem will ich die Lockwood-Linie nicht fortsetzen. Das habe ich ernst gemeint. Der Titel kann auf Sarahs Nachwuchs übergehen oder auf irgendjemand anderen, der damit etwas anfangen kann. Ich kann es nicht, und ich will es auch nicht.«

Aus seiner Stimme spricht diesmal keine Wut, sondern Entschlossenheit. Und echte Sorge, die mir klar macht, dass seine Entscheidung keine Kampfansage an den Earl ist, wie ich anfangs dachte. Jonathan will damit nicht seinen Vater treffen – er will wirklich nicht. Und das muss ich erst mal verdauen.

Warnend sieht er mich an. »Falls du also nach einem Happyend mit Familiengründung suchst ...« Er lässt die Bemerkung im Raum stehen und ich kann sie für mich ergänzen: Dann werde ich das bei ihm nicht finden. Dann ist er der Falsche für mich.

Aber das will ich nicht hören.

»Ich suche noch gar nichts«, erkläre ich ihm und hoffe, dass meine Stimme sicherer klingt, als ich mich gerade fühle. »Für Familie und Kinder habe ich noch ewig Zeit.«

»Gut.« Er zieht mich an sich und schließt die Augen. »Dann ist das ja kein Problem.«

Doch, denke ich unglücklich und lege den Kopf zurück auf seine Brust, starre hinaus in den Abend. Es ist eins. Jetzt vielleicht noch nicht, aber irgendwann schon. Bald. Denn der

Graben zwischen dem, was ich mir wünsche, und dem, was Jonathan mir geben kann, ist gerade noch weiter aufgerissen, schneidet mir tief ins Herz.

Er zieht die Grenzen dessen, was bei ihm möglich ist, ständig so eng, dass die Liebe, die ich für ihn empfinde und von der ich immer noch hoffe, dass er sie erwidert, keinen Platz hat, um sich zu entfalten. Dafür bräuchte es eine Perspektive, und die lässt er einfach nicht zu.

Ich weiß jetzt, dass er es ernst meint: Er kann mir wirklich keine Versprechungen machen. Aber was bedeutet das für mich? Plötzlich habe ich große Angst, dass ich irgendwann – bald – bei ihm vor einer Mauer stehen werde, an der es nicht mehr weitergeht.

Ich wusste, dass er kein einfacher Mann ist. Er ist extrem verschlossen, und langsam ahne ich, was ihn so hart hat werden lassen. Da ist ein Schmerz, den ich hinter all dem spüre, was er sagt und tut, aber ich habe keine Ahnung, wie tief er geht und welche Ausmaße er hat.

Was, wenn er sich mir nie öffnet? Wenn ich immer nur einen Teil von ihm haben werde und das vielleicht auch nur auf Zeit? Wenn ich auf Dinge verzichten muss, die für andere selbstverständlich sind, weil er sie mir nicht geben kann oder will? Verzweifelt schließe ich die Augen und atme zitternd ein. Bin ich wirklich bereit, den Preis zu zahlen, den es kosten kann, Jonathan Huntington zu lieben?

8

»Was ist los mit dir?«, fragt Jonathan, als wir am nächsten Morgen über die Hauptstraße von Dingle gehen, dem kleinen Ort in der Nähe von Ballybeg House. »Du bist so still.«

Ich schüttele den Kopf. »Es ist nichts. Mir ... ist nur ein bisschen kalt.« Entschuldigend ziehe ich die Schultern hoch.

Das Wetter hat sich verschlechtert. Zwar scheint die Sonne noch, doch der Wind hat aufgefrischt und treibt Wolken über den Himmel, aus denen es gleich noch regnen wird – jedenfalls sieht es so aus –, und ich bereue es jetzt, dass ich mich heute Morgen für das luftige grüne Sommerkleid entschieden habe, das in meiner gepackten Tasche war. Eine Jeans wäre vielleicht doch besser gewesen, denn der dünne Sommermantel, den ich über dem Kleid trage, hilft auch nicht wirklich.

Mrs O'Leary hat mir beim Frühstück erzählt, dass es das typisch irische Wetter ist – Regen und gleich danach wieder Sonnenschein. Dabei hat sie mir verschwörerisch zugezwinkert, weil ihr offenbar auch nicht entgangen ist, wie bedrückt ich bin, und sie mich aufmuntern wollte.

Dabei gebe ich mir wirklich Mühe, mir nichts anmerken zu lassen. Ich will diese Tage mit Jonathan genießen – schon weil ich nicht weiß, wann so eine Gelegenheit wiederkommt. Aber die Frage, ob ich wirklich eine Zukunft mit ihm habe, lässt mich einfach nicht los und liegt wie ein Schatten über allem, was wir machen.

Jonathan sieht mich besorgt an – und ein bisschen verwirrt. Er scheint zu ahnen, dass mehr hinter meinem Verhalten steckt, doch er hakt nicht nach. Stattdessen zieht er seine Jacke aus – eine schwarze Lederjacke, mit der ich ihn noch nie gesehen habe, die ihm aber verdammt gut steht – und hängt sie mir über die Schultern. Die Geste lässt mich lächeln.

»Wenn dir kalt ist, dann kehren wir irgendwo ein und trinken einen Tee«, erklärt er und hält sofort Ausschau nach einem geeigneten Pub.

Das ist in Dingle nicht schwer, denn hier reiht sich eine Bar und ein Restaurant an das nächste, alle mit hübschen bunten Fronten und Schildern, die darauf hinweisen, was einen in dem Laden dazu erwartet. Jonathan hat mir erzählt, dass die Stadt die höchste Kneipendichte in ganz Irland aufweist, und danach sieht es wirklich aus.

Seine Wahl fällt auf das »Murphy's Inn«, das eine rote Fassade und ein einladendes großes Sprossenfenster hat. Zielstrebig steuert er es an und hält mir die Tür auf, lässt mich vor ihm eintreten.

Drinnen ist der Pub so gemütlich, wie er von draußen wirkt, so richtig klassisch, mit Holzvertäfelungen und einfachen Holzstühlen und -tischen, die jetzt, am Vormittag, noch alle leer sind. Nur an der Bar sitzt ein älterer Mann in einem dicken Pullover, einer Arbeitshose und Gummistiefeln, offenbar ein Einheimischer. Als wir hereinkommen, dreht er sich um und nickt uns zu.

»Guten Morgen«, begrüßt uns auch der Wirt, der hinter der Theke steht. Er sieht mit seinen roten Haaren und seinem Bart sehr irisch aus und lächelt uns freundlich an.

»Können wir bei Ihnen einen Tee bekommen?«, erkundigt sich Jonathan.

»Selbstverständlich.« Der Mann grinst, offensichtlich froh über noch mehr Gäste. »Irgendwelche besonderen Wünsche?«

»Haben Sie English Breakfast Tea?«, erkundige ich mich

hoffnungsvoll. Seit ich in England bin, habe ich eine echte Leidenschaft für Tee entwickelt, und die starke »Frühstücksmischung«, die auf der Insel sehr beliebt ist, hat es mir besonders angetan.

Der Mann zwinkert mir zu. »Hier gibt es nur Irish Breakfast Tea«, erklärt er mir, und ich merke erst jetzt, dass das wahrscheinlich nicht besonders schlau war, in Irland nach einer englischen Teesorte zu fragen. Aber da ich Amerikanerin bin, scheint er großzügig über meinen Fauxpas hinwegzusehen. »Wäre der auch recht?«

»Natürlich«, versichere ich ihm mit einem zerknirschten Lächeln, und er macht sich sofort hinter der Theke zu schaffen.

Jonathan ist schon dabei, einen Tisch auszusuchen, und entscheidet sich für einen, von dem aus man durch das Sprossenfenster einen schönen Blick nach draußen hat. Er hilft mir aus seiner Jacke und meinem Mantel und zieht mir den Stuhl heraus, dann setzt er sich mir gegenüber.

»Besser?« Er wirkt immer noch besorgt, und in seinem Blick steht weiter die Frage, ob die Kälte wirklich das einzige Problem ist.

Ich nicke und versuche ein Lächeln, doch ich spüre, dass es mir nicht so richtig gelingt. Jonathan lehnt sich auf seinem Stuhl zurück und betrachtet mich.

»Vermisst du deine Familie eigentlich?«

Die Frage kommt so unerwartet, dass ich ihn einen Moment lang nur anstarren kann.

»Natürlich vermisse ich sie«, sage ich, nicht sicher, worauf er hinauswill. »Vor allem Hope.«

»Deine Schwester?«

Ich nicke und spüre auf einmal ein Ziehen in der Brust. Hope ist meine engste Vertraute, und sie fehlt mir wirklich, vor allem jetzt.

»Wie alt ist sie eigentlich?«, will Jonathan wissen.

»Sie wird in ein paar Wochen einundzwanzig.«

Er lächelt. »Ist sie so wie du?«

Ich schüttele den Kopf. »Nein. Du würdest uns niemals für Schwestern halten – aber wir verstehen uns trotzdem sehr gut.« Hope ist ganz anders als ich, groß und blond und sportlich. Und wir unterscheiden uns auch sonst. Meine Schwester geht an ihr Leben viel unbeschwerter und optimistischer heran. Sie lacht meistens über Probleme und würde sich wahrscheinlich nicht so von Zweifeln quälen lassen, wie ich das gerade tue. Aber Hope hat sich ja auch nicht in einen Mann verliebt, der so schwierig ist wie Jonathan.

»Und Chicago? Wärst du gerne wieder dort?«, fragt Jonathan weiter.

Langsam werden mir seine Fragen unheimlich. Warum will er das plötzlich alles wissen? Er hat noch nichts gesagt dazu, was nach meinem Praktikum werden soll, und das ist ein Punkt, der mir immer noch Angst macht.

»Die Stadt vermisse ich nicht, wenn du das meinst. Nach meinem Examen wollte ich dort sowieso nicht bleiben«, sage ich, und als ich es tue, wird mir klar, wie ungewiss meine Zukunft tatsächlich ist.

Ich habe noch gar keine Ahnung, was ich nach meinem Studium machen werde. Bevor ich nach England gekommen bin, war ich voller Pläne, doch die waren alle eher diffus. Eigentlich hatte ich nur beschlossen, nicht in Illinois zu bleiben. Ich wollte mir irgendwo anders einen Job suchen, aber wo genau, hatte ich noch nicht festgelegt. Es gibt eigentlich viele Orte, an denen ich mir vorstellen könnte zu leben. Oder es gab viele. Im Moment fällt mir nur noch einer ein, und der liegt definitiv diesseits des Atlantiks. Aber so einfach ist das alles nicht, denke ich und spüre, wie mich eine neue Welle der Traurigkeit erfasst.

»Wann machst du dein Examen?«, hakt Jonathan jetzt nach.

Ich muss richtig überlegen, weil mir die Uni und mein Leben in Chicago, seit ich in England bin, seltsam weit weg vorkommen.

»Sobald das Praktikum vorbei ist, melde ich mich an.« Ich habe alle nötigen Kurse bestanden und mit Professor White auch schon ein Thema für meine Abschlussarbeit besprochen. Der Aufenthalt in England ist mir quasi dazwischengekommen.

»Und wenn du fertig bist? Hast du schon Pläne?«

Meine Kehle wird eng, und ich schlucke gegen den Kloß an, den ich plötzlich im Hals habe. Ist ihm eigentlich gar nicht klar, wie weh es mir tut, wenn er mich über meine Zukunft ausfragt, so als hätte das alles gar nichts mit ihm zu tun?

»Dann suche ich mir einen Job«, sage ich, eine Spur aggressiver als ich eigentlich will, doch Jonathan scheint das nicht zu registrieren, denn er sieht mich nur konzentriert an.

»Was schwebt dir denn vor? Was willst du machen?«

Bei dir bleiben, denke ich. In London. Bei Huntington Ventures. Da weitermachen, wo ich jetzt bin.

»Projektmanagement«, sage ich seufzend, als ich merke, dass er auf eine Antwort wartet. »Ich glaube, das würde ich gerne machen.«

Jonathan nickt, offenbar zufrieden mit meiner Antwort, und setzt an, etwas zu sagen. Doch er wird vom Wirt unterbrochen, der an unseren Tisch kommt und uns eine Metallkanne mit dem bestellten Tee und zwei Tassen serviert.

»Irish Breakfast Tea für die junge Dame – der zaubert Ihnen sofort wieder etwas mehr Farbe in die blassen Wangen«, sagt er und grinst mich an.

»Danke«, erwidere ich, ein bisschen erschrocken darüber,

dass ich anscheinend so schlecht verbergen kann, wie es mir geht.

»Aber Ihr Mann kann sicher auch dafür sorgen, dass Ihnen wieder warm wird«, fügt der Wirt mit einem Augenzwinkern hinzu.

Mein Mann, denke ich traurig und sehe Jonathan an, der meinen Blick erwidert, ohne dass ich den Ausdruck in seinen Augen lesen könnte. Werde ich jemals wirklich behaupten können, dass er das ist? Zumindest korrigiert er den Wirt nicht, der immer noch neben dem Tisch steht und, wie es scheint, ein Schwätzchen halten will.

»Waren Sie schon unseren Fungi besuchen?«, erkundigt er sich.

Verwirrt sehe ich ihn an. »Fungi?«

Jonathan, der offenbar weiß, wovon der Mann spricht, nickt. »Das ist der Delfin, der draußen in der Dingle-Bucht lebt.«

»Genau«, bestätigt der Wirt. »Er ist in der Tat sehr sehenswert. Das sollten Sie nicht verpassen.«

»Es gibt hier einen Delfin?« Das wundert mich wirklich.

Der Wirt nickt, sichtlich begeistert über das, was sein Heimatort zu bieten hat. »Und seine Geschichte rührt selbst das härteste Herz.« Er fasst sich theatralisch an seine linke Brustseite. Dann zwinkert er Jonathan und mir noch einmal zu. »Das ist doch was für Verliebte!« Es ist klar, dass er uns damit meint, denn er strahlt uns an, bevor er wieder hinter seine Theke zurückkehrt.

»Kennst du die Geschichte?«, frage ich Jonathan neugierig, als er weg ist. Ich erinnere mich jetzt, dass ich vorhin eine Bronzeskulptur von einem Delfin gesehen habe, doch ich habe gar nicht weiter darüber nachgedacht.

Jonathan nickt. »Wenn ich das richtig in Erinnerung habe,

kam Fungi Anfang der 1980er Jahre in die Bucht und ist seitdem geblieben. Jeden Tag fahren Boote raus und bringen Touristen zu ihm, damit sie ihn beobachten und filmen können. Er ist die goldene Gans des Fremdenverkehrs, wenn du so willst.«

»Und was ist so rührend an seiner Geschichte?«, frage ich.

Er zuckt mit den Schultern. »Es heißt, Fungi kam nicht allein her. Er hatte ein Weibchen dabei, das in der Bucht verendet ist. Ihr Tod hat ihm angeblich das Herz gebrochen, und er ist aus Treue und Trauer über den Verlust geblieben.« Er verzieht das Gesicht. »Das ist die Kurzversion. Wenn du die Leute hier fragst, dann schmücken sie das gerne noch ein bisschen aus.«

Nachdenklich rühre ich in meinem Tee. »Das ist doch eine sehr schöne Geschichte.«

»Aber nur für hoffnungslose Romantiker – zu denen unser Wirt offenbar gehört«, sagt Jonathan mit Blick auf den rothaarigen Mann, der ein Glas abtrocknet und sich leise mit dem Gast an der Theke unterhält.

Er wendet den Kopf ab und sieht aus dem Fenster. Das Licht, das von draußen hereinfällt, lässt sein dunkles Haar glänzen, und ich kann den Blick einfach nicht von ihm lösen.

Ich würde der Liebe wegen auch bleiben, denke ich und spüre, wie mir Tränen in den Augen brennen. Meine Erfahrungen auf diesem Gebiet sind zwar sehr begrenzt, aber ich fürchte, es hat mich schlimm erwischt. Richtig, richtig, richtig schlimm. Ich kann manchmal nicht atmen, wenn ich Jonathan ansehe, und es fühlt sich an, als würde mein Herz in meiner Brust zusammengedrückt. So wie jetzt gerade.

Und das ist beängstigend. Denn meine Zeit an seiner Seite ist nur noch begrenzt, und ich bin mir nicht mehr sicher, ob ich es schaffen werde, ihn wirklich für mich zu gewinnen, bevor ich ihn verlassen muss.

»Grace?« Jonathan sieht mich wieder an und legt seine Hand auf meine. »Alles in Ordnung?«

Ich schüttele den Kopf.

»Nein«, sage ich und trinke hastig noch einen großen Schluck Tee, weil ich mich auf einmal innerlich wie erstarrt fühle. »Wie stellst du dir das eigentlich alles vor?« Meine Stimme zittert ein bisschen, aber das kann ich nicht ändern. »Wie geht es jetzt weiter mit uns?«

Jonathan schweigt lange, dann seufzt er tief.

»Ich weiß nur, dass ich mir im Moment nicht vorstellen kann, dich aufzugeben.«

»Das wirst du aber müssen.« Die Tränen in meinen Augen brennen jetzt wirklich. »Mein Praktikum endet bald, Jonathan. In ein paar Wochen fliege ich zurück nach Hause. Dann bin ich nicht mehr da.«

»Ich weiß. Darüber wollte ich mit dir reden«, sagt er, und plötzlich fallen mir die ganzen Fragen ein, die er mir eben über meine Familie und mein Studium gestellt hat. Meine Schultern spannen sich an. War das nur der Auftakt zu einem Gespräch über meine Zukunft in Amerika – ohne ihn?

Jonathan lächelt. »Jetzt sieh mich nicht so an, als ob ich dich fressen wollte. Ich will nicht, dass du gehst. Und du müsstest mich inzwischen gut genug kennen, um zu wissen, dass ich dann auch eine Lösung finde, wie du bleiben kannst.«

»Und wie sieht diese Lösung aus?«, frage ich skeptisch. »Ich muss mein Studium beenden, Jonathan.« Auf keinen Fall kann ich es abbrechen. Dann hätte ich nichts in der Hand, und außerdem könnte ich vermutlich Grandma Rose nicht mehr unter die Augen treten, die mir und Hope immer gepredigt hat, wie wichtig ein ordentlicher Abschluss ist. Aber wenn ich mein Examen mache, dann muss ich mich darauf vorbereiten, und das dauert Wochen – die ich dann von Jonathan getrennt bin ...

»Das sollst du ja auch. Du wirst noch mal zurück nach Chicago fliegen und dort dein Examen machen. Den genauen Termin organisieren wir so, dass es passt. Und danach kommst du zurück und arbeitest weiter für uns.«

»Was?« Mein Gehirn kann nicht so schnell verarbeiten, was er da sagt, aber mein Herz hat es schon begriffen und schlägt aufgeregt. »Wie meinst du das?«

»Ich meine, dass Huntington Ventures dir die Stelle der Junior-Projektmanagerin anbietet, die wir bis jetzt noch nicht besetzen konnten. Erinnerst du dich an die Vorstellungsgespräche, die Alexander neulich geführt hat? Da war leider noch kein geeigneter Kandidat dabei, deshalb ist der Job immer noch zu haben, und wir können uns gut vorstellen, dass du ihn übernimmst. Du müsstest allerdings sofort anfangen, wenn du Interesse hast. Aber ich bin mir vollkommen sicher, dass sich das alles so regeln lässt, dass du deinen Abschluss in Chicago noch machen kannst.«

Ich bin total überrumpelt. »Wann hast du das denn beschlossen?«

Er zuckt mit den Schultern. »Ich habe es gestern mit Alexander besprochen, als du deine Tasche geholt hast. Wir waren uns sofort einig.« Jonathan lächelt. »Er hält sehr viel von dir – menschlich und beruflich.«

»Aber ...« Mein Gehirn sucht immer noch nach dem Haken. »Bist du sicher, dass das geht? Ich meine, mit meinem Examen?« Es ist fast zu schön, um wahr zu sein, und so richtig mag ich es gar nicht glauben. Doch Jonathan nickt.

»Alexander ist mit Professor White sehr gut befreundet, und es bestehen seit vielen Jahren gute Beziehungen zwischen unserer Firma und der Universität. Außerdem wird man dir sicher keine Steine in den Weg legen wollen, schließlich ist der Job bei uns auch eine Chance für dich. Deshalb gehe ich davon aus, dass Professor White uns diesen Gefallen tut und dir bei dem Termin entgegenkommt.«

Ich beuge mich weit über den Tisch, küsse Jonathan auf den Mund.

»Danke«, sage ich strahlend.

»Heißt das, du willst den Job?«

»Natürlich will ich ihn. Das ist ... ein Traum.«

Jonathans Gesicht wird wieder ernst. »Ich kann dir trotzdem nichts versprechen, Grace.«

»Ich weiß«, sage ich, aber es macht mich plötzlich nicht mehr traurig. Im Gegenteil – ich bin wahnsinnig glücklich, könnte die ganze Welt umarmen.

Er will wirklich, dass ich bleibe. Er bietet mir die Perspektive, die mir so gefehlt hat. Für den Moment reicht mir das, und die Zukunft sieht jetzt gar nicht mehr so düster aus.

»Was für ein schönes Paar«, höre ich den Wirt leise zu dem Mann an der Theke sagen, als Jonathan und ich kurze Zeit später wieder aufbrechen.

Ich weiß nicht, ob Jonathan die Bemerkung auch gehört hat, aber als wir wieder auf der Straße sind, nimmt er meine Hand und lässt sie nicht mehr los, was ich nicht kommentiere, sondern einfach nur genieße, weil es wieder ein Schritt ist, wieder ein bisschen mehr Nähe, die er zulässt.

Als es plötzlich anfängt zu regnen, zieht er mich an sich und schlingt seine Arme um mich, küsst mich.

»Was willst du jetzt machen?«, fragt er. »Sollen wir uns den Delfin ansehen?«

»Nein.« Meine Stimme klingt so entschieden, dass er mich verblüfft ansieht.

»Wo willst du dann hin?«

»Zurück ins Hotel«, sage ich, und als Jonathans Lächeln schwindet und seine Augen dunkler werden, weiß ich, dass er verstanden hat, was ich damit meine.

* * *

Wir schaffen es gerade noch bis in unsere Suite, bevor wir wild übereinander herfallen und uns küssen. Der Weg hierher war eine regelrechte Tortur. Jonathan ist schnell gefahren, und ich habe es vermieden, ihn anzusehen, weil wir dann vielleicht gar nicht mehr bis ins Hotel gekommen wären, sondern es irgendwo draußen im Auto getan hätten.

Ich will es nicht hektisch tun, sondern es genießen, jetzt, wo ich weiß, dass ich Jonathan doch nicht verlassen muss. Aber mein Verlangen nach ihm ist so groß, gesteigert durch die Wartezeit, die wir uns selbst auferlegt haben, dass meine Hände zittern und ich wie eine Ertrinkende an seinen Lippen hänge, nicht in der Lage, mich von ihm zu lösen.

»Langsam«, sagt Jonathan heiser und schiebt mir das Kleid über die Schultern, lässt es zu Boden fallen. »Wir haben Zeit, Grace.«

Seine Lippen gleiten über meinen Hals, während er meinen BH öffnet und meine Brüste befreit, sie mit den Händen umfasst und die harten Nippel reizt.

Ich stöhne auf und reiße weiter an seinem T-Shirt, das sich mir bis jetzt widersetzt hat, ziehe es ihm über den Kopf. Mit nackten Oberkörpern lehnen wir aneinander, halten kurz inne, beide erregt, beide außer Atem.

»Ich will dich«, hauche ich und küsse seine nackte Brust, versuche, seine Hose zu öffnen, was wieder daran scheitert, dass meine Finger so zittern.

Jonathan lacht kehlig und hilft mir, entledigt sich der letzten störenden Kleidungsstücke und zieht auch mir meinen Slip aus. Gierig lasse ich die Hände über seine Brust und seinen Bauch gleiten, umfasse seinen Penis.

Es ist anders als noch vor ein paar Wochen, denke ich, und genieße den Ausdruck auf Jonathans Gesicht, als ich die Hand um sein pralles Glied schließe. Er keucht auf, und der brennende Blick, mit dem er mich ansieht, löst ein lustvolles Ziehen in meinem Unterleib aus.

Ohne Angst und ohne Zurückhaltung sehe ich ihm in die Augen und genieße die Macht, die ich über ihn habe, weil ich ihn so erregen kann. Ich bin nicht mehr schüchtern und unerfahren, dafür hat Jonathan gesorgt. Im Gegenteil. Ich brauche das, was er mit mir macht, diese Befriedigung, die nur er mir geben kann. Und ich will weitergehen, spüre, dass ich plötzlich mutiger bin, hemmungsloser – jetzt, wo ich wieder daran glauben kann, dass das zwischen uns wirklich klappen könnte.

Er hebt mich hoch, bis ich auf Augenhöhe mit ihm bin, und ich schlinge die Beine um seine Hüften und die Arme um seinen Hals, küsse ihn, spüre seinen harten Schaft an meinem Bauch.

»Nimm mich«, flüstere ich ihm ins Ohr. »Tu mit mir, was du willst.«

Ein Schauer durchläuft ihn, während er mir in die Augen sieht. Der Ausdruck darin wechselt, wird wilder, ungezügelter. Aber genau das will ich. Ich will ihm gehören, ich will nichts auslassen von dem, was er mir geben kann.

Er küsst mich weiter und trägt mich dabei zum Bett, legt sich hinter mich. Ich will mich zu ihm umdrehen, doch er hält mich fest. »Nein, bleib so.« Seine Hände schieben sich nach vorn, und eine umfasst meine Brust, während die andere zielstrebig nach meiner pochenden Perle sucht, die sich nach seinen Berührungen sehnt.

»Bist du bereit für mich?«, fragt er leise und streicht mit dem Finger durch meinen nassen Spalt. Als ich atemlos nicke, spüre ich, wie die Spitze seines Schwanzes gegen meine Schamlippen drückt, sie auseinander schiebt. »So feucht«, sagt er und dringt langsam in mich ein, füllt mich ganz aus, bis ich lustvoll aufstöhne.

Jonathan verharrt tief in mir, beißt mir sanft in die Schulter. »Weißt du eigentlich, wie geil ich es immer noch finde, dass ich der erste war, der dich genommen hat? Und dass ich immer noch der einzige bin? Ich dachte, ich könnte dich teilen, Grace.« Er bewegt sich ganz langsam, zieht sich fast komplett aus mir zurück und dringt dann wieder tief in mich ein. »Aber dich will ich für mich. Nur für mich. Du. Gehörst. Mir.« Die letzten Worte sagt er abgehakt, stößt dabei hart in mich.

Ich will etwas erwidern, doch ich kann nicht, weil seine Hände und Lippen ganz plötzlich zu einem sinnlichen Ansturm übergehen, dem ich nicht gewachsen bin. Seine Hände reizen weiter meinen Nippel und meine Klit, und er knabbert an meine Hals, während er mich mit festen, tiefen Stößen fickt. Es geht viel zu schnell, ist zu viel auf einmal, und ich merke, wie ich in den Höhepunkt rausche.

Doch genau das scheint er beabsichtigt zu haben, denn er brummt zufrieden, als ich mich in seinen Armen aufbäume, wartet, bis mein Orgasmus wieder abebbt, ohne selbst zu kommen.

Außer Atem liege ich auf der Seite, doch Jonathan ist noch nicht fertig mit mir. Er zieht sich aus mir zurück und steht auf, holt etwas. Ich hebe nicht den Kopf, um zu sehen, was es ist, aber das ist auch nicht nötig, denn einen Augenblick später fühle ich ein kaltes Gel zwischen den Beinen, das sich mit meinen Säften mischt.

Erschrocken will ich mich umdrehen, doch Jonathan liegt wieder hinter mir, hält mich an der Schulter fest, während er mit der anderen Hand weiter durch meinen Spalt fährt. Dann berührt er mit der Fingerspitze meine Rosette, verteilt auch dort etwas von dem Gel – und dringt ganz leicht in mich ein.

Ich halte sofort den Atem an und versteife mich.

»Ganz ruhig«, sagt Jonathan dicht an meinem Ohr und schiebt seinen Finger noch weiter in mich. »Entspann dich. Lass ganz locker.«

Einfacher gesagt als getan. Mein ganzer Körper ist ein einziges Chaos, meine Muskeln, eben noch weich von meinem letzten Orgasmus, schmerzen jetzt fast vor Erwartung, spannen sich an, obwohl ich das gar nicht möchte.

»Ich will auch der erste sein, der dich hier nimmt, Grace.« Jonathans entschlossene Worte schicken einen Schauer durch meinen Körper.

Zischend atme ich aus, stemme mich nicht mehr gegen den Druck, den er ausübt, und dann ist sein Finger ganz in mir. Er lässt mir Zeit, mich an das Gefühl zu gewöhnen, massiert mich, weitet mich soweit, dass er noch einen zweiten Finger folgen lassen kann. Es nimmt mir den Atem, aber ich wehre mich nicht, weil er mit der anderen Hand weiter meine Klit reizt, was mich in einem Zustand der Erregung festhält.

Dann sind die Finger plötzlich verschwunden, und ich fühle seine Hände an meinen Hüften. Er dreht mich auf den Bauch und schiebt mir ein Kissen unter, positioniert mich so, dass mein Po angehoben ist, während mein Oberkörper auf der Matratze liegt. Er verteilt noch mehr kühles Gel in meinem Spalt, dann spüre ich die Spitze seines Schwanzes an meiner Rosette. Aufgeregt keuche ich auf.

»Vertrau mir, Grace.« Jonathans Stimme ist jetzt rau vor Erregung. Ich muss an gestern denken, als ich ihn gefesselt habe, und schließe die Augen, bereit, mich auf dieses Abenteuer einzulassen – genau wie er es gestern getan hat.

Er drückt jetzt stärker gegen den engen Ring, schiebt sich an dem Widerstand vorbei und dringt in mich ein. Es ist ein so volles, brennendes Gefühl, dass ich mir auf die Lippen beiße. Aber ich halte es aus, völlig überwältigt von den neuartigen Empfindungen, die meine Sinne überfluten.

Jonathan lässt mir Zeit, mich an ihn zu gewöhnen, schiebt sich langsam Stück für Stück vor, zieht sich zurück, dringt wieder vor, bis er schließlich ganz in mir ist. Der Druck ist enorm, doch es fühlt sich auch unglaublich erregend an. Anders.

Erst als Jonathan das Tempo seiner Stöße steigert, habe ich plötzlich das Gefühl, dass es mich zerreißt, und ich fange an, mich zu wehren. Doch ich habe keine Chance. Jonathan hält mich fest, pumpt gleichmäßig in mich.

»Lass dich gehen, Grace«, sagt er rau, und erhöht den Druck noch, indem er zwei Finger in meine Scheide schiebt und den Daumen gegen meine Klit presst. Ich schreie auf, aber Jonathan kennt keine Gnade, peitscht mich mit seinem Schwanz und seinen Fingern unaufhaltsam in einen Orgasmus, den ich sicher nicht überleben werde. Ich habe keine andere Chance, als mich ihm völlig zu ergeben. Lust und Schmerz toben durch meinen Körper, finden zu einer hochexplosiven Mischung zusammen, die mir die Sinne raubt. Mein Herz schlägt wild, mein Körper ist schweißbedeckt und ich zittere unkontrolliert, spüre, wie meine Scheidenmuskeln krampfen, Blitze mich durchzucken.

»Jonathan!«

Ich löse mich auf, zerfließe in einem nicht enden wollenden Höhepunkt, der alles in mir erfasst, jeden Winkel erreicht.

Wie durch einen Nebel nehme ich wahr, dass Jonathan sich aus mir zurückzieht, eine Kondompackung aufreißt und sich dann mit einem kräftigen Stoß in meiner Scheide vergräbt, weiter in mich pumpt, bis auch er mit einem Schrei der Erlösung kommt. Wir sinken beide zur Seite, liegen schwer atmend Rücken an Bauch, beruhigen uns nur langsam wieder.

Jonathan schafft es schneller als ich, steht irgendwann auf, doch ich kann mich immer noch nicht rühren, bleibe mit geschlossenen Augen liegen und genieße das träge Gefühl der Befriedigung, das mich so vollkommen erfasst hat.

Dann senkt sich das Bett wieder unter Jonathans Gewicht und ich spüre ihn hinter mir. Ich drehe mich um und schmiege mich an ihn, ohne die Augen zu öffnen.

»Das war ... besser, als ich dachte«, sage ich und höre das Rumpeln in seiner Brust, als er lacht und mich enger an sich zieht.

Seufzend atme ich den Duft seiner Haut ein und spüre, wie mich Glück und Verzweiflung in gleichem Maße erfassen. Weil ich mir nicht mehr vorstellen kann, ohne ihn zu sein. Ich brauche ihn. Aber wohin wird mich das führen?

Wir werden sehen, denke ich und lächele gegen die Zweifel an, die mich erneut zu überkommen drohen. Wir werden sehen.

9

Jason Leibowitz trinkt mit einer schwungvollen Geste sein Glas Wasser aus, das er sich zu seinem Mittagessen bestellt hatte, und lehnt sich auf seinem Stuhl zurück.

»Ich glaube, dann wäre alles soweit klar. Oder...«, er schiebt seinen leergegessenen Teller dem Kellner hin, der gerade vorbeikommt, »... haben Sie noch Fragen?«

Ich schüttele den Kopf. »Nein, ich denke, wir haben die wichtigen Punkte besprochen«, sage ich und blicke auf meine Armbanduhr. »Oh! Schon kurz vor halb zwei! Ich muss dringend los.«

Meine Besprechung mit dem freundlichen Bauunternehmer lief so gut, dass ich gar nicht auf die Zeit geachtet habe. Jetzt wird es knapp, wenn ich noch alles schaffen will, was ich mir heute vorgenommen habe. Jonathan will mich um drei treffen, und mein Magen zieht sich zusammen, als ich an den Termin denke, der dieses Wochenende ansteht. Zitternd atme ich ein. Reiß dich zusammen, ermahne ich mich – wenigstens so lange, bis die Arbeit erledigt ist.

Jason Leibowitz konsultiert seine eigene Armbanduhr. »Ich auch«, sagt er und sieht mich entschuldigend an. »Es ist aber auch immer so nett, mit Ihnen zu plaudern, Miss Lawson. Da kann man die Zeit schon mal vergessen.«

Ich erwidere sein Lächeln und freue mich über sein Kompliment. Im Grunde kann ich das nur erwidern, denn er könnte als Arbeitspartner angenehmer nicht sein. Seit seine Baufirma das Hackney-Projekt übernommen hat, für das ich jetzt ganz offiziell zuständig bin, läuft alles glatt, weil er sehr gut organisiert und vor allem zuverlässig ist. Außerdem hat er meine Autorität als Leiterin des Projekts – anders als andere – nie in Frage gestellt, und dass allein hat ihn mir von Anfang an sehr sympathisch gemacht.

»Und vielen Dank, dass wir uns hier treffen konnten«, fügt er noch hinzu. »Verstehen Sie mich nicht falsch, ich mag Mr Huntington, sehr sogar, aber diese feinen Restaurants, in die er mich immer einlädt ...« Er schüttelt den Kopf. »Dabei geht doch nichts über eine anständige Portion Fish and Chips mit Erbsenpüree.«

Ich muss grinsen. Tatsächlich gehört das »Globe«, in dem wir uns verabredet haben – ein klassischer britischer Pub ganz in der Nähe des London Walls mit rustikaler Einrichtung und sehr traditioneller Speisekarte –, nicht unbedingt zu den Lokalitäten, die Jonathans Standard entsprechen. Obwohl ich eigentlich nicht glaube, dass er sich zu schade wäre, mit Jason Leibowitz hier zu essen. Er kommt nur nicht drauf, dass manche Leute einfache Dinge wie einen gediegenen Pub einem Gourmet-Restaurant oder einer angesagten Designer-Bar vorziehen – und der Bauunternehmer traut sich offensichtlich nicht, es ihm vorzuschlagen. In Gedanken mache ich mir eine Notiz, Jonathan einen dezenten Hinweis zu geben – aber erst, wenn dieses Wochenende hinter uns liegt.

»Wir können das ›Globe‹ gerne zu unserem neuen Besprechungszimmer ernennen. Ein paar Treffen haben wir ja noch vor uns«, erkläre ich ihm und stehe auf, um seine Fish and Chips und meinen Salat mit Schinken, Spinat und Honig-Senf-Dressing – eine Spezialität des Hauses, die wirklich lecker war – an der Bar zu bezahlen. Kurz danach stehen wir draußen vor dem Pub, und Jason Leibowitz verabschiedet sich herzlich von mir.

Als er weg ist, laufe ich mit großen Schritten über den London Wall zurück zum Huntington-Gebäude, das zum Glück nicht weit entfernt liegt. Das Wetter ist jetzt im Juli herrlich warm und sonnig, und die Leute, die mir begegnen, wirken beschwingter als sonst. Alle scheinen sich schon auf das bevorstehende Wochenende zu freuen, denke ich, und das tue ich im Prinzip auch. Aber das mulmige aufgeregte Gefühl will mich einfach nicht loslassen.

Ich habe gerade die Glastüren des Huntington-Gebäudes passiert und eile durch das schicke Foyer zum Fahrstuhl, als mein Handy klingelt.

»Gracie?« Ich erkenne die Stimme meiner Schwester sofort, auch wenn die Verbindung ein bisschen rauscht.

»Ist was passiert?«, frage ich erschrocken, weil ich mit ihrem Anruf nicht gerechnet habe.

Hope lacht. »Muss was passiert sein, damit ich meine große Schwester anrufen darf?«

»Nein, aber ...«, ich rechne hektisch nach, »... bei euch ist es doch jetzt noch ganz früh morgens.«

»Du weißt doch, was Grandma immer sagt: Morgenstund hat Gold im Mund. Sie hat mich heute mit dem ersten Hahnenschrei geweckt, weil ich sie gleich nach Springfield fahren soll zu einer Freundin.«

Ich muss schmunzeln. Die Fahrten ins zweieinhalb Stunden entfernte Springfield sind bei uns in der Tat schon legendär, weil meine Großmutter jedes Mal ein furchtbares Theater veranstaltet, wenn sie die Farm für einen Tag verlassen muss – selbst wenn das freiwillig passiert. Früh aufstehen und alles noch mal durchgehen, was sie braucht und nicht vergessen darf, inklusive.

»Und wo ich sowieso schon mal wach war, musste ich an dich denken«, fährt Hope fort, »und daran, dass du dich schon die ganze Woche nicht gemeldet hast. Wenn es danach geht, dann hätte wohl eher ich davon ausgehen können, dass dir was passiert ist und nicht umgekehrt!« In ihrer Stimme schwingt nur gespielte Entrüstung mit, trotzdem habe ich sofort ein schlechtes Gewissen.

»Ich weiß, tut mir leid. Aber es war so unglaublich viel los, dass ich kaum Zeit hatte.«

Es stimmt, denke ich, als ich beim Fahrstuhl ankomme und die Anforderungstaste drücke. Seitdem ich mit Jonathan aus Irland zurück bin, sind die Wochen wie im Fluge vergangen und waren für mich extrem aufregend – in jeder Hinsicht. Deshalb hatte ich nicht mehr so regelmäßig Gelegenheit, mit Hope zu sprechen, wie sonst. Der Posten der Junior-Projektmanagerin, den ich vor über einem Monat übernommen habe, macht viel Spaß, ist aber auch anspruchsvoller, als ich dachte. Ich habe erst im Nachhinein richtig begriffen, wie unglaublich kompliziert das Hackney-Projekt ist, und ganz nebenbei muss ich ja auch noch für meine Abschlussprüfung lernen, für die jetzt ein Termin feststeht. Und dann ist da natürlich auch noch Jonathan ...

Nach einem leisen Pling öffnen sich die Türen des Fahrstuhls, und ich steige ein, drücke die Taste für die achte Etage, in der die Planungsabteilung liegt.

»Eigentlich wollte ich dir ja auch nur noch mal sagen, wie sehr ich mich freue, dass du bald kommst, Grace«, sagt Hope. »Ich vermiss dich so«, fügt sie leise hinzu.

»Ich dich auch«, erwidere ich mit belegter Stimme, und für den kurzen Moment, den wir schweigen, bin ich mir der vielen Meilen, die mich von meiner Schwester trennen – und jetzt auch auf Dauer trennen werden – schmerzhaft bewusst. »Aber wir sehen uns ja ganz bald, es sind noch nicht einmal mehr drei Wochen.«

Ende Juli, also eigentlich genau zu der Zeit, zu der ich England – wenn alles nach Plan gelaufen wäre – wieder hätte verlassen sollen, fliege ich zurück nach Chicago, um an der Uni bei Professor White meinen Abschluss zu machen. Jonathan hatte recht, er war sofort bereit zu einer Sonderregelung, damit ich den Job bei Huntington Ventures antreten kann. Also werde ich mich, wenn ich wieder in Chicago bin, noch mal eine Woche lang intensiv vorbereiten, dann die mündlichen Prüfungen ablegen und anschließend nach London zurückkehren, um hier weiter zu arbeiten. Für die Examensarbeit bekomme ich dann – ausnahmsweise – eine Verlängerungsfrist und kann sie nachreichen, wenn sie fertig ist.

»Kommt Jonathan auch mit?« Hopes Stimme klingt hoffnungsvoll.

»Ich weiß nicht, er hat im Moment viel zu tun und dazu hat er noch nichts gesagt.« Erst jetzt, wo sie mich das fragt, fällt mir auf, dass wir darüber tatsächlich noch nicht gesprochen haben.

»Dann sag ihm, dass er mitkommen muss«, drängt Hope. »Ich will den Mann, der es geschafft hat, meine Schwester nach England zu entführen, endlich persönlich kennenlernen.«

Ich grinse. »Das wirst du sicher noch. Und vielleicht klappt es ja, und er kann mich begleiten.«

Insgeheim hoffe ich es selbst sehr, denn der Gedanke, mich von Jonathan trennen zu müssen, macht mir immer noch Angst, selbst wenn ich jetzt weiß, dass es nur für eine kurze Zeit ist und dass ich wieder zurückkomme. Zum Glück musste ich das bis jetzt auch nicht erleben, denn seit wir aus Irland zurück sind, waren wir fast nur noch zusammen. Wenn es nach ihm gegangen wäre, dann hätte ich in das Büro direkt neben seinem ziehen können, um von dort aus zu arbeiten, aber ich habe ihm klar gemacht, dass das auf keinen Fall geht. Es wird schwer genug werden, die Leute davon zu überzeugen, dass ich den Job nicht nur bekommen habe, weil ich mit dem Chef liiert bin, sondern weil ich was kann. Deshalb habe ich Wert darauf gelegt, in die Planungsabteilung integriert zu sein, so, wie es die Stelle vorsieht. Ich habe ihn auch gebeten, mich dort möglichst nicht zu besuchen, einfach weil ich das Gerede nicht noch weiter anheizen wollte. Er hält sich zwar dran, ruft mich jedoch sehr regelmäßig für eine »Besprechung« zu sich. Und den Anweisungen des Chefs kann ich mich einfach nicht widersetzen, denke ich lächelnd und seufze, als ich das vertraute Kribbeln im Bauch spüre.

Es könnte eigentlich alles perfekt sein – wenn da nicht immer noch dieser letzte Schatten des Zweifels wäre, den ich einfach nicht loswerde. Denn selbst wenn ich das Gefühl habe, Jonathan jetzt viel näher zu sein als noch vor ein paar Wochen, und er auch sehr viel mehr Nähe zulässt, spüre ich doch, dass da noch immer ein Teil von ihm ist, der sich mir verschließt. Dieser Teil ist weiterhin auf der Flucht vor Gefühlen oder irgendwelchen Zugeständnissen, und die Angst, dass er die Oberhand gewinnen könnte, ist geblieben.

»Wie sieht's denn mit der Wohnung aus?«, will Hope wissen. »Hast du schon eine gefunden?«

Ich verziehe schuldbewusst das Gesicht, aber das kann sie ja zum Glück nicht sehen. »Nein. Aber ich habe, ehrlich gesagt, auch noch gar nicht wirklich gesucht.« Ich könnte behaupten, dass ich noch keine Zeit dazu hatte, aber die Wahrheit ist, dass ich gar keine will.

Mein Zimmer in Islington ist günstig und zweckmäßig und mein Rückzugsort, wenn ich wirklich mal von Jonathan getrennt bin. Im Moment bin ich aber die meiste Zeit bei ihm in seiner Villa in Knightsbridge, und wenn es nach mir ginge, dann bräuchten wir daran überhaupt nichts zu ändern. Ich könnte mir zwar jetzt von meinem Gehalt locker eine kleine Wohnung in einer halbwegs anständigen Gegend leisten, aber solange ich nicht wirklich weiß, wie das mit Jonathan und mir weitergeht, kommt es mir zu endgültig vor, mir eine einzurichten.

Denn eins ist mir klar geworden: So toll ich den Job bei Huntington Ventures finde – sollte die Beziehung zwischen Jonathan und mir schief gehen, kann ich nicht bleiben. Dann müsste ich weggehen, auch wenn das beruflich das Dümmste wäre, was ich machen kann. Aber ich könnte es nicht ertragen, ihn jeden Tag zu sehen, und würde fliehen – genau wie die vielen Frauen vor mir, die auch in ihn verliebt waren, aber anders als ich keine Chance hatten, an ihn heranzukommen. Wenn schon sie so gelitten haben, dass sie nicht in seiner Nähe bleiben konnten, dann mag ich mir gar nicht ausmalen, wie es mir geht, wenn das mit ihm und mir nicht klappt.

»Hope, ich muss jetzt Schluss machen«, sage ich, als die Fahrstuhltüren sich im achten Stock wieder öffnen. »Ich ruf dich am Montag noch mal an, und dann reden wir in Ruhe, ja?«

»Wieso erst am Montag?«, fragt sie irritiert, und mir fällt siedend heiß ein, dass sie die wichtigste Neuigkeit ja noch gar nicht weiß.

»Ich begleite Jonathan übers Wochenende auf den Familiensitz seines Vaters. Dort findet ein Wohltätigkeitsball statt, und wir bringen seine Schwester Sarah hin und bleiben dann dort.«

»Wow!« Hope ist begeistert. »Wie spannend! Du unter einem Dach mit dem englischen Hochadel – da wäre ich zu gerne Mäuschen!« Sie lacht, aber ich stimme nicht ein. Ich find's nämlich gar nicht spannend, sondern eigentlich ziemlich beängstigend.

»Ich melde mich wieder und erzähl dir alles, versprochen«, erkläre ich ihr und beende das Gespräch, bevor sie mir noch mehr Fragen stellt, auf die ich noch keine Antwort habe.

Ich habe keine Ahnung, was mich auf Lockwood Manor erwartet oder wie ich mich schlagen werde, aber ich spüre instinktiv, dass es ein wichtiger Besuch ist. Vielleicht werde ich Jonathan erst wirklich begreifen, wenn ich ihn dort erlebt habe. Was meine Nervosität nur noch schlimmer macht.

Zum Glück wird Sarah auch da sein. Jonathans Schwester ist mir eine gute Freundin geworden, und sie wird mir sicher helfen, mich nicht zu sehr zu blamieren.

»Grace?«

Ich habe mein Büro schon fast erreicht, als Indira Ambani mich aufhält. Sie steht im Flur vor dem Sekretariat und winkt mich zu sich, und da sie die Leiterin dieser Abteilung ist, laufe ich schnell wieder zurück zu ihr.

Sie ist Ende Vierzig und hat langes schwarzes Haar und braune Augen, die ihre indischen Wurzeln verraten. Ihre kühle, ruhige Art gefällt mir, sie bleibt immer geduldig, aber dadurch ist es auch oft schwer, sie wirklich einzuschätzen.

»Wie ist das Gespräch mit Mr Leibowitz gelaufen?«, will sie wissen, und ich berichte ihr kurz von den Fortschritten des Projekts und den zeitlichen Vereinbarungen, die ich mit ihm getroffen habe. »Ich schreibe gleich noch ein Memo und schicke es Ihnen«, erkläre ich.

Sie hebt verwundert die Augenbrauen. »Wollten Sie denn heute nicht früher gehen?«

»Doch, schon. Aber das schaffe ich vorher noch.«

Ich lächle kurz und will wieder in mein Büro gehen, doch sie hält mich am Arm zurück.

»Wissen Sie, Grace, als ich damals hörte, dass Sie die Stelle bekommen sollen, war ich sehr ... skeptisch. Ich wusste zu wenig über Sie und habe Ihnen die Aufgabe nicht wirklich zugetraut.«

Das ist ganz sicher eine höfliche Umschreibung von: Ich dachte, du bist das Flittchen vom Chef und hast dich hochgeschlafen, denke ich und seufze innerlich.

»Aber ich habe mich getäuscht«, fährt sie fort. »Sie haben eine enorm lösungsorientierte Denkweise und können vor allen Dingen sehr gut mit Menschen umgehen, zwei unglaublich wichtige Voraussetzungen für die Arbeit, die wir hier leisten.« Sie streicht mit der Hand, mit der sie mich festgehalten hat, kurz über meinen Oberarm. »Weiter so.«

Ich bin einen Moment lang sprachlos, deshalb kann ich ihr mein »Danke« nur noch hinterherrufen, denn sie ist schon wieder hinter ihrer Tür verschwunden, bevor ich reagieren kann. Nachdenklich gehe ich in mein Büro und setze mich an meinen Schreibtisch. Der andere Tisch, der meinem gegenübersteht, gehört Ruth Banning, einer netten Kollegin, die jedoch Anfang der Woche in Urlaub gegangen ist. Deshalb habe ich das Büro im Moment für mich allein.

Mit einem Seufzen rufe ich das Memo-Programm auf. Ich möchte gar nicht wissen, wie viele meiner Kollegen auch denken, was Indira anfangs gedacht hat, und ihr Urteil über mich noch nicht revidiert haben. Für die ich nach wie vor die »Affäre« vom Chef bin, und die mir deshalb beruflich nichts zutrauen. Ziemlich viele, fürchte ich. Aber das ist nicht zu ändern. Deswegen werde ich diesen tollen Job und vor allem Jonathan nicht aufgeben. Es ist ja auch nicht so, dass mir diese Ablehnung offen entgegenschlägt. Die meisten sind freundlich zu mir, von einigen Ausnahmen mal abgesehen ...

Mit einem Seufzen mache ich mich an das Memo und

arbeite alles ab, was ich mir noch vorgenommen hatte. Als ich um kurz vor drei den Computer runterfahre und meine Sachen zusammenpacke, klingelt mein Handy. Es ist Sarah.

»Grace, sagst du bitte Jonathan, dass ihr mich doch nicht abholen müsst?« Sie klingt fröhlich, aber auch ein bisschen aufgeregt. »Ich bin schon auf Lockwood Manor.«

»Was?« Das kommt total überraschend. »Aber ich dachte, du wirst erst heute Nachmittag aus dem Krankenhaus entlassen.«

»Dafür war ich einfach zu unruhig. Vor dem Ball gibt es immer viel zu tun und vorzubereiten, und ich wollte Dad unterstützen. Deshalb hat der Arzt mich früher gehen lassen, und Alex hat mich hergefahren.«

Natürlich, denke ich lächelnd. Ich fand diese Lösung von Anfang an naheliegend und habe mich gewundert, warum Jonathan darauf bestanden hat, dass wir Sarah abholen. Aber das hat sich ja jetzt erledigt.

»Warum sagst du ihm das nicht selbst?«, erkundige ich mich, weil ich ahne, wie Jonathan das finden wird, und deshalb eigentlich nicht so gern der Überbringer der Nachricht sein möchte.

»Ich habe schon versucht, ihn zu erreichen. Aber er geht nicht an sein Handy. Und seine Sekretärin sagte, dass sie mich nicht durchstellen kann, weil er ein wichtiges Gespräch hat.«

»Komisch.« Irritiert schüttele ich den Kopf und frage mich, welches Gespräch so wichtig sein könnte, dass Jonathan deswegen sein Handy ignoriert – vor allem, wenn seine Schwester ihn anruft. Er geht eigentlich immer an sein Handy – wenn es nicht gerade im Esszimmer liegt und er selbst mit Blessuren im Bett.

»Sagst du's ihm?«, drängt Sarah, die es offenbar eilig hat.

»Natürlich. Aber er wird nicht begeistert sein.« Ich seufze. »Du weißt doch, wie er es hasst, wenn man seine Pläne durcheinanderbringt.«

Sarah kichert. »Das verkraftet er schon. Bis nachher dann.« Sie verabschiedet sich und legt auf, lässt mich schmunzelnd und ein bisschen nachdenklich zurück.

Natürlich verkraftet Jonathan das, denke ich. Aber lieber wäre es mir trotzdem gewesen, wenn wir mit Sarah nach Lockwood Manor gefahren wären. Sie hätte ihn sicher abgelenkt, denn in den letzten Tagen war Jonathan ziemlich angespannt wegen dieser Veranstaltung.

Wenn es nur darum ginge, seinen Vater zu besuchen, dann würde er, glaube ich, nicht fahren. Aber der Wohltätigkeitsball war eine Idee von Lady Orla, die der Earl nach ihrem Tod weitergeführt hat, und dem Andenken seiner Mutter fühlt Jonathan sich verpflichtet, genau wie dem guten Zweck – der Stiftung für junge Kreative aus den unterschiedlichsten Bereichen –, dem die Veranstaltung gewidmet ist. Dafür nimmt er die Begegnung mit seinem Vater in Kauf – was jedoch sicher nicht heißt, dass das Ganze konfliktfrei ablaufen wird …

Schnell greife ich nach Handtasche und Mantel und gehe zum Fahrstuhl, laufe die letzten Meter fast, weil ich es plötzlich eilig habe, zu Jonathan zu kommen. Und das nicht nur, weil es gleich drei Uhr ist und wir dann verabredet sind. Es ist immer noch so, dass mein Herz schneller schlägt, wenn ich auf dem Weg zu ihm bin – daran hat sich nichts geändert und ich fürchte fast, dass sich daran auch niemals etwas ändern wird.

Als sich die Türen im obersten Stockwerk wieder öffnen, blickt Catherine Shepard, die an ihrem Schreibtisch sitzt, von ihrem Computerbildschirm auf. Sobald sie mich erkennt, lächelt sie, aber es ist nicht dieses nichtssagende professionelle Lächeln, das sie sonst zeigt. Nein, sie sieht aus, als würde sie sich freuen. Und da ihre Augen angriffslustig glitzern, ahne ich, dass es die Vorfreude auf eine Auseinandersetzung mit mir sein könnte.

Und ich liege richtig. Denn als ich nach einem kurzen Gruß auf Jonathans Bürotür zuhalte, steht sie auf und versperrt mir den Weg.

»Sie können da jetzt nicht rein.«

Kommt mir bekannt vor, denke ich. Wenn sie irgend kann, versucht Catherine immer, mich von Jonathan fernzuhalten, nutzt jede Gelegenheit, die sich bietet, um mir den Zugang zu seinem Büro zu verwehren. Das macht ihr richtig Spaß, denn ihr Lächeln ist jetzt eindeutig triumphierend.

»Und warum nicht?«, frage ich genervt und spüre Wut in mir aufsteigen. In der Firma denken vielleicht einige schlecht über mich, aber sie zeigen es mir nicht offen. Catherine Shepard hat jedoch überhaupt kein Problem damit, mich deutlich fühlen zu lassen, was sie von mir hält. Vielleicht wird es Zeit, das endlich mal zu klären.

Doch mit ihrer nächsten Bemerkung nimmt sie mir effektiv den Wind aus den Segeln.

»Mr Huntington telefoniert – mit Mr Nagako«, erklärt sie mir und hebt die Augenbrauen, so als wollte sie sagen, dass ich ja wohl spätestens jetzt begreifen muss, dass das hier kein Spaß ist.

Von den Querelen mit dem Japaner, der Huntington Ventures tatsächlich Schwierigkeiten macht und die Geschäfte auf dem asiatischen Mark torpediert, weiß sie, aber den wahren Grund, warum Jonathan und Yuuto sich gestritten haben, kennt sie natürlich nicht. Dennoch ahnt sie, dass ich empfindlich bin, was Jonathans Verhältnis zu seinem ehemaligen Freund angeht, und betrachtet mich deshalb in dem sicheren Wissen, dass sie mich damit getroffen hat.

Und das hat sie in der Tat. Es kommt für mich total überraschend, dass Jonathan wieder mit Yuuto spricht, und ich kann das überhaupt nicht einschätzen. Mein Verstand sagt mir, dass es ein gutes Zeichen ist, denn wenn die beiden es schaffen, ihren Streit beizulegen, wäre das sicher gut für die Firma. Doch mein Bauch findet schon ein Gespräch mit Yuuto ziemlich beunruhigend, und ich habe jetzt das noch viel dringendere Bedürfnis, zu Jonathan zu kommen.

Erneut mache ich einen Schritt auf die Tür zu – und erneut versperrt mir die kühle Schwarzhaarige den Weg.

»Ich bin mit Mr Huntington verabredet«, sage ich mit zusammengepressten Zähnen, weil es mir langsam wirklich reicht. »Er erwartet mich, und zwar ...«, ich sehe demonstrativ auf die Uhr, »... genau jetzt.«

»Er kann Sie aber noch nicht empfangen«, erwidert sie ungerührt.

»Hat er ausdrücklich gesagt, dass er nicht gestört werden will?« So etwas kündigt Jonathan immer an – was Catherine Shepard besser weiß als jeder andere.

Sie zögert, aber nur eine Millisekunde. »Das muss er nicht – es steht doch wohl außer Frage, dass er bei so einem wichtigen Gespräch nicht gestört werden will.« Mit einem kühlen Lächeln deutet sie auf die Besuchersessel vor der Fensterfront. »Warum nehmen Sie nicht dort Platz, bis er Zeit für Sie hat?«

Ich balle die Hände zu Fäusten und knirsche mit den Zähnen, weil ich so an mich halten muss. Denn plötzlich habe ich ein Déjà-vu. Am Anfang meines Praktikums war es schon mal genauso – Jonathan hatte Besuch von Yuuto und Catherine wollte mich nicht zu ihm lassen, hat mich auf die Besuchersessel geschickt, was eine echte Demütigung war. Aber seitdem ist viel passiert, und ich bin es endgültig leid, mich von ihr schikanieren zu lassen.

»Er hat Zeit für mich, und das wissen Sie verdammt gut!«, herrsche ich sie an. »Und jetzt lassen Sie mich endlich durch!«

Sie verschränkt die Arme vor der Brust, und ihr Blick ist plötzlich nicht mehr eisig, sondern schießt wütende Blitze. »Sie überschätzen sich, Miss Lawson«, sagt sie, lauter als gewöhnlich, erregter, und lässt mich zum ersten Mal deutlich sehen, was hinter ihrem feindseligen Verhalten steckt: Eifersucht. »Sie genießen hier keinerlei Sonderrechte. Auch wenn Sie privat mit Mr Huntington zu tun haben mögen, gelten für Sie genau die gleichen Regeln wie für alle anderen Angestellten auch. Sie müssen warten, bis er Zeit für Sie hat.«

Sie will noch etwas sagen, fährt jedoch erschrocken herum, denn hinter ihr hat sich die Tür geöffnet und Jonathan steht im Türrahmen.

10

Mit gerunzelter Stirn lässt Jonathan den Blick zwischen Catherine und mir hin- und herwandern. Er wirkt ziemlich grimmig und gleichzeitig irgendwie aufgewühlt, was aber definitiv nicht an uns liegt. So sah er schon aus, als er die Tür aufgemacht hat. Die Tatsache, dass wir uns vor seinem Büro streiten – was er zumindest zum Teil mitbekommen hat –, hebt seine Laune allerdings nicht.

»Tut mir leid, Sir.« Catherine hat die Arme sinken lassen und sieht mich vorwurfsvoll an. »Ich hoffe, wir haben Sie nicht gestört. Ich hatte Miss Lawson gebeten, zu warten, bis Sie mit Ihrem Telefonat fertig sind. Aber das wollte sie nicht.«

Ich bin noch so erschüttert von dem schneidenden Tonfall, mit dem sie gerade mit mir gesprochen hat, und dem Hass auf ihrem Gesicht, dass ich gar nichts sagen und sie nur anstarren kann. Eigentlich kaum zu glauben, dass sie gerade noch so aussah, denn jetzt hat sie wieder ihre lächelnde Maske auf, wirkt professionell und total kontrolliert. Doch das Lächeln vergeht ihr, als sie sieht, wie Jonathans Gesichtsausdruck sich verändert. Grimmig ist jetzt noch untertrieben.

»Das muss sie auch nicht. Sie genießt hier nämlich in der Tat Sonderrechte, und wenn Sie nicht abgemahnt werden möchten, Catherine, dann sollten Sie die besser akzeptieren«, sagt er in diesem gefährlich ruhigen Tonfall, den ich fürchten gelernt habe. Und der auch bei seiner Sekretärin seine Wirkung nicht verfehlt.

Sie schluckt deutlich sichtbar. Mit dieser Reaktion hatte sie offenbar nicht gerechnet.

»Sie lassen sie immer zu mir, es sei denn, ich hätte ausdrücklich erwähnt, dass mich niemand stören darf. Haben Sie verstanden?«

Sie nickt, und ihr Blick huscht zu mir, deutlich kleinlauter als jemals zuvor. Dann zieht sie sich hastig an ihren Schreibtisch zurück.

Ich sollte mich vermutlich freuen, dass sie so einen Dämpfer bekommen hat, aber die ganze Situation ist mir einfach nur furchtbar unangenehm, deshalb bin ich froh, dass Jonathan mir bedeutet, ihm in sein Büro zu folgen. Ohne ein weiteres Wort gehe ich hinter ihm her und schließe die Tür, bleibe dahinter stehen, weil ich das erst mal verarbeiten muss.

Dass Jonathan mich vor seiner Sekretärin so vehement verteidigen würde, hätte ich nicht erwartet. Aber es ist ein schönes Gefühl, auch wenn das für Catherine Shepard gerade echt hart war.

»Danke«, rutscht mir raus und ich halte ihn am Ärmel seines heute wieder tiefschwarzen Hemdes fest, als er zu seinem Schreibtisch gehen will, ziehe ihn zurück zu mir.

Er schließt mich in seine Arme und küsst mich, was mich für einen Moment alle Catherines der Welt vergessen lässt.

»Hat sie das schon öfter gemacht?«, fragt er, als er mich freigibt und ich wieder zu Atem komme. Die Falte auf seiner Stirn ist noch da.

Mein Gehirn hat auf Fühlen geschaltet, wie immer, wenn er mir so nah ist, deshalb dauert es einen Moment, bis ich wieder klar denken kann.

»Nein, nicht oft. Und ich glaube, sie meint es eigentlich nur gut«, sage ich mit einem Schulterzucken. Das tut sie zwar ganz sicher nicht, aber meine Wut auf die kühle Sekretärin ist vollkommen verpufft, und ich mag sie bei Jonathan nicht anschwärzen. »Sie ist dir gegenüber sehr loyal.«

»Nicht, wenn sie dich von mir fernhält«, sagt er und mein Herz flattert wild, als er seinen Ansturm auf meine Sinne fortsetzt und mich weiter leidenschaftlich küsst. Doch dann gibt er mich fast abrupt wieder frei und lässt mich los, kehrt zu seinem Schreibtisch zurück, wo er geistesabwesend einige Papiere zusammenschiebt.

Die Falte auf seiner Stirn ist immer noch nicht verschwunden, und plötzlich frage ich mich, ob es wirklich nur seine Sekretärin ist, die seine Laune so getrübt hat.

»Ist es wahr, dass du gerade mit Yuuto gesprochen hast?« Diesen Punkt hatte ich wegen der Auseinandersetzung mit Catherine Shepard kurz vergessen, aber jetzt beunruhigt es mich wieder.

Jonathan hebt den Kopf und sieht mich an. Dann nickt er, blickt wieder auf seine Papiere. »Ja, habe ich.«

»Hat er dich angerufen oder du ihn?« Die Information finde ich extrem wichtig.

»Er mich.«

Mein Magen krampft sich zusammen. »Und was wollte er?«

Jonathan schiebt sich die Haare aus der Stirn und stößt die Luft aus. »Mir mitteilen, dass er bereit ist, die Geschäftsbeziehungen zu Huntington Ventures wieder aufzunehmen.«

Ich schlucke hart. »Einfach so?«

»Nein, er stellt Bedingungen.«

Mein Gott, muss ich ihm denn jedes Wort aus der Nase ziehen? »Was für Bedingungen?«

»Keine, auf die ich einzugehen gedenke«, erklärt er knapp und packt die Papiere mit einer heftigen Geste beiseite, die mir deutlich zeigt, wie wütend er ist.

»Hat es was mit mir zu tun?«, frage ich beklommen. Wieder sieht er auf, und wieder kann ich in seinen blauen Augen nicht lesen, was in ihm vorgeht.

»Ich werde nicht darauf eingehen«, wiederholt er und bestätigt mir damit nur, was ich schon befürchtet habe. Es hat mit mir zu tun.

»Jonathan, was will er von dir? Sollst du mich rausschmeißen?«

»Nein. Es reicht ihm, wenn ich mich von dir trenne.« Er sagt es sarkastisch, aber es zieht mir trotzdem den Boden unter den Füßen weg.

»Das ist die Bedingung? Dass du dich von mir trennst?«

Jonathan nickt, und ich spüre, wie sich eine kalte Hand um mein Herz legt. Entsetzt starre ich ihn an.

Es war schon ein ekeliges Gefühl, Yuutos Objekt der Begierde zu sein, aber als Zielscheibe seines Hasses ist es noch schlimmer. Nicht zum ersten Mal frage ich mich, was den Japaner eigentlich antreibt – was zum Teufel hat er davon, wenn Jonathan sich von mir trennt? Will er ihn auf diese Weise für den Club und seinen Lebensstil zurückgewinnen? Oder findet er, wenn er mich nicht haben kann, dann soll Jonathan mich auch nicht haben?

Und wichtiger noch: Wird Jonathan wirklich bei seinem Nein bleiben? Die wichtigen Handelsbeziehungen nach Asien oder die Beziehung zu mir, von der er immer noch nicht sicher ist, wohin sie führen wird – das ist eine ziemlich krasse Wahl.

Die Eisfaust, die sich um mein Herz gelegt hat, drückt noch ein bisschen fester zu, und ich atme zitternd ein. »Und?«, frage ich leise. »Was machst du jetzt?«

Jonathan geht um seinen Schreibtisch herum und kommt zu mir, bleibt direkt vor mir stehen.

»Jetzt fahre ich ins Krankenhaus und hole Sarah ab und dann fahre ich mit ihr und dir nach Lockwood Manor, um diesen verfluchten Ball hinter mich zu bringen – das mache ich.« Er küsst mich noch mal, aber nur flüchtig. »Und jetzt komm. Sie wartet sicher schon.«

Ich schüttele den Kopf. »Sarah hat eben angerufen – sie ist schon mit Alexander nach Lockwood Manor gefahren«, sage ich und sehe zu, wie sein Gesicht sich schlagartig verdunkelt. Nein, das gefällt ihm nicht. Ich wusste es.

»Verdammt«, flucht er. »Wieso das denn?«

»Ich schätze, sie konnte es nicht mehr abwarten, und weil Alexander gerade bei ihr war und ja ohnehin mitkommt, wollte sie wohl lieber schon fahren. Das ist doch okay.«

Findet Jonathan ganz offensichtlich nicht. »Was will sie überhaupt bei dem Ball? Sie ist doch noch gar nicht wieder richtig fit. Der Arzt hat gesagt, sie muss sich noch schonen.« Das kritisiert er schon, seit Sarah verkündet hat, dass sie auf jeden Fall vorhat, an der Veranstaltung auf Lockwood Manor teilzunehmen, selbst wenn sie dabei noch auf Krücken laufen muss.

»Es geht ihr wieder gut«, verteidige ich sie. »Und ich bin sicher, Alexander sorgt dafür, dass sie sich nicht übernimmt.«

Sarah und Jonathans Kompagnon sind inzwischen unzertrennlich, auch wenn ihre Beziehung noch nicht wirklich offiziell ist. Alexander hält sich da aus irgendeinem Grund bedeckt, obwohl man ihm ansehen kann, wie verliebt er in Sarah ist. Und auch Sarah wirkt glücklich mit ihm, was mich für die beiden sehr freut. Ich wünschte, die Dinge wären bei Jonathan und mir auch so einfach und offensichtlich.

Jonathan schnaubt, weil er meine These, dass Alexander auf Sarah aufpasst, offenbar wenig überzeugend findet. »Alex frisst meiner Schwester aus der Hand – sie kann tun, was immer sie will, und er findet es gut.«

Überrascht über die Aggression in seiner Stimme sehe ich ihn an. Am Anfang hat er die wachsenden Gefühle zwischen seinem Kompagnon und seiner Schwester nur belächelt, doch seit die beiden tatsächlich ein Paar sind, reagiert er gereizt.

»Ich dachte, dir liegt was dran, dass Sarah glücklich ist.«

»Mir würde es schon reichen, wenn er sie nicht unglücklich macht«, knurrt Jonathan.

»Warum sollte er das tun? Er liebt sie«, erkläre ich, was mir noch ein Schnauben einbringt, aber keinen weiteren Kommentar mehr.

»Lass uns fahren.« Er hält mir die Tür auf und wir gehen zum Fahrstuhl, nachdem wir uns von einer immer noch sehr eingeschüchterten Catherine verabschiedet haben, die meinem Blick ausweicht. Statt ins Foyer fahren wir jedoch bis ganz runter in die Tiefgarage, wo ein weiteres von Jonathans Autos steht. Die Limousine inklusive Steven nutzt er im Alltag, weil es bequemer ist, doch wenn er selbst fahren will, dann nimmt er dieses – ein grünes Sportcoupé mit hellen Ledersitzen, sehr edel und bestimmt sehr teuer, aber wirklich schnittig.

Wir fahren zurück nach Knightsbridge, um unsere Sachen fürs Wochenende zu packen oder – was Jonathan angeht – den Koffer zu holen, den Mrs Matthews ihm ganz sicher schon fertig hingestellt hat. Ich mache das lieber selbst, das weiß sie, deshalb überlässt sie das mir.

Ich habe lange überlegt, was ich anziehen soll bei meinem ersten Besuch auf Lockwood Manor – und mich dann für eine helle Bluse und einen buntbedruckten Bleistiftrock entschieden. Zusammen mit den pinkfarbenen Ballerinas, die ich dazu tragen werde, erscheint mir dieses Outfit passend: sommerlich, nicht zu aufreizend, aber auch nicht zu langweilig. Perfekt für meine erste Begegnung mit dem britischen Hochadel, so dieser denn schon anwesend ist. Jonathan hat mir erzählt, dass die meisten erst morgen kommen, wenn die Veranstaltung am Nachmittag mit einer Teeparty im Garten beginnt und dann in ein Dinner und anschließend in den berühmten Wohltätigkeitsball mündet. Dafür habe ich natürlich etwas sehr viel Schickeres, ein absolut traumhaftes trägerloses Kleid aus grünem Chiffon, in dem ich mich richtig schön fühle. Annie hat es mit mir zusammen ausgesucht und es ist ...

»Mist!«, fluche ich lautstark.

Jonathan, der auf dem Bett sitzt und etwas in sein Handy eintippt, sieht mich fragend an. »Was ist los?«

»Das Kleid, das ich morgen anziehen wollte! Es hängt noch in der WG in Islington!«

Ich kann nicht fassen, dass ich das vergessen habe. Aber ich musste an dem Tag, an dem Annie und ich es gekauft haben, anschließend noch mit Jonathan zu einem Essen, deshalb habe ich es hängen lassen. Ich wollte es noch abholen, habe jedoch im Trubel der letzten Tage einfach nicht mehr daran gedacht.

»Dann fahren wir es holen«, beschließt Jonathan.

»Aber dann müssen wir extra noch mal nach Islington.« Was in der komplett falschen Richtung liegt und ein echter Umweg ist, denn wir wollen eigentlich nach Süden, runter an die Küste.

Er zuckt mit den Schultern. »Ich hab's nicht eilig, nach Lockwood zu kommen«, sagt er und erinnert mich wieder daran, dass dieser Besuch in jeder Hinsicht nicht einfach werden wird. Aber wenigstens werde ich auf dem Ball hübsch aussehen, wenn wir mein Kleid noch holen, denke ich und lächele ihn dankbar an.

Schnell suche ich alles zusammen, was ich sonst noch brauche, dann machen wir uns auf den Weg nach Islington.

»Willst du kurz warten?«, frage ich Jonathan, als wir mit dem Sportcoupé vor dem Haus ankommen. »Dann brauchst du keinen Parkplatz zu suchen.«

Doch Jonathan schüttelt den Kopf und ist schon dabei, rückwärts in eine Lücke zu setzen.

»Nein, ich komme mit«, erklärt er mir und steigt aus, begleitet mich zur Haustür. Mit einem etwas mulmigen Gefühl suche ich in meiner Tasche nach meinem Schlüssel, den ich immer so gerne vergesse. Zum Glück entdecke ich ihn diesmal schnell und schließe auf.

Bisher war Jonathan noch nie mit in der WG. Er hat mich oft hingebracht und abgeholt oder besser gesagt Steven hat das getan, aber mit oben war Jonathan noch nie. Hat sich irgendwie nicht ergeben, weil wir die meiste Zeit ohnehin in Knightsbridge waren. Und forciert habe ich es nicht, denn der Gedanke, dass Marcus und er sich noch mal begegnen, war mir irgendwie immer unangenehm.

Angespannt öffne ich deshalb oben die Wohnungstür und lausche auf Geräusche. Doch alles bleibt ruhig, und als ich einen Moment später in den Flur trete, öffnet sich keine der Türen und es erscheint auch niemand, um nachzusehen, wer da gekommen ist. Erleichtert atme ich auf. Mit Annie und Ian hatte ich auch gar nicht wirklich gerechnet, die müssten beide noch bei der Arbeit sein, aber Marcus, der an der Sporthochschule studiert, hätte da sein können. Ist er aber nicht.

»Welches ist dein Zimmer?«, fragt Jonathan, der mir in den langen, schmalen Flur gefolgt ist, und deutet auf die vielen Türen, die von ihm abgehen. Lächelnd zeige ich ihm die richtige und gehe ihm nach, als er die Tür öffnet und mein Reich betritt. Interessiert sieht er sich in dem kleinen Raum um, dann hebt er die Augenbrauen.

»Das hier hast du also dem Geschäftsapartment von Huntington Ventures vorgezogen, ja?« Sein Unterton ist amüsiert, aber auch immer noch irgendwie missbilligend.

Unwillkürlich muss ich an meine ersten Tage in London denken, als ich kurz obdachlos war, weil ich einem Betrüger aufgesessen bin. Annie hatte mir damals einen Platz in der WG angeboten – und Jonathan einen Tag später das noble firmeneigene Apartment, das ich jedoch nicht wollte, weil ich es bei Annie und den anderen netter und viel gemütlicher fand. Da konnte ich ja auch noch nicht ahnen, wie sich die Sache mit Jonathan entwickeln würde.

»Was wäre eigentlich passiert, wenn ich das Apartment genommen hätte?« Ich habe den Reißverschluss des Kleidersacks geöffnet, der am Schrank hängt, um noch mal nachzusehen, ob mit meinem Kleid auch wirklich alles in Ordnung ist. Selbstvergessen streiche ich über den herrlich weichen Stoff und lächle bei der Vorstellung, wie ich morgen Abend darin aussehen werde. »Hättest du mich da besucht?«

Als Jonathan nicht antwortet, drehe ich mich um. Er steht vor dem Bett, die Hände lässig in den Taschen, und blickt mich auf diese Weise an, die mein Herz immer zum Stocken bringt.

»Ich hätte jedenfalls große Schwierigkeiten gehabt, der Versuchung zu widerstehen«, sagt er rau, und ich halte den Atem an, versinke in seinen blauen Augen.

Sie haben dunkle Flecken, die man nur erkennen kann, wenn man ganz genau hinsieht. Wenn ich ihn nur aus der Ferne betrachtet hätte, so wie die meisten, dann wären sie mir vielleicht nie aufgefallen, denke ich. Nur wer ihm nah kommt, entdeckt sie, diese Dunkelheit in seinem Blick, die ihn so anziehend macht und gleichzeitig so unnahbar.

Ich habe ihm noch nicht gesagt, dass ich ihn liebe – weil ich zu viel Angst hatte, dass er meine Gefühle zurückweist. Diese Angst ist mein ständiger Begleiter, lässt mein Herz gerade jetzt wieder unruhig schlagen. Ich weiß, dass ich ihm nicht gleichgültig bin. Er will nicht, dass ich gehe, er begehrt mich und er steht zu mir, wenn es darauf ankommt. Das hat er erst gerade heute wieder bewiesen. Aber liebt er mich? Wie tragfähig ist das, was er für mich empfindet?

Irgendwie ist es mit Jonathan immer so, als würde ich auf einer Hängebrücke balancieren, mitten über einem tiefen Abgrund. Es ist aufregend und noch hält mich das Seil. Aber es ist verdammt dünn, kann jederzeit reißen, und dann falle ich. Unaufhaltsam.

»Das Kleid ist schön«, sagt er, und ich nicke und schlucke, für einen Moment nicht in der Lage, etwas zu antworten. Unsere Blicke haben sich verhakt, laden die Atmosphäre zwischen uns auf, machen mich ganz atemlos. Eine Geste, ein Schritt auf ihn zu, das würde jetzt reichen, um die Leidenschaft zwischen uns erneut zu entfachen. Aber bevor einer von uns etwas tun kann, dreht sich plötzlich ein Schlüssel in der Wohnungstür und jemand stößt sie geräuschvoll auf.

Die Anspannung weicht aus meinem Körper, und ich atme aus, lächle Jonathan ein bisschen zittrig an, der den Mundwinkel hebt, weil er genau wie ich weiß, wie knapp das war. Wer weiß, was wir gerade getan hätten, wenn wir nur ein paar Minuten später gestört worden wären.

Schnell schließe ich die Kleiderhülle wieder und bin mit einem Schritt an der Tür, reiße sie auf. Annie, die mit einer Plastiktüte in der Hand im Flur steht und gerade ihre Handtasche an die Garderobe hängt, fährt erschrocken herum. Dann lächelt sie strahlend.

»Grace! Was machst du denn hier? Ich dachte du wolltest nach Lock...« Ihre Stimme erstirbt, als Jonathan mit der Kleiderhülle über dem Arm hinter mir aus dem Zimmer tritt. »...wood«, beendet sie ihren Satz zögernd, offenbar nicht sicher, wie sie mit der Tatsache umgehen soll, dass ihr Boss im Flur ihrer Wohnung steht. Aber ihr unerschütterliches Lächeln kehrt fast sofort zurück.

»Schön Sie zu sehen, Mr Huntington«, sagt sie und streckt ihm die Hand hin, um ihn zu begrüßen.

Er ergreift sie und schenkt Annie eins dieser Lächeln, die so verdammt sexy sind, dass sie verboten gehören.

»Jonathan«, sagt er, und ich kann sehen, wie überrascht Annie ist, dass er ihr damit erlaubt, ihn ab sofort beim Vornamen zu nennen. »Freut mich auch, Annie.«

Sie strahlt, sichtlich geschmeichelt. Wenn er sie für sich gewinnen wollte, dann ist ihm das gerade spielend gelungen, denke ich. Vielleicht kann sie ja jetzt ein bisschen besser verstehen, wieso ich diesem Mann nicht widerstehen konnte, auch wenn sie mich hundert Mal vor ihm gewarnt hat.

»Wir müssen leider schon wieder los. Eigentlich sind wir nur schnell gekommen, um mein Kleid abzuholen. Das hatte ich hier vergessen«, erkläre ich ihr und umarme sie.

»Viel Glück«, flüstert sie mir ins Ohr und drückt mich ganz fest. Als wir uns wieder ansehen, grinst sie. »So, und jetzt bringe ich lieber die Einkäufe in den Kühlschrank, bevor sie zerfließen.« Sie nickt Jonathan zu, dann verschwindet sie durch den Flur in Richtung Küche.

Ich gehe zu Jonathan, der schon an der Tür steht. Aber als er sie aufmacht, um mich zuerst durchzulassen, stehe ich plötzlich vor Marcus. Er hat Sportklamotten an und ist verschwitzt, muss gerade joggen gewesen sein. Mit dem Schlüssel in der Hand steht er leicht gebückt da, wollte offenbar eben in dieser Sekunde aufschließen.

Sein Gesicht hellt sich auf, als er sich aufrichtet und mich erkennt, verdunkelt sich jedoch wieder, sobald er Jonathan hinter mir wahrnimmt.

»Hallo, Grace.« Seine Stimme klingt auf einmal müde.

»Hallo, Marcus.« Ich beuge mich vor und gebe ihm einen flüchtigen Kuss auf die verschwitzte Wange. Er lächelt, aber nur kurz, dann nickt er Jonathan wortlos und mit unbewegter Miene zu. Und Jonathan steht ihm in nichts nach, erwidert den Gruß genauso schweigend. Von dem strahlenden Lächeln, das er Annie gerade geschenkt hat, keine Spur, und Verbrüderungs-Angebote scheinen diesmal auch absolut ausgeschlossen. Tatsächlich sieht er sogar richtig verärgert aus.

»Wir müssen los, Grace«, drängt er und schiebt sich an Marcus vorbei auf die Treppe. »Komm.« Eine klare Anweisung, der ich jedoch nur zögernd folge.

»Wir haben es eilig«, entschuldige ich mich bei Marcus, und er nickt. Auf dem Treppenabsatz drehe ich mich noch mal um, und als unsere Blicke sich treffen, sehe ich die Traurigkeit in seinen Augen.

Verdammt, er mag dich wirklich, denke ich betroffen und überlege, ob ich mir Vorwürfe machen muss. Habe ich ihm je Hoffnungen gemacht, die ich dann enttäuscht hätte? Nein, habe ich nicht. Ich finde Marcus sehr nett, und er sieht auch gut aus mit seinen hellbraunen Haaren und der sportlichen Figur. Aber ich war von der Sekunde, in der ich englischen Boden betreten habe, Hals über Kopf in Jonathan verliebt, hatte nie Augen für einen anderen Mann.

»Bis dann, Grace«, sagt Marcus niedergeschlagen und verschwindet in der Wohnung, ohne noch mal zurückzusehen.

Mein Herz blutet ein bisschen, weil es mir wirklich leidtut, dass unser Verhältnis plötzlich so belastet ist. Er ist ein echt netter Kerl. Liebenswert. Attraktiv. Einfach ...

»Grace, kommst du?« Jonathan steht auf der Treppe und sieht mich ungeduldig an. »Wir müssen jetzt wirklich los«, drängt er – obwohl er vorhin noch behauptet hat, es wäre ihm egal, wann wir in Lockwood Manor ankommen.

Mit einem Seufzen wende ich mich um und gehe an ihm vorbei die Treppe hinunter. Er folgt mir.

Als ich unten auf die Straße trete, blendet mich die helle Nachmittagssonne, und ich bleibe kurz stehen, um meine Augen an das Licht zu gewöhnen. Doch sofort fühle ich Jonathans Hand in meinem Rücken, die mich vorwärts schiebt, so als könnte er es gar nicht abwarten, hier wegzukommen.

»Wieso hast du es auf einmal so eilig?«, frage ich ihn irritiert, während er mit mir zügig auf das Auto zugeht. Vor der Beifahrertür bleibe ich stehen. »Und wieso warst du so unfreundlich zu Marcus?«

Er hebt die Augenbrauen. »Wieso warst du so nett zu ihm?«

Erstaunt sehe ich ihn an. »Ich war ganz normal zu ihm.«

»Du hast ihn geküsst.«

»Auf die Wange«, sage ich und spüre ein Kribbeln im Bauch. Ist er eifersüchtig? »Er ist ein Freund.«

Jonathan legt die Hände auf meine Hüften und zieht mich zu sich, küsst mich auf den Mund. Lange. So lange, dass ich irgendwann mit einem Seufzen die Arme um seinen Hals schlinge und vergesse, dass wir mitten auf der Straße stehen. Erst, als ich ganz außer Atem bin, gibt er mich wieder frei. Total überrascht blicke ich zu ihm auf.

Das war ein ganz klarer Du-küsst-gefälligst-nur-mich-Kuss, auch wenn er selbst ein bisschen verunsichert darüber zu sein scheint, dass er das Bedürfnis hatte, das klar zu stellen. Aber mir ist es recht. Sehr recht sogar. Von mir aus küsse ich für den Rest meines Lebens nur noch ihn.

»Los, fahren wir«, sagt er und hält mir die Autotür auf, lässt mich einsteigen. Dann geht er um den Wagen herum, setzt sich ans Steuer und startet den Motor, wendet in drei schnellen Zügen und fädelt sich wieder in den Verkehr ein.

Sein Kuss hallt noch in mir nach, und ich blicke glücklich lächelnd aus dem Fenster – bis Jonathan auf die Autobahn biegt, die uns nach Süden bringen wird, und das mulmige, nervöse Gefühl in meinen Bauch wieder zurückkehrt.

Jetzt sind wir unwiderruflich auf dem Weg nach Lockwood Manor – und ich bin wirklich gespannt, was mich dort erwartet.

11

Die Fahrt dauert ungefähr eine Stunde, und je näher wir unserem Ziel kommen, desto schweigsamer wird Jonathan. Am Anfang hat er mir noch ab und zu etwas erklärt über die Gegend, doch jetzt starrt er nur noch geradeaus auf die Straße. Um seinen Mund liegt ein neuer, harter Zug, den ich dort noch nie gesehen habe und den ich ziemlich beunruhigend finde.

Verstohlen betrachte ich ihn von der Seite. Er hat sich zwar umgezogen, bevor wir gefahren sind, doch an den Farben hat sich nichts geändert – sein Hemd ist nach wie vor schwarz. Ich weiß aber, dass er ein weißes dabei hat – um es zusammen mit dem für Männer obligatorischen Smoking zu tragen, der morgen Abend auf dem Ball Pflicht ist. Das hat er mir zumindest erzählt, als ich ihn danach gefragt habe, was er anzieht. Er besitzt also weiße Hemden, denke ich amüsiert – da hatte ich zwischendurch schon mal dran gezweifelt –, und er scheint auch bereit zu sein, für den guten Zweck über seinen Schatten zu springen und die Kleiderordnung einzuhalten.

Es ist jedoch ganz eindeutig sein einziges farbliches Zugeständnis, denn seine Laune ist genauso schwarz wie seine derzeitige Kleidung und wird von Minute zu Minute schlechter.

Ich dagegen werde immer aufgeregter und versuche schon die ganze Zeit, mir auszumalen, was mich in Lockwood Manor wohl erwartet.

Doch als Jonathan den Wagen schließlich auf dem Platz vor dem Herrenhaus parkt und mit mir durch das Tor in den mit Kopfsteinpflaster bedeckten Innenhof geht, bin ich total überrascht und völlig überwältigt. Denn mit dem kleinen, geradezu intimen Ballybeg House ist das hier wirklich nicht zu vergleichen.

Das Anwesen ist viel größer und weitläufiger, als ich gedacht hätte, umfasst nicht nur das Haupthaus, sondern auch Ställe und Anlagen, die ein breites Karree bilden. Es ist außerdem eine Wasserburg. Der Teil, auf den man zufährt, wenn man über die Allee kommt, die von dem kleinen Ort Lockwood raus zum Herrenhaus führt, ist von einem breiten, sehr stillen und sehr dunklen Wassergraben umgeben. Eine steinerne Brücke führt darüber, die man – wie wir gerade – überqueren muss, um in den Hof zu gelangen.

Das Haus selbst wirkt viel mittelalterlicher, als ich es erwartet hatte, aber es hat nichts Bedrohlich-Hochherrschaftliches, sondern eher etwas Altehrwürdiges, das einem den Atem nimmt. Die Grundmauern und die Wehranlagen sind aus Stein, genau wie der breite, viereckige Turm in der Mitte, der alles überragt und der diese Zinnen hat, die man bei so einem Gebäude erwartet. Doch andere Teile der Anlage bestehen zu einem großen Teil aus Fachwerk, mit bleiverglasten Bogenfenstern und aufgesetzten Erkern aus Holz. Überall auf den Dächern ragen gemauerte Schornsteine auf, und der gesamte Gebäudekomplex wirkt alt. Sehr alt.

»Wow«, entfährt es mir, als wir aussteigen. Für mich, die ich aus einem Land komme, in dem kaum ein Gebäude älter ist als zweihundert Jahre, ist das hier ein ziemlicher Kulturschock. Fasziniert sehe ich auf die Fensterscheiben in der schönen Fachwerkfront, die in der Abendsonne golden glänzen.

Es könnte einem fast vorkommen, als wäre man in ein Zeitloch gefallen, denke ich – wenn da nicht die vielen modern gekleideten Frauen und Männer wären, die eilig über den Hof laufen. Alle tragen Arbeitsuniformen irgendeiner Art, einige Blaumänner, andere Kellner-Outfits, und bewegen Dinge: Bänke, Fässer, Kisten mit Lebensmitteln, Kabelrollen – eben alles, was man für das große Fest braucht, das hier morgen stattfinden soll.

»Wann wurde Lockwood Manor erbaut?«, frage ich, weil mir langsam schwant, dass ich total unterschätzt habe, mit was für altem Adel ich es hier zu tun kriege.

»Die ältesten Gebäude stammen aus dem 14. Jahrhundert«, sagt Jonathan und bestätigt meine Befürchtungen.

»Und es war immer schon der Sitz deiner Familie?«

Er nickt, aber er scheint das weit weniger ungewöhnlich zu finden als ich, sieht eher resigniert aus. Ich dagegen bin für einen Moment ganz starr vor Ehrfurcht und kriege nur mühsam Luft. Puh. Das nenne ich mal eine lange Tradition. Und all das hier, dieses wunderschöne Haus und die Geschichte, die damit verbunden ist, will Jonathan wegwerfen – bloß weil er sich mit seinem Vater nicht versteht?

Vom Earl ist weit und breit nichts zu sehen, und auch sonst scheinen alle im Hof Anwesenden nur für die Vorbereitung der Feier zuständig zu sein – nicht für das Feiern selbst. Ich will Jonathan gerade fragen, wann die Gäste kommen, doch sein Gesicht hellt sich plötzlich auf, und als ich seinem Blick folge, sehe ich, dass seine Schwester in diesem Augenblick aus der Tür des Haupthauses kommt, dicht gefolgt von Alexander.

Sarahs Bein steckt in einem blauen Hightech-Tapeverband, der den Gips inzwischen ersetzt, und sie muss eine Krücke benutzen, um damit zu laufen, aber sie sieht trotzdem toll aus in ihrem roten Sommerkleid und strahlt über das ganze Gesicht, als sie auf uns zu humpelt.

»Hallo! Da seid ihr ja endlich!«, sagt sie und schlingt ihren freien Arm um Jonathan, der ihr entgegengeeilt ist und sie an sich drückt. Wieder stelle ich fest, wie ähnlich sich Bruder und Schwester sind. Beide haben schwarzes Haar und diese ungewöhnlich blauen Augen. Doch Sarah ist schlank und zierlich und wirkt im Moment – vielleicht aufgrund der langen Zeit im Krankenhaus – fast zerbrechlich gegen den großen Jonathan.

Als ich sie das erste Mal sah, waren ihre Haare sehr kurz geschnitten, doch inzwischen sind sie nachgewachsen und schmiegen sich etwas länger um ihr hübsches Gesicht, was sie femininer aussehen lässt. Sie wirkt überhaupt weicher und glücklicher als noch vor ein paar Wochen – was ganz sicher an Alexander liegt, der die ganze Zeit hinter ihr steht und aufmerksam über sie wacht.

»Wie geht's dir?«, will Jonathan wissen. »Hat der Arzt wirklich gesagt, dass es okay ist, wenn du hier schon rumläufst?«

»Hat er«, versichert sie ihm lächelnd. »Frag Alex – er war dabei.«

Alexander bestätigt es Jonathan, und beide Männer begrüßen sich mit einer Umarmung, die aber diesmal, wie ich finde, etwas weniger herzlich ausfällt als sonst. Zeit, über die Gründe dafür nachzudenken, bleibt mir jedoch nicht, denn Sarah lenkt meine Aufmerksamkeit auf sich, streckt ihren freien Arm nach mir aus.

»Grace! Ich hab schon so auf dich gewartet!« Sie umarmt mich, drückt mich fest an sich. »Ich muss dich nachher unbedingt sprechen«, raunt sie mir zu, und als ich überrascht nicke und noch mal genauer hinsehe, bemerke ich den leichten

Schatten auf ihrem Gesicht. Ist doch nicht alles gut zwischen ihr und Alexander?

Besorgt betrachte ich den großen blonden Mann, während wir uns begrüßen. Aber er lächelt wie immer, wirkt entspannt und gut gelaunt.

»Na, wie geht's unserem Neuzugang?«, fragt er und gibt mir einen Kuss auf die Wange. »Alles in Ordnung in der Planungsabteilung?«

Ich kann nur nicken, denn Sarah scheint die Antwort für nicht so wichtig zu halten, zieht mich am Ärmel.

»Geschäftliche Dinge könnt ihr am Montag wieder besprechen. Jetzt trinken wir erst mal einen Tee«, verkündet sie entschlossen und bedeutet mir und den anderen, ihr zurück ins Haus zu folgen. Natürlich gehorchen wir ihr – wenn sie sich etwas in den Kopf gesetzt hat, dann kann sie ähnlich beharrlich und unnachgiebig sein wie ihr Bruder, auch wenn sie es meistens ein bisschen charmanter verpackt, denke ich lächelnd.

Drinnen ist Lockwood Manor tatsächlich ein »alter Kasten«, wie Jonathan in Irland so herablassend gesagt hatte. Die Moderne hat hier definitiv noch keinen Einzug gehalten, aber es wäre auch eine Schande, wenn sie es täte, denke ich und lasse den Blick bewundernd über die Antiquitäten gleiten, mit denen die Zimmer möbliert sind. Alles wirkt konservativ, ja, und durch die vielen Holzvertäfelungen manchmal ein bisschen düster, aber die Einrichtung ist sehr stimmig und geschmackvoll und irgendwie auch urig – ein echtes Stück Geschichte, das mich total begeistert. Wie kann Jonathan das alles nur so ablehnen?

Sarah geht mit uns durch die große Eingangshalle, von der eine geschwungene Holztreppe rauf in den ersten Stock führt, und dann weiter durch einen langen, leeren Saal mit mehreren

Kronleuchtern an der Decke, an dessen einem Ende drei Männer gerade dabei sind, eine breite Bar aufzubauen.

»Hier findet morgen Abend der Ball statt«, erklärt mir Sarah. »Und da drüben das große Dinner«, sie deutet auf einen Durchgang in einen zweiten, ähnlich großen Raum, in dem Frauen mit Schürzen geschäftig die Tische decken.

»Essen wir dort heute Abend schon?« Die Tatsache, wie festlich das alles aussieht, beunruhigt mich.

»Nein, heute Abend kommen nur ein paar Leute – vor allem Bekannte hier aus der Gegend – zu einem kleinen Empfang, und mit denen, die bleiben, essen wir im Speisezimmer. Richtig los geht es erst morgen«, antwortet Sarah und führt uns über einen kleinen Flur in ein hübsches, sehr viel kleineres Zimmer, von dem aus man einen sehr schönen Blick in den weitläufigen Garten hinter dem Haus hat.

Die Wände sind mit einem glänzenden tiefroten Stoff bespannt, der auch für die Polster der zierlichen Sitzmöbel – ein Sofa, eine Chaiselongue und mehrere Sessel – verwendet wurde, weshalb der Raum, wie Sarah mir erklärt, auch der »Rote Salon« genannt wird. Auf dem niedrigen Tisch vor der Couch – der auch eine Antiquität aus einem sehr schön lackierten, glänzenden Holz ist – steht ein hübsches, unglaublich filigranes Porzellan-Teeservice, das offenbar auf uns wartet.

Die anderen setzen sich, doch mich zieht es an das Fenster. Neugierig betrachte ich den Garten. Er ist klassisch angelegt und typisch englisch, genau wie man sich das vorstellt, mit niedrigen Buchsbaumhecken und symmetrisch angeordneten Blumenbeeten in aufeinander abgestimmten Farben und Formen. Unwillkürlich muss ich an unseren Kräutergarten zu Hause in Illinois denken. Mom arbeitet den ganzen Tag in der Stadt, und Grandma hat auf der Farm viel zu viel zu tun, um sich wirklich darum zu kümmern, deshalb wächst dort grundsätzlich alles, wie es will. Verwildert wäre vermutlich der richtige Ausdruck, und der Gegensatz zu diesem feinen englischen Garten könnte tatsächlich krasser nicht sein. Es ist eine ganz andere Welt, denke ich und seufze tief, weil es mir wieder bewusst macht, wie wenig ich hier eigentlich herpasse. Und mit dieser Erkenntnis kehren auch meine Befürchtungen zurück, was das Fest angeht, für das auf der Wiese neben den Blumenbeeten schon mehrere große weiße Zelte aufgestellt sind.

»Ganz schön beängstigend, oder?«, sagt Alexander, der hinter mich getreten ist, ohne dass ich es bemerkt habe, und als ich mich überrascht zu ihm umdrehe, lächelt er. »Mir ging es ähnlich, als ich das erste Mal hier war«, erklärt er mir. »Aber man gewöhnt sich dran.«

Dankbar erwidere ich sein Lächeln. Ich hatte ganz vergessen, dass er – wie ich – aus einfachen Verhältnissen stammt und das hier auch nicht so selbstverständlich findet wie Jonathan und Sarah das tun, was mich ungemein tröstet. Denn wenn er jetzt damit zurecht kommt, dann schaffe ich das bestimmt auch, denke ich, während ich ihm rüber zum Tisch folge.

Ich setze mich neben Jonathan auf die kleine Couch und nehme die Tasse Tee entgegen, die er mir reicht.

Solange es nur Sarah, Alex und Jonathan sind, mit denen ich zusammen bin, finde ich das alles ohnehin noch recht entspannt und habe nur Stress, weil die Teetasse aus so dünnem und deshalb vermutlich überaus teurem Porzellan besteht, dass ich Angst habe, sie zu zerbrechen.

Sarah berichtet noch einmal ausführlich, was der Arzt zum Heilungsprozess ihres Beines gesagt hat, und erklärt mir dann haarklein, wie genau das mit dem Wohltätigkeitsball auf Lockwood Manor funktioniert.

»Die Teeparty am Nachmittag findet vor allem für die Bewohner von Lockwood statt. Es ist eine offene Veranstaltung, deshalb geht es da nicht ganz so formell zu. Zum Dinner und dem anschließenden Ball im großen Saal kommen dann nur noch Gäste, die dafür eine Eintrittskarte erworben haben. Es gibt einen Mindestbetrag, doch die Leute können natürlich auch mehr geben, wenn sie wollen. Der Erlös geht an die Lockwood-Stiftung, die meine Mutter gegründet hat, und die Summe, die zusammengekommen ist, gibt mein Vater um Mitternacht bekannt, so ist es Tradition.« Sarah strahlt aufgeregt, offenbar gefällt ihr dieses gesellschaftliche Ereignis sehr.

»Wo ist dein Vater eigentlich?«, erkundige ich mich ein bisschen besorgt, weil ich nicht sicher bin, wie die Begegnung zwischen Jonathan und dem Earl wohl ablaufen wird.

Sarah zuckt mit den Schultern. »Ich weiß es nicht genau. Aber er kommt sicher gleich«, sagt sie mit einem Seitenblick auf Jonathan, der mir zeigt, dass sie auch Befürchtungen hat, was das Konfliktpotenzial zwischen ihrem Bruder und ihrem Vater angeht. Sie seufzt und lenkt sich und mich ab, indem sie etwas ganz anderes fragt. »Was wirst du morgen eigentlich anziehen? Weißt du das schon?«

Ich erzähle ihr von dem grünen Chiffonkleid. »Wenn du es sehen willst, kann ich es holen. Es ist noch im Auto«, sage ich, doch sie schüttelt den Kopf.

»Das glaube ich nicht. Mrs Hastings hat das Gepäck sicher längst raufbringen lassen. Das macht sie immer so.«

Der Nachname lässt mich aufhorchen. »Mrs Hastings? Die Frau von Mr Hastings?«

Sarah lacht. »Ja, genau, die Frau von Daddys Chauffeur. Sie ist hier die Haushälterin, und er kümmert sich, wenn er nicht gerade meinen Vater durch die Weltgeschichte fährt, um alles, was am und im Haus instandgesetzt werden muss – was leider eine Menge ist. Die beiden sind so was wie die guten Seelen von Lockwood Manor. Sie arbeiten schon hier, seit ich denken kann, sind immer noch total fit und die perfekten Glucken. Ich habe sie beide furchtbar gern.«

Sie greift nach ihrer Krücke. »Komm, ich zeige dir, wo dein Zimmer ist. Dann kann ich mir gleich dein Kleid ansehen«, sagt sie und erhebt sich.

Ich folge ihr und überlege kurz, ob Jonathan die Gelegenheit wohl nutzen wird, um Alexander, solange sie allein sind, von Yuutos Angebot zu erzählen. Doch dann beschließe ich, nicht mehr über diese unangenehme Sache zu grübeln. Er hat schließlich gesagt, dass er sich nicht darauf einlassen wird, und mir bleibt gar nichts anderes übrig, als es ihm zu glauben.

Während wir die Treppe nach oben in den ersten Stock hinaufsteigen, denke ich stattdessen über das nach, was Sarah gerade gesagt hat. Darüber, dass sie den Hastings so nahe steht. Sarah war noch ein Baby, als ihre Mutter verunglückte, und Jonathan hat mir erzählt, dass sie die ersten Jahre bei der Schwester des Earls lebte, bevor sie als Fünfjährige schließlich wieder zurück nach Lockwood Manor zog. Wahrscheinlich haben sich die Hastings viel um sie gekümmert, sodass diese enge Bindung entstand, überlege ich. Und wie hat sie das eigentlich gemeint mit ihrer Bemerkung über mein Zimmer? Es klang, als hätte ich ein eigenes und nicht eins mit Jonathan zusammen, wovon ich eigentlich fest ausgegangen bin – und die Vorstellung behagt mir gar nicht.

Doch als wir kurze Zeit später den Raum am Ende des langen Flures erreichen, in den tatsächlich schon jemand meine Tasche und den Kleidersack gebracht hat, bewahrheitet sich meine Befürchtung. Denn von Jonathans Sachen ist nichts zu sehen.

»Schlafe ich hier allein?«

Sarah lacht, als sie das Entsetzen in meiner Stimme hört.

»Wir haben hier alle ein eigenes Zimmer – du, Jonathan, Alex und ich auch. Mein Vater ist einfach zu konservativ, um uns zusammen in einem Bett schlafen zu lassen, solange keiner von uns einen Ring am Finger hat. Aber er kontrolliert das nicht, also keine Sorge. Ich für meinen Teil habe nicht vor, die Nacht allein zu verbringen, und du musst das auch nicht.« Sie zwinkert mir zu und setzt sich auf den Stuhl, der vor dem entzückenden Schminktisch an der Wand neben dem Fenster steht. »Na los«, sie deutet auf die Kleiderhülle, die an dem antiken Schrank hängt, »zeig schon.«

Das grüne Chiffonkleid findet Gnade vor ihren kritischen Augen. »Du wirst toll darin aussehen – und Jonathan wird ganz schön zu tun haben, dir seine Konkurrenten vom Hals zu halten.« Sie kichert. »Er kann ziemlich besitzergreifend sein, oder? Das liegt in der Familie.«

Ich nicke lächelnd und denke an den Kuss vor der WG. »Ja, das kann er«, bestätige ich ihr. Aber es stört mich nicht. Im Gegenteil. Solange ich nicht ganz sicher weiß, wie Jonathan zu mir steht, sind mir diese Beweise, dass ihm viel an mir liegt, sehr recht.

Sarah wird wieder ernst. »Ich wünschte, Alexander wäre auch so.«

Sie seufzt tief, und das lässt mich aufhorchen. Erst jetzt fällt mir wieder ein, dass sie ja vorhin gesagt hat, dass sie mit mir reden muss. Ich hänge das Kleid zurück an den Schrank und setze mich aufs Bett, sehe sie prüfend an.

»Ist alles in Ordnung?«

Unglücklich schüttelt sie den Kopf. »Nein, ist es nicht. Es

ist eher zum Verzweifeln«, sagt sie und hebt in einer ratlosen Geste die Arme. »Ich weiß nicht mehr, was ich machen soll, Grace. Alex ist so schrecklich zurückhaltend, wenn es um mich geht. Er sagt, wir sollen nichts überstürzen, weil ich angeblich noch Zeit brauche, um mir über meine Gefühle klar zu werden. Aber das ist Quatsch. Ich bin mir hundertprozentig sicher, dass ich ihn liebe. Ich will mit ihm zusammen sein, ab sofort bis in alle Ewigkeit, und das kann von mir aus die ganze Welt wissen.« Sie seufzt wieder. »Nur ihn kann ich davon irgendwie nicht überzeugen. Er denkt, ich bin zu jung, um so eine Entscheidung zu treffen, will mir Freiraum lassen, den ich gar nicht brauche. Und damit treibt er mich noch in den Wahnsinn.« Unglücklich zuckt sie mit den Schultern. »So geht das nicht mehr weiter.«

Das ist ein Problem, das verstehe ich. Aber trotzdem beneide ich Sarah – denn daran, dass Alex sie liebt, besteht kein Zweifel. Ich wünschte, ich könnte mir da bei Jonathan auch so sicher sein.

»Was willst du denn machen?«

Sarah kaut nachdenklich auf ihrer Unterlippe. »Keine Ahnung«, erwidert sie. »Ich gucke mir das jedenfalls nicht mehr lange an, so viel steht fest.«

Entschlossen steht sie wieder auf. »Und jetzt lass uns lieber zurückgehen. Jonathan und Alex warten sicher schon, und Daddy wird inzwischen bestimmt auch da sein.«

Ich nicke, plötzlich unruhig bei dem Gedanken, dass Jonathan und sein Vater sich vielleicht schon begegnet sind, und erhebe mich, halte Sarah die Tür auf.

Als wir wieder unten im Erdgeschoss sind und den Saal durchqueren, dringen Stimmen zu uns. Die eine erkenne ich sofort – sie gehört Jonathan. Aber der Mann, mit dem er spricht, ist nicht Alexander.

»Das ist Daddy«, stößt Sarah hervor, die das auch hört, und sieht mich an. Dann gehen wir beide noch etwas schneller. Denn die Stimmen klingen eindeutig angespannt und erregt.

12

»Die Firma hat dich nie interessiert – du warst dagegen, dass ich sie überhaupt gründe. Also brauche ich jetzt keine Ratschläge von dir, wie ich sie führen soll!«, sagt Jonathan gerade verächtlich, als Sarah und ich den Salon betreten. Er steht mit geballten Fäusten am Fenster, und seine Augen schießen wütende Blitze auf seinen Vater, der im Sessel sitzt. Von Alexander ist nichts zu sehen.

Der Earl of Lockwood bemerkt unsere Ankunft und erhebt sich, richtet seine kühlen grauen Augen zuerst auf Sarah, dann auf mich. Er ist wie Jonathan groß und wirkt mit seinen graumelierten Haaren und seiner konservativen Kleidung – heute trägt er einen hellen Anzug mit einer karierten Weste – sehr distinguiert. Wieder fällt mir auf, wie aufrecht er sich hält, doch er ist blasser als bei unserer letzten Begegnung, sieht müde aus.

Er wendet sich mir zu, um mich zu begrüßen – das ist ganz klar der Grund, warum er sich erhoben hat –, doch dann hält er inne und sein Blick gleitet zurück zu seinem Sohn. Offensichtlich kann er nicht stehen lassen, was Jonathan gesagt hat, muss das erst noch einmal richtigstellen, bevor er sich mir widmet.

»Ich will schließlich nur wissen, was da bei euch los ist. Wenn du Schwierigkeiten hast, dann geht mich das sehr wohl etwas an!«, erklärt er.

»Woher weißt du überhaupt von der Sache mit Yuuto?«, hakt Jonathan wütend nach, und ich erschrecke bei der Erwähnung des Namens.

»Das tut hier nichts zu Sache«, sagt der Earl. »Macht er dir Ärger oder nicht?«

Auf Jonathans Wange zuckt ein Muskel, und seine Augen werden schmal.

»Was kommt jetzt, Vater? Eine Predigt darüber, dass du mich immer schon vor ihm gewarnt hast?« Seine Stimme klingt bitterböse.

»Du kennst die Gründe dafür«, gibt der Earl wütend zurück, und ich halte den Atem an, hoffe, dass er das noch mal genauer ausführt. Wieso wollte er nicht, dass sein Sohn etwas mit dem Japaner zu tun hat?

Jonathan macht eine wegwerfende Geste mit der Hand, so als wären für ihn diese Gründe keinesfalls stichhaltig.

»Ich regele das mit Yuuto«, erklärt er. »Kümmere dich um deine eigenen Angelegenheiten.« Sein Blick ist jetzt so eisig, wie ich es noch nie bei ihm gesehen habe. Sein Vater öffnet den Mund, um etwas zu erwidern – doch in diesem Moment kehrt Alexander durch die Terrassentür ins Zimmer zurück. Er war draußen – ich habe ihn aus den Augenwinkeln vor dem Fenster auf und ab gehen sehen, das Handy am Ohr – und sein Gesicht sieht sorgenvoll aus.

»Hunter, kommst du mal? Ich muss mit dir sprechen – unter vier Augen«, sagt er und blickt Sarah und mich entschuldigend an. Von dem Streit zwischen seinem Freund und dem Earl hat er offenbar nichts mitbekommen.

Jonathan scheint froh zu sein über die Gelegenheit, der Diskussion mit seinem Vater zu entkommen, deshalb folgt er Alexander wortlos hinaus auf die Terrasse und schließt die Tür hinter sich.

Fast sofort wendet sich der Earl jetzt mir zu. Die Betroffenheit, die auf seinem Gesicht steht, schwindet und macht einem aufrichtig wirkenden Lächeln Platz.

»Entschuldigen Sie, Miss Lawson, dass ich Sie nicht gleich begrüßt habe«, sagt er, jetzt ganz auf mich konzentriert, und schüttelt mir die Hand. »Willkommen auf Lockwood Manor. Ich freue mich sehr, dass Sie hier sind.«

Das glaube ich ihm, denn auch bei unserer letzten Begegnung hat er bereits sehr deutlich gemacht, wie interessiert er daran ist, dass sein Sohn sich eine Frau nimmt. Dass ich eine zweiundzwanzigjährige amerikanische Studentin bin und damit sicher nicht die ideale zukünftige Schwiegertochter, scheint für ihn keine Rolle zu spielen – der Earl ist offenbar einfach nur froh, dass sich da überhaupt mal was tut.

»Danke. Ich freue mich auch, Lord Lockwood«, versichere ich ihm, und füge aus einem Impuls heraus hinzu: »Das Haus ist wirklich sehr beeindruckend.«

»Wenn Sie mögen, zeige ich es Ihnen gern.« Der Earl ist sichtlich erfreut über mein Interesse – und vielleicht auch dankbar, dass zumindest ich nicht so feindselig zu ihm bin.

»Gute Idee«, sagt Sarah neben mir und humpelt zum Sofa. »Übernimm du den Rest der Führung, Daddy – dann kann ich den Rat des Arztes befolgen und mich ein bisschen ausruhen, bevor es nachher losgeht.«

Sie lächelt mich an, jetzt aber deutlich weniger fröhlich. Der Streit zwischen ihrem Bruder und ihrem Vater hat sie mitgenommen, das kann man sehen. Außerdem ist sie doch noch nicht wieder so auf der Höhe, wie sie alle glauben machen will, denn als sie ihr Bein mit diesem merkwürdigen Ersatz-Gipsverband auf die Couch hievt, um es ein bisschen zu entlasten, verzieht sie leicht das Gesicht.

»Hast du Schmerzen?«, erkundigt sich ihr Vater besorgt, dem das auch nicht entgangen ist.

»Nur ein bisschen – aber der Doktor hat gesagt, dass das normal ist«, erklärt sie.

»Soll ich Mrs Hastings rufen?«

Vehement schüttelt sie den Kopf. »Wenn ich was brauche, dann holt Alexander es mir. Na los, geht euch das Haus ansehen«, sagt sie lächelnd und scheucht uns mit einer Geste zur Tür. »Ich komme klar. Wirklich.«

Nur ungern und mit einem schlechten Gewissen lasse ich Sarah allein und folge dem Earl, der auch zögert. Aber da Alexander und Jonathan nicht weit weg sind, kann sie sich bemerkbar machen, wenn etwas ist. Und da sie wahrscheinlich keine Ruhe finden würde, wenn der Earl und Jonathan weiter streiten, sobald Jonathan zurückkommt, ist es vielleicht auch besser, die beiden Streithähne erst mal räumlich zu trennen.

Der Earl scheint jedenfalls froh über die Ablenkung zu sein, denn er erläutert mir schon nach kurzer Zeit sehr enthusiastisch die baulichen Besonderheiten des großen Ballsaals, durch den wir gehen. Man kann ihm anmerken, wie stolz er auf das Herrenhaus und seine Geschichte ist, und er weiß sehr viel darüber, denn er kann seine Schilderungen immer wieder mit Anekdoten über die Lockwood-Vorfahren schmücken.

Nachdem wir den großen und den kleinen Saal besichtigt haben, führt der Earl mich weiter in die große Küche, in der die alten Herdstellen und Öfen zwar noch vorhanden sind, die aber auch über ganz normale, moderne Gerätschaften verfügt. Auch hier sind – wie überall im Haus – bereits Vorbereitungen für das Fest im Gange. Die resolute Mrs Hastings, die der Earl mir vorstellt – eine Frau Anfang sechzig, die ihre grauen Haare zu einem Dutt zusammengefasst trägt –, scheint dabei alles fest im Griff zu haben und erklärt mir, dass die

Tabletts mit den köstlich aussehenden Häppchen für den Empfang gedacht sind, der nachher noch stattfinden soll. Der Earl und ich merken allerdings schnell, dass unsere Anwesenheit stört, und gehen weiter.

Es gibt noch eine Reihe kleinerer Salons, die auch nach den Farbtönen ihrer Wandbespannungen benannt sind. Sie sind eigentlich ähnlich schön wie der rote Salon, aber irgendwie wirken sie karger, vielleicht weil sie nicht besonders üppig möbliert sind. Vermutlich werden sie nicht so viel genutzt.

Schließlich erreichen wir die Bibliothek. Sie ist nicht sehr groß und genauso, wie man sie sich bei einem so alten Herrenhaus vorstellt, mit dunklen, raumhohen Bücherregalen an den Wänden und einem großen Kamin, wie ihn fast alle Zimmer haben, die wir uns bisher angesehen haben – was wahrscheinlich die stattliche Anzahl von Schornsteinen oben auf den Dächern erklärt. Vor den Regalen stehen zwei von diesen ganz klassischen, schweren Ledercouchen mit den eingenähten Knöpfen –, und in der Ecke befindet sich noch ein Schränkchen, das, wie ich vermute, eine kleine Bar enthält. Ein ganz ähnliches Stück hat Jonathan nämlich auch bei sich in Knightsbridge.

Direkt neben der Bibliothek – es gibt eine zusätzliche Zwischentür, die beide Räume miteinander verbindet – liegt das Arbeitszimmer des Earls, das mit weiteren Bücherregalen ganz ähnlich eingerichtet ist. Doch als ich es betrete, stutze ich, denn es gibt zwei Dinge, die einem sofort ins Auge stechen. Zum einen hängt nur ein einziges Bild in diesem Raum. Es nimmt fast die gesamte Wand ein, die dem Schreibtisch gegenüber liegt, und zeigt das Porträt einer Frau, die auf einem Stuhl sitzt und den Betrachter anlächelt. Ich erkenne sie sofort: es ist Lady Orla. Das andere auffällige Stück, das man in dieser gediegenen englischen Umgebung keinesfalls erwarten würde, ist ein langes japanisches Schwert, so eins, wie man es aus Samurai-Filmen kennt, das in einer Halterung über dem Kamin angebracht ist.

»Wo haben Sie das denn her?«, frage ich neugierig und gehe es mir von Nahem ansehen, total erstaunt darüber, dass offensichtlich nicht nur Jonathan, sondern auch seinen Vater etwas mit Japan verbindet.

»Von einem guten Freund«, erklärt mir der Earl und schüttelt den Kopf, als er die Frage in meinem Gesicht sieht. »Nein, nicht von Yuuto.« Er lächelt traurig. »Ich war sehr gut mit Yuutos älterem Bruder Kaito befreundet. Er lebte mit seiner Familie eine Weile in England, weil sein Vater im diplomatischen Dienst tätig war, und wir lernten uns im Internat kennen – wir besuchten beide das Winchester College, auf dem Jonathan auch gewesen ist. Nach dem Studium kehrte Kaito nach Japan zurück und lud mich ein, ihn dort zu besuchen, und wir hielten immer Kontakt – bis er vor zehn Jahren sehr krank wurde. Als er starb, hat er mir dieses Schwert vermacht, das ich seitdem in Ehren halte.«

Daher also die Verbindung der Familie zu Japan und zur Familie Nagako, denke ich. Aber wieso spricht der Earl von dem älteren Bruder so herzlich, warnt seinen Sohn aber ausdrücklich vor dem jüngeren?

Unsicher betrachte ich ihn. »Darf ich Sie was fragen?«

Er nickt, offenbar noch ganz in Gedanken verloren.

»Was ... sind das für Gründe, warum Jonathan sich vor Yuuto hüten soll?«

Der Earl seufzt tief und blickt auf das auffällige Schwert an der Wand.

»Kaito und Yuuto hätten unterschiedlicher nicht sein können. Yuuto stammt aus der zweiten Ehe von Kaitos Vater, er war Kaitos Halbbruder – und das schwarze Schaf der Familie. Zwar war er mit der Firma, die er gegründet hat, irgendwann wirtschaftlich viel erfolgreicher als Kaito, doch die beiden hatten kein gutes Verhältnis zueinander. Es war Kaito, der mich immer vor seinem Bruder gewarnt hat. Er sagte, Yuuto sei skrupellos und nur auf seinen eigenen Vorteil bedacht. Seine gesamte Familie hat sich deshalb von ihm distanziert.«

Der Earl macht eine hilflose Geste. »Ist es da verwunderlich, dass ich nicht begeistert war, als ich erfuhr, dass ausgerechnet Yuuto Jonathan nach dessen Studium zu sich nach Japan eingeladen hat? Ich hatte das Gefühl, dass er mir meinen Sohn entfremden will, dass es eine Art späte Rache dafür ist, dass ich in den Auseinandersetzungen, die die beiden Brüder hatten, immer auf Kaitos Seite war. Ich habe Jonathan gewarnt, aber er ist natürlich gefahren – er tut immer das Gegenteil von dem, was ich sage, und es ist genauso gekommen, wie ich befürchtet hatte. Nach der Zeit in Japan war mit Jonathan gar nicht mehr zu reden, er war noch verschlossener und unzugänglicher als vorher. Yuuto hat die Verbindung zu Jonathan genutzt, um seine Kontakte nach England weiter auszubauen, aber ich wusste, dass man ihm nicht trauen kann, dass er irgendwann Ärger machen würde, so wie er es jahrelang bei Kaito getan hat.«

Besorgt sieht er mich an. »Wie schlimm ist es? Ist die Firma gefährdet?«, fragt er eindringlich.

Ich zögere mit der Antwort, weil ich sicher bin, dass Jonathan nicht wollen würde, dass ich das mit seinem Vater diskutiere. Aber diese Sache scheint den Earl wirklich umzutreiben, und ich möchte ihn irgendwie beruhigen.

»Ich kenne die Details nicht genau, aber ich glaube nicht, dass Sie sich Sorgen machen müssen. Jonathan hat das alles im

Griff.« Ich habe keine Ahnung, ob das wirklich so ist – Jonathan behauptet es jedenfalls, und ich glaube ihm.

Der Earl nickt, zufrieden mit meiner Antwort, und in seiner Stimme schwingt Stolz mit. »Im Gegensatz zu mir gelingt meinem Sohn alles, was er anfängt. Vielleicht weil er daran glaubt, dass er es schaffen kann. Da ist er wie seine Mutter.« Sein Blick gleitet zu dem großen Porträt an der Wand, und ich erkenne in seinen grauen Augen die gleiche Trauer, die ich auch schon oft in Jonathans gesehen habe.

Es ist nicht wahr, dass er kein Herz hat, denke ich bestürzt und frage mich, wie Jonathan darauf kommt, dass sein Vater gefühllos ist. Er zeigt seine Gefühle nur nicht, ganz ähnlich wie Jonathan, was beweist, dass Jonathan definitiv auch viel von seinem Vater hat. Was es nur umso tragischer macht, dass das Verhältnis zwischen den beiden so schlecht ist und sie offensichtlich nicht miteinander reden wollen oder können.

»Sarah hat mir erzählt, dass Jonathan Ihnen einen Job in seiner Firma gegeben hat«, sagt der Earl unvermittelt und reißt mich damit aus meinen Gedanken. »Bedeutet das, dass Sie nun doch in England bleiben werden?«

Ich nicke. »Ja, das werde ich. Vorläufig jedenfalls«, schränke ich dann ein, denn so richtig klar ist meine Zukunft an Jonathans Seite ja noch nicht.

Der Earl räuspert sich. »Haben Sie ernste Absichten, Miss Lawson?«

Etwas irritiert über diese antiquierte Formulierung sehe ich ihn an. »Wie meinen Sie das?«, frage ich mit einem unguten Gefühl im Magen, weil ich ahne, worauf dieses Gespräch hinausläuft.

»Ich meine – ist es etwas Ernstes zwischen Ihnen und meinem Sohn?«, wiederholt der Earl, und die Tatsache, dass er das so direkt fragt, zeigt mir, wie wichtig ihm dieses Thema ist. Aber es macht mich trotzdem verlegen, weil ich nicht weiß, was ich sagen soll.

»Ich kann da nur für mich sprechen«, sage ich nach einem längeren Schweigen, »aber für mich ist es ernst.« Sehr ernst sogar, denke ich.

»Und mein Sohn äußert sich nicht dazu?«, fragt er fast aggressiv, merkt jedoch selbst, wie unpassend das ist, und lenkt ein.

»Entschuldigen Sie, das geht mich natürlich nichts an«, sagt er und macht eine knappe Geste, die wohl seine Ungeduld mit sich selbst zum Ausdruck bringen soll. »Es ist nur so, dass ich die Hoffnung, dass Jonathan sich eine Frau sucht, eigentlich schon aufgegeben hatte. Aber meine Tochter glaubt auch, dass ...« Er zögert, scheint nicht sicher zu sein, ob er das wirklich aussprechen soll. »Dass er sich jetzt vielleicht wieder fängt«, beendet er dann doch noch seinen Satz.

Seine Stimme klingt bedrückt, und das wundert mich. Nach Jonathans Schilderungen dachte ich, sein Vater wäre nur daran interessiert, die Erbfolge zu sichern, und deshalb so darauf aus, dass Jonathan wieder »in die Spur« kommt und sich eine Frau sucht. Doch die Sorge des Earls scheint tatsächlich Jonathan selbst zu gelten.

Ich hatte recht, denke ich. Er sucht den Kontakt zu seinem Sohn, weil er unter dem angespannten Verhältnis leidet, aber er weiß nicht recht, wie er es anfangen soll und hofft, dass er über eine Frau vielleicht einen neuen Zugang zu Jonathan findet, der ihm seit Langem total entfremdet ist.

Der Blick des Earls gleitet erneut zu dem großen Porträt, und ich sehe wieder die Verzweiflung darin, die große Trauer.

»Lady Orla war eine schöne Frau«, sage ich, weil ich gerne zum Ausdruck bringen will, dass ich mit ihm mitfühle, und etwas anderes fällt mir nicht ein.

»Das war sie«, bestätigt er und lächelt bei der Erinnerung. »Aber das Bild trifft sie eigentlich gar nicht. Sie hat fast nie stillgesessen, dafür war sie viel zu temperamentvoll. Ich sehe sie noch mit Jonathan durch den Park rennen. Die beiden sind immer um die Wette gelaufen, und dann hat sie ihn gefangen und sich mit ihm lachend auf die Wiese fallen lassen. Mit ihr war so viel Leben im Haus. Ohne sie ...« Er beendet den Satz nicht und wird von seinen Gefühlen übermannt. Doch es dauert nur einen Augenblick. Dann reißt er sich wieder zusammen, richtet sich gerade auf, und ich kann richtig sehen, wie sein Gesicht sich wieder verschließt, wie er das, was gerade kurz an der Oberfläche war, wieder tief in sich zurückzieht, genau wie Jonathan das immer tut. Er räuspert sich. »Es vergeht kein Tag, an dem ich mir nicht wünsche, dass sie noch da wäre«, sagt er, und nur der heisere Tonfall seiner Stimme zeugt noch davon, dass er gerade fast die Fassung verloren hätte.

»Sie ist aber nicht mehr da.«

Wir fahren herum zu Jonathan, der in diesem Moment den Raum betritt und seinen Vater anklagend ansieht. Wut glitzert erneut in seinen Augen, und er scheint bereit für eine neue Auseinandersetzung.

Aber der Earl nicht.

»Nein«, sagt er niedergeschlagen und ohne einen Funken Gegenwehr. »Nein, sie ist tot.« Er scheint nicht die Kraft zu haben, sich erneut mit seinem Sohn zu streiten, geht stattdessen hinter seinen Schreibtisch und setzt sich, starrt auf den grünen Filzbezug, der in die Platte eingelassen ist.

Dass sein Vater so passiv ist, irritiert Jonathan kurz, aber der Zorn bleibt in seinem Blick, ist unerbittlich.

»Komm«, sagt er und will nach meiner Hand greifen, um mit mir den Raum zu verlassen – die ich ihm jedoch entziehe. Ich mache mir Sorgen um den Earl, der plötzlich noch blasser aussieht als zuvor.

»Geht es Ihnen gut?«, erkundige ich mich und will zu ihm gehen, doch diesmal schnappt Jonathan sich meine Hand und hält mich fest. Als der Earl das sieht, macht er eine beschwichtigende Geste.

»Alles in Ordnung«, murmelte er. »Gehen Sie nur.«

Das nimmt Jonathan als Zeichen zum endgültigen Aufbruch und zieht mich zur Tür. Im Gehen blicke ich noch einmal zurück auf den Earl, der am Schreibtisch in sich zusammengesunken ist.

»Es geht ihm schlecht.« Aufgebracht über sein rüdes Verhalten sehe ich Jonathan an, der mich nicht loslässt, sondern weiterzieht, weg von seinem Vater. »Wir können ihn doch nicht einfach allein lassen.«

»Doch, können wir«, sagt er, mit nur mühsam unterdrückter Wut in der Stimme. »Glaub mir, er kommt zurecht.«

»Aber hast du denn nicht gesehen, wie fertig er war? Er trauert immer noch um deine Mutter.«

Meine Worte lassen Jonathan auflachen, aber es klingt nicht fröhlich, sondern bitter. »Er hat noch nie um sie getrauert, glaub mir.«

»Wie kannst du so etwas sagen?« Ich bin wirklich entsetzt darüber, dass er so über die Gefühle seines Vaters hinweggeht, und mir geht das auch alles viel zu schnell, nicht nur das Tempo, mit dem Jonathan mich mit sich zieht. Ich komme da einfach nicht mehr mit.

Wir sind inzwischen schon draußen vor dem Haus, haben es durch eine der hinteren Terrassentüren verlassen, und Jonathan hält jetzt auf die Parkanlagen zu.

Verärgert stemme ich die Füße in den Boden und bleibe stehen, zwinge ihn, das auch zu tun.

»Jonathan, was ist denn los mit dir? Was wirfst du ihm vor? Warum bist du so furchtbar wütend auf ihn?«

Jonathan sieht zurück zum Haus. Er hat meine Hand nicht losgelassen, zerquetscht sie fast, so fest hält er sie.

»Weil er sich inszeniert, Grace. Das tut er schon seit Jahren. Er spielt den trauernden Witwer, und alle glauben ihm, sogar Sarah. Aber ich weiß es besser. Er hat meine Mutter nicht geliebt, Grace. Er hat sie unglücklich gemacht. Und er ist für ihren Tod verantwortlich.«

13

Schockiert sehe ich ihn an. »Wie meinst du das?«, frage ich tonlos. Der Tod von Lady Orla war ein Unfall, das hat mir auch Sarah bestätigt. Aber ansonsten weiß ich nichts darüber. Jonathan hat nie erwähnt, wie sie ums Leben gekommen ist, und ich habe das Thema nicht angeschnitten, weil ich ihm nicht wehtun wollte. Und das Internet war in diesem Fall auch nicht hilfreich. Denn in den Berichten stand immer nur was von einem tragischen Unglück, aber nicht, was genau passiert ist – so als hätten sich alle Zeitungen und Zeitschriften verschworen, es nicht zu drucken. Oder als hätte sich jemand sehr viel Mühe gegeben, den genauen Hergang nicht an die Öffentlichkeit dringen zu lassen. »Wie ... ist sie denn gestorben?«

Jonathan stößt die Luft aus und legt den Kopf in den Nacken, sichtlich aufgewühlt und immer noch von dieser Wut getrieben, die er nicht verbergen kann.

»Sie ist die Treppe runtergestürzt«, sagt er mit zusammengebissenen Zähnen.

»Hier?«, frage ich und deute auf das Haus.

Er nickt. »In der Halle.«

Plötzlich wird mir die Kehle eng und ich schlucke mühsam. Zu wissen, wo es passiert ist und wie, macht das alles viel konkreter. Und furchtbarer.

»Aber – es war doch ein Unfall. Oder«, ich wage es kaum, das auszusprechen, »hat dein Vater sie gestoßen?«

Jonathan weicht meinem Blick aus. »Nein«, sagt er, und ich

kann sehen, wie es in seinem Gesicht arbeitet. »Aber es war trotzdem seine Schuld.«

»Wieso?«

Jonathan zieht mich weiter in den Park, offenbar nicht mehr in der Lage, still zu stehen. »Weil er sich mit ihr gestritten hat an dem Abend. Und dann ist es passiert, verstehst du?«

Meine Gedanken überschlagen sich, während wir weiter durch die Parkanlagen laufen. Das erklärt zumindest, warum der Earl gerade bei der Erinnerung an seine Frau so verzweifelt klang. Denn wenn es wirklich so war, dann gibt er sich sicherlich auch selbst die Schuld am Tod seiner Frau. Allerdings erklärt das ganz und gar nicht, wieso Jonathan ihm abspricht, um sie zu trauern.

»Dann war es trotzdem ein tragischer Unfall, Jonathan. Das hat er sicher nicht gewollt.«

»Wenn er das nicht gewollt hätte, dann hätte er sie in Ruhe lassen können. Die beiden haben nicht nur an dem Abend gestritten, Grace – sie hatten ständig Streit. So lange, wie ich zurückdenken kann. Und als sie dann tot war, hat er einfach weitergemacht. Ich wurde aufs Internat geschickt, so wie es vorher schon geplant war, und Sarah kam zu Tante Mary. Er hat sich nicht für uns interessiert, und es hat ihn auch nicht interessiert, dass meine Mutter tot war – seinetwegen. Deshalb glaube ich ihm auch keine Sekunde, dass er um sie trauert. Das tut er nicht, Grace. Er ist gefühllos und kalt.«

Jonathan ist wieder stehen geblieben. Er hat sich so in Rage geredet, dass er richtig zittert.

»Jonathan, das ist ...« Ich will ihm sagen, dass es mir leid tut und dass ich es furchtbar finde, dass er seine Mutter verloren hat – aber dass ich immer noch sicher bin, dass er sich in seinem Vater täuscht. Doch er lässt mich nicht, verschließt meinen Mund mit einem fordernden Kuss, der mich sehr effektiv zum Schweigen bringt.

»Ich will nicht mehr darüber reden, okay?«, stößt er außer Atem hervor, als er mich wieder freigibt. Er streicht sich die Haare zurück, und in seinen Augen steht jetzt eine Mischung aus Wut und Verlangen und noch etwas anderem. Verzweiflung?

Er nimmt erneut meine Hand und geht mit mir weiter. Wir sind jetzt schon relativ weit weg vom Haus und der Wiese mit den beiden großen Zelten – es sind zwei, die direkt nebeneinander stehen, das hatte ich von drinnen nicht richtig gesehen. Angestellte tragen immer noch emsig Sachen hinein und heraus, und ab und zu sieht man Autos von weitem über die Zufahrt zum Herrenhaus fahren. Aber hier im Park sind wir allein.

»Wo willst du mit mir hin?«, frage ich, als Jonathan mich nach ein paar Metern plötzlich in ein kleines Wäldchen am Rand der Parkanlage zieht. Hier stehen einige Birken mit weit herunterhängenden Ästen, und dazwischen wachsen Büsche, deren Äste sich hinter uns schließen, sodass wir nach kurzer Zeit nur noch von Grün umgeben sind.

Er hat mir noch nicht auf meine Frage geantwortet, aber das muss er auch nicht mehr, denn ich kann die Antwort in seinen Augen sehen. Erregung erfasst mich, und ich halte seinen Blick fest, während er mich rückwärts gegen den dicken Stamm eines Baumes schiebt.

»Jonathan«, flüstere ich heiser und lehne den Kopf nach hinten, entblöße ihm meinen Hals und erschauere, als er mich hinter das Ohr küsst und die Hände um meine Brüste legt. Ich weiß, dass er mich will, dass er mich jetzt braucht – und mir geht es genauso.

Wir haben es noch nie unter freiem Himmel getan, und der

Gedanke ist aufregend, nimmt mir den Atem, vor allem, weil Jonathan mir keine Zeit mehr lässt, es mir noch mal zu überlegen. Er schiebt meinen Rock nach oben und zieht mir den Slip aus, öffnet mit ungeduldigen Fingern meine Bluse. Als er sie mir abstreift und über einen Ast in der Nähe hängt, spüre ich den warmen Juli-Wind auf meiner nackten Haut und die kitzelnde Baumrinde im Rücken, und ein Schauer durchläuft mich, gefolgt von einem zweiten, weil er sofort anschließend meine Brüste aus den Schalen des BHs holt, sie auf eine angenehm erregende, leicht schmerzende Weise zusammendrückt. Die dunkelroten Spitzen recken sich ihm entgegen, und ich umfasse seinen Kopf, vergrabe die Hände in seinem Haar und halte mich an ihm fest, während er abwechselnd an meinen Nippeln saugt und mir ein kehliges Stöhnen entlockt. Blitze schießen in meinen Unterleib, machen mich ganz feucht und heiß auf ihn, und ich wehre mich nicht, als er mir auch noch den BH auszieht und zu der Bluse hängt. Jetzt bin ich oben rum völlig nackt und ich genieße dieses schamlose Gefühl, diese Erregung, die mich wie ein Fieber packt.

Jonathan lässt meine Brüste los und fasst mit einer Hand zwischen meine Beine, die ich ihm willig öffne. Ich fühle, wie er mit einem Finger in mich eindringt, so als wollte er testen, ob ich bereit für ihn bin. Dann zieht er sich wieder zurück und drängt mich noch enger gegen den Baum, lässt mich seine harte Erektion fühlen und küsst mich noch einmal, bis mir ganz schwindelig ist.

Nur mühsam reiße ich mich von seinen Lippen wieder los und öffne seine Hose, befreie seinen prallen Schwanz, der mir entgegenspringt, als ich den Stoff seiner Unterhose nach unten schiebe. Der Anblick macht mich ganz schwach, und ich lasse mich willig von ihm hochheben, schlinge die Beine um ihn, als ich die Spitze seines Penis an meiner Öffnung spüre.

Mit einem einzigen kräftigen Stoß dringt Jonathan in mich ein, vergräbt sich tief in mir und erschauert, als unsere Becken aneinanderstoßen. Für einen Moment verharren wir so, und er sieht mir in die Augen, lässt mich jetzt deutlich die Verzweiflung sehen, die ihn quält – diese dunkle Seite, die ihn immer wieder einholt. Er sucht Vergessen, das weiß ich, und ich will es ihm schenken, möchte mich genau wie er in diesem Gefühl der Erlösung verlieren, das ich nur mit ihm erleben kann.

Sein Mund findet meinen und seine Zunge überwältigt mich so wie seine Stöße es tun, die fester werden, härter. Es hat etwas Animalisches, Drängendes, wie er mich nimmt, aber ich weiß, dass er ganz bei mir ist – dass ich es bin, die ihm geben kann, was er braucht.

Meine Sinne werden überschwemmt mit Eindrücken: die glatte Borke in meinem Rücken, der sanfte Luftzug auf meiner Haut, das Zwitschern der Vögel und das Rauschen der Blätter, das sich mit Jonathans keuchendem Atem mischt, und sein heißer Körper an meinem, die Kraft, mit der er in mich pumpt – das alles presst mich in einen Orgasmus, der in einer gewaltigen Welle auf mich zurollt.

Tränen schießen in meine Augen und laufen mir über die Wangen, weil es zu intensiv ist, zu schmerzhaft-schön. Jonathan ist wie im Rausch, und ich klammere mich an seinen Schultern fest, ertrage die Härte, mit der er in mich eindringt, weil die wilden Gefühle, die er in mir auslöst, noch viel mächtiger sind als der Schmerz. Ich will nicht, dass er aufhört, dass er überhaupt je wieder aufhört. Er soll mir geben, was ihn quält, damit er endlich ganz mir gehört.

»Grace!« Jonathans Lippen sind auf einmal auf meinen Wangen, küssen meine Tränen weg. Plötzlich lehne ich nicht mehr am Baum, sondern fühle weiches Gras unter mir, und

Jonathan ist nicht mehr in mir, was mich protestierend aufstöhnen lässt. Er liegt jetzt neben mir und küsst weiter meine Wangen und meinen Mund.

»Ich habe dir wehgetan«, sagt er zerknirscht und sichtlich erschrocken.

»Nein.« Ich schüttele den Kopf und ziehe ihn wieder auf mich, öffne die Beine, damit er erneut in mich eindringen kann, was er tut. »Ich will es, Jonathan.«

Er hat die Arme neben meinem Kopf aufgestützt und lässt sich auf die Ellbogen sinken, sodass er mir noch näher ist, und ich fühle seine Hände in meinem Haar und sein köstliches Gewicht auf mir, genieße den vollen Körperkontakt. Mit einem Lächeln sehe ich in seine wunderschönen blauen Augen, deren dunkle Stellen mir immer vertrauter werden, und spanne meine inneren Muskeln um seinen Schaft, stöhne, als er sich wieder bewegt und langsam über meine Klit reibt.

Jonathan steigert seine Stöße nur langsam, will sich Zeit lassen, nicht noch einmal riskieren, dass seine Lust ihn wegträgt. Doch wir sind beide viel zu erregt für dieses träge Tempo, reagieren zu stark aufeinander. Ich sehe, wie gequält er aussieht, weil es ihn so viel Kraft kostet, sich zu beherrschen, deshalb ziehe ich ihn zu mir herunter. »Ich will mehr«, flüstere ich ihm ins Ohr. »Fick mich.«

Er zieht sich zurück und dringt mit einem erleichterten Stöhnen wieder in mich ein, tiefer diesmal und fester, was mich lustvoll aufkeuchen lässt. Doch er sieht mich weiter an, zögert noch – bis ich ihm drängend die Hände auf den Po lege. »Bitte«, hauche ich und wölbe mich ihm entgegen.

Seine Selbstbeherrschung verlässt ihn endgültig und er steigert das Tempo jetzt rasant, pumpt wieder härter in mich. Trotzdem ist es anders als gerade, denn er löst seinen Blick keine Sekunde von mir, auch nicht, als unser Atem immer schwerer geht und ich schon die ersten Beben meines Höhepunktes in mir spüre.

Erst, als ich auf dem Gipfel ankomme und mich aufbäume, lässt auch er los und verliert sich in seiner Lust, vergräbt sich noch ein letztes Mal tief in mir und ergießt sich in mich, folgt mir in einen überwältigenden Orgasmus, der uns beide erschüttert.

Ich falle und falle, sehe ihm in die Augen, während er wieder und wieder in mir kommt, fange sein Stöhnen mit meinen Lippen auf und werde immer wieder mitgerissen von neuen Explosionen der Lust, die mich erschauern lassen und die bei uns beiden nur langsam nachlassen. Jonathan zuckt noch ein letztes Mal, und ich schlinge die Arme um ihn, halte ihn, als er befriedigt auf mich sinkt.

Das gerade war nicht nur Sex, denke ich, als ich kurze Zeit später an ihn geschmiegt im Gras liege und unser Atem sich langsam wieder beruhigt. Das war viel mehr. Wir haben uns nicht einfach nur körperlich vereinigt, wir haben uns geliebt. Das, was Jonathan am Anfang so vehement abgelehnt hat, gibt es längst zwischen uns, und ich wünsche mir plötzlich aus ganzem Herzen, dass er es endlich ausspricht. Dass er mir sagt, was sein Körper mich fühlen lässt und was ich in seinen Augen zu sehen glaube. Dass da mehr ist zwischen uns als Anziehungskraft und fantastischer Sex. Dass wir uns brauchen. Uns lieben.

Aber das tut er nicht. Er hilft mir nur auf und zieht sich dann wieder an, holt mir meine Sachen und richtet sie, als ich sie wieder anhabe, zupft mir das Gras aus den Haaren, küsst mich noch mal. Doch über das, was in ihm vorgeht, schweigt er. Dabei geht etwas in ihm vor, ich kann es ihm ansehen. Etwas, das er mir nicht zeigen will, denn als ich versuche, seinen Blick festzuhalten, weicht er mir aus.

»Wir müssen zurück«, sagt er und sieht auf die Uhr, was ich als Zeichen werte, dass ich wohl nicht mehr von ihm hören werde, was ich mir erhoffe.

Vielleicht wird er es nie sagen, denke ich, plötzlich entmutigt, und versuche, die Enttäuschung zurückzudrängen, die sich unangenehm in mir breit macht.

Ich lächle, auch wenn es ein bisschen mühsam ist und deute auf meine Sachen.

»Ich muss mich umziehen.« Der Rock ist zwar aus knitterfreiem Stoff und die Bluse hat unseren spontanen Liebesakt auch ganz gut überstanden, weil Jonathan sie in Sicherheit gebracht hatte, aber ich bin trotzdem ziemlich sicher, dass man mir ansehen kann, was wir gerade gemacht haben. Außerdem habe ich das dringende Bedürfnis, mich frisch zu machen, und würde gerne duschen – oder ein Bad nehmen, wie es hier in England wegen des eigentlich immer fehlenden Wasserdrucks üblicher ist. »So kann ich ja schlecht unter die Leute gehen, oder?«, füge ich noch hinzu und überlege, wie unfair es ist, dass Jonathan noch genauso perfekt aussieht wie eben – niemand würde glauben, dass er gerade im Park heißen Sex mit mir hatte.

Er hebt den Mundwinkel. »Ich finde dich so ziemlich sexy«, sagt er und küsst mich noch mal, bis die Leidenschaft zwischen uns erneut aufzuflammen droht. Als er mich wieder freigibt, steht auf seinem Gesicht wieder dieser Ausdruck, den ich vorhin schon gesehen habe. Doch bevor ich ihn richtig deuten kann, klingelt sein Handy, und er geht dran.

»Ich habe Grace den Park gezeigt«, informiert er den Anrufer – vermutlich Sarah, die ihn gefragt hat, wo er ist. »Wir sind schon unterwegs«, fügt er dann einen Hauch genervt hinzu und legt auf. »Man vermisst uns«, sagt er mit einem schiefen Grinsen und legt den Arm wieder um meine Schultern.

Zusammen verlassen wir das Wäldchen und gehen zurück zum Haus, aber langsamer als vorhin. Offenbar hat Jonathan es trotz des Anrufs seiner Schwester nicht eilig zurückzukommen.

»Stimmt es, dass du hier Wettrennen mit deiner Mutter gemacht hast?«, frage ich ihn, als mir die Bemerkung des Earls wieder einfällt.

Jonathan nickt. »Sie hat mich immer gewinnen lassen.« Ein Lächeln huscht über sein Gesicht und für einen kurzen Moment scheint er ganz versunken. Doch dann schüttelt er den Kopf und geht plötzlich schneller, so als müsste er der Erinnerung ausweichen.

Als wir das Haus schon fast erreicht haben, bleibe ich abrupt stehen und starre auf die Terrasse vor dem roten Salon, auf der sich mehrere Leute versammelt haben.

Die ersten Gäste. Verdammt. Jetzt muss ich mir schnell was einfallen lassen, wenn ich das mit dem Waschen und Umziehen noch schaffen will, bevor wir sie begrüßen müssen.

Die Gruppe unterhält sich, und die meisten achten nicht auf uns. Nur eine blonde Frau in einem figurbetonten marinefarbenen Kleid mit auffälligen weißen Säumen und einem von diesen Hüten auf dem Kopf, die eigentlich keine sind, weil sie nur aus ein paar Federn und bunt bezogenen Drähten bestehen, hat die Hand über ihre Augen gelegt, um sie vor der Sonne zu schützen, und blickt in unsere Richtung, winkt uns dann.

»Gibt es hier eigentlich eine Hintertür?«, frage ich Jonathan, denn jetzt kommt die Frau mit entschlossenen Schritten auf uns zu.

»Keine, die du noch erreichen könntest, bevor Imogen hier

ist«, sagt Jonathan trocken und lächelt über meinen erschrockenen Gesichtsausdruck. »Du siehst toll aus, Grace – mach dir nicht so viele Sorgen.«

Er hat gut reden, denke ich, aber ich bleibe tapfer stehen und lächele der Blondine unsicher entgegen. Wenn hier jemand toll aussieht, dann doch wohl sie. Groß und schlank, wirkt sie mit den gleichmäßigen Gesichtszügen und den Designerkleid wie ein Model. Sie ist jünger, als ich zuerst dachte, Ende zwanzig höchstens. Und sie strahlt Jonathan an.

»Schön dich zu sehen, Imogen«, begrüßt Jonathan sie und küsst sie auf beide Wangen, was sie enthusiastisch erwidert.

»Gleichfalls«, erwidert sie und nimmt dann mich in Augenschein.

»Das ist Grace Lawson«, Jonathan deutet auf mich und dann wieder auf die Blondine, »und das ist Lady Imogen Moredale, die Tochter meines Patenonkels.«

Ich zucke unmerklich zurück, weil er zwar erläutert hat, wer sie ist, aber nicht, wer ich bin – abgesehen von meinem Namen. Erst jetzt wird mir klar, dass tatsächlich ja gar nicht klar ist, als was ich hier auf dem Fest des Earls eigentlich auftreten werde.

Es ist das erste Mal, dass ich Jonathan zu so einem offiziellen Termin begleite. Wir waren schon bei diversen Geschäftsessen, bei denen er mich immer als Mitarbeiterin vorgestellt hat – was ja nicht falsch ist und in dem Zusammenhang auch passte, obwohl mir etwas anderes lieber gewesen wäre.

Im Prinzip ist unsere Beziehung kein Geheimnis – die Tatsache, dass wir eine Affäre miteinander haben, stand ja dick in der Boulevardpresse. Aber so richtig über die Lippen scheint Jonathan meine Rolle in seinem Leben nicht zu kommen.

Lady Imogen, die mir mit einem weit weniger strahlenden Gesichtsausdruck als gerade eben bei Jonathan die Hand schüttelt, weiß jedoch offenbar, in welchem Verhältnis wir zueinander stehen, denn sie hinterfragt das nicht. Oder vielleicht errät sie das auch nur, weil man mir so deutlich ansehen kann, dass wir gerade Sex hatten, denke ich mit Schrecken. Das ist für sie allerdings kein Hinderungsgrund, Jonathan weiter ganz offen anzuhimmeln.

»Hunter und ich kennen uns schon, seit wir Kinder waren«, sagt sie, etwas motivationslos – schließlich hatte sie niemand danach gefragt – was aber wohl genau wie die vertraute Anrede heißen soll, dass sie ihm sehr nahe steht. Auf jeden Fall möchte sie das gerne, das signalisieren ihre Blicke, und mehr als sonst wünsche ich mir plötzlich, dass Jonathan das klärt. Dass er deutlich macht, dass ich zu ihm gehöre und nicht sie. Doch das tut er nicht.

»Ist dein Vater auch hier?«, fragt er Lady Imogen stattdessen, und sie nickt begeistert.

»Er hat schon nach dir gefragt«, sagt sie und hakt sich bei ihm ein. »Gehen wir rüber zu ihm?« Sie sieht auch mich auffordernd an – immerhin –, doch ich schüttele den Kopf.

»Ich muss mich noch umziehen«, erkläre ich, denn ich werde den anderen Gästen definitiv erst unter die Augen treten, wenn ich wenigstens Gelegenheit hatte, in den Spiegel zu schauen. Was allerdings bedeutet, dass ich Lady Imogen das Feld überlassen muss, denke ich unglücklich – eine Aussicht, die ihr gut gefällt, wie ich an ihrem Lächeln erkennen kann. Deshalb stelle ich mich aus einem Impuls heraus auf Zehenspitzen und gebe Jonathan einen Kuss. Auf den Mund. Um zumindest das mal klarzustellen.

Lady Imogen gefriert das Lächeln – gut –, und den Ausdruck in Jonathans Augen kann ich nicht lesen. Erwartet hat er das ganz offensichtlich nicht, aber was denkt er denn? Dass er in der einen Minute überwältigenden Sex mit mir haben und gleich anschließend einfach mit einer Blondine am Arm abhauen kann? So haben wir nicht gewettet.

»Bis gleich, *Hunter*«, sage ich und sehe dabei nur Jonathan an, um dessen Mundwinkel es jetzt ein wenig zuckt, dann drehe ich mich um und gehe zurück zum Haus. Als ich an der Seitentür ankomme, blicke ich noch mal zurück, doch Lady Imogen und Jonathan sind aus meinem Sichtfeld verschwunden und auf die Terrasse zurückgekehrt, die hinter der Hausecke liegt.

Unglücklich drücke ich die schwere Holztür auf und gehe ins Haus, weil ich plötzlich nicht mehr sicher bin, ob ich es gerade übertrieben habe, und befürchte, dass Jonathan böse sein könnte.

Oben in meinem Zimmer durchforste ich hastig meine Tasche auf der Suche nach etwas Neuem zum Anziehen. Meine Wahl fällt auf ein Etuikleid in einem pastelligen Blau, das ich auch auf meiner Shoppingtour mit Annie gekauft habe und das ich eigentlich zu overdressed für einen zwanglosen Empfang fand. Doch wenn alle so wahnsinnig edel und teuer gekleidet sind wie Lady Imogen, dann gehe ich damit auf Nummer sicher.

Ich lege das Kleid auf das Bett und husche schnell ins Bad, um mir eine Wanne einzulassen. Viel besser als duschen, denke ich, als ich kurze Zeit später darin liege und fühle, wie das warme Wasser meine Muskeln entspannt. Die Zweifel, die plötzlich wieder an mir nagen, was meine Zukunft an Jonathans Seite angeht, kann es jedoch nicht wegspülen, und ich überlege mit einem nervösen Knoten im Bauch, dass von den nächsten Tagen vielleicht noch viel mehr abhängt, als ich dachte.

14

Der weiße Stoff der Festzelte glänzt im Sonnenlicht und blendet mich, als ich die letzten Schritte darauf zugehe und eins davon betrete. Meine Augen gewöhnen sich schnell an die neuen Lichtverhältnisse, sodass ich die Gäste genauer anschauen kann, die darin stehen. Sie sind sehr gut gekleidet. Die Damen tragen teilweise sehr gewagte Hutkreationen und Seidenhandschuhe, die Männer graue Anzüge und passende Zylinder. Sie trinken Champagner und unterhalten sich, lachen.

Und genau danach ist mir auch zumute. Weil ich so unglaublich glücklich bin. Das liegt jedoch nicht am herrlichen Wetter draußen oder dem perfekten Fest hier drinnen. Und es liegt auch nicht an den Leuten um mich herum, die mich freundlich anlächeln. Es liegt an Jonathan.

Er steht hinter mir, und ich spüre seine Wärme, fühle, wie er die Arme um meine Taille schlingt. Ich drehe mich zu ihm um und betrachte ihn, noch glücklicher jetzt, als ich sein Lächeln sehe. Er wirkt zufrieden, und in seinen Augen liegt ein entspanntes Strahlen, das ich darin noch nie gesehen habe. Ich möchte ihn küssen, aber ich denke, dass es nicht geht, nicht hier vor all den Leuten, die uns neugierig betrachten, ganz genau beobachten, was wir tun. Aber Jonathan scheint diese Bedenken nicht zu haben, denn er zieht mich noch enger an sich, legt seine Lippen auf meine, küsst mich ausgiebig. Zärtlich.

Mein Herz jubiliert, während ich seinen Kuss erwidere,

denn er bestätigt das, was ich in seinen Augen lesen konnte. Das, was ich mir so gewünscht habe.

Als Jonathan mich wieder freigibt, blicke ich in die Gesichter der Leute, deren Augen auf uns gerichtet sind. Der Earl ist dabei und Sarah und Alexander. Und Annie. Marcus. Sogar Catherine. Und sie alle lächeln mir zu, so als würden sie mein Glück teilen. Niemand runzelt die Stirn oder sieht mich warnend an.

Jonathan greift nach meiner Hand, und wir verlassen zusammen das Festzelt, laufen über die Wiese in den Park. Ich folge ihm glücklich und ohne zu zögern, doch während wir gehen, drehe ich mich noch einmal um und betrachte Lockwood Manor. Es sieht malerisch aus mit seinen verwunschenen Erkern und den vielen Schornsteinen, und es kommt mir größer vor. Heller. Alles ist viel heller als vorher, so als würde die Sonne jetzt so strahlend scheinen, dass sie keinen Platz mehr für anderes lässt.

Als ich mich wieder nach vorn wende, sehe ich die Wiese nicht mehr, nur noch Jonathan. Er hält mich noch an der Hand, zieht mich in seine Arme, und dann fallen wir plötzlich, landen aber nicht auf dem Gras, sondern in einem riesigen weißen Bett ohne Pfosten, dessen Ende man nicht sieht.

Ich habe keine Angst, versinke in Jonathans Armen in der weichen Matratze, die uns auffängt. Um uns herum wirbeln Federn auf, kleine flaumige Daunen, die in der Luft nach oben tanzen und dann langsam wieder auf uns herunterfallen. Lachend beobachte ich sie, folge mit den Augen den wilden Mustern, die sie auf ihrem Weg nach unten zeichnen und die nie vorherzusehen sind, spüre ihr hauchzartes Streicheln, als sie meine Wange berühren. Glücklich lächelnd will ich mich noch dichter an Jonathan schmiegen und stoße plötzlich mit der Wange an etwas Hartes, Kühles, das mich zusammenzucken lässt.

Erschrocken fahre ich hoch und sehe mich um. Ich liege quer auf einem großen Bett, und das Kalte an meiner Wange war der Bettpfosten, an dem ich mit dem Gesicht gelegen habe. Und jetzt weiß ich auch wieder, was das hier für ein Zimmer ist – das Gästezimmer auf Lockwood Manor. Mit dieser Erkenntnis dämmert mir gleich die nächste, die ich eigentlich viel lieber verdrängt hätte.

Es war nur ein Traum.

Natürlich war es nur ein Traum, schimpfe ich mit mir selbst. Wir sind mitten auf einer Wiese in ein riesiges Bett gefallen, und es hat Federn geregnet. Sehr realistisch, denke ich frustriert. Und doch – wie das oft so ist in Träumen, habe ich nichts hinterfragt, sondern nur das wunderbar warme, glückliche Gefühl genossen, das die Bilder in mir ausgelöst haben. Ich will es festhalten, aber es verlässt mich unwiderruflich, entgleitet mir. Stattdessen sickert etwas anderes in mein Bewusstsein, das diese Zufriedenheit sogar noch schneller verscheucht: Jonathan ist nicht da.

Seine Seite des Bettes ist leer, er liegt nicht mehr neben mir. Ist er in sein Zimmer zurückgegangen?

Schnell richte ich mich auf und will die Nachttischlampe anknipsen. Doch mir wird klar, dass das nicht nötig ist, denn Licht dringt durch die nicht ganz geschlossenen Vorhänge. Die Sonne ist schon aufgegangen, steht aber noch tief am Himmel, also muss es noch recht früh sein. Und als ich auf das Display meines Handys blicke, weiß ich auch, wie früh: kurz nach sechs.

Ich stoße die Luft aus und rutsche wieder ein Stück runter im Bett, strecke mich aus und starre an die Decke. Kein Wunder, dass mein Traum so schön war – mein Unterbewusstsein hat einfach alles genommen, was ich mir wünsche, und daraus Bilder zusammengesponnen. Bilder, die der Realität leider nicht entsprechen.

Der Empfang gestern Abend war nämlich eher ernüchternd und hatte nichts mit meinem Traum zu tun, oder fast nichts. Die Dächer der beiden Festzelte wurden von der Abendsonne tatsächlich in ein goldenes Licht getaucht, als ich hineingegangen bin. Und die Leute waren alle toll angezogen, wenn auch nicht ganz so aufgebrezelt wie in meinem Traum – da hat mein Unterbewusstsein offensichtlich noch eine Schippe drauf gepackt.

Aber Jonathan war ganz anders. Er hat mich nicht im Arm gehalten und geküsst. Er war nicht mal wirklich oft bei mir, weil er so viel mit den anderen Gästen reden musste. Vor allem ein älterer Herr, der Duke of Beau-irgendwas, ich hab's vergessen, hat ihn ständig in ein Gespräch verwickelt, und wenn der mal abgelenkt war, dann hat sich Lady Imogen sofort wieder an seinen Arm gehängt.

Sarah, die durch ihr verletztes Bein überwiegend an ihren Platz gebunden war – einen Sessel, den man extra für sie nach draußen ins Zelt gebracht hatte – und bei der ich fast die ganze Zeit geblieben bin, hat mir zwar versichert, dass Jonathan niemals irgendetwas mit der anhänglichen Lady hatte oder anfangen würde. Trotzdem ärgert es mich, dass Imogen sich weiterhin so produzieren konnte – weil Jonathan zu beschäftigt war, um sich um mich zu kümmern und klar zu stellen, dass er vergeben ist. Und ich bin auch nicht so richtig sicher, ob es wirklich nur seine Pflichten als Sohn des Gastgebers waren, die ihn von mir fern gehalten haben. Okay, ich weiß, wie viel Wert er auf korrekte Umgangsformen legt, nur manchmal wirkte es eben ein bisschen so, als wenn er mir aus dem Weg gehen würde.

Natürlich hätte ich mich einfach an seine Seite stellen und ihm die ganze Zeit folgen können, aber ich wollte kein lästiges Anhängsel sein. Und dank Sarah musste ich das auch nicht, denn sie hat den Part, den ich mir eigentlich von Jonathan gewünscht hätte, sehr gern übernommen, hat mich allen vorgestellt, die zu uns kamen, und hat mir, wenn sie wieder weg waren, erklärt, wer wer ist und in welchem Verhältnis sie zu den Huntingtons stehen.

Erst beim Dinner nach dem Empfang, zu dem nur eine Hand voll Gäste geblieben sind, war Jonathan wieder an meiner Seite. Aber auch da musste er weiter Tischgespräche mit dem Duke mit dem Beau-Namen führen, die komplett an mir vorbeiliefen.

Irgendwann gegen zehn habe ich mich dann entschuldigt und bin auf mein Zimmer und ins Bett gegangen, traurig, frustriert und ernüchtert. Ich war ganz sicher, dass Jonathan nicht mehr zu mir kommen würde, doch das ist er, und als er mich wachgeküsst hat, war ich zu überwältigt von seiner Leidenschaft, um ihm Vorwürfe zu machen – und ich wollte es auch gar nicht, weil ich es viel zu sehr genossen habe, ihn wieder bei mir zu haben, so nah und vertraut wie sonst.

Aber jetzt, im kühlen Morgenlicht, überlege ich, was das zu bedeuten hat, und plötzlich muss ich zu ihm und mich vergewissern, dass noch alles in Ordnung ist. Ich will bei ihm liegen, mich an ihn schmiegen und vergessen, dass die Situation so schwierig ist.

Deshalb schlüpfe ich aus dem Bett und ziehe mir meinen seidenen Morgenmantel über, den ich mir – zusammen mit dem passenden Negligé – extra neu gekauft habe. Jonathans Pyjamaoberteile waren ja keine Dauerlösung, und den Anblick der bunten XXL-Uni-T-Shirts, in denen ich in Chicago immer geschlafen habe, wollte ich ihm auch nicht zumuten. Früher wäre ich niemals darauf gekommen, mir so ein sexy Nichts zu kaufen wie das, was ich gerade trage. Wozu auch? Aber seit ich die Nächte mit einem Mann verbringe, dem ich gefallen will, hatte ich da einen kompletten Sinneswandel. Jetzt finde ich schöne Nachtwäsche sehr wichtig und sinnvoll – auch wenn ich sie meistens gar nicht lange anhabe, denke ich mit einem Lächeln, während ich zur Tür gehe.

Ich öffne sie leise und husche die wenigen Schritte über den Flur in Jonathans Zimmer, bevor mich jemand erwischt.

Aber Jonathan ist nicht da – sein Bett ist unberührt. Als er mein Zimmer verlassen hat, ist er nicht in seins zurückgekehrt. Nur wo ist er dann um diese Uhrzeit?

Ich überlege nicht lange, sondern gehe wieder in den Flur und laufe zur Treppe. Doch ich bleibe überrascht oben am Geländer stehen. Eigentlich war ich sicher, dass im Haus noch alles schläft, doch da habe ich mich getäuscht. Lockwood Manor ist längst erwacht, denn im Erdgeschoss hört man Stimmen, vermutlich aus der Küche. Auch wenn gerade niemand in der Halle ist, besteht also die Gefahr, irgendwelchen Angestellten zu begegnen, wenn ich jetzt unten in den Räumen nach Jonathan suche.

Unschlüssig kaue ich auf meiner Unterlippe. Ich möchte ihn unbedingt finden, aber ich bin nicht sicher, ob es sich – auch für einen Gast – in so einem Haus gehört, nur mit Nachthemd und Morgenmantel bekleidet durch die Säle zu laufen.

»Miss Lawson, Sie sind ja schon wach«, sagt Mrs Hastings, die plötzlich mit einem Korb voller Bettwäsche in den Händen neben mir steht. »Brauchen Sie irgendetwas?«

Sie sieht mich freundlich und vielleicht ein bisschen besorgt an, weil mir etwas fehlen könnte, das sie für mich auftreiben kann – aber mit keiner Regung lässt sie sich anmerken, ob sie meinen nicht angezogenen Zustand merkwürdig findet.

»Äh, nein ... ich ...« Ich räuspere mich. »Ich bin auf der Suche nach Mr Huntington. Er ist nicht in seinem Zimmer. Haben Sie ihn gesehen?«

Auch die Tatsache, dass ich es für nötig halte, so früh am Morgen in Jonathans Zimmer vorbei zu schauen, entlockt ihr keine Regung – abgesehen von einem weiteren Lächeln.

»Ja, das habe ich. Er sitzt schon seit einer ganzen Weile unten in der Bibliothek.« Sie zwinkert mir zu. »Ich weiß das, weil ich ihm dort schon eine Kanne Tee serviert habe.«

Ich danke ihr und will die Treppe runtergehen, zögere dann jedoch. »Ist es ... okay, wenn ich so ...« Ich deute an mir herunter und ernte noch ein weiteres breites Lächeln.

»Gehen Sie nur, wenn Sie ihn dringend sprechen müssen«, sagt sie. »Wissen Sie, wo die Bibliothek ist?«

Ich nicke, erleichtert über die Absolution, und laufe die Treppe hinunter, während sie sich wieder umwendet und mit dem Wäschekorb in den Flur zurückkehrt.

Den Weg zu finden, ist nicht schwer, und außer einer Küchenhilfe, die mir mit einem Korb voller Silberbesteck entgegenkommt und mich sehr neugierig ansieht, begegnet mir tatsächlich niemand.

Die Tür zur Bibliothek steht auf, und als ich hineinsehe, entdecke ich die Teekanne, von der Mrs Hastings gesprochen hat. Sie steht bei einer dieser extrem dünnwandigen Tassen auf einem Beistelltisch neben einem der Sofas. Jonathan sitzt jedoch nicht drauf. Ich bemerke ihn erst, als ich den Raum ganz betrete. Er lehnt – im Gegensatz zu mir vollständig angezogen – am Rahmen der Durchgangstür zum Arbeitszimmer seines Vaters und betrachtet etwas an der Wand des anderen Raumes. Ich brauche gar nicht zu überlegen, ich weiß sofort wieder, was dort hängt: das Porträt seiner Mutter.

Als er mich hört, dreht er den Kopf und sieht mich an. Er wirkt tief in Gedanken versunken, und selbst nachdem er mich erkannt hat, bleibt sein Gesicht ernst.

»Du bist schon auf?«, frage ich und bereue es sofort, als er nur eine Augenbraue hebt. Dumme Frage. Schon klar.

Ich trete noch einen Schritt weiter ins Zimmer in der Hoffnung, dass er mir entgegenkommt, den Arm ausstreckt oder mir auf irgendeine andere Weise zu verstehen gibt, dass es okay ist, wenn ich zu ihm gehe.

Doch er bleibt stehen, wo er ist, die Arme vor der Brust verschränkt und mit diesem Ausdruck auf dem Gesicht, der mir sehr deutlich sagt, dass er genau das gerade nicht will. Deshalb traue ich mich nicht weiter.

»Was machst du hier?«

Er zuckt mit den Schultern und verlagert das Gewicht von einem Bein auf das andere, ohne seinen Rücken vom Türrahmen zu lösen. »Ich konnte nicht schlafen.«

Die Antwort ist so eindeutig abwehrend, dass verzweifelte Wut in mir aufsteigt. Wieso ist er auf einmal so? Gestern Nacht haben wir uns noch geliebt, da waren wir uns wieder nah, so wie nachmittags im Park. Ich durfte sogar in seinen Armen einschlafen. Aber es ist fast so, als wäre ihm das zu viel Nähe gewesen, als müsste er mich gerade deswegen plötzlich auf Abstand halten.

»Was ist denn los?«, frage ich unglücklich. »Habe ich...«, ich zögere, »... habe ich irgendwas falsch gemacht?«

Jonathan schüttelt den Kopf und sieht einen Moment lang zurück auf das große Porträt, bevor er den Blick wieder auf mich richtet.

»Nein«, sagt er und der Ausdruck in seinen blauen Augen scheint hinzuzufügen: *Aber ich vielleicht.*

Wieder spüre ich die Eisfaust, und diesmal drückt sie richtig fest zu, nimmt mir den Atem.

»Jonathan ...«

»Geh dich lieber anziehen, bevor dich jemand so sieht«, sagt er und deutet auf meinen Morgenmantel. Es ist eine klare Anweisung und zwischen den Zeilen ein genauso klarer Rauswurf. Ich soll wieder gehen.

Ein Gefühl der Hilflosigkeit überkommt mich, dicht gefolgt von Wut, eben weil ich so schrecklich hilflos bin. Ich weiß genau, dass es gerade um uns geht, um unsere Beziehung, die er plötzlich wieder in Frage zu stellen scheint, aber ich kenne immer noch nicht den Grund dafür und er lässt mir auch keine Chance, ihn herauszufinden, weil er offenbar nicht reden will. Oder kann.

Für einen Moment bin ich versucht, mich mit ihm anzulegen, aber dann tue ich es doch nicht, weil da noch etwas in seinen Augen ist, das mich davon abhält. Etwas quält ihn, und obwohl ich mich über sein kühles, abweisendes Verhalten ärgere, will ich ihm helfen. Und das kann ich im Moment offenbar nur, wenn ich ihn in Ruhe lasse und ihm Zeit gebe, das mit sich selbst abzumachen.

Außerdem fühle ich mich in meinem dünnen Nachthemd tatsächlich ziemlich schutzlos.

»Okay«, sage ich und registriere den überraschten Ausdruck in seinen Augen. Offenbar hat er mit meinem Widerstand gerechnet. Aber ob er enttäuscht oder erleichtert ist, lässt er mich nicht sehen, denn er wendet den Blick wieder ab und betrachtet weiter das Porträt im Arbeitszimmer.

Ohne ein weiteres Wort drehe ich mich um und laufe durch den Flur und die Treppe hinauf. Unten begegnet mir diesmal niemand, obwohl ich Stimmen höre, aber oben kommt Mrs Hastings gerade mit dem jetzt leeren Wäschekorb aus einem Zimmer.

Ich sehe, dass sie mich etwas fragen will, wahrscheinlich, ob ich Jonathan gefunden habe, aber ich lächle sie nur kurz an und husche so schnell an ihr vorbei zurück in mein Zimmer, dass sie keine Chance hat, mich anzusprechen. Außer Atem, weil ich den ganzen Weg fast gerannt bin, lehne ich mich gegen die Tür.

Bis jetzt war der Besuch in Lockwood Manor eine ziemliche Katastrophe, denke ich und fühle mich ganz elend. Und wenn Jonathan es schon um sechs Uhr morgens schafft, mich zur Verzweiflung zu bringen, dann möchte ich lieber nicht wissen, was dieser Tag noch alles für mich bereithält.

15

Es ist genau wie gestern Abend, nur schlimmer, denke ich, als ich einige Stunden später erneut in einem der beiden Festzelte stehe und dem Streicherquartett lausche, das in einer Ecke auf einer kleinen Bühne sitzt und klassische Musik für die Gäste der Teeparty spielt, die in vollem Gange ist.

Jetzt weiß ich auch, was Sarah damit meinte, dass es heute erst richtig losgeht mit den Feierlichkeiten, denn statt der dreißig Leute, die gestern bei dem Empfang waren, sind es jetzt mindestens dreihundert. Das ganze Dorf scheint nach Lockwood Manor gekommen zu sein, und natürlich sind auch einige Gäste, die später noch zu Dinner und Ball bleiben werden, bereits eingetroffen.

Das hat den nicht zu unterschätzenden Vorteil, dass ich in der Menge untergehe und nicht weiter auffalle, aber auch den riesigen Nachteil, dass ich mich jetzt erst richtig verloren fühle. Denn Jonathan steht wieder nicht neben mir, wie ich es mir gewünscht hätte, sondern ein paar Meter entfernt bei einer Gruppe von Männern und macht, wie ich annehme, Smalltalk.

Heute lässt er mich zwar nicht ganz so links liegen wie gestern Abend, vielleicht weil er doch ein schlechtes Gewissen wegen heute Morgen hat. Aber ich fühle mich trotzdem von ihm alleingelassen, weil er mehr weg ist als da.

Immer, wenn ihn jemand ruft oder ihm winkt – und das kommt oft vor –, dann geht er hin, aber er nimmt mich nicht mit, sondern entschuldigt sich und lässt mich stehen. Und wenn er wieder zurück ist und jemand zu uns kommt, stellt er mich nur mit meinem Namen vor und sagt nicht mehr dazu. Er legt auch nicht den Arm um mich, so wie ich es bei anderen Paaren sehe, um zu signalisieren, dass wir zusammen sind – er tut nichts dergleichen, und sobald sich die Gelegenheit ergibt, ist er wieder weg.

Er geht mir aus dem Weg, ganz klar. Daran hat sich seit heute Morgen nichts geändert, und je länger es dauert, desto größer wird der Knoten in meinem Magen, der mich schon seit unserer Begegnung in der Bibliothek quält. Aber ich werde ihm nicht nachlaufen, auf keinen Fall, auch wenn es heute schlimmer ist als gestern, weil ich nicht Sarah als Fels in der Brandung und Rettungsanker habe.

Wahrscheinlich hat sie ihr Bein gestern nur so geschont, um für den Tag heute fit zu sein, denn an ein gemütliches Im-Sessel-Sitzen und Hof halten ist für sie gar nicht zu denken. Genau wie Jonathan und der Earl läuft oder besser humpelt sie unermüdlich mit ihrer Krücke zwischen den Leuten herum, und genauso unermüdlich wird sie angesprochen von den Gästen, die ihr danken oder ihr etwas erzählen wollen. Und da ich auch ihr nicht die ganze Zeit hinterherdackeln will, halte ich mich tapfer an meinem Champagnerglas fest, den es außer dem obligatorischen Tee – sonst wär's ja keine Teeparty – und den kleinen Küchlein und den Sandwiches noch gibt, und lächle die vielen Menschen an, die an mir vorbeigehen und deren Gesichter mir nichts sagen. Ab und an ist zwar auch mal jemand dabei, den ich von gestern Abend kenne oder der mit bekannt vorkommt, doch mir fehlt der Mut und die Motivation, hinzugehen und ein Gespräch zu suchen. Was soll ich schließlich sagen, wenn ich gefragt werde, wer ich bin, denke ich genervt und mein Blick wandert zurück zu Jonathan, der noch bei der Männergruppe steht. Würde mir irgendjemand glauben, dass ich Jonathan Huntingtons Freundin bin, so wie er sich benimmt?

»Hallo!«

Völlig überrascht blicke ich auf, als mich plötzlich jemand anspricht. Vor mir steht eine schlanke Blondine in einem Kleid, das mir extrem kurz vorkommt. Sie kennt mich offenbar, und ich weiß, dass ich sie definitiv schon mal gesehen habe. Aber weil sie mich so aus meinen Gedanken gerissen hat, komme ich nicht drauf.

»Grace, oder?«, fragt sie mit sehr hoher Stimme und stößt mit ihrem Champagnerglas gegen meins. »Ich bin Tiffany – erinnern Sie sich? Richard und ich waren in London mit Ihnen essen.«

Richtig, denke ich. Tiffany, die Hohlbirne. Freundin des schmierigen Earl of Davenport, den ich sofort Richard nennen durfte und der seine Hand hundertprozentig auf meinen Oberschenkel hätte wandern lassen, um mich ausgiebig zu betatschen, wenn Jonathan nicht dabei gewesen wäre. Der Abend damals war zwar ziemlich denkwürdig, denn ich hatte viel zu viel getrunken und habe danach das erste Mal bei – und mit – Jonathan geschlafen – aber die dümmliche Tiffany und den feisten Richard habe ich trotzdem nicht in guter Erinnerung. Eher in verschwommener, denke ich mit einem schiefen Grinsen und füge mich der Tatsache, dass mir ein weiteres Gespräch mit Tiffany nicht erspart bleiben wird. Aber, hey, ist ja nicht so, als wenn ich gerade die große Auswahl hätte.

»Wie geht's denn so?«, fragt mich Tiffany, will die Antwort aber anscheinend gar nicht wissen, denn sie sieht sich suchend um. »Ist Jonathan gar nicht bei Ihnen?«

So dumm ist sie gar nicht, denke ich, während ich mich bemühe, weiter zu lächeln. Zwei Sätze und sie hat das Problem schon erkannt.

»Er wird mir ständig entführt«, erkläre ich und deute auf die Männergruppe, bei der er steht. »Aber das ist ja auch verständlich, dass alle mit ihm reden wollen. Schließlich ist er der Gastgeber.«

Tiffany scheint mir jedoch gar nicht zuzuhören, und erst jetzt fällt mir auf, dass sie verunsichert wirkt. Ihr Blick gleitet weiterhin unruhig über die Menge, während sie schnell hintereinander ziemlich große Schlucke aus ihrem Champagnerglas nimmt.

»Wo ist denn Richard?«, frage ich zurück. Teilen wir etwa das gleiche Schicksal und er hat sie auch sich selbst überlassen?

»Ich weiß nicht«, sagt sie und deutet mit einem Schmollmund in Richtung Wiese. »Da vorn irgendwo. Er ist mit seinem Neffen hier, und die beiden hatten etwas zu besprechen.« Klingt, als hätten die Männer sie weggeschickt, was ihr ganz und gar nicht zu passen scheint. Doch sie überspielt es und zuckt mit den Schultern. »Sie kommen sicher gleich zurück.«

»Aha.« Für einen Moment schweigen wir, und ich überlege, was ich jetzt sagen soll. So recht fällt mir nichts ein, was ich mit Tiffany besprechen könnte, aber dieses Kommunikationsproblem hatten wir auch schon beim letzten Mal. Oder besser gesagt, ich hatte es, denn Tiffany plappert schon wieder los, genau wie damals im Restaurant, und wieder über die beiden Themen, die mich so gar nicht interessieren: Richards Vorzüge und Richards Großzügigkeit. Ich erinnere mich dunkel, dass sie mir beim letzten Mal einen Ring unter die Nase gehalten hat, den Richard ihr geschenkt hatte und den ich bewundern sollte, und auch diesmal erklärt sie mir ausführlich, wie sehr er sie verwöhnt, zählt mir in epischer Breite die exotischen Reiseziele auf, die sie dieses Jahr noch zusammen besuchen wollen.

Jetzt bin ich es, die sich suchend nach Rettung umsieht – wenn das so weitergeht, dann möchte ich wirklich lieber wieder einsam rumstehen –, aber Jonathan ist nicht mehr bei der Männergruppe. Stattdessen entdecke ich ihn ein paar Meter weiter im Gespräch mit zwei dunkelhaarigen Frauen, von denen die eine, die mit dem Rücken zu mir steht, die Hand auf seinen Arm gelegt hat. Er dreht zwar den Kopf und lächelt ganz kurz, als er merkt, dass ich ihn angucke, doch er redet weiter mit den Frauen und reagiert nicht auf meinen flehenden Blick. Dafür aber Sarah, die ein paar Meter näher steht. Sie verabschiedet sich sofort von den Leuten, mit denen sie geredet hat, und humpelt zu uns rüber.

»Tiffany, hallo, wie schön Sie zu sehen«, sagt sie mit einem freundlichen Lächeln zu der Blondine. Und noch bevor diese etwas sagen kann, fügt sie entschuldigend hinzu: »Es tut mir leid, aber ich muss Ihnen Grace kurz entführen. Grace, kommst du mal?«

»Natürlich.« Ich nicke Tiffany kurz zu, dann folge ich Sarah, die von der Blondine weghumpelt. Als wir außer Hörweite und etwas dichter an Jonathan sind, der weiter mit den beiden Frauen spricht, grinst sie mich an.

»Du Ärmste«, sagt sie mit einem Augenzwinkern. »Ausgerechnet Tiffany in die Hände zu fallen – die Frau ist berüchtigt für ihre einschläfernden Erzählungen.«

»Ja, das ist mir auch schon aufgefallen«, bestätige ich ihr und lächele erleichtert. »Danke für die Rettung.«

»Ehrensache«, findet Sarah. »Außerdem wollte ich sowieso mit dir reden, das war gar nicht gelogen.«

»Über was denn?« Ich betrachte sie genauer und sehe jetzt, wo sie nicht mehr lächelt, dass sie sehr aufgewühlt wirkt. »Ist was passiert? Mit Alexander?«

Ich habe zwar richtig geraten, das sehe ich, als ihre Augen

aufblitzen, aber sie schüttelt trotzdem den Kopf. »Nein, es ist eben nichts passiert. Es passiert die ganze Zeit nichts. Und ich glaube, ich weiß jetzt, was das Problem ist.« Sie seufzt.

»Ich habe gestern Abend versucht, noch mal mit ihm zu reden, aber er ist weiterhin so überzeugt davon, dass meine Gefühle noch nicht gefestigt genug sind und dass wir deshalb unserer Beziehung Zeit geben müssen zu wachsen, dass ich einfach nicht zu ihm durchdringe. Und dann ist mir endlich klar geworden, warum er das immer sagt. Ich glaube, er hat Angst, Grace – Angst, dass es so sein könnte. Dass ich mich tatsächlich doch noch gegen ihn entscheide. So als könnte er gar nicht fassen, dass ich ihn wirklich liebe. Er glaubt mir einfach nicht, verstehst du?«

Sie wirkt richtig niedergeschlagen, und das erschreckt mich, denn so kenne ich sie gar nicht.

»Dann musst du ihn eben zwingen, dir zu glauben«, sage ich. »Ich meine – er liebt dich doch, das steht außer Frage. Das kann jeder sehen, der Augen im Kopf hat. Also kann es doch nicht so schwer sein, ihn davon zu überzeugen, dass du ihn auch liebst.«

Überrascht sieht sie mich an, und langsam breitet sich ein Lächeln auf ihrem Gesicht aus. »Weißt du was, du hast recht, ich muss endlich was tun statt ständig nur zu warten und zu lamentieren. Das macht mich nämlich noch ganz verrückt«, sagt sie und runzelt dann die Stirn. »Aber was?«

Einen Augenblick lang schweigen wir beide und überlegen, dann fängt sie plötzlich an zu grinsen. Offenbar ist ihr eine gute Idee gekommen.

»Ich glaube, ich weiß, was ich mache.«

»Was denn?«, frage ich, doch sie grinst nur weiterhin geheimnisvoll.

»Wirst du schon sehen«, sagt sie, dann geht ihr Blick über

meine Schulter. »Oh, da vorne ist Mr Richards von der Stiftungskommission. Entschuldigst du mich kurz? Ich muss noch was mit ihm besprechen.«

»Natürlich«, sage ich, vielleicht einen Hauch zu niedergeschlagen, denn Sarah, die sich eigentlich schon abgewandt hatte, hält noch mal inne und sieht mich prüfend an.

»Geh ruhig«, versichere ich ihr, aber ich kann sie nicht täuschen, denn ich sehe in ihrem Gesicht, dass sie weiß, wie ungern ich wieder allein bleiben will. Suchend blickt sie sich um.

»Da vorn ist Jon, hast du gesehen?«, sagt sie, und ich nicke.

»Ja, ich weiß.«

»Geh zu ihm«, drängt mich Sarah und grinst. »Die beiden Damen sind ungefähr so interessante Gesprächspartner wie Tiffany. Er ist froh, wenn du ihn rettest, glaub mir.«

Sarah meint es gut, das weiß ich, aber als sie weg ist, bleibe ich trotzdem stehen und beobachte Jonathan nur aus der Ferne. Solange er so unnahbar ist, werde ich einen Teufel tun und zu ihm gehen, auch wenn ich mich wirklich nach ihm sehne und sofort mit den beiden Frauen tauschen würde.

Die eine der beiden, die ich vorhin nur von hinten gesehen habe, wendet sich jetzt um, sodass ich ihr Gesicht sehen kann. Sie erinnert mich an jemanden, und als mir einfällt an wen, erschrecke ich richtig. Denn sie sieht aus wie eine der Frauen, die Jonathan und ich im Club getroffen haben. Aber als ich genauer hinsehe, bin ich sicher, dass sie es nicht ist. Trotzdem muss ich sofort wieder an jenen Abend vor ein paar Wochen denken, und mein Blick bleibt an Jonathan hängen.

Er hat nie wieder vom Club gesprochen und ich bin die ganze Zeit davon ausgegangen, dass das Thema für ihn erledigt ist. Aber ist es das? Was, wenn er sich sein altes Leben zurückwünscht? Verhält er sich deshalb so komisch? Oder gibt es dafür einen anderen Grund?

Unvermittelt wendet Jonathan den Kopf zur Seite und sieht in meine Richtung. Es dauert nicht lange, bis er mich entdeckt, und ich atme scharf ein, als unsere Blicke sich treffen. Jetzt ist das Gefühl, das mich zu ihm hinzieht, noch viel stärker, aber ich widerstehe ihm, bleibe genau da, wo ich bin, und sehe ihm in die Augen, wünsche mir aus ganzem Herzen, dass er zu mir kommt oder dass ich zumindest endlich begreife, warum er auf einmal so distanziert ist. Doch dann tippt mir plötzlich jemand auf die Schulter und lenkt mich ab.

»Grace?« Es ist schon wieder Tiffany, und ich stöhne innerlich, weil sie im Moment wirklich die Allerletzte ist, mit der reden will. Doch als ich wieder zu Jonathan sehe, hat er den Blick abgewandt und ist erneut ins Gespräch mit den beiden Frauen vertieft. Mein Herz zieht sich zusammen, und ich lächle die Blondine gequält an. Dann eben wieder Smalltalk mit der Hohlbirne.

Tiffany grinst, jetzt wieder mit sich und der Welt im Reinen, denn sie hat ihren Richard dabei, den ich immer noch extrem feist und rotgesichtig finde. Und er guckt auch noch genauso schmierig wie bei unserem Essen in London.

»Das ist Grace ...« Sie sieht mich hilfesuchend an.

»Lawson«, ergänze ich, und sie nickt dankbar.

»Genau. Erinnerst du dich, Richard? Sie hat Jonathan begleitet, als wir bei unserem letzten Besuch in London mit ihm essen waren«, flötet sie weiter und wirkt sehr zufrieden darüber, dass sie ihm etwas bieten kann.

»Ja, natürlich erinnere ich mich«, sagt Richard und seine kleinen Schweinsaugen glitzern, genau wie damals. Er hat etwas unangenehm Lauerndes, das ich nur schwer ertragen kann, aber ich zwinge ein Lächeln auf meine Lippen, halte scheinbar ungerührt seinem Blick stand.

»Sie sind also immer noch an Jonathans Seite«, stellt er fest, und es klingt auf eine fiese Art zufrieden. »Dann hatte ich also doch recht mit meiner Vermutung, dass Sie weit mehr sind als seine Assistentin?«

Ich hebe die Augenbrauen. Darauf erwartet er hoffentlich keine Antwort, denke ich, einigermaßen entsetzt, und bin sehr froh, dass in diesem Moment ein Mann zu unserer Gruppe tritt, der sofort die Aufmerksamkeit auf sich zieht und mich aus dem Fokus entlässt.

»Henry, da bist du ja!« Richard legt dem Mann, der in Jonathans Alter sein muss, strahlend die Hand auf die Schulter. »Grace, darf ich Ihnen meinen Neffen Henry Stainthorpe vorstellen. Sie werden sich sicher mit ihm verstehen, denn er hat im Moment viel mit Amerika zu tun, nicht wahr, Henry?«

Bevor Richard weitersprechen kann, strecke ich meine Hand aus und übernehme den zweiten Teil der Vorstellung lieber selbst. Den Kommentar, den er zu meiner Person abgeben würde, wenn er seinem Neffen erläutert, wer ich bin, möchte ich nämlich gar nicht hören.

»Grace Lawson, freut mich«, sage ich lächelnd und sehe mir den Mann, der den sonst so zynischen Richard so stolz strahlen lässt, genauer an.

Er ist nicht besonders groß, aber er sieht gut aus mit seinen mittelblonden Haaren und den grünen Augen, die mich offen anblicken, während er mir die Hand schüttelt. Der graue Anzug, den er trägt, sitzt perfekt und betont seine sportliche Figur. Und da auch sein Lächeln richtig nett ist, wirkt er insgesamt sehr viel sympathischer und einnehmender als sein Onkel – was allerdings auch nicht wirklich schwer ist.

»Freut mich auch«, versichert er mir, und ich erkenne Interesse in seinem Blick. Offensichtlich findet er mich ebenso nett wie ich ihn.

Tiffany dagegen ist nicht besonders begeistert über die Ankunft des Mannes, der ihr vorhin schon ihren Richard abspenstig gemacht hat, das sieht man ihrer jetzt ausgesprochen säuerlichen Miene deutlich an.

»Ich möchte was trinken«, sagt sie zu Richard und ihr Schmollmund prägt sich aus, als er auf den Hinweis nicht reagiert. Dann fällt ihr immer noch suchender Blick – ich glaube, sie kann gar nicht anders, weil sie Angst hat, irgendjemanden oder irgendetwas zu verpassen – auf Jonathans Vater, der ganz in unserer Nähe steht. »Oh, und sieh doch, da vorn ist Arthur.« Sie zieht Richard am Ärmel. »Wir haben ihn noch gar nicht begrüßt.«

Im Gegensatz zu ihrem Getränkewunsch scheint der in diesem Fall die Notwendigkeit einzusehen, denn er nickt mir und seinem Neffen kurz zu und lässt sich dann von Tiffany zum Earl ziehen.

Sie nennt Lord Lockwood beim Vornamen, denke ich belustigt, während ich den beiden nachsehe. Ob ihm das wohl gefällt? Ich kann es mir nicht so richtig vorstellen, und seine Miene drückt auch keine wirkliche Begeisterung aus, als er sich jetzt mit Richard und ihr unterhält.

Mein Blick huscht kurz weiter nach rechts zu Jonathan, der aufgehört hat, mit den Frauen zu reden, und jetzt mit ernster Miene – und zum ersten Mal wirklich aufmerksam – zu mir herübersieht, aber dann widme ich mich wieder Henry Stainthorpe.

Jonathan hat sich die ganze Zeit nicht um mich gekümmert – und jetzt, wo ich endlich jemanden habe, der nicht total blöd ist und offensichtlich gerne mit mir reden will, kann er mich mal.

Ich lächle Richards unerwartet netten Neffen an und will etwas fragen, doch dazu setzt er im gleichen Moment auch an, deshalb verstummen wir beide wieder. Er streckt die Hand aus.

»Bitte«, sagt er und lässt mir den Vortritt.

»Wie hat Ihr Onkel das mit Amerika gemeint?«, will ich wissen. »Wieso haben Sie viel damit zu tun?«

»Das Medienunternehmen, für das ich arbeite, expandiert gerade nach Amerika, und ich leite die Fusionsgespräche. Deshalb verbringe ich derzeit sehr viel Zeit in New York und Boston«, erklärt er mir. »Wenn alles unter Dach und Fach ist, werde ich dann aller Voraussicht nach eine der beiden Dependancen dort übernehmen.«

Er sagt das mit einem gewissen Stolz in der Stimme, doch es klingt nicht angeberisch. Eher selbstbewusst.

»Dann wird Ihr Onkel Sie sicher vermissen – er scheint sehr stolz auf Sie zu sein.« Die Bemerkung, die ich im Nachhinein eigentlich ziemlich unangebracht finde, rutscht mir so raus, aber er scheint es mir nicht übel zu nehmen.

»Richard hat keine eigenen Kinder, deshalb verfolgt er meinen beruflichen Werdegang mit viel Interesse«, sagt er und grinst ein bisschen schief, was ich irgendwie süß und sehr sympathisch finde.

So kann man sich täuschen, denke ich. Einen solchen Verwandten hätte ich dem furchtbaren Richard definitiv nicht zugetraut.

»Und Sie?«, fragt Henry jetzt zurück. »Woher kommen Sie?«

»Aus Chicago«, antworte ich.

»Und was hat Sie ausgerechnet nach Lockwood verschlagen?«

Ich wusste, dass die Frage kommt, habe sie schon bei meiner letzten Antwort erahnt, aber ich bin trotzdem nicht vorbereitet.

»Ich...«

»Sie ist mit mir hier.«

Mein Kopf ruckt hoch, als ich Jonathans vertraute tiefe Stimme ganz plötzlich neben mir höre. Er lächelt erst mich und dann den etwas perplexen Henry an, der mit dieser Information sichtlich nichts anfangen kann. Er weiß natürlich, wer Jonathan ist, aber er wartet auf eine weitere Erklärung, wie ich zu ihm stehe.

»Ich arbeite für Huntington Ventures«, sage ich, nachdem ich den ersten Schock überwunden habe, und blicke Jonathan dabei herausfordernd an. Mein Herz ist zwar schon längst schwach geworden und klopft wild, weil es so aussieht, als wenn er tatsächlich gekommen wäre, weil er eifersüchtig auf Henry Stainthorpe ist. Aber ganz sicher weiß ich das nicht, deshalb halte ich mich mit der Aussage, dass wir ein Paar sind, lieber zurück. Wenn er das ergänzen will, dann soll er das tun – aber es muss von ihm kommen.

»Aha«, sagt Henry, immer noch nicht ganz sicher, was die Interpretation meines Verhältnisses zu Jonathan angeht. Aber da sein Interesse an mir recht groß zu sein scheint, entscheidet er sich für die rein berufliche Variante und hakt nach, ohne weiter auf Jonathan zu achten. »Und als was?«

»Als Junior-Projektmanagerin«, erkläre ich ihm und blicke zu Jonathan auf, dessen Miene sich verdunkelt.

Gut, denke ich, weil ich immer noch wütend auf ihn bin und es nur gerecht finde, wenn er sich ärgert, während ich mich paradoxerweise gleichzeitig wahnsinnig freue, weil er endlich wieder Emotionen zeigt. Es ist das erste Mal seit heute Nacht, dass ich das Gefühl habe, ihn wieder erreichen zu können, und es erleichtert mich unglaublich.

»Und was ist Ihr aktuelles Projekt – nicht die Teeparty des Earls, oder?«, erkundigt sich Henry mit einem leichten Lächeln und lenkt meine Aufmerksamkeit wieder auf ihn.

»Nein«, antwortet Jonathan, bevor ich es tun kann, und legt den Arm demonstrativ um meine Schultern, »wie schon gesagt – Grace ist mit mir hier.«

Diesmal ist die Botschaft absolut unmissverständlich, aber nur für den Fall zieht Jonathan mich noch ein bisschen dichter an sich. Der Blick, mit dem er den anderen Mann fixiert, ist warnend, und als er mich wieder ansieht, funkeln seine Augen besitzergreifend.

»Ach so«, murmelte Henry, eindeutig verwundert. Damit hat er nicht gerechnet – was ja auch kein Wunder ist, wenn man bedenkt, dass Jonathan um jede Form der Beziehung bisher einen riesigen Bogen gemacht hat. Aber Henry fängt sich recht schnell wieder.

»Ein sehr nettes Fest übrigens«, sagt er. »Vielen Dank für die Einladung.«

Jonathan nickt. »Entschuldigen Sie uns kurz?« Er wartet die Antwort jedoch nicht ab, sondern zieht mich mit sanftem Druck weiter, weg von Henry, der uns hinterherstarrt, so als habe er gerade eine Erscheinung gehabt. Aber er orientiert sich recht schnell anderweitig und sucht sich neue Gesprächspartner.

Am Rande des Festzelts bleibt Jonathan stehen und sieht mich vorwurfsvoll an.

»Was sollte das denn?«

»Was?«, frage ich zurück, weil er das bitte deutlicher formulieren kann, wenn er was von mir will.

»Wieso flirtest du ausgerechnet mit Henry Stainthorpe?«

Ich schalte auf stur. »Wieso ausgerechnet? Er ist doch sehr nett.«

»Er ist der Neffe von Richard«, knurrt Jonathan, so als würde das alles erklären.

»Kennst du ihn denn?«

Er schüttelt den Kopf. »Nicht näher.«

»Dann kannst du gar nicht beurteilen, ob er nett ist. Das ist er nämlich. Und ich habe nicht mit ihm geflirtet – wir haben uns unterhalten«, widerspreche ich ihm, hin- und hergerissen zwischen dem Bedürfnis, mit den Fäusten auf seine Brust zu trommeln, weil er mich so lange allein gelassen hat, und ihm um den Hals zu fallen, weil er endlich wieder bei mir ist. »Und im Übrigen war ich froh, dass ich überhaupt mal jemand zum Reden hatte, weil dir ja offenbar entfallen war, dass ich da bin, so wie du mich...«

Ignoriert hast, will ich sagen, aber ich kann nicht, weil er mich küsst. Es kommt so überraschend, dass ich mich nicht rühren kann, und es ist auch recht schnell wieder vorbei. Aber nicht schnell genug, dass die Leute, die um uns rumstehen, es nicht bemerkt hätten, denn aus den Augenwinkeln sehe ich, dass sie anfangen zu tuscheln.

»Mir war nicht eine Sekunde entfallen, dass du da bist«, sagt Jonathan mit rauer Stimme, und endlich – endlich – sehe ich in seinen Augen wieder den Ausdruck, den ich so vermisst habe. Dieses Brennen, das mir sagt, dass ich ihm nicht egal bin.

»Und warum warst du dann ständig weg?«

»Ich musste mich um die Gäste kümmern«, erklärt er, was ich ihm immer noch nicht glaube. Jedenfalls nicht so richtig. Aber ich verzeihe ihm. Weil er gerade das getan hat, was ich mir so gewünscht habe, und ich so unfassbar glücklich bin.

»Du musst dich eben auch um mich kümmern, sonst gerate ich noch auf Abwege«, sage ich mit einem strahlenden

Lächeln, das ihm wahrscheinlich verrät, dass ich ganz sicher nicht auf diese Abwege geraten werde – solange er die Alternative ist. Aber von mir aus soll er das glauben – wenn die Konsequenz ist, dass er mich im Arm hält und küsst, dann flirte ich den Rest des Tages nur noch.

Die Streicher, die bis jetzt die ganze Zeit für die musikalische Untermalung gesorgt haben, hören plötzlich auf zu spielen. Das Stück war zwar gerade zu Ende, aber sonst haben sie danach sofort weitergespielt, in einer Endlosschleife sozusagen, immer übertönt vom Stimmengewirr der Gäste. Doch jetzt dringt keine Musik mehr aus dem Zelt. Stattdessen hört man, wie ein Mikrofon angeht und jemand dagegen klopft.

»Hallo, kann man mich verstehen?«, ertönt Sarahs Stimme laut durch das Zelt und über die Wiese. Jonathan und ich sehen uns verwundert an.

»Will sie eine Ankündigung machen?«, frage ich, doch Jonathan zuckt nur mit den Schultern und geht mit mir im Arm zurück in das Festzelt, das wir eben verlassen haben.

Die Leute drängen bereits zu der kleinen Bühne, auf der die Streicher sitzen, neugierig darauf, was Sarah zu sagen haben mag. Ich kann sie jetzt schon sehen, wie sie vor den Musikern steht und das Mikrofon testet. Zum Glück lassen die Gäste Jonathan und mich weiter durch, sodass wir es bis zu Alexander und dem Earl schaffen, die ganz vorn am Bühnenrand stehen.

»Was ist los?«, will Jonathan von Alexander wissen und sieht gleichzeitig seine Schwester fragend an, die seinen Blick jedoch nur ungerührt erwidert und lächelt.

»Ich habe keine Ahnung«, erwidert Alexander, der Sarah nicht aus den Augen lässt. »Sie wollte es mir nicht sagen.«

»Bin ich gut zu hören?«, fragt Sarah noch einmal, und nach einigem zustimmenden Gemurmel räuspert sie sich.

»Ich freue mich sehr, dass Sie alle – wie jedes Jahr – so zahlreich unserer Einladung gefolgt sind und mit uns feiern«, sagt sie mit klarer Stimme. »Aber in diesem Jahr freue ich mich ganz besonders, denn dadurch habe ich die Gelegenheit, etwas ganz Wunderbares mit Ihnen zu teilen.«

Sie macht eine Pause. »Ich bin nämlich seit heute verlobt«, verkündet sie mit einem glücklichen Lächeln.

16

Alexander ist erstarrt und hält den Blick auf Sarah gerichtet.

»Verlobt«, höre ich ihn flüstern, weil ich direkt neben ihm stehe. Er scheint nicht zu begreifen, was sie da gerade gesagt hat, und ich überlege kurz, ob ich ihn vielleicht mal in die Rippen stoßen soll. Bei Jonathan und dem Earl wird das wohl nicht nötig sein, denn die gucken zwar ähnlich verblüfft, aber nicht ganz so erschüttert.

»Wer ist denn der Glückliche?«, ruft jemand aus der Menge, ein Mann, den ich gestern Abend schon gesehen habe.

»Alexander Norton«, erklärt Sarah und sieht zu uns herüber, hält Alexanders Blick fest. »Er ist der großartigste, liebeswerteste und warmherzigste Mann, den ich kenne, und ihm gehört mein Herz – für immer.«

Sie streckt die Hand nach ihm aus und lächelt ihn auffordernd an – er soll zu ihr kommen.

Doch Alex rührt sich immer noch nicht, starrt sie nur weiter an. Er steht offenbar unter Schock, deshalb stoße ich ihn jetzt tatsächlich in die Rippen. Und es hilft, denn er erwacht aus seinem Trancezustand und geht sofort die wenigen Schritte, die ihn von Sarah trennen, hinauf auf die kleine Bühne.

Als er vor ihr steht, nimmt sie seine Hand und blickt zu ihm auf. »Und deshalb möchte ich am liebsten der ganzen Welt verkünden, wie sehr ich mich darauf freue, den Rest meines Lebens mit ihm zu verbringen«, fügt sie noch hinzu.

Einen Moment lang herrscht atemlose Stille im Zelt, dann

schlingt Alexander die Arme um Sarah und küsst sie unter dem begeisterten Applaus der Menge, hält sie ganz fest. In seinen Augen schimmern Tränen und man sieht, wie ergriffen er ist, vollkommen überwältigt von seinen Gefühlen.

Aber Sarah hat nicht nur ihn berührt. Ganz viele Gäste strahlen glücklich, und nicht wenige haben ebenfalls Tränen in den Augen, während sie weiter begeistert klatschen, weil sie alle spüren, wie aufrichtig diese Liebeserklärung war.

Meine Tränen fließen auch, weil ich mich so sehr für die beiden freue. Jetzt muss Alex es glauben, denke ich, und bewundere Sarah für ihren Mut, ihm so öffentlich ihre Gefühle zu gestehen. Obwohl es vielleicht leicht ist, wenn man weiß, dass der andere sie erwidert, denke ich und blicke zu Jonathan.

Er lächelt und umarmt Sarah und Alexander, die jetzt von der Bühne heruntergekommen sind, genau wie der Earl. Doch im Gegensatz zu seinem Vater, der seine Überraschung überwunden hat und sich sichtlich über die Nachricht freut, wirkt Jonathans Begeisterung gedämpft. Er gibt sich jedoch Mühe, es sich nicht anmerken zu lassen, und Sarah und Alex sind viel zu glücklich und mit sich selbst beschäftigt, um es zu merken. Aber mir fällt es auf.

Die Reihe der Gratulanten ist sofort sehr lang, aber ich schaffe es, zu Alexander durchzukommen, der mich in seinem Überschwang fest in die Arme schließt und auf die Wange küsst. Doch Sarah wird schon so belagert, als ich zu ihr will, dass ich beschließe, auf eine passende Gelegenheit zu warten. Schließlich möchte ich ihr nicht nur schnell die Hand drücken, sondern Zeit haben, mit ihr zu reden. Deshalb ziehe ich mich ein paar Schritte zurück.

Jonathan, der das bemerkt, kommt zu mir. Jetzt, wo er etwas abseits steht, ist seine Stirn gerunzelt, und er sieht skeptisch zu seiner Schwester und seinem Freund hinüber, die weiter Glückwünsche entgegennehmen.

»War das deine Idee?«, fragt er ziemlich grimmig.

»Was, dass die beiden sich verloben? Nein, das haben sie allein beschlossen«, gebe ich grinsend zurück.

»Alexander hatte das nicht beschlossen. Ich bin doch nicht blind, Grace, er wusste von nichts. Sie hat ihn damit total überrumpelt.«

»Was leider nötig war – dein Freund hat sich nämlich nicht wirklich getraut, endlich mal Nägel mit Köpfen zu machen. Deshalb hat Sarah das selbst in die Hand genommen.«

»Auf deinen Rat hin«, sagt er vorwurfsvoll und fügt, als ich ihn verwirrt ansehe, hinzu: »Ich habe euch gesehen, vorhin. Du hast mit ihr getuschelt und anschließend sah sie aus, wie sie immer aussieht, wenn sie etwas plant. Etwas, das nicht ganz den Regeln entspricht.«

»Und wenn?«, frage ich herausfordernd. »Die Hauptsache ist doch, dass es geklappt hat.«

»Hm«, brummt er, was mich langsam wirklich in Rage bringt.

»Jonathan, was ist los? Deine Schwester ist überglücklich und dein Freund auch, die beiden wollen heiraten – und du guckst, als wenn das eine ziemlich furchtbare Nachricht wäre.«

Er legt die Hand in seinen Nacken und lehnt sich kurz dagegen, bevor er sich durch die Haare fährt und den Arm wieder sinken lässt.

»Ich freue mich für die beiden und wünsche ihnen alles Gute – das tue ich wirklich«, versichert er mir. »Aber was wenn es schief geht?«

Sein Pessimismus überrascht mich – wie kann er nach so einer schönen Liebeserklärung gleich wieder denken, dass etwas zwischen Sarah und Alex nicht gut gehen könnte? Er hat doch gesehen, wie tief ihre Gefühle füreinander sind. Aber dann wird mir klar, dass es bei ihm offensichtlich so ist – er hat nicht nur in unsere Beziehung kein Vertrauen und gibt ihr keine Zukunft, er tut das generell nicht.

Nachdenklich schüttelt er den Kopf. »Dann muss ich mich entscheiden, auf wessen Seite ich stehe. Und das will ich nicht.« Er sagt es mehr zu sich selbst, spricht den Gedanken aus, der ihn belastet.

»Ich glaube nicht, dass du das musst. Und selbst wenn die beiden sich wirklich eines Tages trennen, kannst du dir dann immer noch Gedanken darüber machen. Freu dich doch erst mal mit ihnen.«

Aber er kann nicht, das sehe ich ihm an. Nicht aus vollem Herzen.

»Sie ist meine Schwester, Grace. Ich passe schon ihr ganzes Leben lang auf, dass es ihr gut geht. Ich mag Alex, er ist mein bester Freund, und ich weiß, dass ihm viel an Sarah liegt. Das war immer schon so. Aber wenn er sie unglücklich macht ...«

»Er macht sie glücklich, Jonathan. Unglücklich wäre sie nur, wenn sie wüsste, dass du dich nicht richtig für sie freuen kannst.«

Bevor er mir antworten kann, wird er – mal wieder – von Gästen angesprochen, diesmal von einem älteren Ehepaar.

Seufzend nutze ich die Gelegenheit und gehe wieder zurück zu Sarah, weil die Kette der Gratulanten endlich abgerissen ist. Sie erzählt Alexander gerade mit strahlender Miene etwas, doch als sie mich sieht, kommt sie mir entgegen.

»Gratuliere«, sage ich, als wir uns erreichen, und umarme sie fest. Ich habe schon wieder Tränen in den Augen, und auch Sarah wischt sich welche aus den Augenwinkeln.

»Es hat geklappt«, sagt sie und lächelt wieder dieses überwältigende Lächeln.

»Ja, aber für einen Moment dachte ich, Alexander kippt um vor Schreck«, erwidere ich, und wir müssen beide lachen. Dann werde ich wieder ernst. »Das war unglaublich mutig von dir.«

Sie schüttelt den Kopf. »So schwer war's gar nicht. Ich musste nur erst mal drauf kommen«, sagt sie und umarmt mich noch mal. »Danke – das war dein Verdienst. Wenn du mich nicht drauf gebracht hättest, dass ich selbst die Initiative ergreifen muss, dann würde ich jetzt wahrscheinlich immer noch warten und hoffen und mich ärgern. Und Alex auch. Weißt du, dass er die ganze Zeit schon einen Verlobungsring für mich hatte? Er hat ihn bei einem Juwelier in London entdeckt, vor Wochen schon, und ihn sofort gekauft, weil er fand, dass er perfekt zu mir passt. Aber er hat ihn mir nicht gegeben, weil er mich nicht unter Druck setzen wollte. Kannst du das fassen?«

Ich betrachte lächelnd den Ring an ihrem Finger, einen sehr schlicht gefassten Solitär, der gerade durch seine Einfachheit besticht und mir richtig gut gefällt. »Der ist wirklich umwerfend schön«, sage ich, doch Sarah lacht.

»Nein, das ist nicht der von Alex. Er konnte schließlich nicht ahnen, was ich vorhabe. Seinen Ring bekomme ich erst heute Abend – wenn wir allein sind. Damit er den Antrag nachholen kann« Verschmitzt zwinkert sie mir zu.

»Und dieser – wo hast du dann den her?«, frage ich erstaunt, denn der Solitär sieht definitiv aus wie der klassische Verlobungsring.

Sarah betrachtet ihn lächelnd. »Er gehörte Mummy, es ist ihr Verlobungsring. Daddy hat ihn mir zu meinem achtzehnten Geburtstag geschenkt, und seitdem liegt er in meiner

Schmuckschatulle hier zuhause. Ich dachte, ich setze ihn auf, damit meine Ankündigung auch glaubwürdig ist.« Sichtlich stolz auf ihren erfolgreich eingefädelten Coup hält sie ihn gegen das Licht.

»Du bist genial«, sage ich und meine es so. Sarah kann unglaublich entschlossen sein, wenn sie sich etwas in den Kopf gesetzt hat. Genau wie ihr Bruder, denke ich, und sehe mich nach Jonathan um, der sich noch unterhält.

Ich seufze tief.

»Was gibt es denn an diesem wunderbaren Tag zu seufzen?«, fragt Alexander, der in diesem Moment wieder zu uns kommt und den Arm um Sarah legt, die ihn verliebt anstrahlt.

Er wirkt wie befreit, überlege ich, während ich die beiden betrachte. Erst jetzt, wo der Unterschied so offensichtlich ist, fällt mir auf, wie bedrückt er vorher war, wie gebremst in allem, was Sarah anging. Seine Angst, sie zu sehr zu bedrängen und dadurch zu verlieren, hat ihn eingeschränkt und belastet, und es brauchte tatsächlich erst Sarahs mutige Aktion, damit er das alles abschütteln konnte.

»Ach nichts«, sage ich und sehe wieder zu Jonathan, der meinen Blick bemerkt und den Kopf dreht. Wenn es bei ihm doch auch so einfach wäre ...

Sarah scheint zu ahnen, in welche Richtung meine Gedanken gerade gehen, denn sie wird wieder ernster.

»Du und Jon – ihr seid die nächsten«, sagt sie, aber ich schüttele nur den Kopf. Jonathan ist viel, viel schwieriger als Alexander, und dass es für uns eine so einfache Lösung gibt, bezweifle ich.

»Doch«, beharrt Sarah. »Du darfst nur nicht aufgeben, hörst du?« Eindringlich sieht sie mich an. »Du hast schon so viel erreicht bei ihm. So wie mit dir habe ich ihn noch mit keiner anderen Frau erlebt.«

Alexander nickt, jetzt auch ernst. »Das stimmt, Grace. Das habe ich schon gemerkt, als er dich damals das erste Mal mitgebracht hat, zu diesem Essen, als ich aus Asien zurück war, erinnerst du dich?«

Ich lächle schwach. Als wenn ich schon irgendetwas von diesen ersten Tagen in London vergessen hätte!

»Es war nicht nur die Tatsache, dass er dich dabei hatte – es war die Art, wie er mit dir umgegangen ist. So als wäre es das Selbstverständlichste auf der Welt, dass er seinen Alltag mit dir teilt. Er hat sich wohl gefühlt mit dir, das habe ich sofort gespürt, und da war eine besondere Verbindung zwischen euch.«

»Aber er sagt es mir nie«, sage ich leise. »Ich glaube, er wird nie mit mir über seine Gefühle sprechen.«

»Er zeigt es dir, Grace. Er hat sich mit Yuuto angelegt, er hat seinen Lebensstil komplett geändert und er hat jetzt schon mehrere Geschäftsreisen abgesagt ...«

»Hat er?«, unterbreche ich ihn. Das höre ich zum ersten Mal.

Alexander nickt lächelnd. »Offiziell, weil er den Aufwand nicht gerechtfertigt fand, aber wenn du mich fragst, dann war ihm klar, dass er dich nicht mitnehmen kann, weil du dich ja erst mal in die neue Stelle einarbeiten musst. Und offenbar bleibt er dann doch lieber in London anstatt wie sonst um die Welt zu jetten.«

Es stimmt, jetzt wo er es sagt, fällt mir ein, dass Annie sich auch kürzlich darüber gewundert hat, dass Jonathan so viel in London ist. Sie meinte, er wäre sonst sehr viel öfter unterwegs gewesen, und eigentlich leuchtet es ein. Immerhin bin ich selbst schon mit dem Learjet der Firma geflogen. So ein teures Privatflugzeug lohnt sich nur, wenn man es auch regelmäßig nutzt, aber abgesehen von unserem Trip nach Irland ist

Jonathan, solange ich bei ihm bin, nicht damit unterwegs gewesen. Dass das etwas mit mir zu tun haben könnte, darauf wäre ich allerdings niemals gekommen, und ich spüre, wie mein Herz schneller schlägt.

»Außerdem wollte er unbedingt, dass du die Stelle in der Planungsabteilung bekommst – die ich dir spätestens nach deinem Auftritt bei dem Hackney-Meeting sowieso angeboten hätte, nur um das mal klarzustellen«, sagt Alexander lächelnd. »Er will, dass du bei ihm bist. Er braucht dich.«

Ich lächle, weil sich das alles so gut anhört, doch dann kommen die Zweifel zurück. Jonathan will, dass ich bleibe, das hat er gesagt, das weiß ich. Aber für wie lange? Unterschätzen Alexander und Sarah nicht, wie kompliziert das alles tatsächlich ist?

»Es muss einfach klappen zwischen euch beiden«, meint Sarah, und es klingt wie eine Beschwörung, die mir eine Antwort auf meine Frage gibt. Denn offenbar will sie es zwar, aber ganz sicher ist sie nicht, dass Jonathan mich wirklich auf Dauer in sein Leben lässt.

»Du musst ihn endlich zur Vernunft bringen, Grace«, beharrt sie, als ich schweige. »Du machst ihn glücklich, und ich will, dass er glücklich ist. Und du hast doch gesehen, was man mit ein bisschen Initiative erreichen kann.«

Vielleicht hat sie recht, denke ich einen Augenblick später, als die beiden von Gratulanten-Nachzüglern abgelenkt werden und wir unser Gespräch beenden müssen, und wende mich wieder zu Jonathan um, der sich gerade in diesem Moment von dem Ehepaar loseisen kann. Er hat die ganze Zeit immer wieder zu uns herübergeblickt, und jetzt setzt er sich sofort in Bewegung, kommt zurück zu mir.

Ich habe eine Chance bei ihm, denke ich. Weil da tatsächlich etwas zwischen uns ist, das er von Anfang an nicht leugnen konnte. Deshalb hat er mich nicht gehen lassen und deshalb bin ich noch da, deshalb hat er mich mit seiner manchmal so herrischen Art noch nicht verscheuchen können.

Er hat mir vielleicht noch keine öffentliche Liebeserklärung gemacht, ist mir jedoch – auf seine Weise – schon sehr entgegengekommen, hat Dinge zugelassen und aktiv für mich getan, die mir zeigen, dass ich ihm etwas bedeute. Dass ich ihm viel bedeute.

Aber ist er fähig zu einer Liebe, wie ich sie mir wünsche? Wird er wirklich in der Lage sein, mir sein Herz zu öffnen?

Ich weiß es nicht, aber plötzlich wird mir klar, dass es nicht der richtige Weg ist, so passiv zu sein, wie ich es heute war. Ich muss versuchen, ihn zu erreichen, auch wenn er sich mir entzieht, und ich muss weiter daran glauben, dass ich eines Tages das gleiche Licht in seinen Augen sehen werde wie heute in Alexanders. Er ist es wert, dass ich um ihn kämpfe, denke ich und lächle ihm entgegen.

»Wieso lächelst du so?«, fragt Jonathan, als er mich erreicht, und legt den Arm um mich.

»Darf ich das nicht?«, erwidere ich und küsse ihn. Hier, vor allen Leuten. Genau wie er es vorhin bei mir gemacht hat. Wenn er das darf, dann darf ich das auch.

Er hebt eine Augenbraue. »Doch. Aber wenn du so dabei guckst, dann hast du meistens etwas vor.« So gut kennt er mich immerhin schon, denke ich und mein Lächeln vertieft sich.

»Und wäre das sehr schlimm, wenn ich was vorhätte?«, frage ich und lege die Hand auf sein dunkelgraues Hemd, dass er zu seinem schwarzen Anzug trägt, spüre seinen warmen, schon so vertrauten Körper darunter.

Jonathans Augen werden schmal. »Kommt drauf an, was es ist«, sagt er, und ich schaue ihn nachdenklich an.

Er will mich, denke ich, und diese Tatsache habe ich bis jetzt noch viel zu wenig ausgenutzt. Schließlich bin ich kein unschuldiges Mädchen mehr – er hat mich zur Frau gemacht. Und die Frau wird jetzt definitiv anfangen, ihr Recht einzufordern.

»Das verrate ich dir nachher«, sage ich geheimnisvoll und genieße noch einen Moment die Verwirrung und das Verlangen, die ich in seinen Augen sehen kann, bevor ein neuer Gast kommt und ihn mir entführt.

17

Als es an der Tür klopft, werfe ich einen letzten prüfenden Blick in den Spiegel über der kleinen Frisierkommode und bin sehr zufrieden mit dem Ergebnis.

Sarah war vorhin hier und hat mir mit meiner Frisur geholfen. Ich wollte die Haare zuerst hochstecken, aber dann habe ich mich doch dagegen entschieden, weil es so streng wirkte. Stattdessen liegen sie jetzt in sanften Wellen um meinen Kopf, bei denen Sarah mit dem Lockenstab noch etwas nachgeholfen hat. Außerdem hat sie mir wunderschöne Smaragdohrringe und das dazugehörige feingliedrige Collier geliehen. Beides passt wunderbar zu meinem Kleid, das genauso sitzt, wie ich es mir vorgestellt habe. Nicht mal meine neuen Schuhe – hohe Slingpumps im gleichen Farbton wie das Kleid – drücken, deshalb lächle ich noch einmal aufmunternd mein Spiegelbild an und gehe dann zur Tür.

Ich weiß, dass es Jonathan ist, denn er hat gesagt, dass er mich abholt – aber sein Anblick haut mich trotzdem um. Ich habe ihn noch nie im Frack gesehen – ich habe überhaupt noch nie jemanden in echt in einem gesehen. So etwas kannte ich bis jetzt nur aus Filmen, aber hey, es ist gar nicht so steif und altmodisch, wie ich dachte. Jonathan steht es sogar gut. Extrem gut sogar. Die weiße Weste mit der weißen Fliege unter dem schwarzen Frackjackett mit den langen Schößen betont seine breite Brust und lässt ihn unglaublich männlich wirken. Außerdem passt er mit dieser formellen Kleidung perfekt in diese Umgebung. Und sein Hemd ist weiß, denke ich amüsiert. Dass der Tag kommen würde, an dem ich ihn mal in einem sehe, hätte ich gar nicht gedacht.

Auch in Jonathans Blick liegt Bewunderung.

»Du siehst umwerfend aus«, sagt er, und ich strahle ihn glücklich an. Doch als er sich vorbeugt und mich küssen will, weiche ich immer genauso viel zurück, wie nötig ist, damit unsere Lippen sich nur fast berühren. Was ihn sichtlich irritiert. Ich habe mich ihm noch nie entzogen, und es passt ihm nicht – aber ich werde ab sofort nicht mehr immer nur tun, was er will. Es ist nur ein Spiel, und das weiß er auch – letztlich könnte ich ihm nie widerstehen, aber ich sehe am Glitzern in seinen Augen, dass es ihn erregt. Der Jäger in ihm ist erwacht. Gut, denke ich mit einem zufriedenen Lächeln. Denn ich freue mich schon sehr darauf, nachher die Beute zu sein.

Er greift nach mir, um mich an sich zu ziehen, damit ich meinen Widerstand aufgebe, aber ich schiebe seine Hände von meinen Hüften und trete entschlossen ganz in den Flur, schließe meine Zimmertür. Dann hauche ich ihm ein »Später« ins Ohr und gehe Sarah entgegen, die gerade in diesem Moment ebenfalls aus ihrem Zimmer kommt, gefolgt von Alexander. Sie trägt ein bodenlanges violettes Kleid und Alex ebenfalls einen Frack.

»Fertig?«, fragt Sarah, die weiter ihre Krücke benutzen muss, doch sie leuchtet geradezu vor Glück, genau wie Alexander.

Ich nicke und folge den beiden die Treppe runter, warte nicht auf Jonathan, der jedoch ganz schnell zu uns aufholt und seine Hand besitzergreifend auf meine Hüfte legt. Dort bleibt sie die ganze Zeit über liegen, während wir durch die Halle gehen, was ich sehr genieße.

Als wir den großen, festlich dekorierten Speisesaal erreichen, wo die Gäste jetzt immer zahlreicher eintreffen, setzt der übliche Begrüßungsmarathon ein, aber anders als heute Nachmittag weicht Jonathan mir diesmal kaum von der Seite, wie ich erfreut registriere. Und dann müssen wir uns auch schon hinsetzen, weil das Dinner gleich beginnen soll.

Die langen Tische sind bereits fertig gedeckt und warten auf die Gäste. Es gibt eine feste Sitzordnung mit Namensschildern an den Plätzen. An mehreren Ecken stehen außerdem kleine Aufsteller mit Plänen, die genau verzeichnen, wer an welchem Tisch sitzt und den Leuten die Suche erleichtern. Aber es dauert trotzdem eine Weile, bis alle ihren Platz gefunden haben.

Zu meiner großen Erleichterung sehe ich auf dem Plan, dass man mich nicht von Jonathan getrennt hat. Als wir zusammen das Kleid gekauft haben, meinte Annie, dass das manchmal bei Dinnern dieser Art absichtlich gemacht wird, um die Leute stärker zu mischen, und ich habe vergessen, Sarah danach zu fragen, wie sie es hier handhaben. Aber mein Platz ist neben ihm. Puh. Alles andere hätte ich mir in diesem ganzen Heer aus Dukes, Earls und Ladys auch nur sehr schwer vorstellen können.

Sonst sitzt aber kein anderes Familienmitglied bei uns, der Earl und Sarah und Alex wurden an anderen Tischen platziert, was ich – vor allem im Falle von Sarah – ein bisschen schade finde. Aber wahrscheinlich haben sie sich als Gastgeber absichtlich ein bisschen verteilt.

Die Namen unserer Tischnachbarn sagen mir größtenteils nichts, aber zwei fallen mir sofort auf: Henry Stainthorpe und Lady Imogen. Ausgerechnet, denke ich. Andererseits wird das vielleicht auch ganz interessant. Denn falls Lady Imogen vorhat, sich wieder auf Jonathan zu stürzen, werde ich mich ganz Henry Stainthorpe widmen – mal sehen, wie

Jonathan das gefällt und ob er dann noch Lust hat, sich die ganze Zeit der Tochter seines Patenonkels zu widmen.

Doch als wir uns setzen, merke ich, dass die Sitzordnung ein Gespräch zwischen mir und Henry Stainthorpe gar nicht zulässt. Der Tisch ist viel größer als der aufgemalte auf dem Plan, und in der Realität ist der Abstand zwischen seinem Platz und meinem so groß, dass wir uns zurufen müssten, um uns zu verstehen. Lady Imogen dagegen hat leichtes Spiel, sie sitzt Jonathan fast direkt gegenüber. Das nutzt sie sofort aus und verwickelt ihn während der ersten Vorspeise – einer Pilzcremesuppe – in ein längeres Gespräch. Ich widme mich deshalb meinem anderen direkten Nachbarn, Lord Brockton, einem netten Herrn um die siebzig, der mir viel von seinen Pferden erzählt. Dabei fange ich immer wieder die Blicke von Henry Stainthorpe auf, der mir über die Entfernung zulächelt. So ganz scheint er die Hoffnung noch nicht aufgegeben zu haben, denke ich und erwidere sein Lächeln.

Als der zweite Gang kommt – ein köstlicher Feldsalat mit Walnüssen und karamellisierten Birnen – spüre ich auf einmal Jonathans Hand unter dem Tisch auf meinem Oberschenkel und drehe mich überrascht zu ihm um. Er sieht mich ziemlich ernst an, und seine blauen Augen funkeln zornig.

»Du sollst nicht mit ihm flirten«, sagt er leise. Offenbar hat er Henry Stainthorpes Blicke also bemerkt.

»Und du sollst nicht mit Lady Imogen flirten.«

»Ich flirte nicht mit ihr, wenn überhaupt, dann flirtet sie mit mir.«

»Weil sie das Gefühl hat, dass sie das kann. Würdest du dich nur mit mir befassen, dann würde sie es vielleicht gar nicht erst versuchen. Und dann würde mir Henry Stainthorpe auch keine Blicke zuwerfen.«

Der Druck seiner Hand wird stärker, und ich finde diese

Berührung ziemlich erregend. »Glaub mir, im Moment bin ich nur mit dir befasst.« Er beugt sich vor, sodass sein Mund nah an meinem Ohr ist. »Dieses Kleid ist nämlich so extrem sexy, dass ich schon die ganze Zeit überlege, wie gerne ich es dir ausziehen würde«, sagt er, und ich muss einen Schauer unterdrücken, als ich seinen Atem warm an meiner Ohrmuschel spüre. »Und Henry Stainthorpe starrt dich deshalb die ganze Zeit an, weil er genau den gleichen Gedanken hat – und wenn ich diesen gierigen Ausdruck noch einmal auf seinem Gesicht sehe, dann prügele ich ihn aus dem Frack, das schwöre ich.«

»Nicht schon wieder eine Prügelei«, sage ich, glücklich darüber, dass er mir so nah ist. Sein Gesicht ist dicht vor meinem, und ich habe plötzlich das Gefühl, dass es nur uns beide gibt in diesem großen Raum. Wie kommt er bloß darauf, dass ich Augen für einen anderen Mann haben könnte, solange er bei mir ist? »Und außerdem denkt er das nicht.«

»Oh, doch, das denkt er, Grace. Das denken alle Männer an diesem Tisch, sogar Lord Brockton. So viel wie gerade mit dir habe ich ihn nämlich in den letzten fünfzehn Jahren nicht reden hören, den alten Stockfisch.«

Ich kichere, und lege die Hand auf seinen Arm, genieße den Körperkontakt.

»Von mir aus, dann denken sie das eben, das ist ja nicht verboten«, sage ich und werde wieder ernst. »Aber es ist, wie du vorhin gesagt hast. Ich bin mit dir hier, Jonathan. Der Einzige, der mir dieses Kleid wieder auszieht, bist du.«

Der Ausdruck in seinen blauen Augen ändert sich, wird besitzergreifender und so intensiv, dass es mir einen Schauer über den Rücken jagt. Er weiß es, denke ich. Er weiß, dass er der einzige Mann für mich war und ist. Aber es erregt ihn, es zu hören, und mir wird ganz warm vor Freude, weil ich es endlich geschafft habe, dass er wieder ganz bei mir ist.

Ich lasse meine Hand ebenfalls unter den Tisch gleiten und lege sie auf seine, die immer noch meinen Oberschenkel umfasst, schiebe sie ein bisschen höher. »Wobei ich sehr hoffe, dass ich auf das Ausziehen nicht mehr so lange warten muss.«

»Provozier mich nicht, Grace.« Seine Stimme ist plötzlich leiser. Rauer. »Sonst kann ich für nichts garantieren«, sagt er zwischen den Zähnen hindurch.

Ich gebe seine Hand wieder frei, beuge mich noch etwas weiter vor und lasse meine Hand unter dem Tisch auf seinen Oberschenkel wandern. »Und wenn ich nicht aufhöre?«, sage ich leise und sehe, wie ein Muskel auf seiner Wange zuckt, als ich seine eisenharte Erektion durch den Hosenstoff fühlen kann. »Vielleicht will ich ja gar keine Garantien.« Mit erhobenen Brauen sehe ich ihn an und hoffe, dass er die Doppeldeutigkeit dieser Aussage versteht. »Vielleicht will ich ja nur dich.«

Ich halte seinen Blick fest, bis der Kellner sich hinter uns räuspert und uns aufschreckt, sodass wir uns hastig wieder trennen, damit er die Teller des zweiten Gangs abräumen kann.

Diese Unterbrechung nutzt Lady Imogen sofort, um sich wieder einzuschalten und Jonathan erneut in ein Gespräch zu verwickeln. Aber diesmal sitze ich nur mit einem Lächeln da und höre den beiden zu, denn ich fühle, wie Jonathans Hand unter dem Tisch meine sucht. Als er sie findet, fängt er an, mit den Fingerspitzen über meine empfindlichen Handinnenflächen zu streichen, was unglaublich prickelnde Gefühle in mir weckt. Ich revanchiere mich und streichle auch seine Hand, erkenne an den verhangenen Blicken, die er mir hin und wieder zuwirft, dass ihn das genauso anmacht wie mich.

Als der Hauptgang kommt, müssen wir aufhören und

beide Hände wieder über dem Tisch haben, um zu essen, aber ich sehe nicht ein, dass wir deswegen den Körperkontakt unterbrechen müssen, und lehne mein Knie gegen seins.

Die Spannung, die zwischen uns in der Luft liegt, wird immer größer, und wenn unsere Blicke sich treffen, kann ich nicht mehr atmen, so sehr begehre ich ihn. Und Jonathan geht es offenbar genauso, denn als die Kellner gerade den Nachtisch gebracht haben, lehnt er sich zu mir und sieht mir tief in die Augen.

»Grace, ich bin so verdammt hart, dass ich gleich in meiner Frackhose komme, wenn du jetzt nicht augenblicklich aufhörst, mich so anzusehen«, raunt er, und ich erkenne, dass er wirklich mit seiner Selbstbeherrschung ringt. Aber ich kann nicht aufhören. Dafür ist dieses Spiel viel zu aufregend.

»Oh nein«, hauche ich ihm ganz leise zu. »Ich will, dass du in mir bist, wenn du kommst. Ich will deinen harten Schwanz fühlen, wenn du mich fickst, und mit dir zusammen kommen, wenn du in mir explodierst. Alles andere wäre doch Verschwendung.« Ich lächle ihn unschuldig an, doch mein Herz schlägt wild in meiner Brust. So hat er schon oft mit mir geredet und damit meine Erregung noch gesteigert, und als ich es jetzt selbst tue, trifft mich die Wirkung genauso wie ihn und ich spüre, wie mein Unterleib sich zusammenzieht bei der Vorstellung, wie er in mich eindringt und sich in mir anfühlen wird.

Jonathan stöhnt unterdrückt und schließt ganz kurz die Augen. Als er sie wieder öffnet, steht Entschlossenheit in seinem Blick.

»In der Bibliothek in fünf Minuten«, sagt er leise, sodass nur ich es höre. »Und mach kein Licht.« Dann holt er sein Handy raus, tippt etwas ein und hält es sich anschließend ans Ohr, während er mit großen Schritten den Saal verlässt.

»Was ist denn los?«, will Lady Imogen wissen, als er weg ist. »Wo will Hunter hin?«

»Ich weiß nicht, irgendeine dringende geschäftliche Angelegenheit, die nicht warten kann.« Ich fasse mir an den Kopf und verziehe das Gesicht, was mir bei ihrem Anblick nicht wirklich schwer fällt. »Ich habe ein bisschen Kopfweh – das war ein langer Tag. Ich glaube, ich nehme vor dem Ball noch schnell eine Tablette, damit ich nachher auch durchhalte«, sage ich und hoffe, dass meine Ausrede halbwegs plausibel klang. Aber wenn nicht, dann ist es mir auch egal. Soll sie doch ruhig wissen, dass ich es so eilig habe, weil ich es ohne Jonathan nicht mehr aushalten kann, denn das kann ich nicht, nicht eine Sekunde. Ich muss sofort zu ihm.

Draußen dämmert es bereits, als ich die Bibliothek betrete, und im ersten Moment will ich auf den Schalter drücken, um die Deckenlampe anzuschalten. Aber dann fällt mir ein, dass Jonathan ja gesagt hat, dass ich kein Licht machen soll. Das ist auch eigentlich nicht nötig, denn als meine Augen sich an das Halbdunkel gewöhnt haben, erkenne ich genug, sehe die Umrisse der wuchtigen Sofas und der Bücherregale ohne Probleme. Die Tür zum Arbeitszimmer nebenan ist geschlossen.

Vorsichtig gehe ich weiter in den Raum hinein, aber ich kann Jonathan nirgends sehen. Ist er überhaupt hier? Als ich Luft hole, um nach ihm zu rufen, legt sich plötzlich eine Hand von hinten über meinen Mund und ich fühle seinen warmen Körper an meinem. Mein Herz fängt wild an zu schlagen, obwohl – oder vielleicht gerade weil – ich weiß, dass es Jonathan ist.

»Schsch«, sagt er dicht an meinem Ohr und geht mit mir weiter bis zum Fenster in der Ecke, hinter eines der Sofas. Dann dreht er mich zu sich um und schiebt mich gegen die breite Fensterbank. Er hat sein Frackjackett ausgezogen, trägt jetzt nur noch das weiße Hemd und die Weste, die in dem grauen Licht, das von draußen hereinfällt, genauso leuchten wie seine Augen.

»Warum wolltest du, dass wir uns hier treffen?«, frage ich atemlos, weil seine Hand jetzt langsam über meine Kehle streicht, bis runter zu meinen Brüsten.

»Wir haben nicht viel Zeit und wir müssen auf dein Kleid aufpassen«, sagt er und zieht, während er redet, vorsichtig das trägerlose Oberteil nach unten, entblößt meine Brüste, die von einem ebenfalls trägerlosen BH gehalten werden. Auch den klappt er herunter, was mich scharf einatmen lässt. »Wir wollen es doch nicht ruinieren.«

»Dann ziehe ich es aus.«

Er schüttelt den Kopf. »Nein. Ich träume schon die ganze Zeit davon, dich in diesem Kleid zu nehmen«, sagt er und streicht über meine aufgerichteten Nippel, was mich stöhnen lässt. Sofort legt er wieder die Hand auf meinen Mund. »Wir müssen leise sein«, flüstert er. »Es könnte jemand kommen.«

»Und wenn man uns erwischt?«, hauche ich aufgeregt und lege den Kopf in den Nacken, weil Jonathan meinen Hals küsst und ganz leicht an meinen harten Brustwarzen zieht.

»Das ist der Reiz«, sagt er und lacht. »Aber das wird nicht passieren.«

»Und wenn doch?«

»Dann sagen wir, dass ich dir die Bibliothek gezeigt habe.«

»Im Dunkeln?«

Wieder lacht er. »Es ist nicht dunkel. Es ist gerade hell genug, dass ich dich sehen kann.«

»Jonathan ...« Ich fahre mit den Händen über den gestärkten Stoff seiner Frackweste. Bedauernd wird mir klar, dass ich ihn nicht ausziehen kann – dafür ist auch keine Zeit. Aber ich habe diese Sache sowieso nicht mehr in der Hand. Jonathan hat die Führung übernommen, und ich wehre mich nicht, spüre das Prickeln, das mich durchläuft bei dem Gedanken, was er jetzt mit mir tun wird.

Er dreht mich um und hebt den Rock meines Kleides, zieht mir den Slip bis auf die Knie herunter. Dann höre ich, wie er seine Hose öffnet, und einen Augenblick später drängt sein harter Schaft zwischen meine Beine, liegt in seiner ganzen prachtvollen Länge heiß in meinem Spalt, reibt über meine Schamlippen.

»Ich will dich, Grace«, sagt er ganz leise dicht an meinem Ohr, und man hört die Leidenschaft, die er noch unterdrückt, die jedoch gleich die Oberhand gewinnen wird. »Ich will in dir sein, wenn ich komme, ich will in dir explodieren.« Es sind die Dinge, die ich vorhin zu ihm gesagt habe, und sie jagen mir auch jetzt Hitzeschauer über die Haut, steigern meine Lust.

Ich zittere, weil ich so erregt bin, weil es mich so unglaublich anmacht, hier zu stehen, bekleidet und doch entblößt. Ich fühle Jonathans Kraft, seine Körperspannung, sein unbändiges Verlangen nach mir, das sich auf mich überträgt und mich ganz schwach macht. Ich bin diesem Mann mit Haut und Haar verfallen, aber ihm geht es nicht anders, denke ich und spüre, wie sich ein Glücksgefühl in mir ausbreitet. Ich kann ihn verführen, wann ich will, und er kann es – weil wir einander nicht widerstehen können. Weil wir das von Anfang an nicht konnten.

Jonathan legt eine Hand noch mal kurz über meinen Mund, um mich daran zu erinnern, dass ich leise sein muss, dann positioniert er mit der anderen Hand seinen Penis so, dass er mit einem einzigen harten Stoß in mich eindringen kann. Ich keuche unterdrückt auf, weil er mich so ausfüllt und es so geil ist, ihn in mir zu spüren.

»Schsch«, sagt er und hält still, lässt mich das Gefühl genießen, dass wir miteinander vereint sind, dass uns jetzt nichts mehr trennt. Er hält mit einer Hand meinen Rock hoch und legt die andere über meine Brust, klemmt den einen Nippel zwischen Zeigefinger und Mittelfinger ein und zieht leicht daran. »Kein Wort«, flüstert er noch einmal rau an meinem Ohr, dann fängt er an, sich zu bewegen.

Ich stehe sofort in Flammen, überlasse mich ganz seinem Rhythmus, von dem ich weiß, dass er wunderbare Gefühle in mir wecken wird. Es geht schnell, fast zu schnell. Die Spannung, die sich während des Essens zwischen uns aufgebaut hat, entlädt sich heftig zwischen uns, schickt Blitze durch meinen Körper und macht es mir immer schwerer, ruhig zu bleiben.

Auch Jonathans Bewegungen werden heftiger, und ich lehne den Kopf gegen seine Schulter zurück und komme ihm bei seinen Stößen entgegen, biege meinen Rücken durch, damit er mich noch tiefer und härter nehmen kann.

Mein Kleid ist mir jetzt total egal, genau wie sein Frack und der Ball, auf den wir gleich wieder zurückmüssen, weil ich spüre, wie der Orgasmus sich gewaltig in mir aufbaut. Auch Jonathan steht kurz davor, das zu tun, was er eben angekündigt hat, das spüre ich. Doch plötzlich hält er inne und als ich protestieren will, legt er mir erneut die Hand über den Mund.

»Still. Da ist jemand.«

Und dann höre ich die Geräusche auch. Sie kommen aus dem Nebenzimmer. Jemand bewegt sich im Arbeitszimmer des Earls und ein schwacher Lichtschein ist jetzt unter der Tür sichtbar.

Hastig zieht Jonathan sich aus mir zurück und küsst mich bedauernd auf den Hals, streift meinen Slip wieder hoch und richtet Rock, BH und Oberteil – alles innerhalb von wenigen Augenblicken. Bevor ich wirklich begreife, was passiert, hält er mich wieder vollständig bekleidet im Arm und starrt auf die Tür in der Erwartung, dass gleich jemand das Zimmer betreten wird.

Seine Reflexe sind wirklich bewundernswert, denke ich, immer noch ganz benebelt von dem Verlangen, das nur ganz sanft in mir abebbt. Er bringt mich immer wieder in solche Situationen, aber er holt mich auch wieder raus, wenn's brenzlig wird.

Die Tür bleibt zu, auch Minuten später noch, aber man hört nach wie vor jemanden im Arbeitszimmer rumoren.

»Dein Vater?«, hauche ich ihm so leise wie ich kann ins Ohr.

Er nickt und bleibt weiter mit mir im Arm stehen, macht keine Anstalten, die Gunst der Stunde zu nutzen und zu verschwinden, solange man uns noch nicht entdeckt hat. Offenbar hofft er, dass der Earl wieder geht und uns hier nicht entdeckt, damit wir beenden können, was wir angefangen haben.

Ich weiß nicht, denke ich, während wir weiter mit angehaltenem Atem auf die Geräusche aus dem Nebenzimmer lauschen. Es klingt fast, als würde derjenige auf der anderen Seite der Tür auch möglichst wenig Lärm machen wollen. Die Schritte waren schon vorhin sehr gedämpft, und jetzt im Moment hört man gar keine mehr. Es raschelt nur viel, und dann ist da ein Klicken und noch ein anderes Rascheln, so als würde eine Tüte oder eine Tasche gefüllt.

Ich will den Kopf gerade an Jonathans Brust lehnen, solange wir warten, doch ich fahre zurück, weil sein Körper sich plötzlich anspannt. Mit einer neuen Wachsamkeit richtet er den Blick auf die Tür.

»Was ist los?« Meine Stimme ist nur ein Hauch.

»Das ist nicht mein Vater«, raunt er leise zurück. »Ich glaube, da macht sich jemand an seinem Safe zu schaffen.«

18

Kaum hat er diesen Verdacht ausgesprochen, handelt Jonathan. Er legt die Hände auf meine Arme, die ich um ihn geschlungen habe, und macht sich von mir los. Dann schiebt er mich ganz in die Ecke neben das Fenster und sieht mich durchdringend an.

»Bleib hier. Rühr dich nicht von der Stelle!«, befiehlt er mir knapp und ist, bevor ich ihn zurückhalten kann, mit zwei großen Schritten an der Tür zum Arbeitszimmer, reißt sie auf. Licht fällt auf den Boden der Bibliothek und ich sehe Jonathans Schatten im Türrahmen. Und dann noch einen zweiten, der sich im Zimmer bewegt.

»Halt!«, brüllt Jonathan und tritt weiter in den Raum hinein. Urplötzlich fällt ein Schuss.

Mir bleibt das Herz fast stehen vor Angst, aber offenbar wurde Jonathan nicht getroffen, denn man hört jetzt Kampfgeräusche, Faustschläge und heftiges Atmen, unterdrücktes Stöhnen.

Ich kann nicht mehr in meiner Ecke bleiben, alles zieht mich zu Jonathan, weil ich sehen muss, was da passiert und ob ich ihm helfen kann. Deshalb husche ich zur Tür. Der Anblick, der sich mir bietet, lässt meinen Atem stocken.

Es ist wirklich ein Einbrecher, ein dunkel gekleideter Mann, der mit Jonathan kämpft. Er hat eine Pistole in der Hand, aber er kann nicht auf Jonathan schießen, weil der sein Handgelenk umklammert hält und versucht, ihm die Waffe zu entwinden. Beide Männer kämpfen verbissen, aber Jonathan ist größer als der andere, hat ihn fast niedergerungen und mit dem Rücken auf den Schreibtisch gedrückt, der ein einziges Chaos ist.

Alles, was Wertsachen enthalten könnte – Schubläden, Kästen, Dosen –, ist durchwühlt, und der Safe, der hinter dem Schreitisch steht, ist komplett leergeräumt. Auf dem Boden davor steht eine blaue Sporttasche, in die der Einbrecher seine Beute gepackt hat. Das Fenster ist außerdem geöffnet, offenbar hatte er vor, dadurch zu fliehen, doch er ist nicht mehr dazu gekommen, weil Jonathan ihn gestellt hat.

Der Mann – er hat kurzrasierte Haare und eine auffällige Tätowierung am Hals – wehrt sich mit verzerrtem Gesicht immer noch heftig gegen Jonathan und entwindet sich ihm wieder, bevor er auf dem Schreibtisch in eine unterlegene Position gerät. Er ist drahtig und flink, schafft es, sich wieder aufzurichten und Jonathan mit voller Wucht auf den Arm zu schlagen, sodass dieser mit einem Schmerzenslaut das Handgelenk des anderen loslässt. Sofort richtet der Einbrecher die Hand mit der Waffe wieder auf Jonathan.

»Nein!«, schreie ich, und beide Männer sehen zu mir, bemerken mich erst jetzt.

Jonathan starrt mich an, offensichtlich völlig entsetzt darüber, dass ich mich in die Schusslinie gebracht habe, und diesen kurzen Moment, in dem er abgelenkt ist und sich nicht auf den anderen Mann konzentriert, nutzt der Einbrecher – aber nicht, um zu schießen. Stattdessen reißt er den Arm hoch und schlägt Jonathan mit dem Revolver gegen den Kopf, trifft ihn hart an der Schläfe. Jonathan taumelt rückwärts und sackt in sich zusammen, fällt nach vorn auf den Boden. Aus einer Platzwunde an der Stirn sickert Blut.

Ich will sofort zu ihm, aber der Einbrecher lässt mich nicht, richtet die Waffe auf mich.

»Keine Bewegung!« In seinen Augen steht Panik, und ich rühre mich nicht, will ihn nicht noch weiter provozieren. Ich will nur, dass er verschwindet, damit ich zu Jonathan kann.

Der Mann läuft hinter den Schreibtisch und greift sich die Tasche, dann geht er rückwärts zu dem offenen Fenster. Nicht eine Millisekunde lässt er mich aus den Augen, zielt weiter mit der Waffe auf mich.

Ich zittere am ganzen Körper, vor Angst, aber auch vor Anspannung. Ich will zu Jonathan, und ich kann nicht, solange der Mann mich bedroht.

Er erreicht das Fenster und schwingt ein Bein über die Fensterbank, steigt nach draußen. Nach einem letzten warnenden Blick zurück verschwindet er in die Nacht.

Sofort bin ich mit zwei Schritten bei Jonathan, sinke neben ihm auf die Knie, drehe ihn vorsichtig auf den Rücken.

»Jonathan?« Er blutet jetzt stark aus der Kopfwunde und ich habe auf einmal schreckliche Angst, dass er tot ist oder schwer verletzt, aber als ich ihn anspreche, kommt er zu sich und fasst sich stöhnend an den Kopf, will sich aufsetzen, was ich jedoch verhindere. »Bleib liegen«, befehle ich ihm, und tatsächlich tut er das, schließt für einen Moment die Augen.

»Wo ist dieser verdammte Mistkerl?«, fragt er benommen.

»Er ist weg.« Besorgt sehe ich ihn an, noch völlig geschockt davon, wie knapp das alles war. Der Mann wollte auf Jonathan schießen. Was, wenn er es getan hätte? Der Gedanke ist zu schrecklich, um ihn zu Ende zu denken.

»Hol ... meinen Vater!«, sagt Jonathan und will sich doch wieder aufrichten, schafft es aber nur, sich auf die Ellbogen zu stützen. Dann sackt er wieder zurück, und damit er nicht wieder auf dem harten Boden liegen muss, schiebe ich meine Knie unter seinen Kopf und bette ihn auf meinem Schoß. Seine Wunde blutet immer noch und ich habe nichts, um sie zu verbinden, deshalb nehme ich den Stoff meines Kleides und halte ihn dagegen.

»Wir müssen die Polizei rufen!«, sagt er und schließt die Augen wieder.

Das stimmt, denke ich. Es muss jemand kommen, nicht nur wegen des Einbruchs. Jonathan braucht Hilfe, einen Arzt. Aber ich will ihn hier auch nicht allein lassen, deshalb zögere ich.

Die Entscheidung wird mir zum Glück abgenommen, denn plötzlich sind eilige Schritte im Flur zu hören.

»Hierher!«, rufe ich so laut ich kann und atme erleichtert auf, als einen Augenblick später die Tür aufgerissen wird und der Earl den Raum betritt, gefolgt von Alex und Mrs Hastings. Aber es hallen immer noch Schritte über den Flur, offenbar kommen noch mehr Leute.

»Wir haben Schüsse gehört«, sagt der Earl und wird blass, als sein Blick auf Jonathan fällt. »Mein Gott, ist er ...?«

Ich schüttele den Kopf. »Er wurde niedergeschlagen, aber wir brauchen sofort einen Arzt! Und die Polizei«, schiebe ich noch hinterher.

Der Earl rührt sich jedoch nicht, starrt nur auf Jonathan.

Dafür handelt Alexander. »Ein Einbrecher?«, fragt er und lässt sich von mir kurz schildern, was passiert ist, dann geht er zum Telefon, das auf dem Schreibtisch steht, um Hilfe anzufordern.

Auch Mrs Hastings überblickt die Lage und reagiert. Sie drängt die Leute zurück, die neugierig in den Raum blicken – Gäste, die von dem Tumult und den Schüssen angelockt wurden und sehen wollen, was los ist. Sie bittet sie höflich, wieder zurück zum Ball zu gehen, und weist die Hausangestellten, von denen auch einige da sind, an, die Bibliothek und das Arbeitszimmer abzuschirmen.

»Ich hole etwas Verbandszeug«, sagt sie und verlässt dann selbst das Zimmer, doch in dem Moment, wo sie die Tür aufmacht und gehen will, stürmt Sarah herein.

»Mein Gott, was ist mit dir?« Ihre Stimme überschlägt sich fast, als sie Jonathan sieht. Sie kann sich nicht neben ihn knien wegen ihres Beins und sieht ihn unglücklich und hilflos an, ganz aufgelöst vor Angst.

Er lächelt schwach. »Keine Sorge, ich lebe noch.«

»Aber es war verdammt knapp. Der Mann hatte eine Waffe«, sage ich mit zitternder Stimme, weil der Schock jetzt wirklich einsetzt und mir klar wird, was alles hätte passieren können. Dass ich Jonathan hätte verlieren können.

»Was für ein Mann?«, fragt Sarah irritiert.

In knappen Worten erzähle ich auch ihr von dem Kampf und den Schüssen. Mrs Hastings kommt wieder zurück und reicht mir Verbandsmaterial, das ich statt des Stoffs meines Kleides auf die Wunde legen kann, die jetzt nicht mehr ganz so schlimm blutet, also nicht sehr tief sein kann. Sorgen macht mir auch eher der Schlag selbst, denn Jonathan war einen Moment lang bewusstlos, also hat er wirklich etwas abbekommen.

Er will sich wieder aufrichten, doch ich verbiete es ihm. »Du bleibst liegen, bis der Arzt da ist«, sage ich, und diesmal ist es meine Stimme, die keinen Widerspruch duldet. Den leistet er allerdings auch nicht, was für mich ein eindeutiges Zeichen ist, dass es ihm schlechter geht als er wahrhaben will.

»Der Krankenwagen ist gleich hier – und die Polizei auch«, sagt Alex, der inzwischen wieder aufgelegt hat. Für einen

Moment herrscht Schweigen im Raum, weil jetzt erst alle zu fassen scheinen, was hier passiert ist.

Vor allem der Earl wirkt zutiefst erschüttert. Er steht an seinem Schreibtisch und schiebt die Papiere, die dort liegen, zur Seite, sieht sich fassungslos den Schaden an. Als er den offenen Safe sieht, wird er noch blasser.

»Es ist alles weg«, sagt er mit zitternder Stimme.

»Wie ist der Kerl denn reingekommen? Durch das Fenster?«, fragt Sarah. Ich zucke mit den Schultern – ich habe keine Ahnung, aber es klingt plausibel. Das Fenster stand schließlich auf, als Jonathan den Einbrecher überrascht hat.

Sarah scheint das nicht einzuleuchten. »Aber wieso ist denn die Alarmanlage nicht angegangen, als er eingestiegen ist?«

Der Earl zuckt mit den Schultern. »Weil ich sie ausgeschaltet habe – wegen des Balls. Sie ist sehr störungsanfällig in letzter Zeit, und ich wollte die Gäste nicht durch einen Fehlalarm belästigen.«

»Warum tauschst du sie nicht aus, wenn sie kaputt ist? Eine gute Alarmanlage ist wichtig«, schimpft Sarah, aber der Earl schweigt. Er wirkt auf einmal viel älter und sieht noch sorgenvoller aus als gestern schon, während sein Blick durch den Raum gleitet. An Lady Orlas Porträt bleibt er hängen und erstarrt richtig.

Sofort sehe ich, wie alle anderen, ebenfalls zu dem Bild hinüber – und zucke zusammen. Ein Messer mit kurzem Griff steckt auf halber Höhe seitlich in dem Porträt, direkt am Rand, und darüber ist ein Riss. Offenbar wollte der Einbrecher die Leinwand heraustrennen und auch noch mitnehmen, aber Jonathan hat ihn gestört, bevor er richtig anfangen konnte.

Ich suche Jonathans Blick und sehe den zornigen Ausdruck darin, diese Entschlossenheit, die ich so gut kenne. Deshalb hat er »Halt« gebrüllt, denke ich – weil er gesehen hat, was der Täter vorhatte. Und deshalb ist er auf ihn losgegangen – was ihn fast das Leben gekostet hätte. Wenn der Schuss, den der Einbrecher auf ihn abgefeuert hat, nicht danebengegangen wäre ...

Alexander geht hin und will das Messer herausziehen, doch Sarah hält ihn davon ab.

»Nicht. Vielleicht sind da Fingerabdrücke drauf.« Sie tritt näher an das Bild heran und begutachtet den Riss. Er ist nicht sehr lang, aber auch von hier kann ich erkennen, dass das Bild beschädigt ist. Und als ich den Earl ansehe, habe ich fast den Eindruck, dass die Klinge in sein Herz getroffen hat und nicht in den Leinwandstoff.

Auch Jonathan starrt jetzt wieder auf den Riss, als wäre es etwas, das man ihm zugefügt hat, und mir wird noch einmal klar, wie wichtig Lady Orla für die beiden ist. Sie ist nicht mehr da, aber sie verfolgt Vater und Sohn, lässt sie keinen Frieden finden, weder mit sich, noch miteinander.

Nur Sarah sieht es pragmatisch. »Das lässt sich sicher reparieren«, sagt sie und hebt den Kopf, als man in der Ferne Sirenen hört. Sie stößt ein Seufzen aus. »Rettung naht.«

»Aber was wird mit den Gästen ...« Der Earl ist immer noch hilflos und überfordert, er lässt sich schwer auf den Schreibtischstuhl sinken.

»Darum kümmern wir uns schon«, erklärt Sarah resolut und meint damit auch Alexander und Mrs Hastings, die beide nicken. »Aber erst mal sorgen wir dafür, dass hier alles in Ordnung kommt.«

Nur wenige Minuten später sind Krankenwagen und Polizei da, und danach geht alles sehr schnell. Die Polizisten kümmern sich um die Sicherung der Einbruchsspuren und befragen uns kurz zum Hergang, während der Notarzt Jonathan genau untersucht und die Wunde versorgt. Er diagnostiziert eine Prellung mit Verdacht auf eine Gehirnerschütterung und möchte ihn eigentlich gerne zur Beobachtung mitnehmen, aber davon will Jonathan nichts wissen.

»Ich bleibe hier«, erklärt er entschieden, und dem Arzt bleibt gar nichts anderes übrig, als nachzugeben. Doch er nimmt mich beiseite und sieht mich ernst an.

»Er muss sich hinlegen, und Sie müssen dafür sorgen, dass er Ruhe hält«, weist er mich an. »Und sollte er wieder das Bewusstsein verlieren oder sich übergeben, muss er definitiv in die Klinik.«

Ich verspreche, darauf zu achten. »Können wir ihn nach oben bringen?«, bitte ich ihn, weil ich möchte, dass Jonathan endlich raus ist aus diesem Trubel.

Der Arzt nickt und bedeutet den zwei Sanitätern, die mitgekommen sind, Jonathan aufzuhelfen. Er stützt sich schwer auf sie, und wir nehmen die Dienstbotentreppe in den ersten Stock, die Mrs Hastings uns zeigt, weil sie nicht möchte, dass Jonathan am Ballsaal vorbei muss, wo, wie sie mir berichtet, immer noch große Aufregung wegen des Vorfalls herrscht.

»Es ist das einzige Gesprächsthema«, sagt sie, »und wir müssen den Leuten ja nicht noch mehr Stoff zum Tratschen liefern.«

Ich bin ihr dankbar, aber vor allem bin ich dankbar, als wir endlich bei den Zimmern ankommen. Spontan führe ich die Männer in mein Zimmer und nicht in Jonathans, und die Sanitäter helfen ihm, sich auf das Bett zu setzen, bevor sie sich verabschieden. Der Arzt bleibt noch und drückt mir ein Schmerzmittel in die Hand.

»Für den Notfall, falls ihm der Kopf sehr wehtut«, erklärt

er mir. »Ich habe ihm außerdem ein leichtes Beruhigungsmittel gespritzt, damit er besser schlafen kann. Er muss sich ausruhen. Wenn er das tut und bis Morgen keine Komplikationen auftreten, dann ist eine Gehirnerschütterung mit großer Wahrscheinlichkeit auszuschließen und dann hat er, denke ich, das Gröbste überstanden. Aber von dem Schlag wird ihm noch eine Weile der Schädel brummen, das ist nicht zu ändern.«

Ich bedanke mich bei dem Arzt und schließe die Tür hinter ihm.

Jonathan hat sich nach hinten auf das Bett fallen lassen und die Augen wieder geschlossen. Wahrscheinlich wirkt das Beruhigungsmittel schon.

»Hey.« Ich helfe ihm sanft wieder hoch. »Ich muss dich noch ausziehen«, sage ich und mache mich gleich ans Werk, gebe mir Mühe, so vorsichtig, aber auch so schnell wie möglich zu sein, damit er sich endlich richtig hinlegen kann.

Die Schuhe sind kein Problem, aber den Frack verfluche ich nach kurzer Zeit, weil er so viele Einzelteile hat: die Fliege, die sich mir widersetzt, die gestärkte Weste, die jetzt voller Blutflecke ist, und das Hemd, mit dessen Knöpfen ich kämpfe. Aber dann habe ich es geschafft und ihn bis auf die Unterhose ausgezogen. Eigentlich will ich ihm noch ein T-Shirt aus seinem Zimmer holen und überziehen, aber er sinkt, sobald ich fertig bin, wieder zurück aufs Bett und schließt stöhnend die Augen. Deshalb helfe ich ihm nur schnell in eine bequeme Position und decke ihn zu.

Er schläft sofort ein, ich merke es an seinen ruhigen Atemzügen, aber ich kann trotzdem den Blick nicht von ihm wenden, bleibe wie eingefroren am Bettrand sitzen. Erst jetzt, wo die Aufregung vorbei ist und die Anstrengung der letzten Stunden von mir abfällt, spüre ich, wie sehr auch mich das alles mitgenommen hat.

»Das war so verdammt leichtsinnig von dir«, schimpfe ich und blinzle gegen die Tränen an, die mir in die Augen steigen. Allein der Gedanke, dass er jetzt tot sein könnte, nimmt mir den Atem, und ich beuge mich vor, küsse seine Schulter und seine Wange, streiche vorsichtig über das große weiße Pflaster auf seiner Stirn. »Und das alles nur wegen einem Bild!«

»Darf ich reinkommen?«, fragt Sarah, die in diesem Moment den Kopf durch die Tür steckt.

Ich schlucke meine Tränen runter und nicke. »Natürlich.«

»Wie geht es ihm?« Sie humpelt zum Bett hinüber und setzt sich auf die andere Seite, betrachtet ihren Bruder.

»Er schläft.« Ich sehe sie an. »Wie läuft es unten?«

Sie zuckt mit den Schultern. »Mein Vater ist total am Ende, aber die Polizisten haben ihm Hoffnungen gemacht. Anscheinend haben sie einen Verdacht, was den Einbrecher angeht, vor allem dank deiner guten Beschreibung, und sie kümmern sich drum.«

»Und der Ball?«

»Der läuft weiter. Falls Daddy nachher nicht in der Lage ist, das Spendenergebnis zu verkünden, dann werde ich das machen – und die Leute beruhigen, was Jon angeht. Sie machen sich alle große Sorgen, vor allem Lady Imogen.« Sie lächelt, als ich die Augen verdrehe.

»Wieso wart ihr eigentlich in der Bibliothek?«, fragt sie mich, und ihr Lächeln vertieft sich, als meine Wangen sich rot färben. Im Moment habe ich einfach keine Kraft zu lügen, und zu meiner Erleichterung lässt Sarah mich vom Haken, geht nicht weiter darauf ein. »Wie hast du das eben gemeint mit dem Bild?«, will sie stattdessen wissen.

»Jonathan hat sich auf den Einbrecher gestürzt, weil der gerade das Bild deiner Mutter aus dem Rahmen schneiden wollte«, erkläre ich ihr. »Er wollte es verhindern, verstehst du? Dafür hat er sich in Lebensgefahr gebracht.« Meine Stimme zittert leicht, weil ich es einfach nicht verstehe.

Sarah sieht mich zuerst erschrocken an, dann betrachtet sie Jonathan nachdenklich, der sich im Schlaf bewegt hat und jetzt auf dem Rücken liegt.

»Hat er dir erzählt, wie unsere Mutter gestorben ist?«

»Sie ist die Treppe runtergestürzt. Er sagt, dass sie sich vorher mit deinem Vater gestritten hat«, sage ich beklommen, als es mir wieder einfällt.

Sarah blickt mich an. »Hat er dir auch gesagt, dass er dabei war?«

Erschrocken schüttele ich den Kopf. Er hat zwar gewusst, dass seine Eltern sich an jenem Abend gestritten haben, aber ich dachte, das hätte man ihm erzählt.

Sarah betrachtet wieder ihren Bruder. »Er war dabei, er hat sie fallen sehen. Er redet nie darüber. Nie. Aber Mrs Hastings hat mir erzählt, dass er nicht von ihr zu trennen war, als der Notarzt kam. Er hat sich an ihr festgehalten und geschrien, wollte nicht, dass man sie wegbringt. Sie mussten ihn mit Gewalt von ihr losmachen.«

Sie sagt nichts mehr dazu, aber das muss sie auch gar nicht, denn ich verstehe, was sie mir damit sagen will, und ich bin ihr dankbar dafür. Es ist ein Puzzleteilchen mehr, das an seinem Platz ist und mir erklärt, wieso Jonathan ist, wie er ist.

»Ich muss wieder runter«, sagt sie einen Augenblick später und seufzt. »Die Pflicht ruft. Aber bei dir ist Jon ja in den besten Händen.« An der Tür dreht sie sich noch mal um. »Pass gut auf ihn auf.«

Ich erwidere ihr Lächeln, doch als sie weg ist, werde ich wieder ernst und spüre, wie die Tränen zurückkommen, die ich vorhin so mühsam zurückgedrängt habe.

Es bricht mir das Herz, wenn ich mir vorstelle, dass Jonathan mitansehen musste, wie seine Mutter in den Tod stürzte, und ich begreife, was für ein schlimmes Trauma das für ihn gewesen sein muss. Ein Trauma, das vielleicht erklärt, wieso er so viel Angst vor Gefühlen hat.

War der Moment, wo man ihn gewaltsam von seiner Mutter trennte, wo er zusehen musste, wie man sie für immer von ihm wegbrachte, der Moment, in dem er beschlossen hat, niemals wieder jemanden an sich heranzulassen?

Ich wische mir die Tränen aus den Augen und stehe vom Bett auf, um mich auszuziehen. Das Kleid, das jetzt an der Hüfte und am Saum dunkle Blutflecken hat, hänge ich an den Schrank, dann ziehe ich mir mein Nachthemd an, wasche mich schnell in dem kleinen Bad und putze mir die Zähne.

Als ich wieder im Zimmer bin, schlüpfe ich ins Bett, weil ich bei Jonathan sein will. Die Nachttischlampe brennt noch, und ich lasse sie an, betrachte sein Gesicht im Schlaf, küsse ihn zärtlich.

Er scheint meine Nähe zu spüren, denn er greift nach mir und zieht mich an sich und seufzt dann zufrieden, als ich ganz dicht bei ihm liege. Hilflose Liebe überkommt mich und ich küsse sein Schlüsselbein und seinen Hals, weil es die Stellen sind, die ich erreichen kann, ohne die Umarmung zu lösen. Dann schmiege ich meine Wange an seine Brust und lausche seinem Herzschlag.

Es schmerzt mich, dass er nur, wenn er ganz fest schläft, so schutzlos ist, dass er loslassen kann und meine Nähe nicht wie sonst nur zulässt, sondern sie aktiv sucht. Doch es zeigt zumindest, dass er sich tief in seinem Innern genauso danach sehnt wie jeder andere auch.

Ich kann nicht ungeschehen machen, was er erlebt hat, und vielleicht ist zu viel in ihm kaputt gegangen und er kann nie wieder aus vollem Herzen lieben. Aber vielleicht reicht meine

Liebe ja auch für uns beide, denke ich. Vielleicht schaffe ich es doch, ihn zu erreichen und ihn dazu zu bringen, seinen Gefühlen wieder zu vertrauen – mir zu vertrauen und sich auf mich einzulassen, mit allen Konsequenzen.

Mit diesem Gedanken schlafe ich in seinen Armen ein.

19

Als ich am nächsten Morgen aufwache, scheint die Sonne hell ins Zimmer, es muss schon Vormittag sein. Tatsächlich sagt meine Handy-Uhr, dass es fast zehn ist! Wir haben sehr lange geschlafen und niemand hat uns geweckt, und als mir der Grund dafür wieder einfällt, richte ich mich besorgt auf und betrachte Jonathan, der auf der Seite neben mir liegt.

Er sieht ein bisschen blass aus, und die Stelle an seiner Stirn, über der der Verband klebt, ist geschwollen, aber er atmet ruhig, was mich sehr erleichtert. Sein Arm liegt über meiner Hüfte und hält mich fest. So war es die ganze Nacht über – immer, wenn ich aufgewacht bin, war er dicht bei mir und hat mich berührt, teilweise im Arm gehalten, fast so, als würde er den Körperkontakt brauchen.

Lächelnd beuge ich mich vor und küsse ihn, weil ich so dankbar bin, dass ihm gestern nichts Schlimmeres passiert ist. Das hätte auch anders ausgehen können, denke ich mit neuem Schrecken, und die Angst kehrt noch einmal kurz zurück, greift eisig nach mir. Doch dann schiebe ich sie resolut zur Seite. Jonathan lebt, alles andere ist unwichtig.

Er wacht von meinen Küssen auf und sieht mich an, und für einen kurzen Moment leuchten seine blauen Augen auf, senken sich in meine.

»Grace.« Seine Stimme ist belegt, und er wirkt noch ein bisschen benommen.

»Guten Morgen«, sage ich und lasse mich wieder in die Kissen sinken, schaue ihn weiter an. »Wie geht es deinem Kopf?«

Als ich es ausspreche, scheinen ihm die Ereignisse von gestern Abend wieder einzufallen, und er greift sich an die Stirn, zuckt zusammen, als seine Finger das Pflaster berühren. Der Ausdruck in seinen Augen wechselt, bewölkt sich wieder.

»Es geht so«, sagt er. »Aber ich hatte es mir schlimmer vorgestellt.«

Sein Blick fällt auf mein Kleid, das noch am Schrank hängt, und die Blutflecken darauf.

»Jetzt ist es doch ruiniert«, sagt er mit einem schwachen Lächeln. »Dabei haben wir uns solche Mühe gegeben, es zu schonen.«

Ich lächle ebenfalls bei der Erinnerung an unseren heißen Sex in der Bibliothek, aber die Bilder dessen, was danach passiert ist, folgen sofort, und ich werde wieder ernst.

»Das war verdammt leichtsinnig von dir«, wiederhole ich das, was ich ihm gestern schon vorgeworfen habe, als er schlief, denn ich finde, das muss er hören. »Der Mann hätte dich töten können.«

»Oder dich«, sagt er. »Wieso bist du nicht in der Bibliothek geblieben, so wie ich es dir gesagt hatte?«

»Ich konnte nicht. Ich musste zu dir«, erkläre ich ihm und küsse ihn erneut, fühle, wie er die Arme um mich schließt. Und als ich ihm einen Augenblick später wieder in die Augen schaue, glaube ich dort etwas zu erkennen, was mein Herz aufgeregt schlagen lässt.

Es ist, als wäre die Mauer, die er sonst um sich gezogen hat, gerade nicht mehr so undurchdringlich wie sonst. Als könnte ich an ihr vorbei tiefer in seine Seele sehen. Vielleicht weil er so angeschlagen ist, denke ich. Jedenfalls wirkt sein Blick weicher, offener, und als ich die Hände um sein Gesicht lege und wieder anfange, ihn zärtlich zu küssen, lässt er es sich gefallen. Für einen Moment verlieren wir uns in einem Kuss, wie ich ihn mit Jonathan noch nicht erlebt habe, und er berührt mich mehr als jemals zuvor. Vielleicht weil alles hätte vorbei sein können, in einer Sekunde, und weil ich mir auf einmal so bewusst bin, wie kostbar die Zeit mit ihm ist.

Und ihm scheint es genauso zu gehen. Denn es schwingt ein Gefühl in diesem Kuss mit, das ganz neu ist, eine Sehnsucht, die über die Leidenschaft hinausgeht, die uns sonst verbindet. Diesmal küsst er mich nicht, weil er mit schlafen will, und es ist auch kein besitzergreifender, fordernder Kuss, sondern einer, der mir sagt, dass er meine Nähe genießt.

Er hatte genauso viel Angst um mich, wie ich um ihn, denke ich erstaunt, und klammere mich an ihn, als er seinen Kuss schließlich vertieft, als das warme Glücksgefühl plötzlich heißer wird, leidenschaftlicher, weil unsere Körper anfangen, aufeinander zu reagieren.

Und dann erfüllt mich nur noch Verlangen, und ich schlinge mein Bein um ihn, fühle seine Erektion, die gegen den Stoff seiner Boxershorts drückt. Gestern sind wir nicht mehr dazu gekommen, zu beenden, was wir anfangen haben, aber jetzt hindert uns niemand. Und ich will ihn. Jetzt. Hier.

Diesmal bin ich diejenige, die die Finger in den Saum seiner Boxershorts hakt und ihn mit zügigen Bewegungen von dem lästigen Kleidungsstück befreit. Sein Penis springt hoch, reckt sich mir sehnsüchtig entgegen, und ich umfasse ihn mit der Hand, senke den Kopf und schließe meine Lippen um ihn. Mit langsamen, genussvollen Bewegungen sauge ich an ihm, fahre mit der Zunge um ihn und lasse ihn tief in meinen Mund gleiten, höre, wie Jonathan scharf die Luft einsaugt und mit den Händen in mein Haar greift, als ich das Tempo steigere. Doch irgendwann hält er mich auf, zieht mich zu sich hoch. Offenbar hat er andere Pläne, was unseren zweiten Anlauf angeht.

»Ich will dich sehen«, sagt er und fährt mit den Händen über den dünnen Stoff meines Negligés, streichelt meine Brüste, die aufgerichteten Spitzen. »Alles von dir.«

Ohne zu zögern setze ich mich auf und ziehe mir das Nachthemd über den Kopf, werfe es zur Seite, lasse den Slip folgen. Einen Moment lang genieße ich Jonathans verlangende Blicke, die über meinen Körper wandern, und stöhne auf, als er mit der Hand über meinen Bauch streicht und dann zwischen meine Beine. Sein Finger dringt in meinen feuchten Spalt, der mehr als bereit für ihn ist, weil ich ihn mit einer Macht will, die mich selbst erschreckt.

Und dann reicht mir sein Finger nicht mehr und ich halte seinen Arm fest, warte, bis er mich freigibt und ich mich rittlings auf ihn setzen kann. Langsam lasse ich ihn in mich gleiten, umschließe ihn heiß. Er krallt die Finger in meinen Oberschenkel, und ich sehe, wie seine Kinnmuskeln arbeiten und er gegen sein Verlangen kämpft, während ich ihn tief in mich aufnehme.

»Grace«, stöhnt er, als ich anfange, mich auf ihm zu bewegen, mit dem Becken kreise, es nach vorn schiebe und wieder zurück. Ich weiß, was ich will und was ich brauche, nehme seine eine Hand und lege sie auf meinen Busen, schiebe die anderen zwischen meine Beine, damit er meine Perle reizt, was er sofort und aufreizend langsam tut. Dann lehne ich mich leicht zurück und greife zwischen seine Beine, nehme seinen Hoden in die Hand und ziehe sanft daran, was ihn aufkeuchen und in mir zucken lässt.

Ich genieße es, eins mit ihm zu sein, und lasse mich treiben in dem Gefühl, begehrt zu werden von dem Mann, den ich liebe. Wollüstig reite ich ihn, koste aus, was seine Hände und sein Schwanz mir schenken, bis mich Schauer der Lust durchlaufen und ich stöhne, weil sich ein neuer, heftiger Orgasmus in mir ankündigt. Doch kurz bevor er mich endgültig überrollt, legt Jonathan plötzlich seine Hände auf meinen Po und hält mich fest, dreht sich mit mir so, dass er über mir ist. Ich schlinge die Beine um seine Hüften, bereit, mich von ihm nehmen zu lassen und schon nicht mehr in der Lage, meinen Höhepunkt aufzuhalten, den ich erreiche, als er sich mit einem weiteren Stoß in mir vergräbt.

Jonathan fängt meinen Schrei mit den Lippen auf und folgt mir schon kurze Zeit später, entlädt sich tief in mir, löst mit jedem Zucken neue Beben in mir aus, die endlos in mir nachschwingen und meinen Höhepunkt köstlich verlängern, mich mit ihm verschmelzen lassen.

Ich weiß nicht, wie lange es dauert, aber irgendwann dreht Jonathan sich mit mir auf die Seite, und ich lasse ihn mit einem Seufzen aus mir herausgleiten, spüre seine Nässe zwischen meinen Beinen, weil er kein Kondom benutzt hat – wie so oft in letzter Zeit. Er achtet schon lange nicht mehr darauf, es scheint ihm nicht mehr wichtig zu sein.

Wir liegen so, dass unsere Gesichter sich ganz nah sind und wir uns in die Augen sehen können, und für eine Weile mischt sich nur unser Atem, während sich unsere wild schlagenden Herzen wieder beruhigen.

Ich fühle mich herrlich lebendig und bin erfüllt von meinen Gefühlen für ihn. Und plötzlich läuft mein Herz über und muss ich ihm sagen, was ich ihm schon die ganze Zeit sagen will, weil ich keinen Grund mehr sehe, es nicht zu tun. Weil er es doch längst wissen muss.

»Ich liebe dich.« Der Satz kommt ganz selbstverständlich über meine Lippen, weil ich ihn schon so oft gedacht habe, weil er mich die ganze Nacht begleitet hat.

Doch als ich es ausgesprochen habe, weiß ich auf einmal, dass es falsch war, es ihm zu sagen, denn die träge Zufriedenheit, mit der er mich gerade noch angesehen hat, wandelt sich und verschwindet. Sein Gesicht wird ernst, und dann verschließt es sich wieder und nimmt diesen unlesbaren Ausdruck an, der alles an sich abprallen lässt. Die Mauer, hinter der seine Gefühle so gut verborgen sind und die schon so löchrig geworden war, steht wieder undurchdringlich zwischen ihm und mir.

»Lass uns aufstehen«, erklärt er in einem fast beiläufigen Tonfall, so als hätte ich gar nichts gesagt, und schwingt die Beine aus dem Bett, setzt sich auf die Kante und wendet mir den Rücken zu.

Überrascht und verletzt betrachte ich die angespannte Linie seiner Schultern und sehe ihm nach, als er aufsteht und ins Bad geht, ohne sich noch einmal umzudrehen. Dann lasse ich mich in die Kissen zurücksinken und starre an die Decke. Wieso reagiert er so und zerstört mit einem Schlag die Nähe, die es gerade zwischen uns gab? Nur weil ich ausgesprochen habe, was er längst weiß, was er spüren muss?

Ich schlucke hart. Kann er nicht antworten und mir sagen, was er für mich empfindet, weil ihn irgendetwas davon abhält? Oder liebt er mich wirklich nicht und ist nur nicht willens, es mir jetzt schon zu sagen, weil ich dann gehe und er sein williges Spielzeug verliert? Täusche ich mich denn so in ihm?

Du darfst nicht aufgeben, höre ich plötzlich Sarah wieder sagen. *Du hast schon so viel erreicht.*

Mit einem tiefen Seufzen setze ich mich im Bett auf. Im Moment kommt es mir eher so vor, als hätte ich gerade einen riesigen Rückschritt gemacht. Als wäre ich genauso weit wie vorher und nicht ein bisschen schlauer, was seine Gefühle für mich angeht.

Wenn er mich nicht liebt, werde ich mich irgendwann damit abfinden und die Konsequenzen ziehen müssen. Aber wenn er mich liebt und es mir nicht sagen kann, dann muss ich weiter versuchen, den Grund dafür herauszufinden.

Ich kann ihn sowieso nicht verlassen, denke ich, als Jonathan aus dem Bad kommt, nur mit einem Handtuch um die Hüften, und mich ansieht. Nicht solange noch ein Fünkchen Hoffnung besteht, dass er es doch eines Tages sagen wird. Solange gebe ich noch nicht auf.

***

»Das sind die Ställe?«, frage ich und staune, als wir eine Stunde später durch ein Tor den Innenhof von Lockwood Manor verlassen und in den Außenbereich kommen, der sich seitlich an das Gebäude anschließt und der viel größer ist, als ich gedacht hätte.

Ich habe Jonathan darum gebeten, sie mir zu zeigen, weil sie mich wirklich interessieren – ich liebe Pferde, meine Großeltern hatten immer welche, und ich bin quasi mit ihnen großgeworden. Aber ich bin auch froh, dadurch ein neutrales Gesprächsthema zu haben, das ihm vielleicht ein bisschen Enthusiasmus entlockt.

Denn er ist so schweigsam und verschlossen, dass ich mir deswegen langsam wirklich Sorgen mache. Beim Frühstück ging es noch, da war seine Stimmung ganz gut. Sarah und Alexander, die natürlich viel früher auf waren und schon gegessen hatten, haben uns dennoch dabei Gesellschaft geleistet, und wir haben uns nett und sehr entspannt unterhalten. Doch auch da habe ich immer wieder seine Blicke auf mir gefühlt und den nachdenklichen Ausdruck bemerkt, mit dem er mich betrachtet hat.

Ich habe keine Ahnung, was ihm durch den Kopf geht, und

ich bezweifle, dass er es mir sagen würde, wenn ich ihn frage. Deshalb hoffe ich, dass ich zumindest über das Thema Pferde wieder einen Zugang zu ihm bekomme, denn er reitet auch, das hat er mir erzählt – wahrscheinlich saß er ähnlich wie ich schon als Kleinkind im Sattel, wenn es hier einen so großen Stall gibt.

Das Wetter ist immer noch traumhaft schön – wenn man es nur danach beurteilt, stand dieses Wochenende unter einem guten Stern – und ich trage ein sehr dünnes, mit Blumen bedrucktes Sommerkleid, das mit in der Tasche war, weil ich auf Sonnenschein gehofft hatte. Jonathan dagegen ist wieder schwarz gekleidet, und da seine Laune genauso tiefschwarz ist, fällt es mir immer schwerer, tapfer dagegen anzulächeln.

Ich will nicht glauben, dass meine Liebeserklärung der Grund dafür ist. Es kann doch nicht so schlimm sein, dass ich ihm meine Gefühle gestanden habe, denke ich. Aber die Unsicherheit bleibt und ich bin froh, als wir endlich den Hof überquert haben, der auch hier mit Kopfsteinpflaster bedeckt ist, und durch das große offene Tor in die Stallungen gehen.

Es riecht sofort vertraut, nach Pferdemist und Stroh, aber nicht so intensiv, wie ich gedacht hätte. Das ist aber auch kein Wunder, denn tatsächlich stehen nur in den vorderen beiden Boxen direkt am Eingang Pferde – ein weißes und ein braunes. Der Schimmel, der kräftigen Statur nach zu urteilen ein Hengst, schnaubt erregt und wirft seine lange Mähne zurück, als wir näher kommen, während das braune, ein schöner Fuchs, nur kurz den Kopf aus dem Futtereimer hebt, der an der Wand hängt, und dann ruhig weiterfrisst. Die anderen Boxen der langen Stallgasse sind alle leer.

Das scheint Jonathan extrem zu verblüffen.

»Wo sind die Pferde, Edwards?«, ruft er dem älteren Mann mit der Tweedkappe zu, der am Ende der Stallgasse gerade die

Futterkiste wieder schließt und sich die Hände abklopft. Der Mann, offenbar der Stallmeister, lächelt strahlend, als er uns bemerkt, und kommt eilig auf uns zu.

»Lord Huntington«, ruft er. »Sie waren lange nicht mehr hier!«

Jonathan nickt nur knapp, ist ganz auf die Frage konzentriert, die ihn sichtlich umtreibt. »Edwards, die Pferde!«, beharrt er. »Wo sind sie?«

»Wurden alle verkauft.«

»Wann?«

»Einige schon im vergangenen Jahr, aber die meisten erst vor ein paar Monaten. Das letzte wurde vor vierzehn Tagen abgeholt«, teilt ihm der Stallmeister mit.

Jonathan schüttelt den Kopf. »Warum?«

»Das hat Ihr Vater mir nicht gesagt. Wir hatten nur die Anweisung, die Tiere zu verladen, wenn die Käufer kamen, um sie abzuholen.« Edwards zuckt mit den Schultern, offensichtlich auch nicht glücklich über diese Entscheidung seines Arbeitgebers. »Mehr weiß ich nicht.«

Jonathan deutet mit dem Kinn auf die beiden noch übrigen Pferde. »Und Daredevil und Roxanne?«

»Die sind unverkäuflich, hat Ihr Vater gesagt.« Edwards rückt seine Kappe zurecht, deutlich in Eile. »'tschuldigung, Mylord, aber ich muss weitermachen. Die Bewässerungsanlage im Garten funktioniert nicht richtig, darum muss ich mich noch schnell kümmern«, erklärt er.

»Wieso macht das denn nicht der Gärtner?«, will Jonathan wissen, dessen Irritation wächst.

»Weil Gordon entlassen wurde. Seitdem haben Hastings und ich den Garten übernommen.«

Jonathan sieht sich suchend um. »Und Joe? Duncan? Die Stalljungen?«

Edwards zuckt mit den Schultern und deutet auf die leeren Ställe. »Es war nicht mehr genug Arbeit da, Sir.«

Er tippt an seine Mütze, um noch mal daran zu erinnern, dass er wirklich weitermuss, doch er geht erst, als Jonathan ihn mit einem Kopfnicken entlässt.

»Wie viele Pferde hatte dein Vater denn?«, frage ich, als wir wieder allein sind.

»Viele. Die Boxen waren alle belegt.« Jonathan lässt den Blick durch die ruhige Stallgasse gleiten und geht dann zu der Box des weißen Pferdes, das jetzt auch weiterfrisst.

»Und warum hat er gerade diese beiden behalten? Sind sie was Besonderes?«

»Daredevil ist mein Pferd«, sagt er und klopft dem Schimmel auf den Hals. »Und Roxanne«, er deutet auf die braune Stute, »gehört Sarah.«

Ich trete ebenfalls vor die Box des Schimmels, halte dem wunderschönen Hengst meine Hand hin, die er beschnuppert. Er passt gut zu Jonathan, finde ich, auch wenn seine Farbe das krasse Gegenteil von dem ist, was Jonathan sonst bevorzugt. Und der Earl scheint es auch so zu sehen, wenn er sich von den beiden Pferden seiner Kinder nicht trennen will.

»Aber wieso hat er die anderen verkauft und die Leute alle entlassen?« Jonathan formuliert, was ich auch überlege, und ich sehe ihm an, dass er zu dem gleichen Schluss kommt wie ich.

Der Earl muss finanzielle Probleme haben. Die defekte Alarmanlage und die Salons, in denen Möbel fehlten, fallen mir wieder ein. Außerdem hat einiges hier auf Lockwood Manor eher einen verfallenen Charme, was ich auf das Alter des Hauses geschoben habe. Aber sicher könnte man ein Anwesen wie dieses mit den nötigen Mitteln besser in Schuss halten, als es im Moment der Fall ist.

»Frag ihn doch«, sage ich zu Jonathan, doch er schüttelt den Kopf, unwillig fast.

»Lockwood Manor ist nicht meine Angelegenheit. Vater muss selbst wissen, was er tut«, sagt er, und wieder mache ich mir Sorgen, weil er sich dem Earl gegenüber so kompromisslos ablehnend verhält.

Aber zumindest redet er jetzt wieder mehr als zwei Worte mit mir, was ja schon mal ein Fortschritt ist.

Schritte erklingen plötzlich draußen auf dem Hof – eilige Schritte –, und einen Augenblick später kommt Alexander in den Stall. Er blickt sich suchend um und lächelt erleichtert, als er uns entdeckt.

»Da seid ihr ja! Ich habe euch schon überall gesucht«, ruft er ziemlich außer Atem, offenbar hatte er es beim Suchen eilig.

»Was ist denn los?«, will Jonathan wissen, während wir ihm entgegen gehen.

»Die Polizei ist da«, erklärt Alexander. »Sie haben den Einbrecher geschnappt und konnten die Beute vollständig sicherstellen. Es ist alles wieder da!«

20

Die Nachricht scheint Jonathan sichtlich zu erleichtern, denn zum ersten Mal seit dem Frühstück lächelt er wieder.

»Gut«, sagt er in einem so zufriedenen Ton, dass ich mich wundere. Schließlich sind es die Sachen seines Vaters gewesen, die gestohlen wurden, und da er normalerweise auf alles, was den Earl betrifft, extrem feindselig reagiert, finde ich diese Reaktion merkwürdig.

Vielleicht war etwas Wichtiges dabei, das ihm etwas bedeutet, denke ich, komme aber nicht dazu, ihn danach zu fragen, weil die Männer es eilig haben und so schnell zurück ins Haus laufen, dass ich kaum mit ihnen Schritt halten kann. Doch an der Tür zum Speisezimmer, in das Alexander uns führt, bleibt Jonathan stehen und blickt zurück, wartet, bis ich da bin und lässt mir den Vortritt. Unsere Augen treffen sich, als ich an ihm vorbeigehe, doch ich kann den Ausdruck darin immer noch nicht lesen, bekomme nur Herzklopfen davon. Zumindest hat er nicht vergessen, dass ich da bin, denke ich.

Im Speisezimmer, einem länglichen Raum mit wuchtigen Mahagoni-Möbeln, haben wir am Freitagabend in kleinem Kreis gegessen, deshalb kenne ich es und wundere mich im ersten Moment, dass der Earl die Polizisten ausgerechnet hier empfängt. Wäre der rote Salon dafür nicht besser geeignet gewesen? Doch der Grund wird mir klar, als ich das Zimmer betrete: auf dem breiten Esstisch liegen Papiere und Geldscheine und mehrere unterschiedlich große Schatullen – offenbar die Dinge aus dem Besitz des Earls, die bei dem Einbrecher gefunden wurden.

Die beiden Polizisten, die anders als die Beamten gestern in Zivil sind, stellen sich uns als Detective Chief Inspector Cromley und Detective Sergeant Withers vor, und der Unterschied in ihrem Rang wird auch an ihren jeweiligen Tätigkeiten deutlich. Der DCI, ein älterer Mann mit schütterem Haar, sitzt auf einem Stuhl am Tisch und berichtet dem Earl die Einzelheiten der Verhaftung, während der schlanke, dunkelhaarige Sergeant steht und eine Liste – vermutlich die Aufstellung, was alles gestohlen wurde – mit den vorhandenen Gegenständen auf dem Tisch abgleicht.

Ich bin ein wenig erschrocken, als ich den Earl sehe, denn der wirkt von den gestrigen Ereignissen noch deutlich mitgenommen, geht unruhig im Zimmer auf und ab und scheint keine Ruhe zu finden. Sarah, die auch da ist und mit blassem Gesicht in einem Sessel am Fenster sitzt, wirft ihm besorgte Blicke zu.

»Der Name des Täters ist Andrew Jenkins«, verkündet der DCI, nachdem er uns begrüßt hat, und sieht den Earl an. »Ich denke, der Name wird Ihnen etwas sagen.«

Schockiert blickt der Earl ihn an. »Allerdings. Jenkins war bei uns angestellt. Aber wir mussten ihn entlassen, weil er gestohlen hat.«

Der DCI nickt. »Das passt. Er ist einschlägig vorbestraft wegen Einbruchsdelikten und sozusagen ein alter Bekannter, den wir dank der guten Beschreibung von Miss Lawson recht schnell identifizieren konnten. Er wurde noch in der Nacht festgenommen.« Er lächelt mir auf eine knappe, recht kühle Weise zu, aber er wirkt, als wäre er generell kein besonders herzlicher Mensch, also kann er vermutlich nicht anders.

»Sie müssten uns dann den Erhalt Ihres Eigentums quittieren«, sagt jetzt der junge Sergeant, der mit dem Abgleich der Listen fertig ist. Aber der Earl ist offensichtlich noch mit etwas anderem beschäftigt, denn er hört dem jungen Polizisten gar nicht zu.

»Und warum das Bild meiner Frau?« Seine Frage ist wieder an den DCI gerichtet. »Warum wollte er das herausschneiden? Dachte er, es wäre wertvoll und er könnte es verkaufen?«

Der DCI schüttelt den Kopf. »Nein. Er hat ausgesagt, dass er es aus Rache für seine Entlassung mitnehmen wollte. Das war der Grund, warum er sich Lockwood Manor als Ziel ausgesucht hat – weil er sich hier auskannte und weil er mit Ihnen noch eine Rechnung offen hatte.« Er zuckt mit den Schultern, und es wirkt fast entschuldigend. »Er scheint gewusst zu haben, wie sehr Sie an dem Bild hängen.«

Jonathan schnaubt leise, aber das höre nur ich, weil ich direkt neben ihm stehe. Er hat also mitbekommen, was der DCI gesagt hat, obwohl er die ganze Zeit mit den Sachen beschäftigt ist, die auf dem Tisch liegen. Er hat sämtliche Schatullen geöffnet, von denen es nicht so viele gibt, wie ich auf den ersten Blick dachte. Nur sechs oder sieben. Und sie enthalten auch gar keinen Schmuck, sondern irgendwelche Orden. Nur in einer liegt eine mit Saphiren und Diamanten besetzte Halskette, die nicht nur wertvoll, sondern auch wunderschön aussieht.

Die Nachricht, dass der Einbruch auch persönliche Motive hatte, trifft den Earl, das ist nicht zu übersehen, denn er verliert fast seine gesamte Gesichtsfarbe, die ohnehin schon nicht besonders rosig war, und wirkt noch bedrückter und resignierter. Schwer lässt er sich auf einen Stuhl sinken. »Aus Rache«, murmelt er leise.

»Daddy, geht's dir nicht gut?«, fragt Sarah schnell. Sie hat sich erhoben und legt ihm eine Hand auf die Schulter, doch er scheint sie gar nicht wahrzunehmen, schüttelt nur den Kopf und starrt vor sich hin, so als könnte er nicht fassen, dass sein ehemaliger Angestellter einen solchen Hass gegen ihn hegt.

»Ich hole dir deine Tabletten«, sagt Sarah und verlässt das Zimmer, nachdem sie mir vorher einen Blick zugeworfen hat, der wohl heißen sollte, dass ich ein Auge auf ihren Vater haben soll.

Der Sergeant, der seine Aufgabe erledigen will, hält ihm jetzt die Liste hin, die auf einem Klemmbrett befestigt ist, zusammen mit einem Stift. »Wenn Sie dann bitte unterschreiben würden, dass Sie die ...«

»Es fehlen Sachen«, unterbricht ihn Jonathan, und als der Sergeant ihn fragend anblickt, deutet er auf die Schatullen, die er sich angesehen hat. »Der Schmuck ist nicht vollständig.«

Alle im Raum schweigen überrascht, und der Sergeant blickt verwirrt von seinem Chef zum Earl und wieder zurück auf seine Liste.

»Aber hier steht ...«

»Es fehlt sogar eine Menge«, redet Jonathan weiter, wieder ohne auf den jungen Polizisten zu achten. »Es müssten deutlich mehr Ketten, Ohrringe und Armbänder sein. Und ein sehr wertvolles und auffälliges Diamantdiadem.«

»Äh ... nein«, widerspricht ihm der Sergeant und konsultiert noch mal seine Aufstellung. »Ein Saphirkollier – mehr Schmuck ist hier nicht angegeben.« Er sieht erneut zum Earl, um sich zu vergewissern, dass das korrekt ist. »Oder wurde etwas vergessen?«

Der Earl wirkt als einziger nicht überrascht über Jonathans Behauptung, sondern eher unangenehm berührt, so als wäre es ihm deutlich lieber gewesen, wenn Jonathan diese Sache nicht thematisiert hätte.

»Mylord?«, fragt der Sergeant höflich nach, als er nach einem langen Augenblick immer noch nicht reagiert hat.

Der Earl räuspert sich. »Nein«, sagt er dann mit fester Stimme und sieht seinen Sohn an, dessen Blick fragend, aber auch anklagend ist. »Es fehlt nichts.«

Er streckt die Hand nach der Liste aus und nimmt sie dem Sergeant ab, unterschreibt sie und gibt sie ihm mit einem Kopfnicken wieder zurück. »Vielen Dank, dass Sie sich die Mühe gemacht haben, die Sachen vorbeizubringen.«

Der DCI lächelt und verbeugt sich leicht. »Das ist doch selbstverständlich, Lord Lockwood«, versichert er dem Earl, und für einen Moment frage ich mich, ob es normal ist, dass die Polizei sich so viel Mühe macht oder ob es auch wieder daran liegt, dass der Earl der Earl ist. Wundern würde es mich nicht.

Die beiden Polizeibeamten verabschieden sich, und da weder der Earl, der auf seinem Stuhl sitzen bleibt, noch Jonathan, der seinen Vater noch immer mit schmalen Augen fixiert, Anstalten machen, sie zur Tür zu begleiten, springt Alexander ein und geht mit ihnen nach draußen.

»Wo ist der Rest?«, fragt Jonathan, sobald die Tür wieder geschlossen ist, und seine Stimme klingt zornig. »Was hast du damit gemacht? Hast du ihn?«, wendet er sich an Sarah, die in diesem Moment das Zimmer wieder betritt. Sie hält eine Tablettenpackung in der Hand und sieht ihn überrascht an.

»Was soll ich haben?«

»Mutters Schmuck. Ihre Ketten und Ringe, die Broschen, das Diadem«, erklärt Jonathan und fixiert erneut seinen Vater, als seine Schwester den Kopf schüttelt. »Wo ist das alles, Vater?«

Ich schätze, die allermeisten wären Jonathans eisigen Blicken schon ausgewichen, aber der Earl hält ihnen stand. Er hat sich wieder aufgerichtet, sitzt gerade, wie es so typisch für ihn ist, und sieht seinen Sohn an. Unsicher wirkt er nicht, nur unglücklich irgendwie – so als wüsste er genau, dass seine Antwort ein Problem sein wird.

»Ich habe es verkauft«, sagt er.

Jonathan ballt die Hände zu Fäusten, und ein Muskel zuckt auf seiner Wange. Auch Sarah, die an der Anrichte steht, um für ihren Vater ein Glas mit Wasser aus der Karaffe zu füllen, sieht überrascht auf.

»Du hast nur noch das Saphirkollier?« In ihrer Stimme schwingt Enttäuschung mit. Diese Nachricht ist offenbar auch für sie total neu.

Der Earl nickt. »Es tut mir leid«, sagt er. »Aber es ging nicht anders.«

Das sieht Jonathan anders.

»Man hat immer die Wahl, Vater«, sagt er verächtlich. »Aber ich verstehe nicht, wieso du den Schmuck nicht wenigstens mir angeboten hast. Ich hätte ihn dir abgekauft, wenn du ihn so dringend loswerden musstest. Sarah und mir wären diese Erinnerungsstücke im Gegensatz zu dir etwas wert gewesen.«

Der Earl schüttelt den Kopf. »Du warst noch ein Kind damals, Jonathan.«

»Du hast den Schmuck schon vor Jahren verkauft?« Das macht Jonathan richtig fassungslos – und noch wütender. »Warum? Wolltest du nicht mehr daran erinnert werden, was du getan hast? Oder haben dir die Sachen nur einfach nichts bedeutet?« Seine Stimme bebt jetzt vor kaum verhohlener Wut. »So wie sie dir nichts bedeutet hat.«

»Orla hat mir alles bedeutet«, brüllt der Earl, es bricht richtig aus ihm heraus, und zum ersten Mal, seit ich ihn kenne, verliert er völlig die Fassung. Sein Gesicht ist verzerrt, und der Schmerz, der bei unserem Gespräch in seinem Arbeitszimmer nur kurz in seinen Augen aufgeblitzt ist, wühlt ihn jetzt auf, ohne dass er ihn verbergen kann.

Sarah und ich sind beide so erschrocken über seine Reaktion, dass wir ihn nur anstarren, aber Jonathan wird noch ungehaltener, als würde ihn der Zorn seines Vaters anstacheln und nicht bremsen.

»Das ist nicht wahr«, beschuldigt er den Earl. »Du hast sie gehasst. Ihr hattet nur Streit. Du warst froh, dass du sie los warst.«

Der Earl schlägt mit der Faust auf den Tisch. »Nein.«

»Doch«, beharrt Jonathan und macht einen Schritt auf ihn zu. »Du hast einfach weitergemacht, als wenn nichts gewesen wäre«, wirft er ihm vor. »Du hast nicht mal mit der Wimper gezuckt. Den Schein wahren, das war dir wichtig. Nur darum ist es dir immer gegangen. Aber geliebt hast du sie nicht.«

»Was weißt du denn schon, du warst ein Kind!« Der Earl ist aufgesprungen, und für einen Moment stehen die beiden Männer sich wie Erzfeinde gegenüber. Dann sackt der Earl zurück auf seinen Stuhl und ringt kurz nach Atem.

»Daddy!«, ruft Sarah besorgt und eilt zu ihm, aber er winkt ab, offenbar geht es schon wieder, auch wenn sein Brustkorb sich schwer hebt und senkt.

»Nimm deine Tabletten«, weist Sarah ihn an und gibt ihm zwei aus der Packung. Während sie darauf wartet, dass er sie mit dem Glas Wasser runterspült, sieht sie ihren Bruder vorwurfsvoll an. »Hör auf«, sagt sie warnend.

Doch Jonathan ist zu aufgewühlt, um nachzugeben.

»Ich weiß, was ich gesehen habe!«, sagt er. »Du hast ...«
»Jonathan!«

Überrascht verstummt er und blickt auf meine Hand, mit der ich aus einem Reflex heraus seinen Arm umfasst habe, um ihn aufzuhalten. Für einen Moment brennt der Zorn in seinen Augen weiter, dann wendet er sich ruckartig ab und geht zum Fenster. Er schiebt die Hände in die Hosentaschen und sieht nach draußen.

»Willst du dich nicht lieber hinlegen, Daddy?«, fragt Sarah, doch der Earl ist noch mit Jonathan beschäftigt, sieht zu ihm hinüber. Seine Wut ist allerdings deutlich verraucht, er sieht jetzt wieder resigniert aus. Und tieftraurig.

»Deine Mutter und ich haben uns gestritten, das ist wahr«, sagt er und blickt dabei Sarah an, weil Jonathan ihm immer noch den Rücken zuwendet. »Sie war so temperamentvoll, so fordernd und so absolut entschlossen, alles durchzusetzen, was sie für richtig hielt. Ich war nicht immer ihrer Meinung, und wir sind viel zu oft aneinandergeraten, ja. Aber ich habe sie geliebt und sie mich. Das musst du mir glauben. Es vergeht nicht ein Tag, an dem ich mir nicht wünschen würde, sie wäre noch bei mir.«

Sarah streicht ihm mit dem Handrücken über die Wange und antwortet nicht, obwohl der Earl den Blick immer noch auf sie richtet – wahrscheinlich weil sie wie ich weiß, wem er das eigentlich sagt. Und Jonathan weiß das auch, denn er dreht sich wieder zu ihm um.

»Du hast in den Jahren nach ihrem Tod nie über sie gesprochen. Nicht ein einziges Mal«, sagt er, und seine blauen Augen funkeln immer noch zornig, aber nicht mehr so aggressiv. Eher anklagend. Verletzt. »Ich musste ins Internat, und Sarah hast du zu Tante Mary gegeben. Weil du froh warst, uns alle los zu sein. Und dann sollte ich dir glauben, als du irgendwann angefangen hast, den trauernden Witwer zu spielen?«

Der Earl ist schockiert über diese Vorwürfe, doch es steht jetzt auch ehrliche Reue in seinem Blick. »Ich habe nicht über deine Mutter gesprochen, weil ich es nicht konnte, Jonathan.

Weil es mir zu wehgetan hat. Das ging erst viel später – aber immer, wenn ich es dann versucht habe, hast du jeden Versuch abgeblockt. Und ich habe dich wie geplant aufs Internat geschickt, obwohl ich kein gutes Gefühl dabei hatte, einfach weil ich keine andere Lösung wusste. Ich hatte den Halt verloren nach Orlas Tod, ich war zu nichts mehr in der Lage, habe alles schleifen lassen. Ich konnte mich nicht um dich kümmern und erst recht nicht um Sarah.« Er senkt den Kopf, offenbar sehr beschämt darüber, diese Schwäche eingestehen zu müssen. »Erst als die Stiftung, die deine Mutter ins Leben gerufen hat, kurz vor dem Aus stand, weil Gelder veruntreut worden waren, ohne dass ich es gemerkt hatte, bin ich aufgewacht. Deshalb habe ich den Schmuck damals verkauft – weil ich wusste, dass Orla gewollt hätte, dass ich die Stiftung in ihrem Sinne weiterführe. Das wäre ihr wichtiger gewesen als der Schmuck.« Er seufzt. »Ich habe nur den Verlobungsring behalten, den ich dir geschenkt habe, Sarah. Und das Saphirkollier, weil es ihr Lieblingsstück war.« Er hebt die Arme in einer hilflosen Geste. »Es tut mir leid«, wiederholt er noch mal, und es ist klar, dass er damit nicht nur den verkauften Schmuck meint.

Jonathan starrt seinen Vater an, und ich warte atemlos darauf, wie er jetzt reagiert.

Ich konnte nie glauben, dass der Earl der gefühllose Mann ist, als den Jonathan ihn geschildert hat, schon damals im Krankenhaus in London nicht, als ich ihm das erste Mal begegnet bin. Im Gegenteil, ich glaube, er ist ein Mensch, der sehr viel empfindet und dessen Gefühle tief gehen, sehr tief sogar. Doch er geht nicht offen mit ihnen um, er hat sie in sich eingeschlossen, und vielleicht ist das der Grund, warum Jonathan das auch tut – wenn sein Vater sein einziges Vorbild war, was den Umgang mit der Trauer um seine Mutter anging.

Er hat es vom Earl so gelernt, deshalb haben die beiden nebeneinander existiert, jeder in seinem Leid gefangen, ohne in der Lage zu sein, sich gegenseitig zu helfen.

Aber jetzt ist es doch klar, denke ich. Jonathan hat sich geirrt. Seine Eltern haben sich geliebt, und alles, was er angenommen hat, war falsch. Das ändert wirklich alles. Ein Schritt, denke ich. Er braucht jetzt nur noch einen einzigen, winzigen Schritt auf seinen Vater zuzumachen, und dann können sie vielleicht endlich reden über das, was sie beide so belastet und was ihr Verhältnis jahrelang vergiftet hat. Es ist eine Chance – und dann hätte der Einbruch zumindest etwas Gutes bewirkt, so schrecklich seine Folgen gestern auch waren.

Aber ganz so einfach ist es offenbar nicht, denn Jonathans Miene ändert sich nicht, bleibt hart.

»Hast du das Kollier schätzen lassen? Weißt du, was es wert ist?«

Verständnislos sieht sein Vater ihn an, genau wie Sarah und ich. Das ist so ziemlich die letzte Frage, die wir alle von ihm erwartet hätten.

Jonathan macht eine unwillige Handbewegung, wartet die Antwort des Earls gar nicht erst ab, der gerade ansetzen wollte, etwas zu sagen.

»Nenn mir einfach deinen Preis. Ich kaufe es dir lieber ab, dann steht nicht mehr zu befürchten, dass du es auch noch versetzt.«

Hat er nicht zugehört?, denke ich erschrocken. Wie kann er sich mit der Kette aufhalten, nach allem, was der Earl ihm gerade gestanden hat? Wieso will er diesen einen kleinen Schritt nicht tun, der ihn jetzt noch von einer Versöhnung mit seinem Vater trennt?

Der Earl zuckt sichtlich getroffen mit den Schultern. Es ist ihm schwer gefallen, das alles einzugestehen, aber bestimmt hatte auch er sich eine andere Reaktion von Jonathan erhofft.

»Du kannst es haben«, sagt er und deutet auf die Schatulle mit dem Kollier. »Nimm es.«

Die Tür geht plötzlich auf, und Alexander kommt wieder rein. Seine Schritte sind schwungvoll, offenbar hatte er es eilig, wieder zurückzukommen – die Polizisten müssen ihn länger aufgehalten haben als geplant –, doch er hält inne, als er die Anspannung im Raum spürt.

»Alles in Ordnung?«, fragt er und sieht uns der Reihe nach an. Dann bleibt sein Blick an Jonathan hängen, der noch am Fenster steht und seinen Vater fixiert. »Hunter?«

Ein Ruck geht durch Jonathan, als Alex ihn anspricht.

»Ja, alles in Ordnung«, sagt er, presst es jedoch so zwischen den Zähnen durch, dass es nicht so klingt. Mit zwei großen Schritten ist er beim Tisch, nimmt sich die Kollier-Schatulle und steckt sie in die Tasche seines Jacketts.

»Ich lasse es schätzen und werde dir einen Scheck zukommen lassen mit einer entsprechenden Summe«, erklärt er seinem Vater, weil er offenbar ein Geschenk von ihm nicht annehmen kann. Dann kommt er zu mir und legt die Hand in meinen Rücken, schiebt mich in Richtung Tür. Als wir dort ankommen, bleibt er stehen und dreht sich noch einmal um.

»Grace und ich reisen ab«, verkündet er.

»Jon...« Sarah, die sich bis jetzt zurückgehalten hat, weil sie wahrscheinlich – in der Hoffnung, dass ihr Vater und ihr Bruder sich wieder näher kommen – nicht dazwischenfunken wollte, geht einen Schritt auf ihn zu und sieht in unglücklich an.

Doch Jonathan lässt sie nicht ausreden. »Wir sehen uns noch, bevor wir fahren.« Er verabschiedet sich mit einem knappen Kopfnicken von allen dreien, dann schießt er die Tür hinter uns, bevor ich mehr tun kann als entschuldigend zu lächeln. Kaum sind wir draußen, geht er mit so großen Schritten durch den Flur auf die Halle zu, dass ich fast rennen muss, um mit ihm mitzuhalten.

»Warum redest du denn nicht mit deinem Vater?«, frage ich. »Warum gibst du ihm nicht endlich eine Chance?«

Jonathan schüttelt den Kopf. »Wozu, Grace? Es hat sich nichts geändert.«

»Es hat sich alles geändert«, widerspreche ich ihm. »Es war falsch, wie du über deinen Vater gedacht hast. Er hat deine Mutter geliebt.«

Abrupt bleibt er stehen und sieht mich an. »Aber sie ist trotzdem tot, Grace. Sie lebt nicht mehr. Dann war es eben seine Liebe, die sie umgebracht hat. Verstehst du? Es ist egal. Es spielt keine Rolle.«

»Jonathan, er hat sie nicht umgebracht. Es war ein Unfall. Und es ist nicht egal – es macht einen großen Unterschied.«

»Für mich nicht.« Seine Stimme klingt so endgültig, dass es mir die Kehle zuschnürt, und ich halte ihn nicht mehr auf, als er sich umdreht und die Treppe nach oben stürmt.

Er ist plötzlich wieder so weit weg, denke ich verzweifelt. Dabei hatte ich gerade das Gefühl, dass er sich mir öffnet. Dass er mich endlich an sich heranlässt.

Vielleicht hätte ich ihm nicht gestehen dürfen, dass ich ihn liebe, denke ich, während ich mit schleppenden Schritten hinter ihm hergehe. Weil er das offenbar nicht will. Aber ich tue es trotzdem, jetzt noch mehr als vorher.

Wenn ich ihn nicht schon so gut kennen würde, dann würde ich glauben, dass er kalt und arrogant und gefühllos ist. So wirkt er und so würden ihn sicher viele der Frauen beschreiben, die sich schon enttäuscht von ihm abgewandt haben, weil er sie an sich hat abprallen lassen – genauso wie er es jetzt gerade wieder bei mir tut. Aber sie konnten ja auch nie vordringen zu den Seiten, die ich sehe. Und egal, wie er sich dagegen wehrt, ich bin entschlossen, diese Seiten freizulegen. Es fehlt nicht mehr viel, langsam kann ich das Puzzle zusammensetzen, das mir entschlüsselt, warum er seine Gefühle so versteckt, wieso er niemanden sehen lässt, was ihn quält.

Wenn der Earl schon so gelitten hat, wie viel schlimmer muss es dann für Jonathan gewesen sein, nach dem schrecklichen Unfalltod seiner Mutter alleingelassen in einem Internat zu sitzen, in dem ihn offenbar nicht alle freundlich empfangen haben. Kein Wunder, dass er Kinder für Monster hält. Wahrscheinlich haben die anderen Jungen instinktiv gespürt, wie verletzlich er war, und sich ihn gerade aus diesem Grund als Zielscheibe gesucht. Um da durchzukommen, musste er hart werden, er durfte keine Schwäche zeigen, und es ist vermutlich nur seiner Freundschaft mit Alexander zu verdanken, dass er das überhaupt überstanden hat. Deswegen sind die beiden auch so eng miteinander verbunden.

Doch der Preis war, dass er niemanden mehr an sein Innerstes heranlässt, weder seinen Freund, noch seine Schwester, noch mich. Und es ist mehr als die Furcht vor Verletzung und Enttäuschung, die ihn davon abhält, das zu ändern und sich wieder zu öffnen. Seine Angst geht tiefer, es ist, als würde er sich selbst nicht trauen, als wäre er das Problem und nicht ich. Der Grund dafür ist das Puzzleteil, das noch fehlt, und ich spüre, dass ich nicht weit davon entfernt bin, es zu finden.

Als ich im ersten Stock ankomme, schließt Jonathan gerade die Tür zu seinem Zimmer, den gepackten Koffer schon in der Hand.

»Ich warte unten«, sagt er, als er an mir vorbeigeht. »Wir fahren, sobald du fertig bist.« Damit eilt er an mir vorbei, und ich lasse ihn gehen, bleibe verwirrt, aber auch entschlossen zurück.

Er wird es mir nicht leicht machen, das weiß ich, und es kann immer noch sein, dass es mir nicht gelingt, zu ändern, was er so offensichtlich und aus welchem Grund auch immer nicht zu ändern bereit ist. Aber ich werde einen Teufel tun und mich von ihm verschrecken lassen, so wie alle anderen.

Mit neuem Elan gehe ich in mein Zimmer und packe meine Sachen, bereit für den nächsten Versuch.

21

»Du siehst schlecht aus«, sagt Annie und sieht mich besorgt an. »Das ist seine Schuld, oder?«

Sie streckt die Hand über den Küchentisch und legt sie auf meine, streicht tröstend darüber. Ihr Mitgefühl lässt Tränen in meine Augen steigen, die ich hastig wieder runterschlucke. Ich will nicht weinen, nicht einmal vor ihr, meiner besten Freundin hier in London. Eigentlich will ich ihr nicht mal gestehen, dass sie recht hat, schließlich war sie es, die mich schon von Anfang an vor Jonathan gewarnt hat.

Aber so zu tun, als wäre alles in Ordnung, hat vermutlich keinen Zweck, denn es ist ja nicht zu übersehen, dass es das nicht ist, wenn ich hier in der WG bin und nicht in Knightsbridge bei Jonathan.

»Es ist so schwierig im Moment«, sage ich und zucke hilflos mit den Schultern, stoße die Luft aus, weil meine Kehle schon wieder eng wird.

Schwierig ist gar kein Ausdruck. Seit wir aus Lockwood Manor zurück sind, verschließt Jonathan sich mir komplett, macht völlig dicht. Ich habe nicht mehr den Hauch einer Chance, an ihn heranzukommen, und das ist viel schwerer zu ertragen, als ich dachte.

In den ersten paar Tagen lief alles weiter wie vorher, zumindest äußerlich. Aber immer, wenn ich versucht habe, mit ihm über seinen Vater zu reden, hat er total abgeblockt, obwohl ich genau sehe, dass das, was auf Lockwood Manor passiert ist, in ihm arbeitet. Er zieht nur nicht die Konsequenzen daraus, die ich mir erhofft habe, denn wenn überhaupt, ist er noch schlechter auf den Earl zu sprechen als vorher. Und er wahrt seitdem eine innere Distanz zu mir, die mich fertig macht. Es ist, als wüsste er, dass ich beschlossen habe, nicht aufzugeben und um ihn zu kämpfen, und würde deshalb alles versuchen, um mich zu vergraulen. Als würde er darauf warten, dass ich beende, was er nicht beenden kann oder will, und langsam hat er mich soweit.

Unsere Beziehung hängt eigentlich nur noch an einem seidenen Faden – dem Sex. Denn das geht immer noch zwischen uns, und die Tatsache, dass Jonathan das genauso wenig aufgeben kann wie ich, hat mich bleiben lassen. Es ist wie eine Abhängigkeit, etwas, von dem wir beide nicht loskommen. Bis jetzt, denke ich, und spüre, wie mich wieder Verzweiflung überkommt. Denn in dieser Hinsicht bin ich inzwischen auch auf Entzug.

Heute ist nämlich schon die die dritte Nacht in Folge, die ich nicht mit ihm verbringe, weil er vorgestern nach Wien geflogen ist, zu einem Geschäftstermin, den er ganz kurzfristig anberaumt hat, nachdem wir uns – wieder mal – über seine Einstellung zu seinem Vater gestritten haben. Er hat mir nur lapidar mitgeteilt, dass er fliegt, und seit er weg ist, habe ich nichts mehr von ihm gehört, obwohl er schon seit heute Mittag wieder zurück ist. Und langsam glaube ich wirklich, dass es das jetzt war. Dass er mich aus seinem Leben gestrichen hat. Oder das ich ihn dringend aus meinem Leben streichen sollte, weil es einfach keinen Zweck hat.

Ich habe die Limousine gegen zwölf Uhr von meinem Bürofenster aus vor dem Gebäude vorfahren und ihn aussteigen sehen, und ich habe mein verdammtes weiches Herz verflucht, weil es ihm sofort entgegengeflogen ist und darauf gehofft hat, ihn gleich wiederzusehen. Doch er ist nicht zu mir gekommen, und auch auf einen Anruf von ihm habe ich vergeblich gewartet, und irgendwann um sechs wurde es mir zu dumm. Deshalb bin ich runter zu Annie gegangen und dann mit ihr zurück nach Islington gefahren, und jetzt sitzen wir hier in der Küche, sind schon fast mit der ersten Flasche Rotwein fertig, und ich könnte heulen vor Wut und Verzweiflung, weil ich einfach nicht mehr weiß, wie es weitergehen soll. Denn Ende nächster Woche fliege ich zurück nach Chicago, um dort mein Examen zu machen, und werde zwei Wochen weg sein. Oder länger, denke ich, denn wenn sich die Situation mit Jonathan bis dahin nicht gebessert hat, dann bleibe ich besser gleich da.

»Weißt du, dass ich wirklich dachte, ich hätte mich getäuscht?«, meint Annie jetzt und gießt mir noch mal nach. »Er wirkte richtig verliebt in dich, als er hier war. Aber wie es aussieht, kann unser geschätzter Boss sich eben doch nicht ändern.«

»Danke. Das baut mich richtig auf.« Mit einem großen Schluck Wein trinke ich gegen den Kloß an, der einfach nicht verschwinden will. Ich sehne mich ganz furchtbar nach Jonathan, aber ich bin auch so schrecklich wütend auf ihn, weil er mich so quält, und auf mich auch, weil ich mich so quälen lasse. Ist er das wirklich wert, dass ich mir das alles antue?

»Tut mir leid, ich würde dir wirklich gerne etwas anderes sagen, aber wenn er sich drei Tage nicht meldet...« Annie kann ihren Satz nicht mehr beenden, weil mein Handy klingelt. Als ich sehe, dass es Jonathan ist, der mich anruft, verschlucke ich mich fast und greife so hektisch danach, dass es mir zuerst wieder aus der Hand rutscht. Ganz ruhig, ermahne ich mich, aber meine Finger zittern trotzdem, als ich rangehe.

»Wo bist du?« Jonathans Stimme klingt ungehalten, was

ich so unverschämt finde, dass meine anfängliche Freude schlagartig verfliegt.

»In Islington«, sage ich und spüre, wie die Wut in mir die Oberhand gewinnt – vielleicht, weil mir der Wein schon so zu Kopf gestiegen ist. Denn ein Blick auf die Küchenuhr sagt mir, dass es jetzt halb neun ist. Halb neun! Er ist seit heute Mittag wieder da, und jetzt fällt ihm endlich wieder ein, dass es mich noch gibt?

»Bist du allein?«

»Nein, bin ich nicht«, erkläre ich ihm, obwohl Annie längst aufgestanden und gegangen ist, um mich während des Telefonats nicht zu stören. »Ich amüsiere mich gerade ganz großartig und habe nicht vor, damit aufzuhören.«

Ich weiß auch nicht, wieso ich das sage, wahrscheinlich, weil ich beschwipst bin und ihm wehtun möchte, so wie mir sein Schweigen während der letzten Tage wehgetan hat und die Tatsache, dass ich nicht mehr weiß, woran ich bei ihm bin.

»Ich will dich sehen, Grace«, sagt er, und es schwingt dieser verlangende Ton in seiner Stimme mit, dem ich sonst nicht widerstehen kann. Wir waren drei Tage getrennt, und ich weiß genau, was passieren wird, wenn ich jetzt zu ihm gehe, und dass ich es sehr genießen würde. Aber ich weiß auch, dass sich nichts geändert hat. Dass es nur Sex sein wird und nicht mehr, weil Jonathan mehr nicht mehr zulässt. Und dass er mich nur weiter verletzen wird, weil er mich auf Abstand hält.

Ich will auch zu ihm. Schon nach lächerlichen zweiundsiebzig Stunden will ich ihn so dringend, dass ich es vor Sehnsucht kaum noch aushalte. Aber es funktioniert so nicht, nicht für mich. Ich hab's versucht, wirklich versucht, und es geht nicht. Weil wir längst wieder nach seinen Regeln spielen und weil mich diese Ungewissheit, ob je mehr mit ihm möglich sein wird, langsam aber sicher in den Wahnsinn treibt. Ich verstehe ihn einfach nicht, und ich fürchte fast, daran wird sich nie etwas ändern.

»Aber ich will dich nicht sehen«, sage ich deshalb und schließe die Augen. Ich konnte noch nie gut lügen, und das ist so ziemlich die fetteste Lüge, die mir je über die Lippen gekommen ist. Nur lassen meine Wut und meine Enttäuschung gerade nichts anderes zu, und bevor er irgendetwas erwidern kann, lege ich auf, atme tief durch.

»Ich gehe ins Bett«, erkläre ich Annie, als sie zurück in die Küche kommt, weil ich nicht mehr reden will. Ich bin auf einmal schrecklich müde. Und außerdem bin ich es leid, mich für meine Gefühle für Jonathan Huntington zu rechtfertigen – vor ihr, aber auch vor ihm.

Ich kann nichts dafür, dass ich ihn liebe, aber wenn er partout nicht will, dann ist es wahrscheinlich wirklich besser, wenn ich mich langsam an den Gedanken gewöhne, dass es zwischen uns eben nicht klappt.

Als ich eine halbe Stunde später – schon gewaschen und im Nachthemd – aus dem Bad komme, klingelt es plötzlich. Ich zögere. Marcus ist bei einem Wettkampf in Manchester, Ian besucht diese Woche seine Eltern in Schottland und Annie ist auch gerade weg – sie hat eine SMS bekommen von Freunden, die sich spontan in einem Pub getroffen haben, und ich habe ihr gesagt, dass sie ruhig hingehen kann, weil mir eh nicht mehr nach Gesellschaft ist heute Abend. Ich bin also allein, und da wir keinen Türsummer haben – es lebe der Altbau – müsste ich deshalb jetzt runtergehen und die Tür aufmachen. Aber da ich schon im Nachthemd bin, habe ich keine große Lust dazu. Wenn es jemand für die anderen ist, dann kommt er sowieso umsonst. Und ich erwarte niemanden.

Es klingelt noch mal, länger diesmal, und mein Herz klopft auf einmal aufgeregt, weil ich überlege, ob es vielleicht Jonathan ist. Zuzutrauen wäre es ihm, dass er mein Nein nicht akzeptiert. Aber selbst wenn er es ist, dann tut es ihm ganz gut, wenn ich ihn da unten einfach stehen lasse, nach dem, wie er mich behandelt hat, denke ich.

Um sicher zu gehen – und weil es schon wieder klingelt –, schleiche ich mich in Annies Zimmer, deren Fenster nach vorn rausgehen, und blicke runter auf die Straße. Ich kann den Hauseingang zwar von hier aus nicht sehen, weil ich mich dafür weit aus dem Fenster lehnen müsste, aber ein schicker grüner Sportwagen mit hellen Ledersitzen, den ich sehr gut kenne, parkt auf der gegenüberliegenden Seite. Es ist also Jonathan, der da unten vor der Tür steht, was meinen Magen auf Talfahrt schickt.

Ich weiß, dass ich nicht aufmachen sollte, und ich will es auch eigentlich nicht, ich will hart bleiben. Doch dann klingelt es plötzlich nicht mehr. Dafür höre ich Schritte die Treppe heraufstürmen, und es klopft laut an der Wohnungstür.

»Grace? Ich weiß, dass du da bist. Mach auf!«

Offenbar hat Jonathan es geschafft, ins Haus zu kommen, vielleicht hat er bei den Leuten unter uns geklingelt, und die haben ihm aufgemacht. Und er wird nicht weggehen, so entschlossen wie er klingt, deshalb schiebe ich mit zitternden Fingern den Riegel zurück und öffne.

Jonathan steht wirklich vor der Tür. Sein dichtes schwarzes Haar ist ihm in die Stirn gefallen, und sein Brustkorb hebt und senkt sich schwer, weil er die Treppe raufgerannt ist. Er hält die Arme gesenkt und ballt die Hände immer wieder zu Fäusten, und weil die Ärmel seines schwarzen Hemdes aufgekrempelt sind, kann ich die Muskeln unter der gebräunten Haut seiner Unterarme spielen sehen. Sein Gesichtsausdruck ist noch genauso undurchdringlich wie in den letzten Tagen, aber seine blauen Augen leuchten auf, als er mich sieht.

Ich schlucke schwer. »Was machst du hier?«

»Das habe ich dir doch schon gesagt«, erwidert er. »Ich will dich sehen.«

Aber obwohl mein Herz wild schlägt und findet, dass das als Grund doch völlig ausreicht, um mich in seine Arme zu werfen, bleibt mein Verstand wachsam und hält mich zurück.

»Warum? Die letzten drei Tage bist du doch offenbar auch gut zurechtgekommen, ohne mich zu sehen«, sage ich und kämpfe gegen meine Sehnsucht an, die mich zu ihm zieht.

Weil das so nicht geht. Er hat sich nicht gemeldet, drei Tage lang nicht. Und vorher war er so kühl zu mir, dass ich schon dachte, es ist alles aus zwischen uns. Und jetzt steht er hier, vor meiner Tür, und sagt »Ich will dich sehen« mit einem Leuchten in den Augen, das mir ganz weiche Knie macht – ich meine, wie soll ich denn da mitkommen?

»Können wir das drin besprechen?«, sagt er.

Ich trete zur Seite und lasse ihn rein, und sobald die Tür hinter ihm wieder zu ist, zieht er mich in seine Arme und küsst mich drängend und fiebrig, so als könnte er es keine Sekunde länger ohne mich aushalten.

Und mir geht es nicht anders, obwohl mir klar ist, dass ich es ihm viel zu einfach mache. Aber das ist mir vollkommen egal, wenn ich seine Lippen auf meinen fühle und seine Arme mich umschließen.

Seine Zunge erobert meinen Mund, und ich klammere mich an ihn, weil sein Geschmack wie eine Droge ist, die ich dringend brauche und die ich viel zu lange nicht hatte, und ihm scheint es genauso zu gehen, denn er stöhnt auf, als ich anfange seinen Kuss zu erwidern. Ich fühle seine Hände auf meinem Rücken, meinem Po, und lasse meine eigenen über seine Schultern in sein Haar gleiten, vergewissere mich, dass er sich noch so anfühlt, wie ich ihn in Erinnerung hatte. Es ist berauschend, ihn wieder zu spüren, nachdem ich schon dachte, dass es vorbei ist zwischen uns, und als er mich hochhebt, schlinge ich die Beine um seine Hüften und lasse mich willig von ihm in mein Zimmer tragen.

Jonathan unterbricht die ganze Zeit über seinen Kuss nicht, so als wollte er mich darin hindern, einen klaren Gedanken zu fassen, doch als er mich auf das Bett legt, bleibt mein Blick am Schrank hängen und mir fällt wieder ein, wann wir zuletzt gemeinsam hier waren – vor der Fahrt nach Lockwood, als wir mein Kleid abgeholt haben. Mit dieser Erinnerung kommen auch die anderen zurück, die ich kurz verdrängt hatte, und es reicht, um mich wieder soweit zur Vernunft zu bringen, dass ich ihm die Hand auf die Brust lege und ihn zurückschiebe, als er sich über mich beugen und mich weiter küssen will.

Er hat meine Frage noch nicht beantwortet. Genauso wenig wie er mir beantwortet hat, warum er seinem Vater nicht verzeihen kann und warum er leugnet, dass es bei unserer Beziehung schon längst nicht mehr nur um den reinen Sex geht.

»Warum, Jonathan?«, wiederhole ich deshalb und sehe ihn eindringlich an. »Warum wolltest du mich unbedingt sehen? Jetzt? Nachdem du schon den halben Tag Gelegenheit dazu gehabt hättest?«

Einen langen Moment blickt er mich nur an.

»Weil ich nicht gedacht hätte, dass ich dich so vermissen würde«, sagt er, und zum ersten Mal, seit wir aus Lockwood wieder da sind, zieht er den Vorhang wieder etwas auf, den er über seine Augen legen kann, wenn er das will, und lässt mich in sich hineinsehen.

Es ist keine Liebeserklärung, nicht wirklich, aber es reicht, um meinen Widerstand zu brechen. Mit einem Seufzen ergebe ich mich dem mächtigen Gefühl, das mich zu ihm hinzieht, und schlinge die Arme um seinen Hals, erwidere seinen Kuss.

Er wollte es, denke ich. Er wollte mich nicht mehr sehen, aber er konnte es nicht, und jetzt brennt in seinen Augen eine Sehnsucht, die mir den Atem nimmt.

»Wie ich diesen süßen Leberfleck hinter deinem Ohr vermisst habe«, flüstert er mit rauer Stimme und küsst die Stelle, die er meint, verweilt dort aber nicht, sondern lässt seine Lippen meinen Hals hinunterwandern.

Als er den Saum meines Nachthemds erreicht, hält er inne und lehnt sich zurück, dann zieht er es mir in einer schnellen, fließenden Bewegung aus. Sofort anschließend greift er wieder nach mir, und ich wölbe mich ihm willig entgegen, als er sich mit Händen und Lippen ausführlich meinen Brüsten widmet.

»Und den Duft deiner Haut, wie weich sie hier ist«, sagt er und fährt mit der Nase zwischen meinen Brüsten entlang, lässt dann seine Zunge einen Hügel hinaufwandern. »Und den Geschmack deiner Knospen.« Er schließt die Lippen um den aufgerichteten Nippel, saugt unwiderstehlich sanft daran, bis ich aufstöhne, weil seine Worte mir mindestens so zu Kopf steigen wie seine Berührungen.

»Jonathan«, hauche ich, hilflos, weil ich ihn so sehr will, und er lacht leise. Dann zieht er mir auch den Slip aus, sodass ich nackt vor ihm auf dem Bett liege.

»Das habe ich ganz besonders vermisst, wie du meinen Namen flüsterst, wenn du geil auf mich bist«, sagt er und lässt eine Hand zu meinem Spalt wandern, drückt kurz mit dem Daumen auf meine Klit, während ich verzweifelt die Finger ins Laken kralle. Ich will ihn genauso spüren, bin begierig auf das Gefühl seiner Haut an meiner, deshalb zerre ich ihm das Hemd aus der Hose und knöpfe es auf, streife es ihm ab und beiße ihm dabei ungeduldig in die Schultern, koste seinen Geschmack.

Seine Brust ist so herrlich breit und seine Muskeln fest, deshalb lasse ich meine Hände darüber gleiten. Aber letztlich habe ich nur ein Ziel, und stöhne auf, als ich auch ihn endlich von seiner Hose befreit habe und in seiner ganzen Pracht sehe.

»Komm zu mir«, hauche ich, weil ich ihn in mir fühlen will, und Jonathan legt mich zurück aufs Bett und öffnet meine Beine, kniet dazwischen. Doch anstatt in mich einzudringen, beugt er sich vor und setzt seine zärtliche Folter meiner Brüste fort, während seine Finger wieder meine Klit verwöhnen und meine Erregung steigern. Doch kommen lässt er mich nicht, entzieht sich mir ein weiteres Mal, als ich schwer atme und kurz davor stehe.

»Ich habe vermisst, wie willig du bist und wie bereit, dich mir zu ergeben«, raunt er und lässt seine Lippen über meinen Bauch wandern, leckt durch meinen Bauchnabel und über jeden Zentimeter Haut auf seinem Weg, während seine Hände jetzt sanft über meine Arme, meine Schultern, meinen Hals und meine Brüste streicheln, und dann an meinen Rippen entlang und über meine Hüften – bis sein Mund und seine Finger dort zusammenfinden, wo meine Lust sich sammelt.

Ich zittere, als er endlich mit den Fingern meine Schamlippen teilt. »Und wie gut dein Nektar schmeckt, wenn ich davon koste«, sagt er, und ich halte die Spannung kaum noch aus. Meine gereizte Perle pocht sehnsüchtig, und ich schluchze auf, als ich spüre, wie seine Zunge darüberstreicht, explodiere sofort in einem gewaltigen Orgasmus.

Jonathan wartet nicht, bis ich mich wieder beruhigt habe, sondern richtet sich auf, hebt meine Beine auf seine Schultern und dringt mit einem kräftigen Stoß in mich ein, noch während die Beben in mir abebben und ich mich auf dem Bett winde. Meine inneren Muskeln krampfen sich um ihn zusammen, melken ihn, während er langsam in mich pumpt, es auskostet, in mir zu sein und meine Lust von neuem zu steigern.

»Ich habe vermisst, wie eng du bist und wie heiß, wenn du mich umschließt«, stößt er hervor, und die erregte Anspannung in seiner Stimme allein treibt mir Hitze durch den ganzen Körper. Er hält meine Beine fest und steigert das Tempo, beugt sich etwas vor, um den Winkel noch steiler, noch lustvoller für mich zu machen. Und dann spüre ich, wie er die Kontrolle verliert. Er lässt meine Beine los, und ich lasse sie herabsinken, schlinge sie um seine Hüften, passe mich seinen jetzt völlig ungezügelten Bewegungen an. Ich bin fast auf dem Gipfel, als er still wird.

»Ich will dich, Grace«, stöhnt er und dringt noch einmal tief in mich ein, erschauert unter seinem Höhepunkt und reißt mich mit. Ich falle mit ihm zusammen, bäume mich auf und empfange jeden seiner Stöße, mit denen er sich in mich ergießt, halte ihn, als er das letzte Mal zuckt, bevor er auf mir zusammenbricht und wir beide schwer atmend nur langsam in die Realität zurückfinden.

Es ist ein wunderbares Gefühl, ihn wiederzuhaben, ihn wieder in mir zu fühlen, und ich lasse seine Worte, die unser Liebesspiel diesmal so besonders gemacht haben, noch einmal in mir nachhallen.

Ich würde so gerne glauben, dass jetzt alles wieder gut ist. Dass es nur diese kleine Trennung gebraucht hat, damit Jonathan sich seiner Gefühle für mich bewusst wird. Aber wie tief geht das, was er für mich empfindet? Das weiß ich auch nach seinen vielen verführerischen Komplimenten noch nicht.

Ich will dich, hat er gesagt, *ich habe dich vermisst*. Für ihn ist das ein gewaltiges Zugeständnis, und in meinem trägen gesättigten Zustand bin ich fast bereit, mich damit zufriedenzugeben. Ich wünschte mir bloß, ich könnte diesen quälenden Gedanken abschütteln, dass wir immer noch an einem verdammt seidenen Faden hängen. Denn nach den letzten drei Tagen habe ich eine Ahnung, wie tief der Abgrund ist, in den ich fallen werde, wenn er doch noch reißt.

* * *

Die glückliche Blase, in der ich schwebe, hält nur bis zum nächsten Morgen, als Annie mit ihrem dampfenden Teebecher in der Hand in mein Büro in der Planungsabteilung kommt.

»Hey, wo warst du denn gestern?«, fragt sie. »Ich dachte, du wolltest schlafen gehen. Aber als ich heute Morgen nach dir gesehen habe, warst du nicht in deinem Bett.«

Ich lächle entschuldigend. »Tut mir leid, ich wollte dir eine SMS schreiben, aber ich hab's vergessen. Jonathan ist gestern Abend noch gekommen.«

Die Nachricht scheint Annie zu überraschen, aber positiv.

»Dann habt ihr euch wieder vertragen?« Sie klingt sichtlich erleichtert. Sogar fast ein bisschen zu sehr.

Ich nicke. »Wieso freust du dich denn so? Ich dachte, du hättest die Hoffnung aufgegeben, dass er sich noch ändern kann.«

Mit einem Seufzen lässt sie sich auf den Besucherstuhl sinken und stellt ihren Becher auf den Schreibtisch.

»Ich bin gar nicht so ein Jonathan-Hasser, wie du immer glaubst, Grace. So übel, wie ich dachte, ist er nicht, als Mann meine ich – als Chef ist er ja eh ziemlich okay«, sagt sie und an ihrem Lächeln sehe ich, dass sie wieder an ihre Begegnung mit ihm bei uns in der WG denkt, bei der er seinen Charme voll hat spielen lassen. Dann wird sie wieder ernst. »Ich bin nur grundsätzlich auf deiner Seite und ich will, dass du glücklich bist. Deshalb war ich anfangs so skeptisch. Jonathan Huntington hat ja nicht unbedingt den Ruf, dass er Frauen in diesen Zustand versetzt«, erklärt sie mir, und ich habe sofort ein schlechtes Gewissen.

Claire fällt mir wieder ein, die Frau, die vor mir in meinem WG-Zimmer gewohnt hat. Sie hat in der Presseabteilung von Huntington Ventures gearbeitet und war schwer in Jonathan verliebt, der sie jedoch recht brutal hat abblitzen lassen – und das alles hat Annie hautnah mitbekommen. Kein Wunder also, dass sie die ganze Zeit befürchtet, dass mir das auch noch passiert.

»Ich weiß«, sage ich und leiste innerlich Abbitte, weil ich die Freundschaft, die sie mir entgegenbringt, oft gar nicht genug schätze. »Aber er ist ...«

»... ziemlich unwiderstehlich, schon klar«, unterbricht sie mich und winkt ab. »Ich gebe mir ja auch Mühe, bei ihm nicht immer gleich vom Schlimmsten auszugehen. Aber bis gerade eben dachte ich wirklich, dass er endgültig wieder auf alten Pfaden unterwegs ist.«

Verwundert sehe ich sie an, weil sie plötzlich wieder nachdenklich klingt, so als sei sie sich doch nicht mehr sicher, wie viel Potential Jonathan als Frauen-Glücklich-Macher hat. »Was meinst du?«

Sie lehnt sich auf ihrem Stuhl zurück. »Ich habe eben Yuuto Nagako unten im Foyer getroffen – auf dem Weg in die Chefetage. Der Kerl war doch seit Wochen nicht mehr da, oder? Aber wenn du sagst, dass du dich mit Jonathan wieder vertragen hast, dann hat sein Besuch sicher rein berufliche Gründe.«

Ich starre sie an. »Yuuto ist hier?«

Jonathan hat mich gestern Abend überredet, doch noch mit ihm nach Knightsbridge zu fahren, wo wir uns ein weiteres Mal geliebt haben, und als wir heute Morgen aufgestanden sind, wirkte er gelöst und entspannt. Dass er heute den Japaner erwartet, hat er mit keinem Wort erwähnt, und ich schlucke beklommen.

Meine Überraschung lässt Annie noch ein bisschen ernster werden. »Jonathan geht doch nicht mehr in diesen Club, oder?«

»Nein.«

»Dann muss es eigentlich ein gutes Zeichen sein«, sagt sie und lächelt mich aufmunternd an. »Für die Firma, meine ich. Es hieß doch, Nagako Enterprises hätte die Geschäftsbeziehungen zu Huntington Ventures abgebrochen und dass das negative Auswirkungen auf die Asien-Expansion hat. Wenn dieser Yuuto jetzt wieder hier ist, hat sich an dieser schlechten Stimmung ja vielleicht was geändert.« Fragend sieht sie mich an, aber ich habe keine Antwort darauf.

»Ja, kann sein. Ich werde Jonathan auf jeden Fall fragen.« Ich schiebe demonstrativ ein paar Papiere auf meinem Schreibtisch hin und her, und Annie versteht den Wink und steht auf, greift nach ihrem Teebecher.

»Dann mache ich mich wieder auf den Weg. Heute Abend sehen wir uns vermutlich eher nicht, oder?« Sie grinst, und ich tue das auch, obwohl mir überhaupt nicht danach zumute ist. »Ich drück dir die Daumen, dass alles wieder gut wird mit euch beiden«, sagt sie noch, bevor sie geht und die Tür wieder hinter sich schließt.

Sofort springe ich auf und trete an das raumhohe Fenster, damit niemand, der jetzt zufällig an meinem Büro vorbeikommt und durch die Glastür guckt, sehen kann, wie aufgewühlt ich bin.

Annies Deutung wäre natürlich eine mögliche Erklärung für Yuutos Anwesenheit, aber so richtig kann ich nicht glauben, dass er die Geschäftsbeziehungen zu Huntington Ventures einfach so wieder aufnehmen wird. Nicht ohne Bedingungen.

Ist das ein neuer Versuch von ihm, mich von Jonathans Seite zu vertreiben und ihn für das Leben zurückzugewinnen, dass er vorher geführt hat? Für den Club und Sex ohne lästige Emotionen?

Und Gelegenheit hätte er ja bald, denn Ende nächster Woche muss ich erst mal zurück nach Chicago. Der Gedanke, dann eine Weile keinen Einfluss mehr darauf zu haben, was Jonathan tut oder nicht tut, macht mich plötzlich richtig fertig, und ich habe das dringende Bedürfnis, bei ihm zu sein und nachzusehen, was da los ist. Aber bevor ich irgendetwas tun kann, klingelt mein Handy.

Die Nummer kenne ich nicht, und zuerst will ich nicht drangehen, weil ich so beschäftigt bin mit dem Japaner und Jonathan. Aber dann sage ich mir, dass es wichtig sein könnte, und nehme den Anruf entgegen. Zum Glück. Denn es ist der Earl of Lockwood, der mich sprechen will. Und er kommt ohne Umschweife zum Punkt.

»Miss Lawson, hätten Sie Zeit, sich mit mir zu treffen?«, fragt er. »Es gibt da eine Angelegenheit, über die ich dringend mit Ihnen reden müsste.«

»Gern«, versichere ich ihm und will ihm gerade erklären, dass ich nach der Arbeit Zeit hätte. Doch er kommt mir zuvor.

»Gleich, wenn es geht?« Erst jetzt höre ich das leise Zittern in seiner Stimme, das darauf schließen lässt, dass er sehr aufgeregt ist. »Die Sache drängt.«

22

»Schön, dass Sie so schnell Zeit für mich hatten«, sagt der Earl, als wir uns eine Stunde später – ich habe meine Mittagspause mit Indiras Erlaubnis kurzerhand vorgezogen – vor dem Globe treffen. Die Bar, in die ich sonst nur mit Jason Leibowitz gehe, war der erste Treffpunkt, der mir eingefallen ist, und er war sofort einverstanden. Offenbar ist die Angelegenheit, von der er gesprochen hat, so wichtig, dass ihm die Umgebung, in der er mir davon berichtet, ziemlich egal ist.

Und eigentlich passt er sogar ganz gut hier rein, denke ich, während er am Tisch steht und darauf wartet, dass ich mich setze – ganz alte Schule. Denn Jonathans Vater ist genauso traditionell und leicht angestaubt wie das Ambiente dieser Bar, die ich schätzen gelernt habe und inzwischen sehr gemütlich finde. Und da es heute Bindfäden regnet, verpassen wir auch draußen keinen Sonnenschein.

»Was möchten Sie trinken?«, erkundigt sich der Earl und geht dann an der Bar zwei Wasser und einen Whisky für sich holen, den er offenbar zur Stärkung braucht. Er ist heute wieder so gekleidet, wie ich ihn auch bei unserer ersten Begegnung erlebt habe: mit Tweedjackett und camelfarbener Hose zu rotem Pullunder über einem karierten Hemd. Aber er sieht viel schlechter aus als damals, wirkt nervös und fahrig. Was immer ihm Sorgen macht, drückt ihn sehr, und er kommt auch gleich zur Sache, als wir uns schließlich gegenübersitzen.

»Es tut mir leid, dass ich Sie in dieser Angelegenheit behelligen muss, Miss Lawson ...«

»Nennen Sie mich Grace«, unterbreche ich ihn spontan, nur um mich gleich wieder zu fragen, ob man einem Earl einfach so anbieten darf, einen beim Vornamen zu nennen. Aber es fühlt sich so steif an, wenn er mich »Miss Lawson« nennt. Schließlich bin ich mit seinem Sohn zusammen, und ich fühle mich ihm auch irgendwie nah, vielleicht weil ich so viel von ihm in Jonathan erkenne.

»Grace.« Er scheint es okay zu finden, denn er lächelt, allerdings nur ganz kurz. Dann erobert der sorgenvolle Ausdruck sein Gesicht zurück. »Ich brauche Ihre Hilfe.«

Ich warte, obwohl er länger schweigt, weil ich sehen kann, dass er nach den richtigen Worten sucht. Es fällt ihm sichtlich schwer zu gestehen, was ihn so umtreibt, aber dann räuspert er sich und nimmt die Schultern zurück, setzt sich auf diese gerade Weise hin, die so typisch für ihn ist.

»Ich brauche Ihre Hilfe, um Jonathan zu überreden, mir zu helfen. Wenn er das nicht tut, verliere ich Lockwood Manor«, sagt er, und seiner Stimme ist – trotz aller Bemühungen, Haltung zu bewahren – deutlich anzuhören, wie sehr ihn diese Aussicht mitnimmt.

»Aber ... wieso?«, frage ich, obwohl ich es mir denken kann. Dann waren meine Vermutungen, was den leeren Stall und die entlassenen Angestellten angeht, anscheinend richtig. Trotzdem formuliere ich es lieber vorsichtig. »Haben Sie Geldsorgen?«

Der Earl nickt, offenbar froh, dass es raus ist. Er räuspert sich.

»Ich habe Schulden. Schon seit vielen Jahren. Das, was ich Ihnen und meinen Kindern erzählt habe, nachdem die Polizei die Diebesbeute aus dem Einbruch wieder zurückgebracht hatte, war nicht die ganze Wahrheit. Ich habe Orlas Schmuck verkaufen müssen, um die Stiftung zu retten, das stimmt. Aber ich musste mich damals auch noch von vielen anderen Dingen trennen – Dingen, an die Jonathan sich zum Glück nicht so gut erinnern kann wie an den Schmuck –, um die finanziellen Schwierigkeiten abzufangen, in die ich geraten bin, weil ich so lange nicht in der Lage war, mich um das Gut und die Ländereien zu kümmern.« Der Earl seufzt tief. »Ich hatte die falschen Berater, die meine Schwäche ausgenutzt haben, und als ich das endlich begriff, war das Erbe meiner Eltern zusammengeschmolzen und ich stand kurz vor dem Ruin. Kaito Nagako hat mir damals unter die Arme gegriffen und das Schlimmste abgewendet, und für eine Weile ging es. Ich dachte sogar, ich hätte das Problem im Griff.«

Er trinkt von seinem Whisky. »Aber jetzt haben mich die Sünden von damals wieder eingeholt«, fährt er fort. »Ein Haus wie Lockwood Manor kostet sehr viel Unterhalt. Ich musste über die Jahre immer wieder neue Kredite aufnehmen, und es hat sich so summiert, dass es mir endgültig über den Kopf gewachsen ist. Die Bank hat mir ein Ultimatum gestellt.«

»Sie sollen das Haus verkaufen?«

»Ich muss es verkaufen«, sagt er mit einem verzweifelten Unterton in der Stimme. »Nur der Erlös kann mich noch vor dem finanziellen Ruin retten. Ich hätte es schon vor Jahren dem National Trust überschreiben sollen, aber ich habe zu lange gezögert...«

»Dem National Trust?«, frage ich nach, weil mir das nichts sagt.

»Das ist eine Stiftung, die englische Kulturgüter übernimmt und erhält, um sie der Öffentlichkeit zugänglich zu machen. Eigentlich eine gute Sache, viele Landhäuser hier bei uns konnten so vor dem Verfall bewahrt werden. Aber ich habe immer gezögert in der Hoffnung, dass Jonathan doch noch zur Vernunft kommt. Ich wollte Lockwood Manor für ihn und Sarah bewahren, schließlich ist es seit Hunderten von Jahren der Sitz unserer Familie.« Er legt die Hand an die Stirn, und ich kann sehen, dass ihn die Vorstellung, dass ausgerechnet er es sein wird, der das Haus verliert, sehr belastet. »Aber nun wird mir nichts anderes mehr übrig bleiben als zu verkaufen.«

»Es sei denn, Jonathan hilft Ihnen?«, frage ich.

Er trinkt den Rest von seinem Whisky, und als er mich wieder ansieht, wechseln sich Hoffnung und Resignation in seinen grauen Augen ab. »Mit seinen Mitteln wäre es ihm ein Leichtes, mir zu helfen und Lockwood Manor zu sanieren. Aber ich fürchte, er wird es nicht tun.«

Nein, denke ich, und der Earl tut mir leid, weil ich ihm auch kaum Hoffnung machen kann.

»Haben Sie mit ihm schon mal darüber gesprochen?«

Der Earl stößt schwer die Luft aus und lässt die Schultern nach vorn fallen. »Nein. Ich habe auf eine Gelegenheit gewartet, es ihm zu sagen, doch es hat sich nicht ergeben.«

Wie auch, denke ich, wenn die beiden jedes Mal streiten, sobald sie aufeinandertreffen.

»Und jetzt soll ich es ihm sagen?« Er nickt, aber ich bin nicht sicher, ob ich für diese Vermittlerrolle, die er mir da zugedacht hat, wirklich tauge. »Wäre es denn nicht besser, wenn Sie das selbst tun? Das ist doch eine Familienangelegenheit.«

Der Earl zuckt mit den Schultern. »Sie haben ihn doch erlebt«, sagt er niedergeschlagen. »Er würde mich vermutlich nicht mal ausreden lassen, bevor er ablehnt.«

»Und Sarah? Zu ihr hat Jonathan doch eine sehr enge Bindung.«

Er schüttelt den Kopf. »Sie hat schon so oft versucht, zwischen uns beiden zu vermitteln. Jonathan liebt sie sehr, aber er hört nicht auf sie.« Mit neuer Hoffnung sieht er mich an. »Deshalb müssen Sie für mich sprechen, Grace. Ich glaube, dass Sie die Einzige sind, die ihm klar machen kann, dass er das alles nicht aufgeben darf.«

Ich schlucke und sehe den Earl an, nicht sicher, was ich antworten soll. Denn er hat völlig recht: Jonathan wird es nicht tun. Er hat kein Interesse an seinem Erbe und schon gar nicht an dem Haus. Woran der Earl selbst ja nicht unschuldig ist, denke ich, sage es aber nicht laut. Ich habe das Gefühl, dass er weiß, wie viel Anteil er daran hat, dass das Verhältnis zu seinem Sohn so zerrüttet ist. Und es hilft ja jetzt auch nichts, darüber zu jammern. Es muss eine Lösung her, deshalb suche ich in Gedanken hektisch nach Alternativen.

»Ich weiß nicht, ich glaube, das ist wirklich schwierig. Aber wenn Jonathan nicht bereit ist, hilft Ihnen Alexander vielleicht«, schlage ich ihm vor. »Er ist Ihr zukünftiger Schwiegersohn, und es ist ja auch Sarahs Erbe. Es ist Alex sicher ein Anliegen, dafür zu sorgen, dass es nicht verloren geht.«

Doch der Earl schüttelt sofort den Kopf. »Nein. Ich möchte Alexander damit nicht behelligen«, erklärt er, und als ich die verzweifelte Entschlossenheit in seinen Augen sehe, begreife ich plötzlich, dass es um mehr geht als nur um die Rettung von Lockwood Manor.

Das fehlende Geld ist ein Problem, und seine desaströse finanzielle Situation setzt dem Earl wirklich zu, das ist alles nicht gelogen – er will Lockwood Manor nicht verlieren. Aber es ist ihm auch Mittel zum Zweck. Denn er hofft, dass Jonathan dadurch endlich in seine Rolle als Sohn zurückfindet, dass er wieder den Platz einnimmt, an dem der Earl ihn so schmerzlich vermisst. Und die Tatsache, dass er im Moment wirklich dringend Hilfe braucht, scheint ihm Anlass genug, es noch einmal zu versuchen – auch wenn er sich selbst nicht mehr traut, diesen Versuch zu unternehmen. Erst wenn das scheitert, wird er sich ernsthaft Alternativen überlegen. Oder vielleicht auch nicht. Vielleicht ist ihm das Erbe seiner Familie dann wirklich egal.

»Werden Sie mir helfen, Grace?«, fragt er noch einmal eindringlich.

Unsicher kaue ich auf meiner Unterlippe. Eigentlich spricht der Earl mir aus der Seele, denn ich finde auch, dass Jonathan sich mit ihm aussprechen sollte. Nur hatte ich diese Diskussionen mit Jonathan in der letzten Woche schon mehrfach, und sie haben eigentlich immer gleich geendet: mit seiner Weigerung, weiter über seinen Vater zu sprechen. Er will nicht, sperrt sich gegen alles, was mit dem Earl zu tun hat, und nach unserem letzten Streit habe ich ihn drei Tage lang nicht gesehen. Jetzt ist er wieder da, aber ich stehe nach wie vor auf dünnem Eis mit ihm – und ich bin fast sicher, dass Jonathan sehr wütend auf mich wäre, wenn er wüsste, dass ich gerade mit seinem Vater über ihn rede.

»Ich glaube, Sie überschätzen meine Möglichkeiten«, sage ich schließlich, ein bisschen resigniert, doch das sieht der Earl anders. Er legt seine Hand auf meine.

»Nein, Grace, ich glaube, Sie unterschätzen eher Ihren Einfluss auf meinen Sohn. Auf Sie wird er hören, eher als auf irgendjemand anderen.«

Ich entziehe ihm meine Hand, nicht sicher, auf wessen Seite ich mich stellen soll. Denn so richtig verstehe ich das alles immer noch nicht, und bevor ich für den Earl Partei ergreife, wie er es von mir erwartet, und dadurch meine Beziehung zu Jonathan aufs Spiel setze, will ich erst mehr wissen über das, was zwischen den beiden passiert ist.

»Wenn ich es tue, dann müssen Sie mir zuerst ein paar Fragen beantworten«, sage ich.

»Was wollen Sie wissen?«

»Jonathan sagt, dass Sie ihn nicht unterstützt haben, als er Huntington Ventures gründen wollte, und dass Sie ihm damals sogar Steine in den Weg gelegt haben. Stimmt das?«

Der Earl seufzt. »Ich habe ihm keine Steine in den Weg gelegt, ich habe lediglich ein paar Freunde von mir angerufen, die auf ihn einwirken sollten, damit er diese Idee aufgibt. Was er natürlich nicht getan hat.«

»Aber warum?«, frage ich nach. »Warum wollten Sie nicht, dass er eine Firma gründet?«

Der Earl hebt einen Mundwinkel und lächelt reuevoll. »Weil ich nicht so viel Weitblick habe wie mein Sohn und weil ich in geschäftlichen Dingen nicht sein glückliches Händchen besitze. Als er damals mit der Idee kam, war meine finanzielle Lage angespannt. Ich hätte ihm nicht helfen können, wenn es schief gegangen wäre. Er war noch so jung, und ich konnte mir nicht vorstellen, dass er das wirklich auf die Beine stellen kann. Ich hatte Angst, dass er sich übernimmt.« Er schließt kurz die Augen, und auf seinem Gesicht erscheint ein schmerzvoller Ausdruck. »Dabei hätte ich wissen müssen, dass er es hinkriegt. Jonathan hat die leidenschaftliche Entschlossenheit seiner Mutter.«

»Er hat auch viel von Ihnen«, sage ich, und er lächelt, aber traurig.

»Ich schätze, das würde er leugnen.«

»Er würde es zumindest nicht gerne hören«, stimme ich ihm zu und sehe ihn nachdenklich an. »Wie konnten Sie zulassen, dass er Sie so hasst? Sie wussten doch, dass er Ihnen die Schuld am Tod Ihrer Frau gibt. Warum haben Sie nicht schon viel früher mit ihm darüber geredet?«

Der Earl wendet den Kopf ab und blickt aus dem Fenster, und als er mich wieder ansieht, ist die Verzweiflung in ihm dicht unter der Oberfläche. »Weil ich nicht konnte. Ich konnte nicht über den Unfall sprechen, jahrelang nicht«, sagt er. »Und dann wollte ich nicht mehr daran rühren, weil Jonathan auch geschwiegen hat. Ich dachte, so wird er besser damit fertig. Er hat sich aufgelehnt gegen mich, als er älter wurde, aber ich habe es auf seine Jugend geschoben, ich dachte, es sei normal. Erst, als er zu Yuuto nach Japan ging, wurde mir wirklich klar, wie sehr er mich ablehnt und warum.«

Ich schüttele den Kopf. »Aber als er Ihnen das erste Mal vorgeworfen hat, dass Sie für den Tod Ihrer Frau verantwortlich sind, hätten Sie das doch richtigstellen können. Wieso haben Sie das denn nicht gleich geklärt? Das begreife ich einfach nicht.«

Er macht eine hilflose Geste mit der Hand. »Weil ich ... weil ich dachte, dass es besser ist, wenn er mich hasst und nicht sich. Ich dachte, es hilft ihm.«

Verwirrt sehe ich ihn an. »Wie meinen Sie das?«

Der Earl sieht mich erschrocken an, offenbar hatte er nicht vor, das zu sagen, aber meine drängenden Nachfragen haben ihn dazu provoziert. Dann atmet er tief aus und sinkt ein wenig in sich zusammen. »Vergessen Sie es wieder, es ist nicht so wichtig.«

Oh nein, denke ich, kommt überhaupt nicht infrage. »Lord Lockwood, wenn ich mit Jonathan reden soll, dann will ich wissen, wie Sie das gemeint haben. Wieso sollte es Jonathan helfen, Sie zu hassen?«

Er sieht sich um, so als wollte er sich vergewissern, dass uns niemand hören kann. Aber es sind noch nicht so viele Gäste da, die Mittagszeit hat noch nicht begonnen, und wir sitzen abseits in einer Ecke, sind also völlig unter uns.

Er holt tief Luft. »Jonathan war dabei, an dem Abend, als meine Frau gestürzt ist.«

»Ich weiß. Sarah hat es mir erzählt«, erwidere ich, doch der Earl redet schon weiter, ganz versunken in die Erinnerung, die ihn sichtlich quält.

»Er hat mitbekommen, dass wir uns gestritten haben, und kam aus seinem Zimmer. Wir waren so vertieft in unseren Streit, dass wir ihn gar nicht bemerkt haben, erst, als er sich plötzlich zwischen uns drängte. Er wollte es nicht, er wollte uns nur trennen, hat gerufen, dass wir aufhören sollen. Orla hat sich erschrocken und einen Schritt nach hinten gemacht. Sie stand direkt am Treppenabsatz und verlor den Halt. Ich wollte nach ihr greifen, doch sie fiel.« Er schließt die Augen und schüttelt den Kopf, so als müsste er die Bilder vertreiben, die ihm auch nach den vielen Jahren noch so deutlich vor Augen stehen.

»Oh Gott.« Für einen Moment bekomme ich keine Luft und Tränen schießen in meine Augen. Wieder muss ich daran denken, was Sarah erzählt hat. Dass Jonathan sich an seine Mutter geklammert hat, als sie abgeholt wurde, und sie nicht loslassen wollte ... »Er denkt, er ist schuld.«

Deshalb hasst er seinen Vater mit einer solchen Inbrunst – weil er jemanden braucht, den er verantwortlich machen kann. Und anstatt ihm zu erklären, dass es ein Unfall war, für den niemand etwas kann, hat der Earl Jonathan nicht nur physisch, sondern auch in dem Glauben allein gelassen, dass es bei dieser Sache tatsächlich um Schuld oder Nichtschuld geht.

Ich spüre hilflose Wut in mir aufsteigen und funkele den Earl zornig an. »Und Sie haben nie mit ihm darüber gesprochen?«

Er schüttelt den Kopf.

»Das hätten Sie tun müssen. Das hätten Sie schon vor Jahren mit ihm klären müssen!« Ich bin so entsetzt über dieses neue Wissen, dass ich gar nicht weiß, wo ich anfangen soll. Doch dann sehe ich, wie unglücklich der Earl ist, und begreife, dass ihm diese Sache einfach über den Kopf gewachsen ist.

»Ich hatte seinen Hass doch verdient. Ich hasse mich selbst dafür, dass ich es nicht verhindern konnte. Jeden Tag.«

»Aber würde Ihre Frau wollen, dass Sie und Jonathan sich hassen?«

»Nein«, sagt er und richtet sich auf, schaut mir direkt in die Augen. »Glauben Sie mir, Grace, meine Frau hat mich ebenso geliebt wie ich sie. Jonathan war damals noch ein Kind, er hat einfach nicht verstanden, was zwischen seinen Eltern vorging. Wir haben uns oft gestritten, zu oft, das ist wahr, aber wir haben uns auch jedes Mal wieder ebenso leidenschaftlich miteinander versöhnt.« Er lächelt versonnen bei der Erinnerung, doch nur einen Moment später sieht er mich auf eine hilflose, flehende Weise an, die mich berührt. »Orla würde es ganz sicher nicht wollen, dass unser Sohn mich hasst. Aber ich weiß nicht, wie ich es ändern soll. Helfen Sie mir, Grace. Reden Sie mit ihm. Bitte.«

Ich nicke. Ich muss mit Jonathan reden, unbedingt sogar, aber nicht, um dem Earl einen Gefallen zu tun. Ich muss es für ihn tun – und für mich. Denn jetzt kenne ich endlich das ganze Ausmaß der Tragödie, die er aushalten musste, und habe eine Chance zu verstehen, wieso er so ist, wie er ist. Und das ändert alles.

Als hätte er das gehört, ruft Jonathan mich in diesem Moment auf dem Handy an.

»Du bist nicht in deinem Büro«, sagt er vorwurfsvoll. »Indira sagt, du hast deine Pause vorgezogen. Wo bist du?«

»Ich ... musste was erledigen. Ich bin gleich zurück.«

»Dann kommst du sofort rauf zu mir«, weist er mich an, und mein Herz klopft, weil ich nicht deuten kann, ob es Sehnsucht ist, die ihn das sagen lässt, oder ob er einen anderen Grund hat. Yuuto fällt mir wieder ein, und der Gedanke lässt mich hastig mein Glas austrinken.

Als ich mich vor der Tür vom Earl verabschiede und gehen will, hält er mich am Arm zurück.

»Ich habe mir schon so lange gewünscht, dass Jonathan endlich eine Frau findet«, sagt er. »Ich dachte, dass er dann versteht, was in mir vorgegangen ist. Dass er dann weiß, wie es ist, wenn man leidenschaftlich liebt.«

Wenn Jonathan noch lieben kann, denke ich auf dem Rückweg zum Huntington-Gebäude. Es wundert mich jetzt nicht mehr, dass er mich und alle anderen die ganze Zeit wegstößt. Aber ist das noch zu ändern – wirklich zu ändern? Hat er genug Vertrauen in sich und in mich, um das hinter sich zu lassen? Oder sitzen die Verletzungen, die er erlitten hat, zu tief und haben ihn beziehungsunfähig gemacht?

Ich werde es herausfinden, denke ich. Denn ich habe vor, ihn vor die Wahl zu stellen: Wenn er mich will, dann muss er sich mit seiner Vergangenheit auseinandersetzen, damit wir gemeinsam neu anfangen können. Wenn nicht ...

Darüber denke ich lieber nicht nach.

23

Als sich die Fahrstuhltüren oben in der Chefetage öffnen, spanne ich mich für einen Moment an, nicht sicher, was mich dahinter erwartet. Irgendwie befürchte ich, dass ich gleich Yuuto Nagako gegenüberstehen könnte, doch es ist alles ruhig wie immer.

Catherine sitzt auf ihrem Platz und sieht mir entgegen. Sie macht keinerlei Anstalten, mich aufzuhalten. Nach Jonathans klaren Worten hat sie mich mit keiner einzigen Geste mehr spüren lassen, dass sie mich nicht mag, im Gegenteil – sie lächelt deutlich freundlicher als früher, was vermutlich bedeutet, dass ihr ihr Job doch wichtiger ist als ihre Eifersucht auf mich.

»Mr Huntington ist in seinem Büro«, sagt sie und deutet auf die Tür. Der Hinweis ist für mich überflüssig, denn Jonathan hat mich ja gerade angerufen und herbeordert, doch eine andere Information finde ich extrem wichtig.

»Ist Mr Nagako bei ihm?« Ich weiß wirklich nicht, ob ich dem Japaner jemals wieder begegnen möchte, deshalb vergewissere ich mich lieber noch mal.

Zu meiner Erleichterung schüttelt sie den Kopf. »Er ist schon vor einer halben Stunde gegangen«, sagt sie.

Ich bedanke mich bei ihr und gehe in Jonathans Büro. Der große Raum, der mich damals, als ich das erste Mal hier war, ziemlich eingeschüchtert hat, fühlt sich jetzt schon sehr vertraut an, aber daran, dass ich Herzklopfen habe, wenn ich ihn betrete, hat sich nichts geändert.

Jonathan sitzt am Schreibtisch, wie immer in Schwarz, und tippt gerade etwas in sein Handy. Als er mich sieht, legt er es jedoch sofort weg und steht auf, kommt mir entgegen. Meine Schritte werden schneller, und als ich ihn erreiche, muss ich ihn umarmen und küssen.

»Wo warst du?«, fragt er einen Augenblick später und schiebt mich wieder ein Stück weg, sieht mich prüfend an.

»Was wollte Yuuto von dir?«, frage ich zurück, weil ich die Antwort auf seine Frage noch ein bisschen aufschieben will. Außerdem interessiert es mich wirklich – denn geheuer ist mir der Japaner immer noch nicht.

»Er möchte die Beziehungen zu Huntington Ventures wieder aufnehmen«, erklärt Jonathan und lächelt zufrieden, als er meinen fragenden Blick sieht. »Bedingungslos.«

Ich bleibe misstrauisch. »Er will nicht mehr, dass du mich verlässt?«

Jonathan schüttelt den Kopf. »Das kann er sich gar nicht leisten. Wie sich rausgestellt hat, waren seine Kontakte für unsere Handelsbeziehungen nach Asien nicht so nötig wie angenommen. Wir konnten uns dort auch ohne ihn etablieren, und es läuft so gut, dass jetzt wir die Bedingungen stellen. Und die erste war, dass nur mit uns Geschäfte machen kann, wer nichts mit Nagako Enterprises zu tun hat. Einige lukrative neue Aufträge sind Yuutos Firma dadurch entgangen, und das passt ihm gar nicht. Deshalb ist er plötzlich sehr an einer Wiederaufnahme der Geschäftsbeziehungen zu Huntington Ventures interessiert.«

»Du hast den Spieß umgedreht?« Ich bin ehrlich beeindruckt, was sein Lächeln noch eine Spur breiter macht.

»Ich habe dir doch gesagt, dass du dir keine Sorgen zu machen brauchst.«

Ich halte den Blick auf den schwarzen Stoff seines Hemdes gerichtet und streiche mit beiden Händen über seine Brust.

»Und tust du's?«, will ich wissen.

»Tue ich was?«

Ich hebe den Kopf und sehe ihn an. »Nimmst du die Beziehung zu Nagako Enterprises wieder auf?«

Jonathan zuckt mit den Schultern. »Das habe ich noch nicht entschieden«, sagt er, und ich seufze innerlich.

Es beruhigt mich zwar, dass Jonathan die Situation anscheinend wirklich im Griff hat und kontrolliert, aber ein klares Nein wäre mir trotzdem lieber gewesen. Bei dem Gedanken, dass Jonathan den Japaner wieder zurück in sein Leben lassen könnte – wenn auch nur geschäftlich –, ist mir nämlich immer noch nicht wohl.

Die beiden hat während der vergangenen Jahre viel mehr verbunden als nur das Geschäftliche. Nach allem, was ich jetzt weiß, war Yuuto vermutlich lange eine Art Vaterfigur für Jonathan, an der er sich orientiert hat, nachdem sein eigener Vater in dieser Hinsicht ein Totalausfall war. Ich verstehe jetzt sogar, warum dessen kühle, emotionslose Art Jonathan, der mit seiner Trauer und seinen Schuldgefühlen zu kämpfen hatte, so attraktiv erschienen sein muss. Und auch wenn ich mir sehr wünsche, dass Jonathan diesen Teil seines Lebens endgültig hinter sich gelassen hat, fürchte ich immer noch, er könne beschließen, Yuutos Lebensstil wäre einfacher und damit erstrebenswerter als eine Zukunft mit mir.

Jonathan zieht mich wieder an sich und küsst meinen Hals, was meine Knie ganz weich macht.

»Und wo warst du nun?«, will er wissen, während er den obersten Knopf meiner Bluse öffnet. »Was gab es so Wichtiges, dass du deine Mittagspause einfach vorgezogen hast, ohne den Chef darüber zu informieren?«

Ich schlucke, weil ich weiß, dass ihm die Antwort nicht gefallen wird. Aber ich muss es ihm sagen – und ich bringe es besser hinter mich.

»Ich war bei deinem Vater.«

Jonathan erstarrt, und der ungläubige Ausdruck, der zuerst auf seinem Gesicht steht, weicht sehr schnell einem misstrauischen.

»Vater ist in London?«

Ich nicke. »Er hat mich um ein Treffen gebeten.«

Jonathan lässt mich abrupt los und entfernt sich von mir, geht zurück zu seinem Schreibtisch. Kurz davor bleibt er jedoch wieder stehen und dreht sich – jetzt wütend – zu mir um.

»Und was wollte er? Lass mich raten – er hat dir gesagt, dass du mich zur Vernunft bringen sollst, damit ich mich endlich meinen Pflichten als künftiger Earl stelle? Damit du mich zurückholst an den Platz, den das Leben für mich vorgesehen hat?«

Jedes seiner Worte trieft vor Sarkasmus, aber letztlich treffen seine Aussagen natürlich den Kern: Sein Vater will, dass er zurückkommt. Nur dass die Beweggründe des Earls ganz andere sind, als Jonathan mich und alle andere glauben machen will. Und ich habe diesmal nicht vor, ihn damit durchkommen zu lassen. Er muss sich endlich der Wahrheit stellen.

Ich schüttele den Kopf. »Nein. Er hat Probleme, Jonathan. Lockwood Manor ist überschuldet und jetzt droht die Zwangsversteigerung. Er möchte, dass du ihm hilfst.«

Jonathan schnaubt. »So was Ähnliches habe ich mir schon gedacht. Und da schickt er dich vor? Warum? Traut er sich nicht, mir das selbst zu sagen?«

»Nein, tut er nicht«, sage ich, aggressiver als ich eigentlich will, weil er plötzlich so heftig reagiert. »Es hätte ja auch keinen Zweck, du hörst ihm ja nicht zu. Du verteufelst ihn jedes Mal sofort, bevor er eine Chance hat, dir etwas zu erklären. Deshalb hat er mich gebeten, es dir zu sagen und dich zu bitten, ihm zu helfen.«

»Okay, gut«, sagt er, und ich sehe ihm an, dass gar nichts gut ist. »Das können wir abkürzen. Teil ihm einfach mit, dass ich abgelehnt habe. Ich werde keinen Cent für Lockwood Manor ausgeben und wünsche demjenigen, der es ersteigert, viel Glück mit dem alten Kasten.«

Er bebt jetzt richtig vor Wut. Die Tatsache, dass der Earl über mich eine Verbindung zu ihm herstellen will, scheint ihn auf eine ganz neue Art zu treffen und extrem aufzuregen.

Ich atme tief durch. »Jonathan, der ›Kasten‹ repräsentiert die Geschichte deiner Familie. So etwas hat nicht jeder, das ist etwas Wertvolles, das solltest du nicht einfach wegwerfen – schon gar nicht, wenn du die Möglichkeit hast, es zu bewahren.«

»Es ist nicht deine Geschichte, also geht es dich gar nichts an, was ich wegwerfe und was nicht.« Er schüttelt den Kopf, so als müsste er dringend etwas sehr Lästiges aus seinem Kopf vertreiben, dann starrt er mich wieder an – bereit zum Angriff. Wie ein Tiger, den man in die Enge getrieben hat. »Wieso ist diese ganze Sache mit meinem Vater so verdammt wichtig für dich, Grace? Warum mischst du dich da ein? Kannst du das Thema nicht endlich in Ruhe lassen?«

»Nein, kann ich nicht. Weil ich es falsch finde, dass du das alles so ablehnst – dass du deinen Vater so ablehnst. Er sucht den Kontakt zu dir, und es ist wichtig, dass ihr miteinander redet. Wenn du ihm dann immer noch nicht helfen willst – okay, dann ist das so. Aber du musst dich mit ihm auseinandersetzen. Du musst das endlich klären.«

»Ich muss gar nichts«, sagt Jonathan mit verächtlicher Stimme. »Was ist los mit dir, Grace? Hat mein Vater dich einer Gehirnwäsche unterzogen? Auf wessen Seite stehst du eigentlich?«

Es ist schwer, Jonathans Zorn auszuhalten. Aber ich sehe ihm weiter in die blauen Augen, in denen jetzt ein Sturm tobt, halte seinen Blick fest.

»Auf deiner«, sage ich. »Ich mache das nicht für den Earl, Jonathan, sondern für dich. Weil es nicht gut ist, was du machst – weil dieser Hass nicht gut ist. Er zerfrisst dich, er macht dich kaputt.«

Jonathan fährt sich mit der Hand durchs Haar. »Dann hat er es also wieder geschafft, ja? Dann hat er dich auch weichgekocht, genau wie er es bei Sarah gemacht hat. Der arme alte Mann, der es so schwer hatte – und ihr bemitleidet ihn auch noch. Du weißt nichts über ihn, Grace. Du hast keine Ahnung, was passiert ist.«

»Doch! Dein Vater hat es mir erzählt!« Ich mache einen Schritt auf ihn zu. Sein Gesichtsausdruck ist jetzt versteinert. »Er hat mir erzählt, was an dem Abend passiert ist, als deine Mutter starb.«

Jonathan schließt die Augen und wendet sich ab, geht zu der großen Fensterfront und verschränkt die Arme vor der Brust, starrt nach draußen.

Ich gehe zu ihm, so weit, wie ich mich traue, weil seine Haltung so extrem abwehrend ist, bleibe zwei Schritte hinter ihm stehen.

»Ihr habt nie darüber geredet, aber das müsst ihr, wenn du eine Chance haben willst, es endlich zu überwinden.« Ich atme tief durch. »Tu es für mich, Jonathan. Und für deine Mutter. Sie hat dich geliebt und deinen Vater auch. Sie hätte nicht gewollt, dass du ihn hasst oder dass du dich selbst hasst.

Es war ein tragischer Unfall, den keiner rückgängig machen kann, aber es war nicht deine Schuld.«

Er dreht sich zu mir um, und in seinen Augen steht jetzt roher Schmerz.

»Er hat sie unglücklich gemacht«, knurrt er. »Das kann keine Liebe gewesen sein.«

Mit klopfendem Herzen sehe ich ihn an. Er kann nicht loslassen, denke ich traurig. Er klammert sich an das Weltbild, das er sich als Kind aufgebaut hat und mit dem er leben kann. Alles andere ist zu schmerzhaft für ihn.

»Doch. Sie hat deinen Vater geliebt, Jonathan. Und er sie. Trotz allem. Genauso, wie ich dich liebe.«

»Das solltest du nicht«, sagt er und zieht den Schleier wieder über seine Augen, versteckt sein Innerstes vor mir, und der Anblick macht mir Angst, weil es so endgültig scheint.

»Warum kannst du das nicht zulassen?«, frage ich verzweifelt und mache die letzten beiden Schritte auf ihn zu, lege die Hand auf seinen Arm. »Warum läufst du weg vor Gefühlen? Es war schrecklich, was dir passiert ist, aber du lässt dein ganzes Leben davon bestimmen. Weißt du nicht mehr, worüber deine Schwester ihre Doktorarbeit schreibt? Über die Farben der Liebe, Jonathan. Die deiner Eltern hatte ihre ganz eigene Mischung, hatte andere Nuancen als andere. Aber sie war trotzdem intensiv, sie hat geleuchtet.«

Ich möchte ihn schütteln, weil es mir so wehtut, dass er mich so ausdruckslos ansieht.

»Für dich ist alles immer nur schwarz, oder? Du läufst vor jedem Hoffnungsschimmer weg, du streitest ab, dass es ihn überhaupt gibt, aus lauter Angst, dass du enttäuscht wirst oder jemanden enttäuschen könntest. Das ist es doch, oder? Deshalb kleidest du dich so dunkel, es ist wie eine Warnung. Macht einen Bogen um mich, bei mir gibt es kein Licht und keine Liebe. Und du merkst gar nicht, was du dir selbst damit antust. Was du dir nimmst.«

Jonathan stößt die Luft aus, aber der Ausdruck in seinen Augen wechselt nicht, wird eher noch härter.

»Von Liebe war nie die Rede, Grace.« Er macht eine unwillige Geste, die mir ins Herz schneidet. »Ich wusste es. Frauen werden doch immer so leicht sentimental. Ich hätte mich niemals darauf einlassen sollen. Es war verrückt. Verrückt und sinnlos.«

Ich zucke zurück, wage aber noch einen weiteren Anlauf. »Bitte, Jonathan, denk noch mal darüber nach. Wenn du deinem Vater eine Chance gibst, dann haben wir auch ...«

»Nein«, sagt er, und es klingt endgültig. »Ich gebe meinem Vater keine Chance mehr, Grace. Er hat keine verdient.«

»Dann gibst du dir selbst auch keine? Dann gibst du uns keine?«

Jonathan antwortet nicht, aber ich sehe die Antwort in seinen Augen.

»Wenn du dazu nicht bereit bist, gehe ich«, drohe ich ihm, und als ich es ausspreche, spüre ich, dass es mein voller Ernst ist.

»Gut, dann geh. Von mir aus«, antwortet er hitzig, und in den Sekunden danach starre ich ihm in die Augen und hoffe, darin etwas zu finden, das mir sagt, dass er das nicht so meint. Aber da ist nichts, nur eisige Wut, nur Ablehnung. »Dann hätten wir das ja geklärt.«

Er wendet sich wieder zum Fenster um und sieht hinaus, den Blick erneut in die Ferne gerichtet, unerreichbar für mich.

Ich bin innerlich wie erstarrt, während ich auf seinen Rücken sehe, und spüre, wie sich die Erkenntnis, dass es zwischen ihm und mir einfach nicht funktionieren kann, kalt in mir ausbreitet. Gestern war noch Wut in mir, Ärger darüber, dass er so stur ist, aber jetzt ist da nur noch Verzweiflung.

Es hat sich nichts geändert, denke ich, und es wird sich auch nie etwas ändern. Jonathan ist nur bis zu einem gewissen Punkt bereit, auf mich zuzukommen. Er liebt mich nicht, zumindest nicht genug, um etwas an seiner Einstellung zu ändern, und es bricht mir das Herz, das einzusehen. Aber es hat keinen Zweck. Es reicht einfach nicht, und es wird Zeit, dass ich das erkenne.

»Ja«, sage ich. »Das wäre dann geklärt.«

Ich drehe mich um und gehe, genau wie ich es ihm gesagt habe, doch es scheint ihn gar nicht zu interessieren, denn als ich an der Tür bin und mich umdrehe, steht er immer noch vor dem Fenster, mit dem Rücken zu mir, und reagiert nicht, sieht nicht zu mir zurück. Deshalb wende ich mich ab und schließe die Tür hinter mir.

Falls Catherine etwas von unserem teilweise sehr lauten Streit mitbekommen hat, lässt sie es sich nicht anmerken. Und sie sieht anscheinend auch, dass ich auf gar keinen Fall mit ihr reden will, denn sie nickt mir nur kurz zu und beschäftigt sich dann wieder mit ihrem Bildschirm, tippt weiter, was immer sie da gerade schreibt.

Wie in Trance gehe ich an ihr vorbei zurück zum Fahrstuhl, fahre damit runter in die Planungsabteilung und gehe in mein Büro, schließe die Tür hinter mir. Der Computerbildschirm ist inzwischen schwarz, hat sich abgeschaltet, weil ich so lange weg war, und als ich ihn wieder aktiviere, poppt das Fenster mit den Diagrammen hoch, an denen ich gearbeitet habe, bevor Annie kam und dann der Anruf vom Earl.

Ich will weitermachen, einfach weil ich mich betäuben will mit irgendetwas, aber es geht nicht, ich starre eine ganze

Weile – wie lange, weiß ich nicht – den Computer an und der Streit mit Jonathan läuft wieder und wieder vor meinem inneren Auge ab, bis der Bildschirm erneut schwarz wird und mich aufschreckt.

Der Knoten in meinem Magen drückt immer mehr, deshalb stehe ich auf und trete an die Fensterfront, blicke nach unten auf die Straße. Das alles hier – London, mein Büro, der Job bei Huntington Ventures – hat auf einmal etwas fast schmerzhaft Entrücktes, denn egal, wie ich es drehe und wende, es klappt nur mit Jonathan. Wenn ich aus seinem Leben gehe, dann gehe ich ganz, dann muss ich auch London zurücklassen und alles, was damit zusammenhängt. Aber mein dummes Herz will das noch nicht akzeptieren, sucht das Streitgespräch ständig nach irgendetwas ab, an das es sich klammern kann, einen Hoffnungsschimmer, dass er sich das noch anders überlegt. Aber es gibt keinen. Oder?

Ich seufze tief und will mich gerade wieder vom Fenster abwenden, als unten vor dem Eingang Jonathans schwarze Limousine vorfährt. Mit angehaltenem Atem stehe ich da und warte, und dann sehe ich, wie Jonathan aus dem Gebäude kommt und mit langen Schritten auf den Wagen zuhält. Steven steht bereit und hält seinem Chef die Tür auf, bevor er selbst wieder einsteigt. Einen Augenblick später setzt das Auto sich in Bewegung, fädelt sich elegant in den Verkehr ein und verschwindet aus meinem Sichtfeld.

Niedergeschlagen kehre ich zu meinem Schreibtisch zurück und lasse mich schwer auf den Drehstuhl sinken, spüre, wie mein Inneres sich zusammenkrampft. Er ist weggefahren, und es ist, als könnte ich die Trennung körperlich fühlen. Ich habe keine Ahnung, wohin er unterwegs ist, und die Tatsache, dass ich das ab jetzt auch nicht mehr fragen darf, schmerzt.

Es geht dich gar nichts an, was ich wegwerfe und was nicht, höre ich ihn wieder sagen. Fährt er zu Yuuto und macht da weiter, wo er meinetwegen aufgehört hatte? Ich weiß es nicht, und ich gewöhne mich besser an den Gedanken, dass jeder von uns ab sofort wieder seine eigenen Wege geht. Ab sofort sind wir beide wieder allein. Jonathan ist vielleicht froh, mir endlich keine Rechenschaft mehr schuldig zu sein. So wie er vorhin aussah, will er vermutlich genau das – wieder frei sein. Aber ich fühle mich einfach nur leer und unglücklich, so als hätte man mir einen Teil aus dem Herzen gerissen, den Teil, der mein Glück ausmacht.

Erst jetzt, nach der ganzen Zeit, schießen mir Tränen in die Augen, aber ich schlucke sie runter, weil ich mir hier, im Büro, nicht die Blöße geben will zu weinen.

Mit einem tiefen Seufzen setze ich mich wieder an meinem Computer und stelle die Diagramme fertig, die ich angefangen hatte, füge sie in die Berichte ein und schreibe alle nötigen Memos. Dann mache ich mich auf den Weg in Indira Ambanis Büro, um die Konsequenzen zu ziehen, auch wenn sie unglaublich schmerzhaft sein werden.

24

»Ist es hier?«

Der Taxifahrer deutet auf die weiße Front von Jonathans Stadtvilla in Knightsbridge. Als ich nicke, parkt er direkt vor dem Tor, und ich bezahle ihn. Er steigt mit mir zusammen aus und hilft mir mit dem Gepäck, wuchtet meinen riesigen schwarzen Koffer aus dem Kofferraum und reicht mir anschließend noch die leere Reisetasche, die Annie mir zum Glück leihen konnte.

Dann setzt er sich wieder hinter das Steuer und fährt weiter, und ich bleibe zurück und betrachte noch ein letztes Mal das Haus, lasse das Bild auf mich wirken.

Die anderen Häuser schließen sich direkt an Jonathans an – es gibt auf der ganzen Straße keine freistehenden Häuser –, aber dennoch sticht die weiße Fassade seiner Villa besonders hervor – genauso wie er an jenem Morgen aus der Masse der Leute hervorstach, als ich in London ankam und ihn am Flughafen das erste Mal sah.

Ich gebe mir einen Ruck und öffne das Tor in dem schmiedeeisernen Zaun, der den kleinen Vorplatz vor dem Haus umgibt, laufe mit meinem schweren Koffer im Schlepptau und der Tasche in der Hand die letzten Schritte bis zur Tür. Die Klingel – ein angenehmer Gong – hallt laut durch das Haus, und dann höre ich zu meiner Erleichterung Schritte. Jonathan Haushälterin Mrs Matthews ist um diese Zeit normalerweise da, aber ganz sicher konnte ich mir nicht sein, und ohne sie komme ich nicht ins Haus.

Als sie einen Moment später – in ihrem üblichen Putzkittel – die Tür öffnet und mich erkennt, lächelt sie erfreut.

»Miss Lawson!«, ruft sie, sieht aber gleich anschließend bestürzt aus, weil sie mich enttäuschen muss. »Mr Huntington ist gar nicht da – er ist auf Geschäftsreise und kommt erst nächste Woche zurück. Wussten Sie das nicht?«

Ich erwidere ihr Lächeln schwach. »Doch«, antworte ich. »Ich wollte auch nur kurz meine Sachen abholen. Darf ich reinkommen?«

»Natürlich!« Sie tritt zur Seite, damit ich an ihr vorbei ins Haus gehen kann. Den dicken Koffer lasse ich im Eingangsbereich hinter der Tür stehen, aber die Tasche nehme ich mit.

Während ich Mrs Matthews die Treppe hinauf folge, sauge ich noch einmal sehnsüchtig jedes Detail in mich auf – die geschmackvolle, moderne Einrichtung, die Bilder an den Wänden und die viele Skulpturen aus Jonathans Kunstsammlung, das alte Klavier im Salon, das zwischen all den neuen Sachen wie ein Anachronismus wirkt und von dem ich inzwischen weiß, dass es früher seiner Mutter gehört hat.

»Fahren Sie zu Mr Huntington?«, erkundigt sich Mrs Matthews, als wir das Esszimmer erreichen. Sie muss zurück in die angrenzende Küche – ich sehe einen Putzeimer auf dem Boden stehen und einen Wischmopp am Türrahmen lehnen, also ist sie dort gerade beschäftigt –, aber offenbar treibt sie jetzt doch um, warum genau ich meine Sachen abholen will. Wahrscheinlich, weil ihr aufgefallen ist, wie schlecht es mir geht. Das sieht man mir an, zumindest wenn ich nach den vielen Kommentaren gehe, die ich mir gestern deswegen im Büro und von Annie und Ian anhören musste.

Ich schüttele den Kopf. »Nein, ich fliege zurück nach Amerika«, sage ich, ohne ihr weitere Erklärungen zu liefern, aber sie kann es sich vermutlich denken, denn in ihrem Blick liegt eine Mischung aus Bedauern und Mitgefühl, als sie jetzt auf die Treppe deutet.

»Sie kennen sich hier ja aus«, sagt sie und kehrt in die Küche zurück, um mit dem weiterzumachen, bei dem mein Klingeln sie aufgeschreckt hat.

Ich sehe ihr noch kurz nach, bevor ich mich auf den Weg nach oben ins Schlafzimmer mache. Alles hier ist mir so vertraut, dass es wehtut, deshalb beeile ich mich und stelle die Reisetasche auf das Bett. Dann öffne ich den Schrank, versuche, Jonathans Sachen zu ignorieren, die die Fächer und Stangen füllen, und räume das eine Fach aus, das er mir überlassen hat, packe alles in die Tasche. Schließlich husche ich schnell ins Bad und sammle ein, was mir gehört. Es ist mehr, als ich dachte, und jedes Teil, das ich wegnehme und in die Tasche räume, verstärkt das merkwürdig taube Gefühl in mir. Ich hatte mich hier eingerichtet, denke ich dumpf. Noch nicht wirklich auf Dauer, es war ja noch nichts entschieden, aber ich hatte angefangen, die Villa als mein Zuhause zu sehen. Als den Ort, an den ich gehöre. Weil es sich richtig angefühlt hat. Aber damit ist es wohl nur mir so gegangen.

Mit schweren Schritten kehre ich ins Schlafzimmer zurück und werfe einen letzten Blick in den Schrank. Mein Fach ist leer und auch sonst entdecke ich keine Sachen mehr von mir. Doch ich kann mich nicht losreißen, strecke zögernd die Hand aus und streiche über den Stoff der dunklen Hemden, die auf der Stange hängen, hebe einen Ärmel an und halte ihn an meine Wange. Als ich Jonathans vertrauten Duft daran wahrnehme, schießen mir die Tränen in die Augen und ich lasse das Hemd schnell wieder los und schließe den Schrank.

Krampfhaft versuche ich, mich zusammenzureißen, und konzentriere mich auf meine Tasche, will den Reißverschluss zuziehen, der jedoch klemmt. Je länger ich damit kämpfe, desto verzweifelter werde ich, und schließlich laufen mir die Tränen über die Wangen und ich gebe es auf, setze mich auf die Bettkante und vergrabe das Gesicht in den Händen, während mich Schluchzer schütteln.

Bis jetzt habe ich es geschafft, nicht zu weinen. Ich habe nicht geweint, als ich bei Indira Ambani war, um ihr mitzuteilen, dass ich meine Abreise nach Amerika, die eigentlich nächste Woche sein sollte, um ein paar Tage vorziehe. Und dass ich nach meiner Prüfung, die in gut vierzehn Tagen in Chicago stattfindet, nicht nach London zurückkehren werde. Dass ich meine Stelle bei Huntington Ventures mit sofortiger Wirkung kündige, was geht, weil ich noch in der Probezeit bin. Sie war zwar sehr überrascht und auch enttäuscht, aber verständnisvoll, und sie hat mir versprochen, den Kollegen erst von meiner Kündigung zu erzählen, wenn ich weg bin. Ich will keinen großen Abschied, ich will einfach möglichst unauffällig verschwinden, denn das fällt mir alles schwer genug.

Annie habe ich es natürlich erzählt, als ich abends wieder in Islington war, aber auch da habe ich nicht geweint, weil diese innere Erstarrung die ganze Zeit über angehalten hat. Ich habe mit Annie und Ian Wein getrunken – Marcus war wieder unterwegs – und den beiden dabei immer wieder versichert, dass es so besser ist. Dass ich einsehen musste, dass das mit Jonathan und mir nichts werden kann und dass es klüger ist zu gehen, bevor es noch schlimmer wird. Und als ich danach im Bett lag, hatte ich auch keine Tränen, sondern habe nur die Decke angestarrt.

Vielleicht, weil ich die ganze Zeit doch noch die Hoffnung hatte, dass Jonathan zu mir kommen und sich entschuldigen würde. Dass er mir versichert, dass es ihm leidtut und dass er es sich überlegt hat. Aber er ist gar nicht da. Er ist vorgestern nach unserem Streit weggefahren und seitdem nicht wieder aufgetaucht. Ich musste gestern noch den ganzen Tag im Büro verbringen, um alles für die Zeit nach meinem Weggang zu regeln, damit das Hackney-Projekt ohne große Probleme von jemand anderem übernommen werden kann, und ich bin anfangs immer zusammengezuckt, wenn die Tür aufging oder mein Handy klingelte, weil ich dachte, dass es Jonathan ist. Bis ich irgendwann auf dem Flur mitbekam, dass er schon wieder auf Geschäftsreise ist. Ziel: unbekannt. Offenbar weiß nicht mal Catherine, wo er hin ist und wann er wiederkommt, denn die Buschtrommeln in der Firma funktionieren sonst echt gut. Ich habe mich gezwungen, nicht darüber nachzudenken, wo er sein könnte, und mir die ganze Zeit eingeredet, dass es gut ist, dass er nicht da ist, weil er mich dann nicht davon abhalten kann zurückzufahren und weil mir der Abschied dann leichter fällt.

Aber mir fällt gar nichts leicht. Nicht ein verdammter Schritt, der mich von Jonathan wegbringt, und je länger ich in diesem Zimmer bin, in dem ich so viele leidenschaftliche Stunden mit ihm verbracht habe, desto schlimmer zerreißt es mir das Herz.

Meine Schultern beben und ich kann gar nicht mehr aufhören zu weinen, aber ich weiß, dass ich es muss. Dass ich mich aufraffen und wieder gehen muss, damit ich meinen Flieger noch kriege, der in ein paar Stunden in Heathrow startet. Deshalb atme ich ein paar Mal tief durch und als ich mich wieder halbwegs beruhigt habe, gehe ich noch mal schnell ins Bad, um mir den Schaden anzusehen, den ich durch die Tränen in meinem Gesicht angerichtet habe.

Ich sehe schrecklich aus, blass, mit rotverweinten Augen und schwarzen Wimperntuschestreifen auf den Wangen. Es braucht eine Menge kaltes Wasser, um es abzuwaschen, und anschließend starre ich mein Spiegelbild an und versuche zu entscheiden, ob es sich lohnt, noch mal Make-up aufzulegen – sehr wahrscheinlich nicht, denn im Zweifel sehe ich, falls mir noch mal die Tränen kommen, nur wieder aus wie ein Waschbär. Als mein Handy klingelt, reißt es mich aus meinen Überlegungen, und ich laufe zurück ins Schlafzimmer und gehe ran.

Es ist Sarah. »Stimmt das, Grace?«, will sie sofort wissen, und ihre Stimme klingt streng.

»Stimmt was?«

»Du fliegst früher als geplant zurück nach Amerika?«

»Woher weißt du das?« Ich hatte gehofft, dass sie es erst herausfindet, wenn ich schon weg bin.

»Alex hat es mir gerade erzählt. Er wollte dich sprechen und hat es von deiner Chefin erfahren. Warum hast du denn nichts gesagt?« Sie ahnt etwas – vielleicht der sechste Sinn, den kleine Schwestern haben –, denn ich höre die Sorge in ihrer Stimme. »Hat sich der Prüfungstermin verschoben?«

»Nein. Es passte einfach besser so«, lüge ich und spüre, wie mir schon wieder die Tränen kommen. Dafür, dass ich die letzten beiden Tage über so beherrscht war, habe ich jetzt extrem nah am Wasser gebaut.

»Und wo ist Jonathan? Alexander sagt, er ist weggefahren, aber er weiß nicht wohin«, hakt Sarah nach.

»Das weiß ich auch nicht«, sage ich, und das Zittern in meiner Stimme verrät mich. Während Sarahs kurzem Schweigen kann ich das Klicken in ihrem Kopf quasi hören, als sie erfasst, was passiert ist.

»Ihr habt euch gestritten.« Es ist keine Frage, sondern eine Feststellung, und ihre Stimme klingt jetzt aufgeregt. »Grace, du verlässt ihn doch nicht, oder? Du kommst wieder, wenn du die Prüfung gemacht hast?«

Ich schlucke schwer. »Nein, Sarah. Ich komme nicht zurück.«

»Aber Grace, das geht nicht, das darfst du nicht tun. Bitte. Er braucht dich.«

»Nein, tut er nicht«, sage ich traurig. »Er will mich nicht, Sarah.«

»So ein Blödsinn!«, braust sie auf. »Er ist verrückt nach dir.«

Ich schließe die Augen, und zwei neue Tränen laufen über meine Wangen. »Nein. Nicht verrückt genug. Und deshalb muss ich gehen. Bitte!« Ich hebe die Stimme, als Sarah erneut etwas sagen will, und das lässt sie schweigen. »Bitte, lass mich«, sage ich, und sie lenkt ein, wahrscheinlich weil sie spürt, wie ernst es mir ist und wie aufgelöst ich bin.

»Wann fährst du?«, erkundigt sie sich, sehr viel sanfter.

»Ich bin gerade in Knightsbridge und hole ein paar Sachen ab. Danach nehme ich mir ein Taxi zum Flughafen.«

»Dann sehe ich dich gar nicht mehr«, sagt Sarah, und sie klingt bestürzt.

»Du kannst mich besuchen kommen«, sage ich und frage mich sofort, ob das wirklich gehen wird. Ich möchte Sarah gerne wiedersehen, weil sie mir eine gute Freundin geworden ist. Aber erst mal brauche ich Abstand, von England und vor allem von Jonathan.

»Wir bleiben auf jeden Fall in Kontakt«, erklärt Sarah mit entschlossener Stimme, und als sie schließlich auflegt, fühle ich mich noch elender als vorher.

Ich kann mich nicht aufraffen zu gehen, bleibe einfach sitzen und sehe zum Fenster hinüber, während wieder Bilder vor meinem inneren Auge ablaufen, denen ich nicht entkommen kann und die mich vermutlich noch lange begleiten werden. Bilder davon, wie glücklich ich mit Jonathan war, wie viel Spaß es gemacht hat, an seiner Seite zu sein, und auch, wie unglaublich der Sex mit ihm war. Aber das ist jetzt vorbei, denke ich und erhebe mich schließlich, reiße mich los. Bedrückt gehe ich mit der gepackten Tasche die Treppe wieder hinunter in die Küche, wo Mrs Matthews immer noch wischt.

»Auf Wiedersehen, Mrs Matthews«, verabschiede ich mich von ihr und gebe ihr die Hand. Sie kann hundertprozentig sehen, dass ich geweint habe, und zieht die richtigen Schlüsse daraus, denn jetzt sieht sie mich nicht mehr besorgt, sondern mitfühlend an.

»Kommen Sie wieder?«, fragt sie vorsichtig, und als ich den Kopf schüttele, wirkt sie nicht überrascht.

»Das ist sehr schade«, sagt sie, und ich kann hören, dass sie das wirklich so meint. In den letzten Wochen habe ich sie ganz gut kennengelernt, und wir waren uns trotz des Altersunterschieds sehr sympathisch. »Mr Huntington wird Sie vermissen«, fügt sie noch hinzu, weil sie offenbar nicht sicher ist, wer von uns gerade wen verlässt. »Er war so viel ausgeglichener in letzter Zeit. Und Sie beide waren so ein schönes Paar.«

Ich lächle, aber antworten kann ich ihr darauf nicht, wenn ich keine neuen Tränen riskieren will.

»Alles Gute«, wünscht sie mir, dann macht sie weiter, während ich mit der Tasche runter zur Haustür gehe. Mein schwarzer Monstrum-Koffer steht noch da, und ich rolle ihn raus vor die Tür. Er ist jetzt noch voller als er war, als ich herkam, weil er auch noch die Sachen aufnehmen musste, die ich mir hier in London gekauft habe. Deshalb brauche ich auch Annies Reisetasche zusätzlich, damit ich überhaupt alles wieder mitbekomme.

Es ist wie das äußere Zeichen für das, was ich durch meinen

Aufenthalt in England alles dazugewonnen habe, denke ich, während ich mein Handy heraushole, um mir ein Taxi zu rufen. Aber es wiegt nicht auf, was ich zurücklassen muss, und ich kann nur hoffen, dass ich irgendwann, wenn der schlimmste Schmerz vorbei ist, zumindest die Erfahrungen, die ich hier gemacht habe, positiv sehen kann.

Jetzt werd nicht sentimental, ermahne ich mich mit einer Grimasse, oder soll Jonathan damit auch noch recht behalten? Ich mache mich auf die Suche nach der Nummer des Taxiunternehmens, die ich abgespeichert habe, da sehe ich, dass ich eine SMS bekommen habe. Sie ist von Alexander und extrem kurz.

Warte bei Jonathan. Muss mit dir reden.
A.

Überrascht und auch ein bisschen beklommen starre ich auf den Text. Sarah muss ihm gesagt haben, wo ich bin, und wahrscheinlich auch, was passiert ist, und ich weiß nicht, ob ich ihm die Fragen beantworten möchte, die er mir bestimmt stellen wird – über Jonathan und über den Job, den ich aufgebe. Schließlich ist Alexander mein eigentlicher Vorgesetzter, die Planungsabteilung fällt in sein Ressort. Außerdem wird mir die Zeit knapp, ich muss langsam wirklich zum Flughafen. Doch ich fühle mich verpflichtet zu warten, wenn er mich darum bittet, und ich brauche das auch nicht lange zu tun, denn tatsächlich fährt keine zehn Minuten später sein grauer Jaguar vor und Alexander springt heraus, kommt mir entgegen.

Anders als sonst begrüßt er mich nicht mit einem Lächeln, sondern runzelt die Stirn und deutet mit dem Kinn auf mein Gepäck.

»Du willst wirklich weg? Jetzt gleich?«

Ich nicke. »Mein Flieger geht in ein paar Stunden. Ich wollte mir gerade ein Taxi rufen.«

»Das brauchst du nicht. Ich kann dich fahren«, sagt er kurzentschlossen und nimmt mir das Gepäck ab, verstaut Koffer und Tasche sicher im Kofferraum. Doch als wir im Auto sitzen, fährt er nicht los, sondern sieht mich an.

»Sarah hat mich angerufen und mir alles erzählt«, sagt er und bestätigt damit meine These, was ihn hergebracht hat. Er seufzt. »Dass Jonathan ein Idiot ist, brauchen wir nicht zu diskutieren, und was genau zwischen euch vorgefallen ist, geht mich auch nichts an, das müsst ihr allein regeln. Aber ich kann nicht zulassen, dass du deine Stelle bei uns aufgibst, Grace. Du bist ein großer Gewinn für Huntington Ventures, und ich bin gekommen, um dich ausdrücklich zu bitten, dir das noch mal zu überlegen.«

Unglücklich sehe ich ihn an. »Das schmeichelt mir sehr, Alex, aber ich kann nicht. Ich muss zurück nach Chicago. Die Prüfung ...«

»Und danach?«, fällt er mir ins Wort. »Was willst du dann tun?«

Ich zucke mit den Schultern. »Ich suche mir eine neue Stelle.«

»Das brauchst du nicht. Du hast eine.«

»Alex, du verstehst das nicht. Ich kann nicht zurückkommen. Ich brauche Abstand und Zeit zum Nachdenken, und ich brauche beides jetzt sofort. Ich kann nicht in zwei Wochen wieder hier sein und einfach so weitermachen. Das geht nicht.«

Er nickt. »Deswegen musst du die Stelle bei uns trotzdem nicht aufgeben«, beharrt er, und ich will ihm erneut widersprechen, aber er hebt die Hand.

»Grace, ich verstehe dich besser als du glaubst. Aber hör mir doch erst mal zu. Huntington Ventures hat ein Büro in New York, für das wir dich als Verstärkung sehr gut gebrauchen könnten. Du könntest dein Examen machen und dann dort anfangen, wenn du willst, und du musst das auch nicht jetzt sofort entscheiden. Aber denk drüber nach, okay? Ich will wenigstens eine Chance, bevor du uns von einem anderen Unternehmen weggeschnappt wirst.«

Ich lächle, weil das ein wirklich tolles Angebot ist und weil ich, wenn ich nicht gerade so unglücklich wäre, sehr glücklich darüber sein würde, dass Alexander sich solche Mühe mit mir gibt. Aber weiter für Huntington Ventures zu arbeiten, selbst wenn es in New York wäre, hat einen entscheidenden Haken.

»Jonathan ...«

»Er muss das gar nicht wissen, Grace. Wir besprechen das noch einmal in Ruhe, nur wir zwei, wenn du deine Prüfungen fertig hast. Bis dahin hattest du genug Zeit, dir über alles klar zu werden, und dann kannst du dir überlegen, ob du mein Angebot annimmst. Okay?«

»Okay«, sage ich nach kurzem Zögern. Er hat es so formuliert, dass ich gar nicht nein sagen kann. »Bringst du mich jetzt zum Flughafen? Bitte?«

Er nickt und startet den Motor. Während der Fahrt reden wir nicht mehr, ich bin zu sehr in Gedanken versunken, und Alexander respektiert das und lässt mich in Ruhe, wofür ich ihm sehr dankbar bin.

Am Flughafen hilft er mir, mein Gepäck aufzugeben, dann verabschieden wir uns vor dem Eingang zu den Abfluggates.

»Bis bald, Grace«, sagt er und umarmt mich kurz. »Und alles Gute für deine Prüfung.«

Ich kann mein »Danke« nur hauchen und nicke, als er mir das Versprechen abnimmt, mich bei Sarah zu melden, dann eile ich durch die Kontrolle und sehe mich auch nicht mehr nach ihm um, weil ich spüre, wie mir schon wieder die Kehle eng wird.

Hier auf dem Flughafen hat alles angefangen, denke ich, während ich die Arme hebe, damit mich die Sicherheitsbeamtin mit dem Metalldetektor abtasten kann. Und jetzt endet es hier, jetzt muss ich zurück in das vertraute und doch plötzlich so fremde Chicago, das mir trostlos erscheint verglichen mit dem Traum, den ich hier leben durfte.

Ich möchte so gerne bleiben. Aber ich weiß, dass ich gehen muss. Jonathan hätte mich aufhalten können, wenn er gewollt hätte. Aber er wollte nicht, und das ist das vielleicht eindeutigste Zeichen dafür, dass es besser ist, ihn zu vergessen und neu anzufangen – ob in New York oder anderswo.

Doch als ich schließlich im Flieger am Fenster sitze und auf London hinunterblicke, das unter mir immer kleiner wird, muss ich wieder gegen die Tränen kämpfen, weil es so schrecklich wehtut und mir klar wird, dass das mit dem Vergessen nicht so einfach werden wird.

25

»Musst du wirklich schon fahren?«, frage ich Hope und sehe sie traurig an. Sie nickt und umarmt mich noch mal fest.

»Grandma braucht mich auf der Farm – du weißt doch, was zur Ernte immer los ist«, sagt sie fröhlich, aber ich sehe ihr an, dass sie genauso darunter leidet, dass unsere gemeinsame Zeit schon wieder vorbei ist.

Es war schön, sie bei mir zu haben, und die Tage, in denen sie mir geholfen hat, alle meine Sachen in Kisten zu verpacken, sind wie im Fluge vergangen. Wir haben viel gelacht, und solange sie da war, hatte ich nicht ganz so viel Zeit, über Jonathan und die Tatsache nachzudenken, wie leer ich mich fühle, seit ich nicht mehr bei ihm bin.

Hope steigt in Grandmas alten Pick-up, in dem sie hergekommen ist, und kurbelt das Fenster runter.

»Puh, ist das heiß«, stöhnt sie, weil das Innere des Wagens sich aufgeheizt hat durch die Sonne, die heute – nach mehreren Regentagen – wieder strahlend scheint. Ich nehme es als gutes Omen für das, was ich heute noch vorhabe, aber für Hope, die es jetzt drei Stunden in der alten Karre ohne Klimaanlage aushalten muss, tut es mir leid.

Doch meine fröhliche, wunderschöne Schwester, die mit ihren blonden Haaren und ihrer braungebrannten Modellfigur schon wieder die Blicke der vorbeigehenden Männer auf sich zieht, hat sich längst mit der Hitze arrangiert und ist in Gedanken schon wieder mit mir beschäftigt.

»Kommst du mit dem Rest auch wirklich allein zurecht?«,

fragt sie und runzelt die Stirn, weil sie daran offensichtlich zweifelt.

»Wirklich«, versichere ich ihr zum hundertsten Mal und verdrehe scherzhaft die Augen. »Du weißt doch, was Alexander gesagt hat – ich muss mich um nichts kümmern. Die Firma übernimmt den Umzug, wenn ich den Job in New York nehme. Und falls nicht, rufe ich dich an, dann kommst du wieder, wir beladen den Pickup und fahren zurück nach Hause.«

Hope lächelt ein bisschen schief. »Ich weiß gerade nicht, was ich mir wünschen soll«, sagt sie. »New York klingt aufregend, und ich wünsche dir wirklich, dass es klappt. Aber ich hätte dich auch verdammt gerne wieder bei uns zu Hause.«

Nach allem, was in den letzten vier Wochen passiert ist, kann ich ihre Sorge gut verstehen. Ich bin in ein tiefes Loch gefallen, als ich aus London zurückkam, und ich habe es nur ihr zu verdanken, dass ich mein Examen trotz meines schlimmen Liebeskummers geschafft habe. Sie hat mich in Chicago vom Flughafen abgeholt und ist die ersten Tage bei mir geblieben und dann noch mal wiedergekommen, um mich zur Prüfung zu begleiten und mit mir zu feiern, dass ich diesen Teil meines Examen jetzt bestanden habe.

Danach habe ich lange überlegt, wie es weitergehen soll, und nach einigen Telefonaten mit Hope und Sarah beschlossen, mir das New Yorker Büro, von dem Alex gesprochen hat, zumindest mal anzusehen. So richtig kann ich mir immer noch nicht vorstellen, wieder für Huntington Ventures zu arbeiten, aber andererseits ist es eine Chance, die ich nicht einfach so wegwerfen darf. New York ist weit weg von London, und Jonathan ist laut Alex auch nur äußerst selten dort, deshalb werde ich die sporadischen Treffen mit ihm – falls sie überhaupt passieren – schon irgendwie ertragen. Außerdem kann es gut sein, dass es nie dazu kommt, denn bisher hatte er ja auch kein Interesse daran, mich wiederzusehen.

Hope lässt den Motor an. »Pass auf dich auf, Gracie, hörst du? Und ruf mich sofort an, wenn du in New York bist.«

Ich verspreche es und winke ihr noch, bis ich den Pickup am Ende der Straße aus den Augen verliere. Schon komisch, denke ich, eigentlich hat sich nichts geändert. Hope war immer diejenige, die auf mich aufgepasst hat, obwohl sie jünger war, doch zum allerersten Mal fühle ich mich tatsächlich älter als sie – vielleicht, weil die Zeit in England mich so verändert hat und weil ich so niedergeschlagen bin.

Nachdenklich kehre ich in mein kleines Apartment zurück, dass jetzt nur noch wenige Tage – bis Ende August – mein Zuhause sein wird. Denn dann endet mein Mietvertrag, den ich gekündigt habe, und ich muss entscheiden, ob ich nach Lester zurückkehre oder Alexanders Angebot annehmen und nach New York gehe.

Mit einem Seufzen blicke ich mich zwischen all den Kisten um, die überall herumstehen, froh darüber, dass in dank Hopes Hilfe mit dem Packen fertig bin. Aber die Wohnung kommt mir jetzt wahnsinnig trostloser vor, deshalb beschließe ich, einfach schon zum Flughafen zu fahren und dort auf Alexander und Sarah zu warten.

Meine Tasche für die drei Tage, die ich in New York verbringen werde, steht fertig gepackt an der Tür, und ich greife sie mir und verlasse die Wohnung, ohne noch einmal zurückzusehen.

Es ist gut, dass jetzt wieder etwas passiert, denke ich kurze Zeit später, als ich im Taxi sitze und auf dem Weg zum Flughafen bin, und freue mich plötzlich sehr darauf, Chicago zu verlassen. Eigentlich kann ich es sogar kaum noch abwarten, denn Hope hatte recht: Wenn ich allein bin, sitze ich nur herum und quäle mich mit Erinnerungen, und das tut mir nicht gut – damit komme ich wirklich noch nicht zurecht.

Ich träume immer noch fast jede Nacht von Jonathan, und sein Bild verfolgt mich auch tagsüber. Es gibt kaum eine wache Minute, in der ich nicht an ihn denke, und das muss aufhören. Ich muss einen Weg finden, mich abzulenken, und ich schätze, New York ist zumindest ein guter Anfang.

Dass Jonathan in nächster Zeit dort sein wird, halte ich tatsächlich für ausgeschlossen. Das Büro untersteht Alex, und selbst wenn der seinem Freund trotz seines gegenteiligen Versprechens erzählt hat, dass ich vielleicht dort anfange, wäre das bestimmt eher ein Grund für Jonathan, New York zu meiden.

So traurig es ist, er scheint mich wirklich komplett aus seinem Leben gestrichen zu haben. Und das, obwohl er letztlich doch auf mich gehört und seinem Vater geholfen hat, Lockwood Manor zu halten. Sarah hat mir erzählt, dass er die Schulden des Earls übernommen hat und auch für diverse dringend nötige Reparaturen am Haus aufgekommen ist, sodass es weiterhin in Familienbesitz bleiben wird. Ob die beiden auch wieder miteinander reden, weiß ich nicht, denn Sarah spricht wenig über Jonathan, wahrscheinlich weil sie weiß, wie weh mir das tut. Nur diese eine gute Nachricht konnte sie nicht für sich behalten, und natürlich freut es mich für den Earl und auch für Jonathan, dass es gut ausgegangen ist.

Für einen Moment hatte ich, als ich es hörte, natürlich gehofft, dass er auch in anderen Punkten seine Meinung geändert hat. Doch das scheint nicht der Fall zu sein, denn ich habe nach wie vor nichts von ihm gehört, und da Sarah so wenig erzählt, tut er vermutlich Dinge, die mir nicht gefallen würden. Wahrscheinlich hat er längst sein altes Leben wieder aufgenommen, trifft sich mit Yuuto im Club und hat mich vergessen.

Am O'Hare herrscht wie immer hektische Betriebsamkeit, aber sie ist mir sehr willkommen. Ich suche mir ein zentral gelegenes Café, von dem aus ich die Leute, die ständig kommen und gehen, beobachten kann, und warte darauf, dass es Zeit wird, Alexander und Sarah abzuholen.

Dabei holen die beiden eigentlich mich ab, sie kommen mit dem Learjet und wir fliegen gemeinsam weiter nach New York. Ein bisschen wehmütig denke ich zurück an meinen letzten Flug mit dem Privatflugzeug der Firma, aber dann schiebe ich die Erinnerung hastig beiseite. Du wolltest doch nach vorne schauen und nicht mehr zurück, ermahne ich mich, und seufze tief, weil das alles so schwer ist.

Wie soll ich einen Mann wie Jonathan vergessen? Er hat mein Herz so vollkommen besetzt, dass ich mir überhaupt nicht vorstellen kann, jemals einen anderen zu lieben, und die Aussicht, vielleicht noch sehr lange so zu leiden wie jetzt, versetzt mich auf einmal in Unruhe. Deshalb trinke ich schnell meinen Kaffee aus und mache mich, nachdem ich bezahlt habe, auf den Weg zur Ankunftshalle. Dort lehne ich mich an eine Säule und beobachte, während ich warte, die vielen Leute, die ständig aus dem Gate kommen, sehe zu, wie sie in Empfang genommen werden – von ihren Liebsten oder von Fahrern, die sie abholen. Auf manche wartet natürlich niemand, aber auf die meisten, und die Wiedersehensszene, die sich vor meinen Augen abspielen, lenken mich so ab, dass mir die Zeit nicht lang wird, bis Sarah und Alexander ankommen sollen.

Nur kommen die beiden nicht. Sie sollten um kurz nach drei Uhr landen, aber jetzt ist es schon Viertel vor vier, und sie sind immer noch nicht da.

Beunruhigt hole ich mein Handy heraus und rufe Sarah an. Falls sie noch im Flieger sitzt, ist ihr Telefon vielleicht ausgeschaltet, denke ich, aber einen Versuch ist es trotzdem wert. Und tatsächlich geht sie schon nach dem zweiten Klingeln dran.

»Wo seid ihr denn?«, frage ich sofort. »Ist was mit dem Flug schief gegangen?«

Sarah antwortet nicht sofort, sondern es knackt und raschelt plötzlich in der Leitung, so als würde sie das Handy gegen ihre Kleider halten, damit ich nicht verstehe, was sie sagt. Denn ich höre sie im Hintergrund mit jemandem sprechen, und ich glaube, Alexanders Stimme zu erkennen. Dann raschelt es noch mal und ich höre sie wieder klar und deutlich.

»Nein, alles in Ordnung«, sagt sie. »Wartest du mal kurz?«

Irritiert starre ich in den Telefonhörer, als das Rascheln wieder losgeht. Es dauert erneut einen langen Moment, bis sie wieder dran ist, und irgendwie klingt sie merkwürdig, fast übertrieben fröhlich, als sie weiterredet.

»Wir sind gleich da«, sagt sie. »Das Flugzeug ist schon im Landeanflug.« Im Hintergrund höre ich erneut Geräusche, und die verwirren mich noch mehr. Denn da hat ganz eindeutig gerade ein Pferd gewiehert.

»Sarah, wo bist du?«, frage ich, jetzt ein bisschen ungehalten, weil das doch eindeutig nur eine Lüge sein kann. »Und sag mir nicht, dass du im Flugzeug sitzt. Pferde dürfen nämlich meines Wissens nicht in Learjets mitfliegen.«

Sie tuschelt wieder mit demjenigen, mit dem sie zusammen ist – der letzte Beweis dafür, dass da etwas ganz und gar nicht stimmt, dann höre ich ihre Stimme wieder, die jetzt drängend klingt. »Es tut mir leid, Grace, es hat da eine kleine Planänderung gegeben«, sagt sie. »Bist du am Flughafen?«

»Ja, ich stehe jetzt schon fast eine Stunde in der Ankunftshalle und warte auf euch«, erkläre ich ihr, endgültig verwirrt und plötzlich auch besorgt. Was für eine Planänderung? »Wo seid ihr denn nun?«

»Auf Lockwood Manor«, sagt sie und ich spüre, wie sich eine tiefe Enttäuschung in mir ausbreitet. Habe ich mich so in ihr und Alex getäuscht? Waren das alles leere Versprechungen mit New York und der neuen Stelle? Haben sie daran gar kein Interesse mehr?

Doch bevor ich das alles fragen kann, redet Sarah schon weiter. »Ich kann dir das jetzt gerade nicht erklären, aber es ist schon okay. Bleib einfach da und warte. Versprich mir das, ja?«

Ich soll ihr versprechen, dass ich hier stehen bleibe und warte, obwohl sie Tausende von Kilometern entfernt in England auf einem Pferd sitzt? Hallo? Was glaubt sie denn ...

Ich kann den Gedanken nicht zu Ende denken, denn mein Herz setzt für eine Sekunde aus, und ich lasse das Handy sinken, während ich weiter auf die Schiebetüren des Ankunftsterminals starre, die sich gerade wieder geöffnet haben, um einen großen schwarzhaarigen Mann durchzulassen, der mit entschlossenen Schritten die Halle betritt und sich umsieht.

Oh. Mein. Gott.

Jonathan.

26

Der Boden schwankt unter meinen Füßen. Jonathan, denke ich in einer Endlosschleife. Jonathan. Jonathan. Jonathan.

Mein Herz kann sich einfach nicht beruhigen, schlägt jetzt in einem atemberaubenden Tempo, und meine Knie drohen immer noch nachzugeben, während ich ihn weiter anstarre, so als wäre er eine Erscheinung. Er sieht so atemberaubend gut aus mit seinen schwarzen Haaren und den leuchtend blauen Augen, aber anders als sonst trägt er zu seiner schwarzen Hose und der schwarzen Lederjacke diesmal kein schwarzes Hemd, sondern ein weißes. Sein Haar ist ein kleines bisschen länger, seit ich ihn zuletzt gesehen habe, und er streicht es sich aus der Stirn, während er sich weiter suchend umsieht.

Ich hebe das Handy an mein Ohr und höre wieder Sarahs Stimme.

»Grace, bist du noch da? Grace?«

»Jonathan ist hier?«, frage ich, um mich zu vergewissern, dass ich nicht dabei bin durchzudrehen, und als ich sie erleichtert aufatmen höre, begreife ich plötzlich, wie das alles zusammenhängt. Deshalb hat sie sich gerade so merkwürdig aufgeführt. »Du wusstest, dass er kommt.« Es ist eine Feststellung, und sie macht sich gar nicht erst die Mühe, mir zu widersprechen.

»Sei nett zu ihm, ja? Es geht ihm nicht so gut.« Irgendwie klingt sie sehr zufrieden, man hört das Lächeln in ihrer Stimme. »Ich melde mich später noch mal.«

Es klickt in der Leitung, sie hat aufgelegt, und ich stecke das Handy wieder in meine Tasche, während ich weiter wie gebannt den Mann anstarre, den ich während der letzten vier Wochen so sehr vermisst habe, dass ich manchmal kaum noch wusste, wie ich es aushalten soll.

Er hat mich neben der Säule noch nicht entdeckt, tut es jedoch eine Sekunde später, und als unsere Blicke sich begegnen, ist es, als würde ich aus großer Höhe fallen, so sehr zieht es in meinem Magen.

Jonathans Augen leuchten auf, und er zögert nicht, kommt mit große Schritten auf mich zu, während ich ihm hilflos entgegensehe, unfähig, mich zu rühren.

Atme, Grace, ermahne ich mich. Aber für so unwichtige Dinge wie Sauerstoffzufuhr scheint mein Gehirn gerade keine Kapazitäten frei zu haben.

Dann ist er da, steht ganz dicht vor mir und sieht mich mit diesen blauen Augen an, die ich so absolut unwiderstehlich finde, dass ich mich frage, wie ich so lange darauf verzichten konnte, mich in ihnen zu verlieren. Der Ausdruck darin ist jedoch einer, den ich bis jetzt nur ganz selten darin erkannt habe. Er ist unsicher, denke ich erstaunt. Und er sieht wirklich elend aus, fällt mir jetzt auf, als ich ihn genauer betrachte, denn unter seinen Augen liegen dunkle Ringe, so als hätte er in letzter Zeit nicht viel geschlafen.

»Grace«, sagt er mit rauer Stimme, und mehr ist nicht nötig, um meinen Körper so in Aufruhr zu versetzen, dass ich anfange zu zittern. Ich hasse es, dass er diese Wirkung auf mich hat, und ich trete hastig einen Schritt zurück, um ihm auszuweichen, als er die Hand nach mir ausstreckt.

Erschrocken über meine Reaktion hält er inne und sieht mich an, die Hand noch in der Luft zwischen uns.

»Was willst du, Jonathan?«, frage ich und staune, wie ruhig

meine Stimme klingt, obwohl in mir gerade ein solcher Gefühlsorkan tobt.

Er lässt die Hand wieder sinken. »Ich komme dich abholen«, sagt er und verwirrt mich damit endgültig. Was soll das alles? Ist er nur der Ersatz für Alex und Sarah?

»Dann begleitest du mich nach New York?«

»Nein.« Er macht eine Pause. »Ich nehme dich mit zurück nach London.«

Ich habe absolut keine Ahnung, was das soll und was er vorhat, aber das geht auf gar keinen Fall. Deshalb schüttele ich nur vehement den Kopf und weiche noch weiter zurück, drehe mich schließlich um und laufe mit meiner Tasche über der Schulter in Richtung Ausgang.

Ich komme jedoch nicht weit, denn fast sofort spüre ich Jonathans Hand auf meinem Arm. Er hält mich fest und zwingt mich, stehen zu bleiben, dreht mich wieder zu sich um. Die Berührung seiner Hand elektrisiert mich, macht mich völlig handlungsunfähig, und er nutzt meinen fehlenden Widerstand, zieht mich an sich und küsst mich.

Die Welt dreht sich für einen Moment nicht mehr weiter, steht still, weil es wie ein Traum ist, wieder in Jonathans Armen zu liegen. Er schmeckt so gut, so vertraut, und ich möchte nicht denken, möchte mich nicht daran erinnern, dass es keine gute Idee ist, ihn überhaupt wieder in meine Nähe zu lassen. Aber zum Denken habe ich ohnehin keine Gelegenheit, denn Jonathan vertieft seinen Kuss, lässt mich spüren, wie sehr er mich begehrt, und für diesen einen schwachen Moment schmiege ich mich an ihn und ergebe mich dem Gefühl, das mich schon immer zu ihm hingezogen hat und das nach unserer langen Trennung viel stärker ist als jemals zuvor.

Erst, als er seine Lippen wieder von meinen löst, komme

ich zur Besinnung und versuche zu begreifen, was das alles zu bedeuten hat.

»Du musst wieder mit zurückkommen«, sagt Jonathan ernst und küsst mich erneut. »Bitte, Grace, ich halte es ohne dich nicht mehr aus.«

Es kostet mich total viel Kraft, aber ich schaffe es, die Hände gegen seine Brust zu stemmen und ihn ein Stück von mir wegzuschieben, damit ich wieder klar denken kann – in seinen Armen ist das unmöglich. Und es ist wichtig, dass ich das kann, weil ich so schon genug Schwierigkeiten habe, das alles zu verstehen.

»Das ist nicht wahr«, sage ich und weiche seinem Blick nicht aus. »Du kommst sehr gut ohne mich aus. Denn während der vergangenen vier Wochen, in denen ich nichts – nichts! – von dir gehört habe, scheint es dir ja nichts ausgemacht zu haben, dass ich nicht da war.« Ich schüttele den Kopf und spüre Wut in mir aufsteigen, weil wir diese Diskussion auch schon in London hatten. »Wie lange willst du dieses Spielchen noch treiben, hm? Wie oft willst du mich noch aus deinem Leben streichen, nur um mich dann zurückzuholen, wenn du mich gerade mal wieder brauchst? Wenn dir endlich wieder einfällt, dass ich dir doch irgendwie fehle?«

»Ich habe dich nicht aus meinem Leben gestrichen – du bist einfach gegangen«, widerspricht er mir.

»Und du hast mich gehen lassen«, gebe ich zurück.

Er schiebt sich die Hand durchs Haar und sieht mich auf eine so hilflose Art an, dass ihm mein Herz sofort wieder zufliegt. Aber das hat er schon mal so gemacht, damals, in der WG. Deshalb bleibe ich diesmal hart. Wenn er will, dass ich zurückkomme, dann muss er mich überzeugen – und dafür reicht ein lahmes »Ich will dich« diesmal definitiv nicht aus.

»Ja, ich habe dich gehen lassen.« Jonathan hält meinen

Blick fest, lässt mich sehen, wie es in ihm aussieht. »Weil ich dachte, dass ich dich aus meinem Leben streichen kann, Grace. Weil ich dachte, es wäre einfacher für mich, wenn du nicht mehr da bist. Weil ich nicht wusste, was es bedeutet, wenn ich dich verliere. Wenn du einfach weggehst und mich allein lässt.«

Er zögert einen Moment, dann stößt er die Luft aus, und es klingt wie ein Seufzen. Ein sehr verzweifeltes Seufzen.

»Hast du eigentlich irgendeine Ahnung, was für eine Scheißangst es mir macht, dass du mich so in der Hand hast? Dass mit dir alles steht und fällt? Seit du weg bist, kann ich nicht mehr richtig arbeiten und nicht mehr richtig schlafen, weil ich ständig an dich denken muss. Ich habe sogar mit dem Gedanken gespielt, wieder in den Club zu gehen, nur um mich abzulenken. Aber ich wusste, wie sinnlos das gewesen wäre. Ohne dich ist alles sinnlos.«

Sein Geständnis ist entwaffnend, und als er wieder nach mir greift, lasse ich es zu, lege meine Wange an seine Brust und genieße es, wie fest er mich hält. So als wollte er mich tatsächlich nie mehr loslassen.

»Du musst zurückkommen, Grace«, sagt er an meinem Haar, »Sarah hat mir schon angedroht, dass sie mir einen Anti-Aggressionstrainer besorgt, wenn es nicht bald besser wird mit mir, und ich glaube, sogar Catherine wäre sehr froh, wenn du wieder da wärst, weil ich in letzter Zeit so unausstehlich zu ihr bin.«

Ich lächle schwach. »Oh, nein, da ist sie leidensfähig, glaub mir.«

Er legt die Hände um meine Schultern und hält mich auf Armeslänge von sich weg. »Aber ich nicht, Grace«, sagt er hitzig. »Ich bin nicht mehr leidensfähig. Ich brauche dich.«

Einen langen Moment sehe ich ihm in die Augen, sehe das

Schimmern darin, auf das ich so gehofft und mit dem ich schon nicht mehr gerechnet hatte. Aber er muss es sagen. Ich will es hören.

»Das reicht mir nicht, Jonathan«, sage ich, und ich weiß, dass er weiß, was ich meine. Was er sagen muss, damit ich den Sprung noch mal wage.

Er holt tief Luft und sieht mir in die Augen.

»Ich liebe dich, Grace. Ich habe zwar verdammt lange gebraucht, bis ich mir das eingestehen konnte, aber ich liebe dich und ich will nie wieder von dir getrennt sein.«

Einen langen Moment versinke ich in diesem verführerischen, faszinierenden Blau seiner Augen, sehe die dunklen Flecken darin, die Einsprengsel, die seinem Blick so viel Tiefe geben, und warte. Aber es geht nicht weg, dieses Glücksgefühl, das sich warm in mir ausbreitet, und ich lächle strahlend zu ihm auf.

Jonathan scheint das jedoch als Reaktion nicht zu reichen, denn er runzelt die Stirn.

»Sag was, Grace.«

Ich lege die Arme um seinen Hals und ziehe ihn zu mir herunter, küsse ihn auf den Mund. »Ich hätte dich viel früher verlassen sollen.«

Sofort legen seine Arme sich fester um mich, und das Funkeln in seinen Augen wird intensiver.

»Du wirst mich nie wieder verlassen, verstanden?«, sagt er streng und sein Kuss ist wie ein Versprechen. Dann lässt er mich abrupt wieder los und holt etwas aus seiner Hosentasche. Es ist ein kleines Kästchen, und als er es öffnet und mir den Inhalt zeigt, stoße ich überrascht die Luft aus.

»Der Verlobungsring deiner Mutter«, sage ich und spüre, wie mein Herz noch schneller schlägt.

Jonathan nimmt den wunderschönen Solitär heraus und

steckt das Kästchen wieder ein, dann schiebt er ihn mir auf den Ringfinger der linken Hand.

»Sarah hat ihn mir gegeben. Sie sagt, er hat dir gut gefallen, und sie hat ja jetzt einen eigenen und außerdem ...« Er hält inne und sucht nach den richtigen Worten, sie wollen ihm jedoch nicht recht über die Lippen. Aber was erwarte ich von einem Mann, der einundzwanzig Jahre gebraucht hat, um sich endlich zu trauen, jemandem sein Herz zu öffnen?

Ich verstehe auch so, was er mir damit sagen will. Es ist sein Eingeständnis, dass ich recht hatte. Dass er falsch lag, was seine Eltern anging, und dass er seine Vergangenheit jetzt akzeptiert. Es ist seine Art, mir zu sagen, dass ich ihn jetzt ganz bekommen kann – wenn ich ihn noch möchte.

Ich lächle ihn an. »War das ein Heiratsantrag, Mylord?«

Er sieht mich auf diese neue, ein bisschen unsichere Weise an. »Würdest du es denn versuchen mit mir? Ich dachte, ich bin zu reich, zu versnobt und zu alt für dich.«

Ich lege den Kopf schief und schürze die Lippen.

»Hm, jetzt wo du es sagst ...«

Er reißt mich sofort wieder an sich und küsst mich, bis ich ganz atemlos bin.

»Du sollst mir sagen, dass du mich liebst«, sagt er, und die Zornesfalte auf seiner Stirn ist nur halb gespielt.

»Ich weiß«, sage ich, immer noch lächelnd, und nehme sein Gesicht in meine Hände, weil ich finde, dass er jetzt genug gezappelt hat. »Dann frag mich doch, Jonathan. Frag mich, so oft du willst. Die Antwort ist immer die gleiche. Ja, ich liebe dich, auch wenn du der sturste, arroganteste und unmöglichste Mann bist, den ich jemals kennengelernt habe.«

Ich küsse ihn wieder, diesmal länger und ausführlicher, und es ist mir völlig egal, dass wir immer noch mitten im Ankunftsterminal stehen und alle Leute uns sehen können.

»Ach ja, und der aufregendste«, flüstere ich nach einem langen Moment an seinen Lippen und lasse meinen Finger über seinen Hals in den Kragen seines Hemdes wandern. Seines weißen Hemdes. »Wieso trägst du auf einmal so eine helle Farbe? Gibt es dich nicht nur in dunkel?«

Jonathan zuckt mit den Schultern. »Ich dachte, es gefällt dir besser so«, sagt er, und es rührt mich, dass er für mich auf sein geliebtes Schwarz verzichtet hat.

»Du gefällst mir in allen Farben«, erkläre ich ihm und öffne den obersten Knopf seines Hemdes, küsse die Stelle zwischen seinem Hals und seinen Schultern. »Vor allem im Hautton«, füge ich hinzu.

Jonathan küsst mich wieder, diesmal so stürmisch und leidenschaftlich, dass ich befürchte, dass wir gleich wegen Erregung öffentlichen Ärgernisses verhaftet werden.

»Zum Glück fliegen wir mit dem Learjet zurück«, knurrt er, als er mich schließlich widerwillig wieder loslässt. »Ich habe nämlich vor, die zukünftige Viscountess Huntington auf dem Rückflug sehr ausführlich in den Mile High Club einzuführen.«

Ein Schauer der Lust durchläuft mich bei dem Gedanken, was er wohl alles über den Wolken mit mir vorhat, und plötzlich kann ich es kaum noch abwarten, endlich mit ihm allein zu sein.

»Eine gute Idee, Mylord.« Ich beuge mich vor, bis meine Lippen dicht an seinen sind und ich das Verlangen in seinen Augen sehe, das so heiß brennt wie meins und das mir so wahnsinnig gefehlt hat. »Die zukünftige Viscountess steht sehr gerne zur Verfügung«, versichere ich ihm glücklich und lasse meine Hand in seine gleiten.

Manchmal erfüllen sich Wünsche, von denen man nicht wusste, dass sie existieren

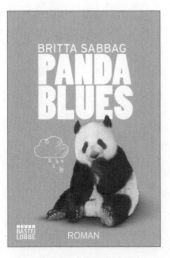

Britta Sabbag
PANDABLUES
Roman
256 Seiten
ISBN 978-3-404-16805-7

Charlotte kann es kaum fassen: Kann es sein, dass ihr Traummann Eric sie betrügt, noch dazu mit einer Sauberfrau? Und ihr Zoo-Praktikum als Pinguin-Pflegerin ist auch irgendwie nicht so, wie sie sich das vorgestellt hat. Gut, dass sie sich wenigstens auf ihre Freundinnen Trine und Mona verlassen kann. Bei denen läuft anscheinend alles wie am Schnürchen. Glücklicherweise sind die auch immer da, um Charlotte aus der Patsche zu helfen. Und das ist gar nicht so selten der Fall ...

Bastei Lübbe Taschenbuch